Vielleicht will ich alles

Que Du Luu

VIELLEICHT WILL ICH ALLES

Roman

Kiepenheuer & Witsch

Die Arbeit der Autorin am vorliegenden Roman wurde durch
ein Stipendium der Robert-Bosch-Stiftung gefördert.

MIX
Papier aus verantwortungsvollen Quellen
FSC® C014496
Verlag Kiepenheuer & Witsch, FSC-N001512

1. Auflage 2011

Umschlaggestaltung: Rudolf Linn, Köln
Umschlagmotiv: © plainpicture / Anja Bäcker
Autorenfoto: © privat
Gesetzt aus der Dante
Satz: Buch-Werkstatt GmbH, Bad Aibling
Druck und Bindearbeiten: GGP Media GmbH, Pößneck
ISBN 978-3-462-04295-5

So wenig ich sein mag, niemand ist hier, der Verständnis für mich im Ganzen hat. Einen haben, der dieses Verständnis hat, etwa eine Frau, das hieße Halt auf allen Seiten haben, Gott haben.

Franz Kafka, Tagebücher 1914–1923

Der Sprung

Nachdem meine Mutter mir die abgebrochene Bierflasche in den Bauch gerammt hatte, war für mich Schluss. Ich blutete wie ein abgestochenes Schwein. Eigentlich hätte sie mich ins Krankenhaus bringen müssen, aber sie wollte das lieber selbst regeln, schließlich war sie OP-Schwester. Sie schaute nach Splittern, besprühte mich mit Alkohol, was brannte, und legte mir einen Verband um. Es wäre auch zu peinlich gewesen, erklären zu müssen, wieso ich Schnittwunden am Bauch hatte: »Er ist beim Apfelsinenschälen abgerutscht.« »Was? Stiche im Kreis angeordnet?« »Ach ja, der Junge schält die Apfelsinen immer mit einer abgebrochenen Bierflasche – deswegen sieht das so aus.«

Nach außen gaben sich meine Eltern normal, aber zu Hause schlugen sie aufeinander ein. Wenn es ganz schlimm wurde, brach meine Mutter eine Flasche an der Tischkante ab und schlug damit nach meinem Vater.

Vor zwei Wochen war ich dazwischengegangen. Meine Mutter war in voller Fahrt gewesen, hatte aber noch abstoppen können, also waren die Schnitte nicht tief gewesen. Beim Verarzten sagte sie: »Wieso kneifst du die Augen immer so zusammen? Deine Leber ist doch heil geblieben!«

Seitdem hielt ich mich raus. Ich blieb in meinem Zimmer, schloss die Tür ab, setzte mir den Kopfhörer auf und drehte die Musik auf. Meine Eltern müssen den Zuschauer vermisst haben, denn als sie merkten, dass ich im Zimmer blieb, stellten sie sich vor meine Tür und machten dort weiter. Zwischen den Musikstücken hörte ich meinen Vater brüllen: »Du behandelst mich wie einen Hund!«, was nicht stimmte. Ich wusste nur von Hundebesitzern, die ihren Hund liebevoll tätschelten. Sie gingen nicht mit Bierflaschen auf ihn los.

Wenn mein Vater sich nicht gerade als »Hund« bezeichnete, krachte es gegen meine Tür. Manchmal hatte ich Angst, die Tür könnte aus den Angeln fliegen, aber sie hielt.

So ging es jede zweite Nacht. Ich fragte mich schon seit Langem, wieso die beiden keinen Schlaf brauchten und vor allem, wie mein Vater mit einem Atlas als Schutzschild immer der Bierflasche entkommen konnte. Jedenfalls hatte ich noch nie Schnittwunden an ihm bemerkt. Am nächsten Morgen, wenn sie dann doch schlafen gegangen waren, packte ich schnell meine Sachen, lief ins Bad und war vor ihnen weg.

Manchmal hörte der Streit auch schon am Abend auf, und meine Mutter hämmerte gegen die Tür: »Los, komm schon raus, Addi! Was stellst du dich so an! Das war doch nichts! Wir haben uns doch schon wieder vertragen!« Wenn ich rauskam, war entweder wirklich eitel Sonnenschein und wir aßen gemeinsam Abendbrot, oder es fing schon wieder an, weil mein Vater die Butter nicht von der richtigen Seite her abstrich oder neben seinen Teller krümelte.

Ich weiß nicht, ob es einfach die falsche Kombination war. Meine Mutter war bösartig und mein Vater ließ sich alles gefallen. Er konnte sich nur behaupten, weil er zwei Meter groß war und meine Mutter, wenn er sie zu fassen bekam, gegen Türen oder Schränke schleuderte.

Meistens ging es um uralte Geschichten. Ein Dauerbrenner war die Haus-Geschichte. Meine Eltern hatten vor elf Jahren ein Haus kaufen wollen. Dafür hatten sie auch einiges angespart. Mein Vater hatte aber auf einen Bekannten gehört, der ihn davon überzeugte, die Ersparnisse in einen todsicheren Aktienfond zu investieren. Zwar war meine Mutter damit einverstanden gewesen, aber sie hatte darauf vertraut, dass mein Vater schon wusste, was er tat. Als sie dann wirklich bauen wollten, war das Geld futsch.

Bei jedem Streit kochte die Sache wieder hoch. Meine Mutter ärgerte sich ständig, weil sie in unserer Vierzimmer-Mietwohnung mit Parkettboden, Terrasse, Garten, in guter Hanglage hausen musste. Immer wenn sie abends auf dem Sofa saß, kam wieder der

Vorwurf: »Das war nicht *mein* Bekannter gewesen, sondern deiner!« Gewöhnlich antwortete mein Vater: *»Du* hattest auch nichts dagegen, ich hab dich ja gefragt.« Und dann ging dieser ganze Mist wieder von vorne los.

Ein anderer Dauerbrenner war die Krankenhaus-Affäre. Vor sechs Jahren hatte mein Vater etwas mit einer siebzehnjährigen Schwesternschülerin gehabt. Mein Vater behauptete, er sei nur einige Male mit ihr Kaffee trinken gewesen. Meine Mutter behauptete etwas anderes. Sie meinte, das ganze verdammte Krankenhaus hätte davon gewusst.

Es gab noch weitere Dauerbrenner, die dann ans Licht geholt wurden, wenn diese zwei Hauptdauerbrenner an dem Abend durch waren. Im Laufe des ersten Dauerbrenners schaukelte sich der Streit hoch. Spätestens beim zweiten Dauerbrenner kam es zu abgebrochenen Flaschen.

Heute Abend fing es schon wieder an. »...wie einen Hund!«, hörte ich meinen Vater schreien. Meine Mutter schrie »Arschloch!«. Sie standen wieder vor meiner Tür. Es krachte wieder dagegen, dann »Auaaa! Du Arschloch! Verrecke doch!«, dann wieder »Verrecke selbst!«.

Ich nahm den Kopfhörer ab, stieg aus dem Bett, öffnete das Fenster, schwang mich über das Fensterbrett und sprang.

Das war keine Heldentat, wir wohnten Parterre, aber ich wäre auch aus dem achten Stock gesprungen. In dem Moment des Springens wurden mir drei Dinge klar. Erstens: Meine Eltern würden sich nie wie normale Leute streiten. Zweitens: Ich würde mich nie daran gewöhnen. Drittens: Ich musste dem Ganzen entkommen, egal wie.

Ich landete unsanft und dachte: Hochparterre ist doch höher als Erdgeschoss. Ich schien mir aber nichts verrenkt zu haben. Ich stand auf und zog los.

Der Treppenplatz

Es war schon elf, aber immer noch warm. Ich lief hinunter zur Hauptstraße, dann Richtung Kirche. Ich überquerte die Straße, ging zum Treppenplatz und setzte mich auf eine Bank. Tagsüber waren hier Tauben. Jetzt war aber keine Einzige da. Es hatte mich schon immer beruhigt, Tiere beim Essen zu beobachten und darum – ich hörte einen lauten Knall. Auf der anderen Straßenseite standen drei Typen. Ein Fahrrad lag auf dem Boden. Der eine hob das Fahrrad hoch und schmiss es wieder auf den Boden. Die beiden anderen lachten. Der eine sprang auf dem Fahrrad herum wie Rumpelstilzchen. Dann bemerkte er mich und flüsterte den anderen etwas zu. Die drei setzten sich in Bewegung.

Ihr Gang sollte lässig aussehen, wirkte aber nur tuntig. Ich blieb sitzen und fragte mich, ob ich wirklich sitzen bleiben sollte. Ich hätte wegrennen können, aber ich hatte gelernt, dass man vor aggressiven Hunden nicht wegläuft. Sie beißen dann erst recht.

Um mich herum waren Läden und Wohnhäuser, aber in keinem Fenster brannte Licht.

Der Fahrradschänder schien der Boss zu sein. Er stellte sich direkt vor mich. »Alter, hast 'ne Kippe?«, fragte er.

»Nee«, sagte ich.

»Was soll das heißen?«

»Dass ich keine habe.«

Langsam fragte ich mich, was besser war. Von drei finsteren Gestalten angemacht zu werden oder meine Eltern durch die Tür zu hören. Natürlich war es schlecht, diese Typen vor sich zu haben. Trotzdem war ich lieber hier als zu Hause. Noch lieber wäre ich allein gewesen und hätte Tauben beobachtet. Aber es war nicht die richtige Zeit dafür.

»Lacht der?«, schnauzte der Anführer.

Ich sah hoch. Sein Gesicht strahlte Hass aus. Obwohl er dunkle Haare und ein Oberlippenbärtchen hatte, sah er in diesem Moment aus wie meine Mutter, wenn sie meinen Vater anschnauzte.

»Ey Alter, der lacht disch aus«, feuerte ihn der Linke an. Er war fett wie ein Schwein.

Der Rechte war ein Spargeltarzan. Er sagte: »Das Nazi-Schwein.«

Ich wusste nicht, wieso ich ein Nazi sein sollte. Ich hatte weder einen Borstenhaarschnitt noch Springerstiefel. *Wenn* jemand so aussah, dann der Anführer mit seinem Lippenbärtchen.

Der Anführer war nicht größer als ich, aber stämmig. Ich hatte mir immer gesagt: Niemals will ich so werden wie meine Eltern. Aber jetzt wünschte ich mir die Größe meines Vaters und die Bösartigkeit meiner Mutter.

»Ey, wir bleiben Freunde«, sagte der Anführer plötzlich.

»Wirklich?«, fragte ich.

»Alter, isch schwöre, wir tun dir nix.«

»Freut mich«, sagte ich.

Der Anführer lachte laut, und die beiden Kumpels lachten mit.

»Dann rück das Geld raus.«

»Geld?«

Die drei lachten wieder. Die Schweinebacke sagte: »Mann, Alter, der is so bescheuert.«

Der Boss tat geduldig: »Ruhig Alter, isch erklärs ihm, damit er auch schnallt.« Er wandte sich wieder mir zu: »Alter, du sitzt auf unserer Bank. Und weil du keine Kippen hascht, gibst uns Geld. Verstanden?«

Ich nickte.

»Sagen wir hundert Euro, dann bleiben wir Freunde, Alter.«

»Mann, nur hundert?«, fragte der Dicke.

»Mann, wieso nisch zweihundert?«, sagte der Dürre.

Ich erhob mich, obwohl dafür eigentlich kein Platz mehr war. Der Boss stand zu dicht vor mir, und er trat keinen Schritt zurück. Unsere Nasenspitzen berührten sich fast. Er roch frisch nach Rasierwasser.

In mir spannte sich jeder Muskel an. Meine Hände ballten sich zusammen. Diese Angespanntheit löste ein Zittern in mir aus. Der Anführer packte mich am T-Shirt und schob seine Faust unter mein Kinn. Dadurch zog er das Shirt hoch. Ich spürte jeden einzelnen seiner Faustknöchel. »Du Opfer du«, flüsterte er heiser.

Der Dicke sagte kleinlaut von der Seite: »Alter, lass uns gehen.«

»Spinnst?«, schnauzte der Anführer, ohne den Blick von mir zu lassen. Der Dicke stellte sich auf die Zehenspitzen und flüsterte ihm was ins Ohr. Ich hörte so etwas wie »Narben«, »bestimmt Messerstescherei«, »gefährlich«.

Der Anführer war irritiert. Er drehte seinen Kopf zur Seite und sah den Dicken an. Das war meine Chance. Ich drehte mich schnell nach links und schlug dabei meinen Ellenbogen gegen sein Kinn. »Flatsch« machte das. Er fiel hin, und der Dicke und der Dürre glotzten blöd auf ihn hinab. Ich hörte die Straßenbahn aus der Kurve kommen und sprintete über die Straße. Sobald sie zum Stehen gekommen war, sprang ich rein. Ich setzte mich ans Fenster und sah, dass der Boss wieder auf die Beine kam und ein Butterflymesser zückte. Die drei rannten auf die Straßenbahn zu und drückten wie verrückt auf die Knöpfe. Normalerweise öffneten sich dann die Türen, aber diesmal blieben sie zu. Die Straßenbahn fuhr los, obwohl die drei »Stopp!« brüllten und gegen die Scheiben schlugen. Wahrscheinlich wollte der Straßenbahnfahrer sie nicht mitnehmen.

Ich atmete aus und merkte, wie ich aus allen Poren schwitzte. Ich spürte, wie mein Herz klopfte, und musste mich zwingen, gleichmäßig ein- und auszuatmen.

Balduin Pfiff

Nachdem ich am Jahnplatz ausgestiegen war, lief ich durch die Fußgängerzone. Die Stadt war leer, nur ein paar Punks streunten herum und auch der Anzugmann. Er trug immer karierte Anzüge, war ziemlich fett und stank bestialisch. Seine Hosen waren zu kurz, aber er hätte auch so nicht wie ein Geschäftsmann ausgesehen. Seine fettigen Haare hingen in Strähnen runter. Von Weitem erinnerte er mich an Balduin Pfiff, den Kindheits-Helden meines Vaters. Balduin war ein dicker Detektiv, der karierte Anzüge trug und ständig Buttermilch trank.

Mein Balduin, der Anzugmann, fuhr manchmal mit der Linie 1 und hatte sich einmal neben mich gesetzt. Zuerst wollte ich es aushalten, so tun, als würde es mir nichts ausmachen. Aber man kann die Nase nicht schließen wie die Augen. Ich stand auf und ging zu einem anderen Platz.

Es war ein komisches Gefühl, nachts durch die Fußgängerzone zu laufen. Alle Schaufenster waren beleuchtet, aber niemand schaute rein. In dem Dönerladen gegenüber von C&A saßen noch Leute. Auf der Glastür stand, dass sie bis zwei aufhatten und freitags und samstags sogar bis sechs. Es war also doch ein Unterschied, ob man sich im Zentrum Bielefelds befand oder in Bielefeld-Brackwede. Ich ging hinein und bestellte mir den Alexander-Teller. Den Alexander-Teller gab es in keinem anderen Dönerladen. Die gegrillten Lammhackfleischspieße waren gut gewürzt und von einer leckeren Joghurtschicht bedeckt. Dazu bestellte ich mir immer einen Korb Brot. Wenn ich großen Hunger hatte, bestellte ich sogar zweimal Brot nach.

Ich ging nach vorne zum Samowar und zapfte mir Tee. Ich merkte, dass ich immer noch angespannt war, denn ich konnte das Glas beim Zurückgehen nicht ruhig halten. Der Tee schwappte auf die Untertasse.

Ich glaubte nicht, dass die drei ausgerechnet hierhin kommen würden. Trotzdem starrte ich angestrengt durch die große Glasscheibe. Der Anzugmann kam um die Ecke und blieb vor der Scheibe stehen. Er sah hinein, fing meinen Blick auf und winkte mir zu, indem er die Finger wie ein Klavierspieler bewegte. Ich hätte wegschauen sollen, denn nun kam er rein und stellte sich vor meinen Tisch.

Gott, dachte ich. Der stinkt wieder fürchterlich. Wonach er stank, war mir unklar. Es war weder Schweiß noch Urin. Er stank süß-säuerlich. Aber nicht lecker süß-säuerlich wie die Gerichte beim Chinesen, sondern ätzend süß-sauer.

Er piepste: »Darf ich?«

Seine Stimme passte nicht zu seinem Elefantenkörper. Ich nickte ergeben. Er setzte sich mir gegenüber. Mein Alexander-Teller wurde gebracht, aber mir war der Appetit vergangen. Der Anzugmann stierte auf mein Essen.

»So ein Hunger!«, piepste er.

Ich schob ihm die Platte, den Brotkorb und das Besteck zu. Ich gab ihm auch meinen Tee und holte mir einen neuen. Der Anzugmann schaute wie zur Bescherung. Dann wickelte er das Besteck aus der Serviette und schaufelte das Essen in sich hinein. Sein Mund wurde vom Joghurt ganz weiß. Obwohl ich den Gestank immer noch roch, entspannte mich sein Anblick. Es war genauso beruhigend, wie Tauben zu füttern. Er tunkte das Brot ungeschickt in die Joghurtsoße. Nun waren auch seine Fingerspitzen weiß.

Als er fertig war, trank er seinen Tee, legte die Hände auf seinen Bauch und sagte: »Danke.«

Ich wusste nicht, was ich antworten sollte, ging nach vorne zur Kasse und zahlte.

In der Fußgängerzone ging ich Richtung Jahnplatz, obwohl keine Straßenbahn mehr fuhr. Hinter mir hörte ich klackende Schritte. Es war der süß-saure Balduin Pfiff.

»Warten Sie doch!«, rief er.

Ich ging weiter, und er lief neben mir her.

»Junger Mann«, sagte er, »darf ich Sie begleiten?«

Ich schüttelte nicht den Kopf, verlangsamte meinen Schritt aber auch nicht. Am Jahnplatz bog ich nach links ab Richtung Kesselbrink, der große hässliche Platz, auf dem samstags der Markt war. Da wollte ich eine Runde drehen, dann wieder zurück zum Jahnplatz und danach Richtung Brackwede.

Als wir an der Fußgängerampel vor Struppe & Winkler standen, dröhnte aus einer Kneipe Musik, und verebbte wieder, eine Tür fiel zu. Die Musik hatte nur aus wütendem Gebrüll bestanden.

»Sackgesicht«, hörte ich. Ich drehte mich um. Vor mir standen zwei Typen mit Bomberjacken und Springerstiefeln. Ihre Haare waren kurz geschoren. Es fehlten nur noch die Baseballschläger.

Balduin hatte sich auch umgedreht. Er zitterte wie Espenlaub. Wahrscheinlich wollte er was sagen, brachte aber nur ein »Äh-äh-äh« raus.

Der eine trat an Balduin heran und stach mit seinem Zeigefinger auf seine Schulter ein, um jede seiner Silben zu betonen: »Haben wir dir nicht gesagt, du sollst dich nicht mehr in unserem Gebiet blicken lassen, du Sackgesicht?«

Gebiet? Der Kesselbrink war voller Dönerläden und türkischen Friseurläden, die jetzt aber geschlossen hatten. Es gab zwei Asiashops und einen Afrikashop. Auf der anderen Seite war das Polizeigebäude. Trotzdem musste der Kesselbrink ein Skinhead-Mekka sein. Irgendwo war hier eine Kneipe, in der sich die Bomberjacken trafen. Ich hatte nur nicht gewusst, welche es genau war, denn es gab hier an jeder Ecke heruntergekommene Kneipen.

»Tschu-tschu-tschuldigung«, antwortete Balduin.

»Du Sackgesicht«, sagte nun auch die andere Bomberjacke. Die beiden sahen sich ähnlich wie Zwillinge. Der Linke trug aber eine blaue Bomberjacke, der Rechte eine grüne.

»Und nun?«, fragte der andere weiter.

»Ich-ich-ich werde verschwinden«, brachte Balduin heraus.

»Zu spät!«, schnauzte die blaue Bomberjacke, »Strafe muss sein!«

»A-a-aber wieso?«, piepste Balduin. Er fing an zu heulen und griff nach meiner Hand. Seine Hand war weich und klebte widerlich.

Als hätten die beiden mich vorher gar nicht bemerkt, starrten sie jetzt mich an. An ihren Blicken sah ich, dass ich nun auch dran war, egal was ich getan oder nicht getan hatte.

»Was bist du denn?«, motzte der Grüne.

Schon wieder musste ich mich fragen, ob es nicht besser gewesen wäre, zu Hause zu bleiben. Meine Antwort überraschte mich. Es war besser, um zwei Uhr morgens am Kesselbrink zu stehen, Hand in Hand mit einem stinkenden Verrückten und zwei Skinheads, die gleich alles kurz und klein schlagen würden.

»Kannst du nicht sprechen!«, brüllte der Grüne wie ein Oberfeldwebel und stampfte mit seinem Springerstiefel auf.

Auf einmal musste ich an das Lied von den Ärzten denken: »Deine Springerstiefel sehnen sich nach Zärtlichkeit …« Ich prustete los.

Die beiden guckten doof.

»Der macht sich lustich über uns«, sagte der Blaue.

»Das wird ihm vergehen«, bestimmte der Grüne.

»Der kann kein Deutsch«, sagte der Blaue. »Sieh ihn dir an, die krumme Nase. Das ist 'n Scheißkanake.«

Wie kam er denn darauf? Ich war blond.

»Kanaken dürfen nicht in unser Gebiet«, verkündete der Grüne. »Und besonders nicht Kanaken, die sich über uns Deutsche lustich machen.«

»Den machen wir genauso platt wie das Sackgesicht!«, sagte der Blaue.

Balduin heulte laut auf. Er heulte wirklich, er tat nicht nur so. Als ich kurz zur Seite schaute, liefen ihm Tränen die Wangen runter und Schnodder aus der Nase.

»B-b-bitte«, flehte er.

»Bitte was?«, fragte der Grüne sarkastisch.

»B-b-bitte eine Cola light koffeinfrei«, piepste Balduin.

Der ist wirklich nicht ganz dicht, dachte ich und fügte hinzu: »Aber pronto!«

Die zwei sahen sich an. Dann fassten sie sich wieder, der Grüne schneller als der Blaue: »Dieser Kanake ist sehr witzig. Mal gucken, ob er noch solche Sprüche bringt, wenn wir ihm die Scheiße aus dem Hirn kloppen.«

»Manni«, sagte der andere, »die kicken wir raus, die Scheiße, sonst werden unsre Hände schmutzich.«

»B-b-bitte!«, flehte Balduin wieder.

»Keine Gnade!«, brüllte der Grüne. Es klang nach einem Sturmbefehl für sich und seinen Kameraden.

»B-b-bitte!«, wiederholte Balduin.

»Was?«, motzte der Blaue automatisch, obwohl er keine Antwort wollte. Er war ganz auf mich konzentriert.

»B-b-bitte … eine Bratwurst ohne Senf!«, piepste Balduin.

Die beiden schauten ihn wieder ungläubig an. In dem Moment trat ich Manni in die Eier. Er schrie auf und krümmte sich. Der Blaue kam auf mich zu. Ich drehte mich ihm entgegen und traf ihn mit meinem Ellenbogen. Der Blaue fiel hin, war aber sofort wieder auf den Beinen und trat mich gegen das Schienbein. Es fühlte sich so an, als hätte er mit einem Baseballschläger zugeschlagen. Ich stöhnte auf. Der Blaue kam auf mich zu. Ich nutzte seinen Schwung aus und schlug ihm in den Magen. Er beugte sich nach vorn, als müsste er kotzen.

Ich griff Balduin am Ärmel, wir rannten vorbei an geschlossenen Dönerläden, an türkischen Friseuren, am Asiashop, über den Parkplatz, über die August-Bebel-Straße hin zum Polizeigebäude. Balduin keuchte und schnappte nach Luft. Er schien in seinem Leben noch nie zweihundert Meter gesprintet zu sein.

Als wir endlich neben dem Polizeigebäude ankamen, ließ er sich auf seinen dicken Po plumpsen und schnaufte weiter, fertig mit sich und der Welt.

»Puh«, sagte er. »Puh-puh-puh.«

Mein Schienbein machte sich wieder bemerkbar. Es schien wenigstens nicht gebrochen zu sein, sonst hätte ich ja nicht laufen können. Ich setzte mich neben ihn auf den Boden und schaute über die Straße, ob die beiden nachkamen. Dann wäre ich mit Balduin doch die zehn Meter ins Präsidium gegangen. Aber solange sie nicht kamen, ging ich nicht rein. Sonst hätte mich die Polizei gefragt, was ich um diese Zeit auf der Straße machte. Ich war nicht volljährig und es waren keine Schulferien.

Jonas und seine Eltern

»Addi!«, hörte ich hinter mir.

Hatten der Grüne und der Blaue einen großen Bogen gemacht, um von hinten heranzukommen? Aber die hätten meinen Namen nicht gekannt. Es war Jonas, ein Mitschüler aus meiner Parallelklasse. Er sah mit seiner runden Nickelbrille aus wie Harry Potter, wie ein Streber halt.

»Hey Jonas«, grüßte ich, als sei es das Normalste auf der Welt, mitten in der Nacht auf dem Bürgersteig zu sitzen.

»Was geht ab?«, fragte Jonas.

»So einiges. Was machst du hier?«, fragte ich ihn.

»Und was machst *du* hier?«

»Ich sitze hier«, sagte ich.

»Sehe ich«, stellte er fest. »Und ich bin auf dem Weg nach Hause.«

»Wo wohnst du denn?«

»Da vorne parallel zur August-Bebel-Straße.«

»Das wusste ich gar nicht.«

Ich hätte gedacht, dass so einer wie Jonas in Hoberge wohnte oder im Musikerviertel, wo auch Natalie wohnte.

Ich sah zwei Gestalten über den Kesselbrink gehen. Aber es waren nicht Manni und sein Kumpel. Doch es war nur eine Frage der Zeit, bis die beiden kamen.

»Kannst mich ja zum Kaffee einladen«, schlug ich vor.

»Und dein Freund?« Jonas schaute auf Balduin Pfiff.

»Der müsste mit«, sagte ich.

»Oh, danke«, sagte Balduin.

Natürlich war das mit dem Kaffeetrinken Unsinn. Es war schon komisch, dass Jonas überhaupt noch auf der Straße war. In seiner Hand hielt er eine Sporttasche.

»Kommst du vom Sport?«, fragte ich.

»Um diese Zeit.«

»Stimmt auch wieder«, gab ich zu.

»Dann kommt mal mit«, sagte Jonas.

Ich dachte, ich höre nicht richtig. »Was sagen denn deine Eltern dazu?«

»Die warten auf mich«, sagte er lässig.

Ich dachte an das Gekreische meiner Eltern. Gleich würde es auch bei Jonas' Eltern einen Aufstand geben, und das wäre ihm bestimmt peinlich. Ich jedenfalls würde im Boden versinken, wenn andere Leute die Prügeleien von dem seriösen Herrn Doktor und der netten Frau OP-Schwester mitkriegen würden. Ich fragte mich, wie meine Eltern sich während der Arbeit benahmen. Ich musste mir vorstellen, wie meine Mutter meinem Vater das Skalpell anreichte und giftete: »Und schneid diesmal ordentlicher, du Idiot!«

»Es gibt also Krach«, sagte ich.

»Wieso soll es Krach geben?«, fragte Jonas.

»Weils so spät ist und du nicht zu Hause.«

»Das ist doch ihre Schuld«, antwortete er.

Mich traf es wie ein Blitz: Seine Eltern waren genauso wie meine. Außen hui, innen pfui. Sie hatten sich auch geprügelt und Jonas hatte flüchten müssen. Vielleicht war es bei ihm sogar schlimmer. Er hatte schon seine Sachen gepackt. Deswegen die Sporttasche.

»Krach hab ich zu Hause schon genug«, sagte ich.

»Wieso immer ›Krach‹?«, fragte er.

Ich stand auf. Mein Schienbein tat immer noch weh.

»Bei uns gibts keinen Krach«, wiederholte er.

»Und was machst du dann um diese Zeit auf der Straße?«, fragte ich. »Du hast wohl aus Spaß deine Sachen gepackt.« Ich zeigte auf die Tasche in seiner Hand.

»Ach so«, bemerkte er nur trocken und stellte die Tasche ab.

Ich wartete darauf, dass er endlich zugab, abgehauen zu sein. Er zog den Reißverschluss auf, und ich sah Bierflaschen und Zigarettenpackungen.

»Was ist das?«, fragte ich, obwohl ich genau wusste, was es war.

»Bier und Zigaretten«, antwortete Jonas.

Ich hatte gar nicht gewusst, dass Jonas rauchte. Man sah ihn nie in den Raucherecken stehen. Und ich hätte nie gedacht, dass er trinkt. Er hatte immer so streberhaft gewirkt. Ich wusste, dass er ein Mathe-Ass war. Aber solche Typen konnten ja trotzdem mal einen draufmachen.

»Haben Sie auch alkoholfreies Bier?«, fragte Balduin.

»Gibts nicht«, sagte Jonas. »Nur mit.«

»Was hast du damit vor?«, fragte ich.

Er sagte: »Ich habs grad gekauft. An der Tanke.«

»Und damit willst du nach Hause?«, fragte ich weiter.

»Klar«, sagte er. »Ist ja schließlich bestellt.«

»Von wem?«, fragte ich, und Jonas schaute mich an, als sei ich wirklich blöd.

»Ist für meine Eltern, für wen denn sonst?«

»Was? Für deine Eltern?«

»Nun, willst du mit? Die warten schon.«

»Worauf?«, fragte ich.

»Meine Eltern hocken vorm Fernseher und haben kein Bier mehr.«

Er ging schon los. Ich kam mit, und auch Balduin stand auf und trottete hinterher.

»Wieso sind die noch wach?«, fragte ich. »Haben die Urlaub?«

»Hartz IV«, sagte er.

»Und du?«, fragte ich, während wir die Ampel überquerten. »Du musst doch früh raus.«

»Ja, ich mache immer durch und schlafe nachmittags.«

»Wieso?«

»Ich hab mich halt ihrem Tagesrhythmus angepasst«, bemerkte er nur.

Das hätte ich nie gedacht. Ich kannte Jonas zwar nicht gut, aber er hatte immer so gewirkt, als sei sein Vater Professor und seine

Mutter Bibliothekarin. Er sah so ordentlich aus, gehörte zu den besten Schülern, hatte Manieren. Er hätte sogar ein Adeliger sein können. Wir gingen das windschiefe Treppenhaus hoch. Er schloss die Wohnungstür auf. Es roch nach Zigarettenrauch.

»Bin wieder da!«, rief Jonas.

»Na endlich«, ertönte eine kratzige Frauenstimme.

Balduin und ich blieben stehen. Jonas ging ins Wohnzimmer, die Fernsehgeräusche wurden lauter, Qualm wehte in den Flur. Ich hörte, wie er sagte: »Hab zwei Freunde mitgebracht.«

»Schön«, sagte eine Männerstimme.

Glas klackte gegeneinander.

»Prost!«, sagte die Frauenstimme.

Jonas trat aus dem Wohnzimmer und zog die Tür hinter sich zu. Er kam auf uns zu und öffnete die Tür neben uns. Es war die Küchentür.

»Kommt«, sagte er.

Wir gingen in die Küche. Sie sah aus wie aus den Siebzigern. Bunte Blumen klebten auf den Kacheln.

»Setzt euch«, forderte Jonas uns auf.

Balduin und ich setzten uns auf die Eckbank. Ich rückte ein Stück von Balduin ab. Er stank noch bestialischer als vorhin.

»Hast du ein Deo?«, fragte ich Jonas. »Aber eins zum Sprühen.«

Er nickte, ging raus und kam mit einer Sprühdose »Axe« wieder. Ich hielt sie auf Balduin und besprühte ihn damit. Ich sprühte auf sein Hemd, seine Arme, Beine, nur das Gesicht ließ ich aus.

»Na gut, na gut!«, piepste Balduin und hob seine Arme, als würde ich ihn mit einer Pistole bedrohen.

Obwohl ich ohne Ende sprühte, merkte ich, dass es nichts half. Balduins widerlicher Geruch drang immer noch durch. Nur roch er jetzt süß-sauer-herb.

Jonas sagte: »Das hättest du mir gleich sagen sollen, Addi.«

»Was?«, fragte ich.

»Was du mit dem Deo vorhast.«

Ich wartete auf Jonas' Vorhaltungen, dass man so was nicht tun dürfte. Dass ich Balduin nun offen gezeigt hatte, wie bestialisch er stank.

Jonas ging aus dem Zimmer. Es war ihm wohl zu peinlich, dass ich Balduin so gekränkt hatte. Nach einer Weile kam er mit einer riesigen, whiskyfarbenen Parfümflasche wieder. Es war eindeutig ein Frauenparfüm. »Deo überdeckt nicht so gut«, sagte Jonas und drückte mir die Flasche in die Hand.

Ich zielte damit auf Balduin. »Na gut, na gut!«, piepste Balduin und hob wieder die Arme.

Ich sprühte und sprühte. Es roch süß. Die ganze Luft im Raum wurde süß und alles, was sich darin befand. Balduin, Jonas, ich, der Tisch, die Bank, die Schränke. Aber es war, wie vom Regen in die Traufe zu kommen. Dieses Parfüm war fast genauso widerlich wie Balduins Gestank. Ich schaute mir die Flasche genauer an. Das Parfüm hieß »Mist« und so roch es auch.

Jonas fing an, Kaffee zu kochen. Er füllte Pulver in die Maschine, gab Wasser hinein und stellte sie an.

»Koffeinfrei?«, fragte Balduin.

»Nein, mit«, antwortete Jonas.

»Oh«, sagte Balduin enttäuscht.

»Haste auch Tee?«, fragte ich Jonas.

»Ja.«

»Tee trinkt er«, sagte ich zu Jonas.

»Kein Problem«, sagte Jonas und setzte Wasser auf. Zu Balduin gewandt fragte er: »Welche Sorte?«

»Was haben Sie alles?«, fragte Balduin.

»Schwarz, rot, gelb, grün. Grün gleich zweimal. Wirklich grün und auch Pfefferminz.«

»Ui!«, piepste Balduin.

»Rot auch zweimal. Rooibos und Hagebutte. Ach, weiß gibts auch. Und bunt.«

»Was ist ›bunt‹?«, fragte Balduin.

»Früchteteemischung.«

»Was ist ›weiß‹?«, fragte Balduin. »Zuckerwattetee?«

»Weißer Tee einfach«, antwortete Jonas.

Ich merkte, dass meine Kehle ganz trocken war. »Hast du Wasser?«, fragte ich. »Ich verdurste.«

»Klar«, antwortete Jonas.

»Ich auch, ich auch!«, piepste Balduin. »Ich hätte auch gerne Wasser. Mit Eiswürfeln und Zitrone, bitte. Und bitte auch einen Tee.«

»Es gibt aber nur Aldi-Wasser«, sagte Jonas trocken.

Er stellte zwei Plastikflaschen auf den Tisch und drei Gläser. Dann holte er aus dem Kühlschrank eine Zitrone und einen Eiswürfelbehälter. Er gab zwei Eiswürfel in jedes Glas, schnitt die Zitrone, steckte auf jedes Glas eine Scheibe und fragte Balduin: »Nun. Was für einen Tee?«

»Einen bunten! Einen bunten, bitte!«, piepste Balduin.

Ich goss in jedes Glas Wasser ein und trank mein Glas sofort aus, schenkte mir wieder ein und trank wieder aus.

Jonas holte Kaffeetassen, Milch und Zucker. Er schenkte ein. Ob der Kaffee duftete, wusste ich nicht. Alles roch nach süßem Parfüm. Aber der Kaffee tat gut. Balduin bekam den Becher Tee.

Es war seltsam, hier zu sitzen. Die karierte Tischdecke war aus Plastik und abgenutzt, genauso wie die Plastikblumen in der Messingvase. Die Küchenschränke stammten aus den Siebzigern, die Gardinen waren gelb. Ich dachte an unsere piekfeine Küche von *bulthaup,* auf die meine Mutter so stolz war. Versenkbare Knöpfe, Schubladen, die zugingen, wenn man sie nur antippte, Induktionskochfelder, einen modernen Dampfgarer. Wir hatten keine Plastik-Kaffeemaschine, sondern einen Edelstahl-Vollautomaten von WMF mit automatischem Reinigungsprogramm und einen Wasserkocher im Porsche-Design.

»Schön haben Sies hier«, sagte Balduin und trank seinen Tee.

»Danke«, sagte Jonas.

Mittlerweile wurde es schon hell. Meine Eltern schliefen jetzt bestimmt. Mein Vater im Gästezimmer, meine Mutter im Schlafzimmer. In drei Stunden fing die Schule an. In der ersten Stunde Deutsch, dann Bio. Heute hatte ich sechs Stunden. Ein langer Tag.

Ich fragte Jonas: »Was hast du in der Ersten?«

»Mathe. Da fällt mir ein …« Er ging raus.

Balduin schlürfte abwechselnd seinen Tee und das Wasser. Er nahm die Zitronenscheibe vom Glas und biss genüsslich rein. Sein seliger Gesichtsausdruck verriet, dass er auf Wolke sieben schwebte. Ich nahm meine Zitronenscheibe und reichte sie ihm.

»Oh, oh!«, rief er erfreut und biss sofort hinein.

Ich klaute Jonas' Scheibe von seinem Glas und reichte auch sie weiter. Balduin schwebte weiter auf seiner Wolke.

Jonas kam mit einem Heft wieder, starrte auf sein Glas, bemerkte die fehlende Zitronenscheibe, sagte aber nichts dazu. Er schaute auch auf unsere Gläser, an denen ebenfalls die Zitronenscheiben fehlten, und sah die gelben Streifen vor Balduin liegen. Jonas ging zum Kühlschrank und schnitt neue Zitronenscheiben. Er legte sie auf einen Teller und stellte ihn vor Balduin ab.

»Ui«, sagte Balduin und machte sich ans Werk.

Jonas schlug sein Heft auf und kritzelte.

»Was ist das?«, fragte ich.

»Entschuldigung. Ich muss noch die Matheaufgaben machen«, sagte er, und mir fiel ein, dass ich in der dritten Stunde auch Mathe hatte. Aber Jonas war ja in der anderen Klasse. Er hatte nicht dieselben Aufgaben wie ich. Ich konnte nicht von ihm abschreiben.

Er kritzelte, streckte manchmal seine Zungenspitze konzentriert aus einem Mundwinkel, kaute auf seinem Kuli herum und schlug das Heft zu. Das waren noch nicht mal fünf Minuten gewesen.

»Habt ihr immer so wenig auf?«, fragte ich.

»Wie mans nimmt«, antwortete Jonas.

»Ich muss nach Hause. Duschen und Zeug packen«, sagte ich.

»Und ich?«, fragte Balduin.

»Das müssen Sie selbst wissen«, antwortete ich.

»Aber wohin soll ich?«, jammerte er.

»Ich bin doch nicht Ihr Kindermädchen.«

Es klopfte an der Küchentür. Hinter der Milchglasscheibe sah man eine Kontur.

»Nacht«, rief eine Männerstimme.

»Gute Nacht, Vater«, rief Jonas zurück.

Die Kontur entfernte sich, kam aber wieder an die Tür.

»Was … riecht denn hier so?«, fragte sein Vater.

»Wir haben mit Mutters Parfüm rumgesprüht.«

»Wieso denn das?«

»Ich hab das Billigste genommen.«

»Kaufst du ihr zum Muttertag ein Neues?«

»Ja.«

»Guter Junge.« Der Vater ging weg.

»Muttertag ist erst nächstes Jahr wieder«, bemerkte ich.

»Ich weiß«, sagte Jonas. »Aber sie hat zig Flaschen. Morgen bestellt sie sich wieder was bei Neckermann.«

»Wieso geht sie nicht zu Douglas?«, fragte ich. »Da kann man es wenigstens testen.«

»Da müsste sie ja bar zahlen.«

»Und mit Karte?«

»Die ist gesperrt.«

»Und wie zahlt sie bei Neckermann?«

»Sie bestellt immer auf Rechnung und zahlt nicht«, sagte er.

Balduin war ganz aufgeregt: »Zur Kleiderkammer kann sie, Ihre Mutter, da erhalte ich auch immer meine Kleidung. Man muss da nichts zahlen.«

»Ich glaub nicht, dass die da auch Parfüm verteilen«, sagte ich.

»Danke für den Tipp«, sagte Jonas, »aber sie kauft ihre Kleidung bei Otto.«

»Und du?«, fragte ich.

»Ich geh in den Schlussverkauf.«

»Ach so«, sagte ich.

»Ich verdien mir nebenbei was dazu. Zeitungen austragen. Nachhilfe. Hab auch schon mal geputzt.«

»Ich wollte auch mal putzen«, piepste Balduin. »Aber mein Bauch ist zu dick.«

Ich schaute beschämt weg. Das hatte ich noch nie gehört, dass jemand aus unserer Schule putzen ging. Aber Jonas schien das nicht peinlich zu sein.

Draußen war es schon ganz hell.

»Ich muss jetzt wirklich gehen«, sagte ich und stand auf.

»Ich bring euch noch zur Haustür«, sagte Jonas.

Als wir zu dritt die Treppe runtergingen, fragte ich mich wieder, wie ich diesen Balduin loswerden sollte. Er musste doch irgendwo die letzten Jahre geschlafen haben. Nur weil ich ihn einmal zum Essen eingeladen hatte, musste ich mich doch nicht für den Rest meines Lebens um ihn kümmern.

Ich ging zielstrebig zum Bahnhof. Die Bäckerei hatte bestimmt schon auf und ich konnte mir ein belegtes Brötchen kaufen. Obwohl ich kein Wort sagte, lief mir Balduin mit seinen klackenden Schuhen hinterher. Auf der Straße waren schon einige Leute unterwegs, aber es war immer noch nicht viel los. Das Klacken von Balduins Schuhen war ziemlich laut. Die Männer vor uns drehten sich bei dem Geräusch erwartungsvoll um, weil sie eine Frau in High Heels erwarteten. Wenn sie stattdessen Balduin erblickten, stand ihnen die Enttäuschung ins Gesicht geschrieben.

Die Bäckerei im Bahnhof hatte wirklich schon auf. Ich entschied mich für ein Schinken-Ei-Brötchen. Balduin hüpfte von einem Bein aufs andere. Er ging mir langsam auf die Nerven.

Ich verdrehte die Augen. »Wollen Sie auch ein Brötchen?«

»Au ja!«, piepste er.

Die Meute in der Herbert-Hinnedahl-Straße

Balduin und ich gingen vom Bahnhof aus zur Straßenbahn. Obwohl es so früh war, standen vor dem gläsernen Dach schon die ganzen Junkies. Ich fragte mich, ob sie so früh aufgestanden oder so wie ich noch gar nicht ins Bett gegangen waren.

»Ein bisschen Kleingeld?«

Ich schüttelte den Kopf. Aber ich merkte, dass der Punk gar nicht mich gemeint hatte, sondern Balduin hinter mir.

»Hab nichts«, piepste er.

»Piekfein im Anzug und keinen Groschen übrig!«

Ich drehte mich um. Der Typ hatte ein schwarzes Hemd an. Seine Haare waren grün, jedenfalls zur Hälfte. Für die andere Hälfte hatte es wohl nicht mehr gereicht. Seine tätowierten Arme zeigten Totenköpfe und einen Adler. Ich glaubte auch ein paar Einstiche zu sehen. Er war eindeutig besoffen, denn er schwankte und hielt eine braune Bierflasche in der Hand. Anstatt weiterzugehen, blieb Balduin stehn. Wenn der Typ nicht völlig benebelt gewesen wäre, hätte er erkannt, dass Balduin trotz des Anzugs kein feiner Herr war. Dass ihm die Hose viel zu kurz war, dass sein Jackett abgenutzt war, dass nicht teures Gel in seinen Haaren klebte, sondern Eigenfett.

»Tut mir leid, mein Freund«, piepste Balduin weiter. »Ich kann Ihnen wirklich nichts geben.«

»Können tust du schon, aber wollen tust du nicht«, motzte der Punk. »Ihr Reichen gebt nichts ab, noch nicht mal ein bisschen Kleingeld.«

»Ich hab wirklich nichts«, jammerte Balduin. »Sonst würde ich Ihnen doch etwas geben.«

»Kommen Sie schon!«, rief ich und stellte mich auf das Laufband, das hier eine Rolltreppe ersetzte.

»Hast teuer beim Bäcker eingekauft, und unsereins muss hungern!«, brüllte der Punk. »Du fettes Schwein!«

Balduin schaute verdutzt auf seine Brötchentüte. Der Punk kam näher. Balduin ging einen Schritt zurück, stolperte und fiel nach hinten. Ich sprintete das Laufband wieder hoch und sprang dazwischen. Der Punk wich zurück.

»Du bist doch einer von uns«, meinte er überrascht.

Das war ja was ganz Neues. Ich musste ziemlich fertig aussehen.

Nun kamen auch die anderen Gammler näher. Kein Wunder. Wenn man den ganzen Tag nur seine Bierflasche vor Augen hat, ist man froh über jede Abwechslung.

Ich reichte Balduin die Hand, damit er endlich aufstand. Von allein schien er das nicht vorzuhaben. Er war schwer wie ein Walross. Als er stand, bückte er sich, um seine Brötchentüte aufzuheben, da trat ihm der Punk ins Gesicht.

Balduin plumpste auf die Seite. Der Punk fiel auch, denn ich warf mich auf ihn. Die Meute schrie: »Toby! Toby! Zeigs ihm! Steh auf!«

Toby stöhnte. Sein Alkohol-Atem war widerlich.

Ich drückte mich hoch und sah zu Balduin. Er lag immer noch auf der Seite, stützte sich mit einer Hand ab und betastete mit der anderen Hand seinen Mund. Etwas Blut tropfte unter seiner Hand hervor.

»Steh auf!«, sagte ich. Rundherum hörte ich wieder »Toby! Toby! Zeigs ihm! Lass ihn nicht abhauen!«

Vielleicht mischte sich die Meute gleich in den Kampf ein.

»Steh auf!«, schrie ich Balduin an. Er schien kapiert zu haben, berappelte sich und lief, so wie Dicke halt laufen, an mir vorbei in die unterirdische Straßenbahnstation. Ich hatte noch nie jemanden von dieser Meute da unten gesehen. Da waren Kameras. Die Junkies hielten sich nur draußen auf. Das war ein ungeschriebenes Gesetz.

Toby, der wieder auf den Beinen stand, sah Balduin davonflitzen und wollte hinterher. Ich stellte ihm ein Bein, und er klatschte der Länge nach hin. Ich sprang über ihn hinweg und lief auch nach unten. Hinter mir schrie die Meute wieder: »Steh auf Toby! Mach ihn kalt!«

Balduin saß in der unteren Ebene auf einer Stahlbank. Er hielt sich immer noch den Mund.

Ich griff in meine Hosentasche und gab ihm eine Packung Taschentücher.

Er pickte sich eins mit seinen Wurstfingern raus und betupfte seine Lippe. Sie war aufgeplatzt.

»Das muss vielleicht genäht werden«, sagte ich.

»Mein Zahn«, antwortete er.

Ich wusste nicht, was er meinte.

»Mein Zahn wackelt«, sagte er.

»Dann brauchst du einen Zahnarzt«, sagte ich. »An der Hauptstraße ist einer, da kannst du gleich hingehen.«

Balduin sagte nichts. Ich schaute die Treppe hoch, ob Toby nicht doch nachgekommen war. Hier unten waren die Gleise. Der Boden war glatt. Wenn er hierhin kam, konnte alles passieren.

Nach einer Ewigkeit kam endlich die Linie 1, und wir stiegen ein. Die Bahn war halb leer. Nachdem wir am Adenauerplatz vorbei waren, rannte Balduin auf einmal zur Tür. Hinten sah ich zwei Männer, die wie Kontrolleure aussahen. Die Bahn hielt an der Station »Bethel«. Balduin drückte heftig auf den Schalter. Als die Tür sich endlich zu beiden Seiten aufschob, stürmte er raus, rannte dabei fast eine Oma um und lief klackend davon.

Ich zeigte den Kontrolleuren brav meine Monatskarte und stieg an der Normannenstraße aus.

Mein Fenster stand immer noch auf. Es war aber etwas zu hoch. Ich wusste, dass auf der Terrasse Gartenstühle standen. Ich ging ums

Haus, holte mir einen, stellte ihn unters Fenster und stieg ein. Es war schon später, als ich gedacht hatte. Ich packte meine Schulsachen in den Rucksack und hörte, wie meine Mutter aus ihrem Zimmer kam und ins Bad ging. Als ich die Duschgeräusche hörte, schloss ich meine Tür auf, lief durch den Flur und zum Ausgang hinaus. Ich lief die Straße hinunter und ärgerte mich auf einmal. Wieso hatte ich mich nicht kurz mit einem Waschlappen in der Küche gewaschen? Oder wenigstens frische Wäsche angezogen? Ich stank nach Schweiß und – noch schlimmer – nach süßem Frauenparfüm.

Eisbären

Im Klassenzimmer setzte ich mich zu Ralph in die letzte Reihe.

»Mann, warst du im Puff?«, fragte er.

»Ja, mein Vater und ich haben einen draufgemacht«, sagte ich. »Er hat alles ausgegeben. Auch die vier Flaschen Champagner.«

»Mann, ist ja cool«, ächzte er. »Und was sagt deine Mutter dazu?«

»Die arbeitet doch neuerdings da.«

»Wirklich?«

»Nein.«

»Du Blödmann«, sagte er laut. »Haste etwa eine neue Freundin? Kannste ihr kein besseres Parfüm kaufen?«

Natalie drehte sich um, als sie »neue Freundin« hörte.

»Addi hat eine neue Freundin?«, rief sie. Dann sah sie mich an: »Wie siehst du denn aus? Wie ein Clochard.«

»Kann ja nicht jeder so schön sein wie du«, antwortete ich.

Lukas rief von der Seite: »Wer ist es?«

»Kennt ihr nicht«, sagte ich.

»Nicht von der Schule?«, fragte Lukas weiter, und ich schüttelte den Kopf.

Sollten die das ruhig denken. Dann würde Natalie endlich aufhören, hinter mir herzulaufen. Wenn ich eins sicher wusste, war es das: nie wieder Natalie.

Jessica und Jaqueline schauten auch rüber. Jessica war streberhaft und Jaqueline kindisch. Dazu sahen beide noch … sie sahen einfach scheiße aus.

Frau Bäcker betrat die Klasse und wünschte einen guten Morgen.

Ich hatte Hunger. Das Brötchen hatte ich bei der Rangelei verloren. Ich war müde, ich wollte schlafen. Vorher würde ich duschen, die Jalousien herunterlassen und –

»Adelbert!«

Ich schreckte hoch.

»Ich habe dich etwas gefragt«, sagte Frau Bäcker streng.

»Was denn?«

»Wenn du nicht immer träumen würdest, müsste ich nicht alles wiederholen. Worum geht es in der Erzählung *Eisbären* von Marie Luise Kaschnitz?«

Jetzt fiel mir wieder dieser Text ein. Ich hatte ihn nicht gelesen.

»Nun?«

Eisbären, Eisbären, Eisbären, dachte ich. Manchmal hatte es geklappt, einfach irgendwas zu sagen. Man konnte jeden Mist sagen, solange man diesen Mist erklären konnte. Eisbären, dachte ich wieder und sah einen zotteligen Eisbären auf einer Eisscholle treiben.

Ich sagte: »Um die Klimaerwärmung.«

Eine Sekunde lang war es still, dann tobte die ganze Klasse. Ralph brüllte vor Lachen und schlug mit seiner Hand auf den Tisch.

»Wenn du den Text genauer gelesen hättest, wüsstest du, dass das Unsinn ist«, sagte Frau Bäcker. »Denk doch mal nach. Wieso kommen ausgerechnet Eisbären vor? Wieso würde diese Geschichte mit Braunbären weniger gut funktionieren?«

Oh Gott, ich war so müde. Konnte sie mich nicht einfach in Ruhe lassen?

»Weil Weißbären weiß sind und Braunbären braun«, antwortete ich.

Ich hätte einfach die Klappe halten sollen. Die Klasse tobte noch mehr. Ralph hielt sich den Bauch und brüllte: »Du Intelligenzbestie, du!«

Es meldete sich endlich jemand: Jessica. Sie erklärte in einem langen Vortrag, dass Eisbären längere Hälse hätten als die anderen Bären. Sie würden als Vergleich zu der Frau herangezogen werden, da die Frau im Zoo auch ihren Hals hin- und hergedreht hätte. Die Frau hätte Ausschau nach einem anderen Mann gehalten. Es ginge um ihre Beziehung, ja eigentlich nur um den Anfang der Beziehung. Es ginge um eine Lebenslüge, im symbolischen Sinn auch um Kälte und so weiter und so fort.

Ich konnte nicht mehr zuhören, legte meinen Kopf auf den Tisch und verfiel in einen Dämmerzustand.

Alicia

Die Biostunde verschlief ich auch. Zum Glück kam ich nicht dran.

In der großen Pause kaufte ich mir zwei Hanutas vom Schulkiosk und zog mir einen Kaffee aus dem Automaten. Dann schlenderte ich zu Ralph, Lukas und Justin. Genüsslich aß ich ein Hanuta und trank meinen Kaffee. Das tat gut. In der Morgensonne zu stehen und nicht befürchten zu müssen, auf weitere Schlägertypen zu treffen. Soviel ich wusste, hatte es bisher nur zwei Schlägereien auf dem Schulhof gegeben, und die lagen über drei Jahre zurück. Es gab ja auch immer einen Lehrer, der Aufsicht hatte. Hier war alles sicher. Alles normale Gymnasiasten, die nicht besoffen waren und keine Schutzgelder einforderten. Eigentlich war es nicht schlecht, in der Schule zu sein. Die drei unterhielten sich über die Bundesliga, ob Arminia wieder absteigen würde und dass die Stehplätze bestimmt wieder ausverkauft seien, dann müsste man ja teure Sitzplätze kaufen und so weiter und so fort.

Ich drehte meinen Kopf nach rechts, nach links. Ich bin auch ein Eisbär, dachte ich. Es hatte aber noch niemand bemerkt, dass ich in den Pausen immer Ausschau hielt – nach Alicia.

»Alicia« – was für ein wunderschöner Name. Sie war klein und pummelig. Ich kannte niemanden, der auf pummelige Mädchen stand, aber das war mir egal. Alicia hatte das schönste Gesicht auf der ganzen Welt. Vor allem hatte sie eine seltsame Art an sich. Ja, Alicia war mein Schwarm. Sie war das Mädchen, das ich ewig beobachten konnte, ohne dass mir langweilig wurde. Sie war der Grund, weswegen ich seit einem halben Jahr keinen Tag die Schule geschwänzt hatte. Auch wenn sich meine Eltern die ganze Nacht gestritten hatten und ich am liebsten im Bett liegen geblieben wäre, nachdem sie aus dem Haus waren.

Sie war vor einem halben Jahr auf unsere Schule gekommen. Ich hatte am Kiosk wieder mal eine Handvoll Duplos gekauft, und als ich bezahlt hatte und mich umdrehte, stand Alicia vor mir. Ich war zu verblüfft, um zur Seite zu gehen. Sie schaute mich aus ihren dunklen Augen an. Ich schaute sie auch an, aber sie schaute nicht weg, so wie man wegschaut, wenn andere einen direkt anschauen. Sie hätte an mir vorbeigehen können, aber ihr Blick sagte: Geh du zur Seite. Du stehst hier falsch und nicht ich.

Ich war aber zu versunken. Langsam wurde die Schlange hinter ihr unruhig. »Wir wollen auch noch was kaufen!«, tönte es. Das war an Alicia gerichtet gewesen, aber sie drängte sich immer noch nicht an mir vorbei, sondern schob mich sanft zur Seite und trat dann an den Tresen.

Sie war eine Klasse unter mir, in der 9 a. Kevin, ein Nachbarsjunge, war in derselben Klasse. Ich hatte ihn unauffällig ausgefragt und erfahren, dass sie Alicia hieß und eine Roma war, eine »Zigeunerin«, wie er sagte. Sie war die einzige »Zigeunerin« auf der Schule. Einiges wusste ich auch aus meinen Beobachtungen. Sie blieb eine Außenseiterin in ihrer Klasse. Manchmal stand sie mit einem sehr fetten Mädchen aus der Achten zusammen, oft aber auch alleine. Sie aß keine Butterbrote wie alle anderen, sondern hatte immer Essen in seltsamen Behältern mit.

Ich ging manchmal wie zufällig direkt an ihr vorbei, und das Essen sah immer köstlich aus. Gewürztes Fleisch mit Gemüse, Reis oder selbst gebackenem Brot.

Ich hatte nie gewusst, wie ich sie ansprechen sollte. Deswegen war es immer nur beim Schauen geblieben. Manchmal hatte ich mir vorgestellt, wie ich zu ihr ging und sie zum Eis einlud. Dann musste ich mir aber auch gleichzeitig ihre Antwort vorstellen. Und in meiner Vorstellung hatte sie immer »Nein« gesagt.

Wo war sie heute? Sie saß meistens ganz rechts, am Rand der langen Bank. Manchmal stand sie auch hinten vor der Tür. Ich ließ meinen Blick noch einmal über alle Bänke schweifen. Auf einer saß Frau Engelmann, eine junge Referendarin. Sie aß einen Apfel und schaute in ein Buch, anstatt wie die anderen Lehrer ihre Runden zu drehen. Sie nickte manchmal zu ihrer Musik, die aus ihren Ohrstöpseln kam.

War Alicia heute nicht da? Hätte ich das gewusst, hätte ich mich zu Hause ins Bett gelegt.

Ich sah mich weiter um, obwohl ich schon mit meinen Blicken alles abgesucht hatte. Ob sie krank war? Oder weggezogen?

»Addi!«

Ralph tippte mir auf die Schulter.

»Was?«

»Ob ich dir morgen eine Karte mitbringen soll.«

»Karte?«

»Mann! Eine Karte!«

»Wieso?«

Er stöhnte und ließ genervt seinen Kopf hängen: »Ich frage dich also zum dritten Mal, ob ich dir eine Karte mitbringen soll!«

Ich wusste immer noch nicht, was für eine Karte er meinte. Seit dem Kaffee war ich zwar wach, aber wach in Gedanken an Alicia.

Lukas und Justin grinsten. Lukas nuschelte: »Der ist ganz schön verknallt in seine Neue. Muss ja 'ne heiße Schnitte sein.«

»Arminia gegen Bayern«, sagte Ralph genervt.

»Bist du bescheuert, natürlich will ich 'ne Karte.«

»Vielen Dank, dass ich mich morgen eine Stunde anstellen darf, um dir eine Karte zu besorgen.«

»Es soll nicht zu deinen Ungunsten sein«, sagte ich. Ich steckte ihm mein zweites Hanuta in die Hosentasche und sagte großzügig: »Aber nicht alles auf einmal.«

Er nahm das Hanuta aus der Tasche, betrachtete es ausgiebig und sagte: »Besser als gar nichts.«

Ich entdeckte Kevin auf der anderen Seite des Schulhofs. Irgendwas war komisch. Seit einem halben Jahr hatte ich Alicia schon beobachtet, und weil ich mich für alles um sie herum interessierte, wusste ich, wer alles in ihrer Klasse war, auch wenn sie mit diesen Leuten nichts zu tun hatte. Die Cliquen der 9 a standen normalerweise immer in bestimmten Ecken, aber jetzt sah ich niemanden.

Waren sie auf Klassenfahrt? Aber was machten dann Kevin und sein Kumpel hier?

Obwohl mich Ralph schon wieder etwas fragte, ließ ich ihn stehen und ging auf Kevin zu. »Hey Kevin«, sagte ich.

»Addi«, erwiderte er.

»Was machst du so?«, fragte ich harmlos. »Willst du auch mit zum Bayern-Spiel? Ralph geht morgen Karten kaufen.«

Ralph würde mir was erzählen. Bei solchen Spitzenspielen durfte jeder nur zwei Karten kaufen, und Kevin war nicht sein Fall.

»Du Addi, ich hab grad keine Zeit, können wir in der nächsten Pause darüber reden?« Er wirkte tatsächlich etwas gehetzt.

»Was ist denn los?«, fragte ich.

»Ich weiß nicht … kannst dus für dich behalten?« Anspannung lag in seiner Stimme.

»Kennst mich doch«, sagte ich.

Er drehte sich noch mal zu seinem Kumpel um: »Kommst du nun mit, John? Ja oder nein?«

John schüttelte den Kopf, sagte: »Kannste vergessen«, und ging weg.

»Na dann komm«, sagte Kevin zu mir.

Während wir über den Schulhof gingen, weihte er mich ein:

Andrea und Laura hatten sich mit Alicia vor der ersten Stunde gestritten. Andrea hatte Alicia als »stinkende Zigeunerin« beschimpft, »die vergast gehört«, was nach Kevins Meinung ja auch zutreffen würde (nicht das »vergast gehört« natürlich, sondern nur die »stinkende Zigeunerin«), und Laura hatte Alicia bespuckt. Das hatte ein Lehrer zufällig aus einem Fenster beobachtet, und nun sollten Andrea und Laura von der Schule fliegen.

Die ganze Klasse (außer John, daher sollte Kevin noch einmal zu ihm gehen und ihn überreden, doch mitzumachen) hatte sich daraufhin zusammengetan und beschlossen, dass jeder Mitschüler Alicia eine runterhauen sollte (nichts Schlimmes, nur eine leichte Ohrfeige), denn der Direktor musste dann konsequent sein und die ganze Klasse von der Schule schmeißen, was gar nicht möglich sei. Also musste er dann zähneknirschend hinnehmen, dass Andrea und Laura (die tollsten Mädchen auf der Welt) bleiben durften. Alicia schadete eh nur dem Ruf der Schule. Wer würde denn seine Kinder auf eine Schule schicken wollen, auf der auch Zigeuner waren? Jedenfalls, je mehr Schüler Alicia eine runterhauten, desto besser. Also sei es gar nicht schlecht, dass ich auch mitmachte. Alle Schüler aus allen Klassen sollten ihr eine runterhauen. Die ganze Schule am besten.

Ich schmiss den Kaffeebecher weg.

Wir gingen den engen Weg um das Gebäude herum und befanden uns nun an der Rückseite der Turnhalle. Zur anderen Seite war nur freies Feld. Ganz hinten stand die Ansammlung. Wir gingen auf sie zu.

Simon, der Größte und Kräftigste aus der Klasse, hielt Alicia von hinten an den Armen fest. Sie schrie nicht wild um sich, versuchte ihm aber auf die Füße zu treten. Das gelang ihr auch, aber da sie keine Pfennigabsätze trug, brachte das wenig.

Die Klasse 9 a stand in einem Halbkreis da, so ähnlich wie die Meute von heute Morgen. Nur dass es diesmal keine drogensüchtigen Punks waren, sondern verwöhnte Schüler, die aber anscheinend nicht weniger durchgeknallt waren.

»Addi«, rief eine Stimme von der anderen Seite zu mir rüber. Ich drehte mich um.

Es waren Natalie und ihre Busenfreundin Katja, die gerade um die Ecke gekommen waren.

Natalie lief mir aber auch überall hinterher. Dass sie mir nicht noch aufs Klo folgte, grenzte an ein Wunder. Aber diesmal war das gar nicht so unpraktisch.

Ich rief: »Natalie! Lauf zurück und hol die Lehrer!«

»Was soll das, Addi!«, schrie Kevin.

»Los! Du siehst doch, was hier abgeht! Lauf!«, rief ich.

»Weshalb sollte ich das tun, Addi?«

Ich dachte: Wenn man solche Exfreundinnen hat, braucht man keine Feinde mehr.

»Mach schon, Natalie!«

»Vielleicht stolpere ich beim Laufen. Ich habe doch keine Laufschuhe an«, meckerte Natalie.

Ich sah mich kurz um. Die anderen glotzten nur blöd wie Schafe. Ich wendete mich wieder Natalie zu.

»Mach endlich! Hol die Lehrer, verdammt noch mal!«

Mir lag auf der Zunge: Wenn du jetzt nicht sputest, polier ich nicht nur der gesamten 9 a die Fresse, sondern auch dir.

»Ich könnte umknicken und mir eine Sehne reißen, Addi. Ist dir das denn egal?« Sie warf ihr Haar zurück.

»Dann zieh dir die verfickten Schuhe halt aus, Mann!«

»Addi, wie sprichst du denn?«

»Scheiße, Mann, Natalie, was willst du, verdammt?«

»Dass du mal wieder nett zu mir bist, Addi.«

»Morgen Abend Kino«, brüllte ich. »Und jetzt lauf!«

Natalie verschwand wirklich. Sie lief zwar nicht, ging aber wenigstens zügig und heftig mit dem Hintern wackelnd weg. Katja folgte ihr.

»Du Verräter«, zischte Kevin.

Die Meute hatte sich geteilt. Sie stand jetzt seitlich um Alicia und Simon herum. Nur Kevin hatte sich drei Meter vor sie gestellt und versperrte mir den Weg. Ich ging auf ihn zu, aber er machte keine Anstalten, zur Seite zu treten. Vielleicht fühlte er sich verantwortlich. Er hatte mich schließlich mitgenommen.

»Hau ab«, sagte ich, als ich direkt vor ihm stand.

»Nein, *du* haust ab«, zischte er.

»Was soll das, Kevin.«

Kevin rief den anderen zu: »Los, fangt an. Dann schaffen wirs noch, bevor die Lehrer kommen.«

Ich schlug ihm ins Gesicht. Blut strömte aus seiner Nase.

»Bist du verrückt?«, fragte Kevin ungläubig. Er hielt sich die Nase, ging aber trotzdem nicht zur Seite und jammerte nasal weiter: »Das sag ich deinem Vater!«

Ich schubste ihn zur Seite und ging weiter. Alicia stand vor mir, die Arme auf dem Rücken und dahinter Simon.

»Lass sie los, du Arsch«, sagte ich.

Zu meiner Überraschung ließ er sie wirklich los.

»Hast du Arsch gesagt?«, fragte er drohend und kam auf mich zu. »Hast du Arsch zu mir gesagt?«

Nun sah ich ihn in voller Größe – und Breite. Er trug ein Muskel-Shirt, das nur Typen trugen, die dem Wort »Muskel« auch alle Ehre machten. Er hatte mächtige Bizeps, war mit seinen fünfzehn Jahren ein richtiger Goliath. Eigentlich konnte ein Fünfzehnjähriger gar nicht so groß sein. Mir fiel ein, dass er zweimal sitzen geblieben war. Er musste schon siebzehn oder achtzehn sein.

»Hast du mir noch etwas zu sagen?« Er hatte gemerkt, dass seine Statur mich beeindruckte.

»Ja, wenn du erlaubst.«

Er wartete.

»Du solltest deinen Anabolika-Anbieter wechseln.«

Er schaute irritiert.

»Weil –«, erklärte ich ihm, »es nicht schön aussieht, wenn deine Bizeps fetter sind als dein Arsch.«

Er kam auf mich zu. Ich ging ihm entgegen und boxte ihn in den Bauch. Der war aber hart und unnachgiebig. Simon hatte noch nicht einmal gezuckt. Ich gabs nicht gern zu, aber sein Bauch war härter als meine Faust.

Ich hörte die Meute schreien »Simon! Simon! Zeigs ihm!«, und ich dachte: Wieso wiederholt sich immer alles in einer Endlosschleife?

Er rammte mir seine Faust ebenfalls in den Bauch, und mir blieb die Luft weg. Ich krümmte mich. Er schlug mir gegens Kinn, und ich fiel hin. Er warf sich auf mich. So musste es sich anfühlen, wenn man von einem riesigen Betonklotz erschlagen wird.

»Simon! Simon!« ging das Gebrüll weiter. Ich bekam keine Luft mehr. Das schien Simon nicht zu reichen. Ich kriegte noch eine gelangt, und ich merkte, wie ich ein Gefühl von Schnupfen bekam, Blut lief mir aus der Nase. Es roch nach Eisen. Als ich den Kopf ein wenig hob, lief es mir in den Mund. Komischerweise dachte ich in diesem Moment: Natalie hat die Lehrer nicht geholt. Wenigstens muss ich jetzt nicht mit ihr ins Kino.

Ich hörte Kevins Stimme aus der Meute schrill herausschreien: »Mach ihn fertig! Mach ihn *richtig* fertig!«

Simons Pranken legten sich um meinen Hals. Er würgte mich, und das war sein Fehler. Muskeln konnte man sich antrainieren. Mein Vater hatte aber immer gesagt: Gelenke bleiben doch

Schwachstellen. Ich presste mein Kinn auf den Hals, packte mit beiden Händen seine linke Hand und drehte sie in einem Zug nach außen, bis es knackte.

In dem Moment kam Natalie mit drei Lehrern um die Ecke, und Simon fiel nach links rüber und schrie: »Auaaah! Meine Hand!«

Das Fußballspiel

In der großen Pause hat sich die gesamte Klasse 9 a (ausgenommen dem Schüler John Allen, der Schülerin Alicia Fabianova und den Schülerinnen Andrea Winkelmann, Laura Wörheide): Luca Adler, Benjamin Aust, Luis Axmann, Frauke Bendick, Sarah Bendorf, Frank Chluba, Jessica Deschner, Peter Fahle, Simon Jacobi, Kevin Jäger, Andreas Kettermann, Christoph Marten, Lisa Meyer, Anna Möllmann, Jan Nossek, Fabian Paduschek, Philip Radau, Maximilian Redecker spontan zu einem Fußballspiel getroffen. Auch ein Schüler aus der 10 a, Adelbert Hollenbach, ist zugegen gewesen.

Als Torbegrenzungen haben Kaffeebecher gedient. Der Ball ist ein richtiger Lederfußball gewesen, der durch den hohen Innendruck sehr hart aufprallte. Er muss hinterher abhanden gekommen sein. Den Ball haben die Schülerinnen Andrea Winkelmann und Laura Wörheide mit in die Schule gebracht. Aber sie sind nicht beim Spiel anwesend gewesen.

In den Toren haben die Schüler Simon Jacobi und Kevin Jäger gestanden. Der Schüler Adelbert Hollenbach hat einen guten Schuss. Er schoss mehrmals aufs Tor. Der Torwart Kevin Jäger hatte den Ball einmal jedoch zu spät gesehen. Der Ball traf frontal sein Gesicht. Er trug ein gebrochenes Nasenbein davon. (Der Ball ist nicht im Tor gelandet.)

Auch der gegnerische Torwart Simon Jacobi hat sich verletzt, als er einmal den Ball abfangen wollte. Es ist nicht mehr zu ermitteln, wer diesen Schuss abgegeben hat. Zudem ist das nicht relevant. Simon Jacobi ist auf der Wiese ausgerutscht. Er hat Schuhe mit Ledersohlen getragen, die glatt waren und nicht zum Fußballspielen auf Rasen geeignet. Beim Fallen hat er sich mit der Hand so unglücklich abgestützt, dass sein Handgelenk verdrehte und brach.

Der Ball hat auch den Schüler Adelbert Hollenbach getroffen. Er hat bei einem Freistoß in der Mauer gestanden. Als der Ball kam, ist er hochgesprungen, um den Ball wegzuköpfen. Dabei hat er sich verschätzt, und der Ball ist gegen sein Gesicht geprallt. Sein Nasenbein wurde dabei allerdings nicht gebrochen. Er trug nur Nasenbluten davon.

Frau Engelmann, die Aufsichtsperson in dieser Pause, hat ihre Aufsichtspflicht nicht verletzt. Sie hat aufmerksam den Schulhof beobachtet. Die Schüler haben sich heimlich außerhalb des Schulhofes, auf der Wiese hinter der Turnhalle, getroffen. Vom Schulhof aus kann man diesen Platz weder einsehen noch dringen von dort Geräusche durch, da das große Turnhallengebäude sämtliche visuellen und auditiven Eindrücke isoliert. Niemand hätte vermuten können, dass sich dort Schüler aufhielten.

Die Schülerinnen Natalie Kugelberg und Katja Schäfer aus der Klasse 10 a, die aus unbekannten Gründen hinter die Turnhalle gegangen sind, haben das Spiel entdeckt und im Lehrerzimmer gemeldet. Daraufhin ist das Spiel von den Lehrern Herrn Koch, Herrn Dannhoff und Herrn Upmann unterbrochen worden, denn erstens: Es ist nicht gestattet, den Schulhof während der Pause zu verlassen. Zweitens: Es ist nicht gestattet, während der Schulzeit mit harten Lederfußbällen zu spielen. Drittens: Die Pause war schon lange zu Ende und der Unterricht hatte bereits begonnen.

Die Schüler Simon Jacobi, Kevin Jäger und Adelbert Hollenbach sind ins Johanneskrankenhaus gefahren worden, um die Verletzungen abzuklären.

Fazit ist, dass durch das unerlaubte Fußballspiel zwar teilweise nicht unerhebliche Verletzungen verursacht worden sind, aber aufgrund des relativ harmlosen Vorfalls (die Schüler hatten sich nur sportlich betätigen wollen, was im Grunde zu befürworten ist) werden keine weiteren Konsequenzen gezogen, als dem Schüler Adelbert Hollenbach und der gesamten Klasse 9 a – ausgenommen den SchülerInnen John Allen und Alicia Fabianova, die beide nicht beim Spiel anwesend waren – eine Verwarnung auszusprechen. Den Schülerinnen Andrea Winkelmann und Laura Wörheide wird ebenfalls eine Verwarnung ausgesprochen, obwohl auch sie nicht beim Spiel anwesend waren. Sie hatten den harten Lederfußball mitgebracht, als Geschenk für eine Geburtstagsfeier, zu der sie direkt nach der Schule gehen wollten. Jedoch haben sie nicht mit ausreichender Sorgfalt auf ihn aufgepasst. Sie hätten wissen müssen, dass dieser Ball zum Fußballspielen geradezu animiert und aufgrund seiner Härte im Gegensatz zu einem Soft- oder Plastikball bei unsachgemäßer Verwendung Verletzungen hervorrufen kann. Wer ihnen den Ball, ohne dass sie es bemerkten, entwendet hat, konnte im Nachhinein nicht geklärt werden.

Geklärt werden muss, wer für die Kosten der Behandlungen aufkommt. Da die Unfälle während der Schulzeit passierten, wären die betroffenen Schüler normalerweise durch den Schulträger versichert. Allerdings haben die Schüler unerlaubterweise den Schulhof verlassen. Daher galt der Versicherungsschutz nicht mehr.

Wens interessiert: Das Spiel endete unentschieden, null zu null.

So oder so ähnlich lautete die offizielle Version des Herrmann-Gymnasiums nach den Untersuchungen. Nachdem im Krankenhaus (zum Glück nicht dort, wo meine Eltern arbeiteten) festgestellt worden war, dass ich im Grunde nichts hatte, musste ich zurück und mich befragen lassen. Auch die anderen wurden befragt, und es gab unterschiedliche Versionen. Die Schule beschloss, ihre eigene Version zu verkünden, der alle Schüler zustimmten. Aber noch am gleichen Tag sprach sich herum, was wirklich vorgefallen war, denn zwanzig Schülermäuler kann man nicht zum Schweigen bringen, auch wenn es für die meisten dieser Mäuler besser gewesen wäre, es bei der Version der Schulleitung zu belassen.

Die Prügelei sollte später, was ich jetzt noch nicht wissen konnte, bei den Pausengesprächen als »legendäre Varusschlacht am Herrmann-Gymnasium« in die Annalen der Schule eingehen.

Die letzte Stunde musste ich trotzdem noch in den Unterricht. Wenigstens sagte mir die Klasse, dass die 9 a schon immer aus Idioten bestanden hätte.

Im Erdkundeunterricht flüsterte Ralph: »Addi, ist ja nicht grad eine Heldentat, die Kleinen aus den unteren Klassen zu vermöbeln. Wieso hast du dir nicht welche aus der 13 ausgesucht?«

Die Kleinen?, dachte ich. Der Goliath Simon?

Ralph grinste: »Mann, du müsstest mal dein Gesicht sehen. War doch nur Spaß. Weiß doch, wie groß dieser Simon ist.«

»Idiot.«

»Musst du grad sagen nach deinen schlauen Antworten in Deutsch.«

»Ralph, du nervst.«

»Auch wenn ich dir sage, wo diese Alicia wohnt?«

»Was?«, brüllte ich.

Herr Brinkmann, der gerade irgendwas an die Tafel schrieb, drehte sich um und schaute durch die Reihen. Dann wandte er sich wieder der Tafel zu.

»Woher weißt du das?«, flüsterte ich.

»Bin mal da langgegangen, da ist sie grad aus dem Haus gekommen.«

Ich hatte gar nicht gewusst, dass Alicia ihm jemals aufgefallen war.

»Hätt ich nie gedacht, dass du hinter ihr her bist«, sagte er.

»Keine Ahnung, was du meinst.«

»Aber jetzt weiß ich endlich, wieso du immer so verträumt durch die Gegend geglotzt hast.«

»Blödsinn.«

Ich konnte nicht zugeben, dass ich es wissen wollte. Wenn ich das zugab, gab ich auch gleichzeitig zu, dass mich Alicia interessierte, und das war nicht cool. Aber mir blieb nichts anderes übrig.

»Sag es«, flüsterte ich.

»Was soll ich sagen?« Er wusste, dass er gewonnen hatte.

»Was wohl?«

»Wie heißt das Zauberwort?«

»Idiot.«

»Falsch, ›Arschloch‹ lautet das Zauberwort. Sie wohnt in der Herbert-Hinnedahl-Straße. In dem Haus neben dem Türken.«

Das war die Straße am Bahnhof. Die Straße mit den Punks. Eine üble Gegend und seit der Klopperei von heute Morgen umso mehr. Ich konnte mich da nicht mehr blicken lassen. Dieser Imbiss, auch ein Dönerladen, war zwar nicht direkt gegenüber der Straßenbahnstation, sondern einige Häuser weiter zum Willy-Brandt-Platz hin, aber auch noch nah genug dran.

»Na super«, stöhnte ich.

»Wieso?«

»Nichts.«

»Bitte schön, gern geschehen.«

Endlich ertönte der Gong. Jetzt hatte ich auch die letzte Stunde überstanden. Gut, drei Stunden waren für die Untersuchung im Krankenhaus und die anschließende Befragung draufgegangen. Ich saß noch am Tisch, als Natalie vor mir stand.

»Man sieht nichts mehr an deiner Nase.«

»Da hab ich wohl Glück gehabt.«

»Ich wusste gar nicht, dass du so brutal sein kannst, Addi.«

»Brutal?«

Sie beugte sich herunter und stützte sich mit den Händen auf dem Tisch ab. Ich konnte ihr direkt in den Ausschnitt gucken.

»Du hast diesem Riesen die Hand gebrochen, hab ich gehört.«

»Ach ja?«

»Du hast mir doch was versprochen«, säuselte sie. »Du wolltest mich morgen ins Kino einladen.«

»Muss ich wohl.«

»Und in welches?«

Ich wandte mich ab und packte meine Sachen in den Rucksack. Sonst hätte ich überhaupt nicht mehr denken können bei dem Busen, der da vor mir schaukelte. Aber Ralph war wie festgefroren sitzen geblieben und starrte ihr unverhohlen in den Ausschnitt.

Ich fragte Ralph: »Wir gehen morgen ins Kino. Willst du mit?«

»Addi!«, rief Natalie empört und richtete sich wieder auf.

»Was?«

»Du wolltest doch nett zu mir sein.«

»Ja und?«, fragte ich, als könnte ich nicht verstehen, wieso sie sich so aufregte.

»Es ist doch klar, dass wir zu zweit ausgehen.« Sie machte ihren Schmollmund.

»Hab ich gesagt: ›Zu zweit‹?«

»Tu doch nicht so, Addi, du weißt ganz genau, dass man ein Rendezvous nur zu zweit hat.«

Ralph packte nun auch seine Sachen und stand auf.

»Sorry, hab morgen keine Zeit.«

»Dann gehen wir halt übermorgen«, sagte ich.

»Addi!«, meckerte Natalie. »›Morgen‹ hast du gesagt!«

»Ja doch!«

»In welchen Film gehen wir?«

»Ich weiß nicht«, sagte ich. »Ich schau mal.«

»Na gut. Holst du mich dann morgen ab? Um sieben?«, fragte sie.

»Okay«, sagte ich ergeben. Ich wäre morgen lieber den ganzen Abend die Herbert-Hinnedahl-Straße rauf und runter gegangen.

Als ich mit Ralph zur Straßenbahn ging, konnte ich es mir nicht verkneifen.

»Super Freund.«

Er grinste breit. »Vielleicht wirds ja wieder was zwischen euch.«

Ich fragte mich, ob es einen Tag gegeben hatte, an dem er nicht die ganze Zeit gegrinst hatte.

»Super.«

»Natalie ist 'ne heiße Schnitte. Hast du diese Titten eben gesehen?«

»Ich hab diese Titten schon zigmal pur gesehen«, sagte ich.

Tandoori Chicken

Zu Hause trank ich zwei Flaschen Wasser, ging duschen und zog mir frische Kleidung an. Ich legte mich ins Bett, konnte aber nicht einschlafen. Ich war hundemüde und fühlte mich aus irgendeinem Grund hundeelend. Bei »hundeelend« musste ich wieder an meinen Vater denken. Außer »Du behandelst mich wie einen Hund« (an meine Mutter gerichtet) und »Muskeln kann man sich antrainieren, aber Knochen und Sehnen nicht« hatte ich nie viel von ihm gehört. Meine Mutter kannte ich viel besser. Vielleicht lag es auch an seiner Arbeitszeit. Er kam immer später nach Hause als sie. Bei ihm konnte es auch mal acht oder neun werden, und wenn es noch hell war, ging er als Erstes in den Garten und rupfte Unkraut. Der Abend endete meist im Streit mit meiner Mutter. Mit mir hatte er sich noch nie gestritten. Das lag aber nicht daran, dass wir uns so gut verstanden. Wir hatten einfach nichts miteinander zu tun.

Ich schlief ein. Meine Träume waren chaotisch. Zum Schluss verfolgten mich Gladiatoren mit Macheten.

»Addi!« Es klopfte laut gegen die Tür. Es war meine Mutter. Ich hatte die Tür wie immer abgeschlossen.

»Addi! Willst du etwas essen?«

»Was gibts denn?«, fragte ich.

»Tandoori Chicken!«

Das musste man ihr lassen. So wie andere einen grünen Daumen hatten, hatte sie einen goldenen Kochlöffel. Ich konnte mich nicht daran erinnern, dass sie irgendwann mal das Essen versalzen hätte. Ihr gelang alles. Und Tandoori Chicken war eines meiner Lieblingsgerichte. Das gabs nicht oft.

»Ist schon fertig?«, fragte ich.

»In einer halben Stunde.«

»Gut, dann komm ich in 'ner halben Stunde raus«, sagte ich.

»Ich verstehe nicht, dass du dich immer in dein Zimmer einschließt«, rief sie vorwurfsvoll durch die Tür, und ich fragte mich, was es da nicht zu verstehen gab. Jeder würde seine Tür abschließen, wenn dahinter Krieg herrschte.

Jetzt wirkte sie wieder so harmlos. Aber später würde alles von vorn losgehen, das Gepoltere und das Geschrei. Morgen früh würde es dann wieder heißen: »Was hast du denn, Addi? War doch nur ein kleiner Streit.«

Mir schwirrte immer noch der Kopf. Balduin, Jonas, Toby, Manni, die drei Parkbankschutzgeldeintreiber, Kevin, Natalie – und Alicia. Ich hatte sie nach dem »Fußballspiel« nicht mehr gesehen.

Kevin und Simon hatten während der Fahrt zum Krankenhaus

nicht mit mir gesprochen. Die Lehrer hatten vorgeschlagen, dass wir uns die Hand geben sollten. Aber ich hatte meine Hände in die Hosentaschen gesteckt.

Als ich vernommen worden war und auf Notwehr gepocht hatte, meinten die Lehrer, so ganz reine Notwehr sei das ja nicht gewesen. Ich hätte Kevin wegschubsen können, ohne ihm die Nase zu brechen, und ich hätte Simon nicht als »Arsch« bezeichnen sollen. Als ich am Boden lag, hätte ich »das Handtuch« werfen können.

»Welches Handtuch?«, hatte ich gefragt. »Denken Sie, ich laufe immer mit einem Handtuch durch die Gegend?«

Herr Meier hatte geantwortet: »Im übertragenen Sinne natürlich.« Er glaubte wirklich, ich sei ein Idiot, und erklärte mir weiter: »Das Handtuch beim Boxen. Du hättest aufgeben können. Simon sagen, dass du genug hast und er bitte von dir ablassen soll.«

Alles klar. Und dann wäre Herr Meier als Ringrichter gekommen und wir hätten uns rechts und links neben ihn gestellt und er hätte Simons Arm hochgerissen. Dann hätten wir uns alle umarmt.

Ich fragte mich, ob die Lehrer nach der Schule nur noch vor der Glotze hingen und nicht wussten, wie es wirklich in der Welt zuging. Als hätte Simon von mir abgelassen, wenn ich gesagt hätte: »Tschuldigung, Simon, aber ich habe jetzt genug. Ich nehme die Beleidigung ›Arsch‹ mit tiefstem Bedauern zurück. Ich habe mich auch geirrt, als ich gesagt habe, dass es nicht schön aussieht, wenn deine Bizeps fetter sind als dein Arsch. Es sieht doch sehr schön aus.«

»Addi!« Es klopfte wieder gegen meine Tür. »Das Essen ist fertig!«

Ich schloss die Tür auf und ging in die Küche. Es duftete in der ganzen Wohnung nach Tandoori. Ich merkte, was für einen Hunger ich hatte. Auf dem Tisch standen eine Platte mit rötlichen Tandoori-Hähnchenfilets, Reis und ein Gurkensalat. Meine Mutter trug noch eine karierte Schürze, die sie aber nun auszog, bevor sie sich zu mir runterbeugte, mir einen Kuss gab und sich auch an den Tisch setzte.

Ich nahm mir von allem etwas und fing an zu essen. Es schmeckte super wie immer.

»Schling doch nicht so«, meckerte sie.

Ich schlang aber weiter und fragte mich, wieso ich nicht schon längst darauf gekommen war, direkt nach der Schule einen Döner zu essen.

»Wie lief es in der Schule?«, fragte meine Mutter, während sie vornehm an dem rötlichen Filet schnitt.

»Ging so.«

»Wir müssen heute Abend etwas sehr Wichtiges mit dir besprechen.«

Ich dachte an Kevin. Er wohnte in derselben Straße, und sein Vater war ein Kollege von meinem Vater. Nicht ganz. Herr Jäger war Oberarzt in der Abteilung und mein Vater nur Stationsarzt. Wie dem auch sei, Kevin hatte eine gebrochene Nase, weil er beim Fußballspielen nicht aufgepasst hatte. Wenn er clever war, würde er nicht die Wahrheit erzählen: dass diese zwanzig Feiglinge ein Mädchen festgehalten hatten, um ihr gemeinschaftlich eine runterzuhauen.

»Kevin hats nicht anders verdient«, sagte ich. »Der soll halt besser aufpassen.«

»Kevin?« Sie hob ihre rechte Augenbraue.

»Kevin Jäger, wer sonst.«

»Was redest du, Addi. Ich habe doch gesagt, dass wir etwas Wichtiges besprechen müssen. Etwas, das dir sehr unangenehm sein wird. Aber wie du dabei auf Kevin kommst, weiß ich nicht.« Sie sah wirklich überrascht aus.

Dass sie so ein Trara um ein Gespräch machte, das nichts mit Kevin zu tun hatte, konnte ich nicht so richtig glauben. Was lag noch an? Hatte sie etwas von den anderen Prügeleien erfahren? Ich nahm mir noch ein Stück vom Tandoori Chicken. Sie und Vater prügelten sich jeden Abend, da musste ich mir gar nichts vorwerfen lassen.

»Okay«, sagte ich, »worum gehts?«

»Nein, heute Abend erst, Addi.« Ihre Stimme wirkte bröckelig. »Es ist zu traurig.«

Das Tandoori Chicken war einfach zu lecker. Ich nahm mir auch noch das letzte Stück.

»Wenn dein Vater nach Hause kommt«, sagte sie. »Dann reden wir gemeinsam mit dir.«

Der arme Junge

Nach dem Essen war ich müde genug, um mich einige Stunden schlafen zu legen. Die Sonne schien hell in mein Südfenster. Warme Brisen wehten herein. Ich schloss das Fenster und ließ die Jalousien herunter. Das Leben war komisch. In den letzten sechzehn Jahren hatte ich mich kein einziges Mal geprügelt. Nur meine Eltern prügelten sich ständig. Und dann flüchtete ich vor ihnen und musste mich deswegen auch schlagen.

In letzter Zeit hatte es so viele Sendungen über Jugendliche in Boot Camps gegeben. Die Eltern waren immer fertig gewesen, weil ihre Kinder so aggressiv waren. Und bei mir war es immer umgekehrt gewesen. Nur gab es keine Boot Camps, in die man seine gewalttätigen Eltern stecken konnte.

Eigentlich war ich ganz gut davongekommen, auch wenn ich kein Kampfsportler war. Ich hatte vielleicht bei den Hau-drauf-Filmen gut zugeguckt.

Endlich schlief ich ein. Ich träumte von Natalie. Sie zog sich aus, legte sich aufs Bett und ich konnte mich nicht mehr beherrschen. Ich ging auf sie zu und knöpfte mir im Gehen schon die Jeans auf. Dann –

»Addi!« Es klopfte, und ich fragte mich, wogegen Natalie klopfte, wo sie doch auf dem weichen Bett lag.

»Addi!«

»Ja?«, fragte ich.

»Komm raus. Dein Vater ist da! Wir müssen reden.«

Ich sah auf den Wecker. Es war schon acht. Noch ziemlich schläfrig schloss ich die Tür auf. Als ich ins Wohnzimmer kam, saß mein Vater auf dem Sofa und meine Mutter auf dem Sessel.

»Addi, setz dich«, sagte mein Vater.

Ich setzte mich auf den anderen Sessel. Schon seit Stunden wusste ich, was ich antworten würde: Ihr prügelt euch selbst. Da könnt ihr mir gar nichts vorwerfen!

Meine Mutter flennte. Sie zupfte Taschentücher aus dem Karton und tupfte sich die Augen ab. Wieso heulte sie? Es wirkte nicht so, als seien die beiden schon wieder mitten im Streit.

»Addi wird das nicht verkraften«, heulte sie. »Der arme Junge.«

Mein Vater ignorierte sie.

»Addi«, sagte er mit fester Stimme. »Du hast in letzter Zeit doch bemerkt, dass deine Mutter und ich uns nicht mehr so gut vertragen, oder?«

Ich musste komisch geguckt haben, denn er fragte: »Was schaust du denn so?«

Mein Vater war heute nicht so wie sonst.

»Wir haben uns oft gestritten«, fuhr er fort. »Das hast du doch wahrscheinlich bemerkt, oder?«

Bemerkt? Was sollte das heißen? Tickte er nicht richtig?

»Nein, ich hab davon nie was mitbekommen. Falls es wirklich Streitereien gegeben haben sollte, müsst ihr die gut vor mir versteckt haben«, antwortete ich. »Eure Beziehung war immer geprägt von Harmonie. Es gab nie ein böses Wort und –«

»Addi!«, schnauzte mein Vater.

»Es gab nie Geschrei. Du hast dich immer von ihr behandelt gefühlt wie eine geliebte, wertvolle Siamkatze und nicht wie ein Straßenköter. Mutti ist nie auf dich losgegangen. Sie hat mir nie während einer Rangelei eine Flasche in den Bauch gerammt, die eigentlich für dich bestimmt war. Und dann wäre da noch –«

Er beugte sich mit erhobenem Arm über den Tisch und wollte mir eine scheuern. Aber er stoppte plötzlich, als sei ihm bewusst geworden, was er da eigentlich tat.

»Oh Gott«, sagte er.

Meine Mutter flennte noch mehr. »Was? Das nimmst du mir immer noch übel?«, fragte sie mich. »Das ist doch schon zwei Wochen her!«

Einige Minuten herrschte Schweigen, dann sagte mein Vater mit einer Grabesstimme: »Es tut mir leid, Addi. Aber wir müssen dir heute mitteilen, dass wir uns scheiden lassen. Es geht nicht anders.«

Ich konnte es kaum fassen. Wie lange hatte ich auf diesen Satz gewartet und geglaubt, er würde nie kommen. Die Leidenszeit hatte ein Ende.

»Endlich«, seufzte ich.

»Hör mit deinem Sarkasmus auf!«, sagte mein Vater gereizt.

Wieso Sarkasmus? »Ich find das wirklich super.«

»Addi! Jetzt sei mal ernst!«

»Wieso?«, fragte ich und meinte damit eigentlich, wieso er glaubte, dass ich Spaß machte.

»Weil es uns ernst ist. Leider. Tut mir leid.«

»Mein armer Junge«, heulte meine Mutter.

Sie zupfte wieder Taschentücher aus dem Pappkarton.

»Wir sind die letzten Jahre nur wegen dir zusammengeblieben«, sprach mein Vater weiter. »Wir wollten dir das nicht antun.«

»Ihr seid wegen mir zusammengeblieben?«, fragte ich ungläubig.

»Natürlich«, schniefte meine Mutter. »Weshalb hätten wir denn sonst zusammenbleiben sollen? Wir wollten dich nicht traurig machen.«

Ich presste meine Lippen zusammen. Die beiden waren doch nicht ganz dicht. Als wäre eine Scheidung schlimmer als diese verrückte Veranstaltung jeden Abend.

»Jetzt der praktische Teil«, sagte mein Vater.

Ich wunderte mich, dass er nun das Sprachrohr war. Vorher hatte er nie was zu melden gehabt.

»Zu wem willst du?«, fragte er. »Deine Mutter wird in dieser Wohnung bleiben, jedenfalls fürs Erste. Ich werde ausziehen.«

»Wohin?«, fragte ich.

»Bielefeld-Mitte«, antwortete er. »Dann hab ichs nicht so weit zur Arbeit. Zu wem willst du?«

Ich machte mir in Gedanken eine Pro- und Contra-Liste. Sie starrten mich beide erwartungsvoll an, aber ich ließ mich nicht aus der Ruhe bringen. Mein Vater war nicht so cholerisch wie meine Mutter. Er bekam also einen Pluspunkt in der Kategorie »am wenigsten cholerisch«. Dann kam die Kategorie »bester Koch«. Da musste ich nicht lange nachdenken. Es gab niemanden, der besser kochte als meine Mutter. Ich war süchtig nach ihrem Essen, nach dem Schweinebraten, den Bratkartoffeln, dem Tandoori Chicken, den Nudelsalaten mit selbst gemachten Frikadellen. Sie kochte so gut, dass ich ihr dafür sogar zwei Pluspunkte geben musste.

Mehr Kategorien fielen mir auf die Schnelle nicht ein. Nach dieser Pro- und Contra-Liste hatte meine Mutter gewonnen. Vielleicht hätte ich doch eine Nacht drüber schlafen sollen, denn später fiel mir auf, dass es nur eine Pro-Liste gewesen war und die Contras gar nicht aufgeführt waren. Später hätte ich mich wohl anders entschieden. Aber ich sagte: »Ich bleibe hier.«

Mein Vater packte nur wenige Sachen ein. Morgen hatte er Bereitschaftsdienst. Am Sonntag wollte er mit einem Bulli, Umzugskartons und ein paar Kollegen wiederkommen. Er hatte schon eine neue Wohnung, was mich wunderte.

Es war neun Uhr. Ich dachte an die Herbert-Hinnedahl-Straße. Und wenn Alicia da gar nicht wohnte? Vielleicht hatte sie da nur jemanden besucht? Was sollte ich dort? Stundenlang doof rumstehen, um von den Punks entdeckt zu werden? Wenn ich da wirklich noch hinging, musste ich schon ziemlich bescheuert sein.

Waschmaschinen im Regen

Ich ging diesmal von der anderen Seite aus in die Herbert-Hinnedahl-Straße. So musste ich nicht an dem Straßenbahneingang vorbei, der weiter oben lag. Es nieselte etwas. Ich sah schon von Weitem, dass keine Punks vor dem Eingang standen. Bei Regen konnten sie aber auch nicht unter das große Glasdach. Aus Lautsprechern tönte dort in einer Endlosschleife »Für Elise«.

Ich drehte mich ständig nach allen Seiten um, denn ich hatte Angst, dass Alicia unbemerkt hinter mir stehen könnte.

Es war ganz einfach herauszufinden, ob Alicia wirklich hier wohnte. Ich musste nur auf die Klingeln schauen. Was hatte Ralph gesagt? Das rechte oder linke Haus neben dem Dönerladen? Ich wusste es nicht mehr. Ich ging zum linken Haus. Da, auf der obersten Klingel stand der Name »Fabionova«. Sie wohnte tatsächlich hier. Aber wieso sollte sie gerade jetzt aus dem Haus gehen? Und was, wenn sie tatsächlich rauskam? Wie sollte ich ihr erklären, was ich hier trieb? Ein Fenstertisch beim Türken wurde gerade frei.

Ich ging rein und setzte mich an den Tisch. Ich schaute in die Karte und entschied mich für ein Essen vom Grill. Hähnchenflügel mit Salat und Pommes und ein Bier. Dann fiel mir ein, dass ich Alicia ja vielleicht doch begegnen könnte, lief zur Theke und änderte das Bier in eine Cola um. Dieser Dönerladen hatte von außen nicht besonders groß gewirkt, aber der Raum ging sehr weit nach hinten rein. Er war fast noch größer als das Can, mein Stamm-Ocakbasi. Fast jeder Tisch war mit jungen Türken besetzt, die sich zurechtgemacht hatten. Um die Ecke lag das Movie, eine Disko, die früher ein Kino gewesen war.

Ich sah raus. Der Himmel war noch dunkler geworden. Vielleicht gab es gleich ein Gewitter. Das Essen wurde mir gleichzeitig mit der Cola gebracht. Der Teller war mehr eine ovale Platte. Eine riesige Peperoni lag quer über dem Essen. Die Pommes waren gut, aber die Flügel innen noch roh. Ein Stück die Straße hoch parkte ein roter Pick-up ein. Auf der Ladefläche standen alte Waschmaschinen. Ich fragte mich, ob der Gebrauchthändler keine Angst hatte, dass die Waschmaschinen kaputtgingen. Es regnete schließlich, und die Maschinen waren nicht abgedeckt. Vielleicht kam aber kein Wasser rein, so wie beim Waschen auch keins rauskam. Es stiegen drei Leute aus dem Pick-up. Sie kamen die Straße runter und gingen in meine Richtung. In der Mitte ging ein kleines pummeliges Mädchen: Alicia! Rechts und links neben ihr zwei hagere Typen im T-Shirt, etwas größer als sie. Ich erstarrte, aber als die drei gerade am Fenster vorbeigingen, klopfte meine Hand gegen die Scheibe. Die drei blieben stehen. Mir kam es so vor, als sei meine Hand gar kein Teil von mir. Ich hätte mich am liebsten unter dem Tisch verkrochen, aber meine Hand winkte munter. War einer dieser Typen ihr Freund?

Die drei starrten mich an, und Alicia hob eine Hand zum Gruß. Ich stand auf und lief nach hinten zur Toilette. Als ich mich in die Kabine einschloss, um zu warten, bis sie weg waren, dachte ich an einen Satz von Natalie. Während wir zusammen gewesen waren, hatte sie jeden Tag gesagt: »Du bist der coolste Typ im ganzen Universum.«

Sehr cool, in der Toilette zu stehen und sich zu verstecken. Ich zählte bis hundert, ging zum Waschbecken, wusch mir die Hände und ging wieder raus.

Alicia und die zwei Typen standen an meinem Tisch. Ich wusste keinen Ausweg und ging auf sie zu.

»Hallo«, sagte ich.

Der rechte Typ gab mir die Hand und sagte: »Ich bin Django.«

»Addi«, sagte ich.

»Du hast meiner Schwester geholfen. Bist echt cool«, sagte Django weiter.

Auch der andere gab mir die Hand: »Tonu.«

»Ist doch klar«, sagte ich. »Ich hätte jedem geholfen.«

»Aber es hätte nicht jeder geholfen«, warf Tonu ein. »Und schon lange nicht, wenn es dreißig gegen einen ist.«

»Waren ja nur zwanzig«, sagte ich.

Alicia lachte. Ich sah sie zum ersten Mal lachen.

»Wir geben dir einen aus, ist ja wohl das Mindeste.«

»Was?«, fragte ich aufgeschreckt.

»Wir tun dir einen aus.«

Sie setzten sich an den Tisch. Django setzte sich mir gegenüber, Tonu neben mich. Alicia saß mir schräg gegenüber. Vor mir stand der Teller mit den halb abgenagten, halbrohen Hähnchenflügeln. Die Pommes und den Salat hatte ich schon gegessen. Tonu und Django bestellten sich einen Döner, Alicia nahm einen Lahmacun. Ich starrte extra die ganze Zeit Django an, um nicht noch nervöser zu werden.

»Kommt ihr hier immer zum Essen hin?«, fragte ich Django scheinheilig.

»Ne, wohnen hier nebenan.«

»Ach so«, sagte ich. »Ist aber eine üble Gegend.«

»Stimmt«, sagte Django. »Immer steht dieses Pack da hinten. Mit Hunden und Drogen.«

»Es sollen bald Leute von einer Security-Firma kommen«, sagte Tonu. »Isste deine Flügel nicht?«

»Bin schon fertig mit Essen«, sagte ich.

»Die sehen auch echt Scheiße aus«, bemerkte Django.

Nachdem die drei auch aufgegessen hatten und ich nichts mehr wollte, stand Tonu auf und zahlte vorne an der Kasse. Wir gingen raus. Es regnete nicht mehr.

»Ich hab gesehn, dass ihr mit dem Pick-up gekommen seid«, sagte ich. »Gehen die Waschmaschinen nicht kaputt im Regen?«

»Sind schon Schrott«, antwortete Tonu.

»Ach ja?«

»Ja, die bleiben Schrott.«

»Und was wollt ihr dann damit?«

»Altmetall«, sagte Django. »Da ist viel Edelstahl drin. Die kommen zu einem Metallhändler. Der nimmt die auseinander, und wir bekommen paar Euro pro Kilo. Je älter die Waschmaschine, desto mehr Metall. Die neuen haben zu viel Plastik.«

Es fing wieder an zu nieseln.

»Wir gehen lieber rein«, sagte Django. »Und was machst du noch?«

»Ich geh in die Disko«, sagte ich.

»Na, bis dann«, sagte Django. »Und wie gesagt, bist echt cool.«

»Ciao«, sagte auch Tonu.

Ich fragte Alicia: »Kommst du Montag zur Schule?«

»Nein«, sagte sie. Es war das erste Mal seit der Kiosk-Begegnung, dass ich ihre Stimme hörte. Ich hatte gar nicht mehr gewusst, wie sie klang. Damals, nachdem sie mich zur Seite geschoben hatte, sagte sie am Tresen: »Ein Kakao und ein Hanuta.« Seitdem hatte ich auch nur noch Hanutas gekauft und keine Duplos mehr.

»Ich geh auf eine andere Schule.«

»Was? Aber wieso denn!«

»Wieso wohl?«, fragte sie und schaute aus ihren großen dunklen Augen zu mir herauf.

»Ach so«, antwortete ich.

»Machs gut«, sagte sie, und die drei gingen weg.

»Halt«, rief ich und fragte mich, was ich denn noch sagen konnte. Mir fiel nichts anderes ein als Waschmaschinen.

»Ich kenn auch Leute mit kaputten Waschmaschinen.«

Django kam zurück und gab mir eine Visitenkarte. Darauf stand: DJANGO 0177–3457890.

Sonst nichts.

»Dann ruf mal durch, wenn du was festmachen kannst«, sagte er. »Wir holen die Sachen umsonst ab, auch Edelstahlspülen, Geschirrspüler und so. Gibt aber nichts dafür.«

»Klar«, sagte ich.

Die drei gingen ins Haus, und ich ging hoch in Richtung Bahnhof, an der Straßenbahnhaltestelle vorbei, links um die Ecke ins

Movie. Es war so eine seltsame Aktion, die mein Körper allein bewerkstelligte. Erst als ich in der noch leeren Disko stand, fragte ich mich, wieso ich hier war, wieso ich nicht nach Hause gegangen war oder jemanden von meinen Freunden angerufen hatte. Gut, dann hätte ich eine Telefonzelle finden müssen. Mein Handy war mir vor ein paar Wochen in die Badewanne gefallen. Seitdem hatte ich mich nicht um ein neues gekümmert.

Ich ging zur Theke, bestellte mir ein Bier und setzte mich auf einen Barhocker mit dem Blick zur Tanzfläche. Sie war leer. Die wenigen Leute, die schon da waren, standen in den Ecken rum. Die Atmosphäre war seltsam kalt. Nur wenn die Disko voll war und das Gedrängel groß, konnte man die Trostlosigkeit in diesem Raum übersehen. Ich bestellte noch ein Bier und starrte weiter auf die leere Tanzfläche.

Ich war ein Idiot. Da hatte ich sie schon mal getroffen, und was hatte ich daraus gemacht? Gar nichts. Sie würde ab Montag nicht mehr in die Schule kommen. Wieso hatte ich nicht einfach sagen können: Willst du morgen mit mir ausgehen? Aber da fiel mir wieder ein, dass ich morgen mit Natalie ins Kino musste. Und was hätten ihre Brüder dazu gesagt? Die Disko füllte sich und passte nicht mehr zu meiner Stimmung. Ich trank mein Bier aus und machte mich auf den Weg.

Am Jahnplatz kam mir Jonas entgegen.

»Hey Jonas«, grüßte ich.

»Addi«, sagte Jonas.

»Na«, fragte ich, »wieder auf dem Weg zur Tanke?«

»Wo soll denn hier eine Tanke sein?«

»Na ja, der Kiosk da drüben hat noch auf.«

Er grinste: »Nee, heute Abend reicht das Bier noch. Ich hol was zu essen.«

»Was denn?«

»Bei McDonald's.«

Ich musste sowieso in die Richtung und ging mit. Es hatte aufgehört zu regnen. Gleich würde es aber bestimmt wieder anfangen. Schließlich regnete es in Bielefeld fast immer.

»War klasse, was du gemacht hast«, sagte Jonas.

»Was denn?«

»Dass du diesen Simon fertiggemacht hast.«

Wir waren inzwischen bei McDonald's angekommen. Ich ging mit rein, und Jonas bestellte vier Big Macs, zwei große Pommes und zwei Apfeltaschen.

Da ich eh nichts mehr vorhatte, ging ich noch mit. Die Wahrscheinlichkeit, wieder Manni und seinem Zwillingsbruder zu begegnen, war nicht so groß. Der Tag hatte schließlich vierundzwanzig Stunden, und jede Stunde hatte sechzig Minuten. Und es dauerte höchstens zwei Minuten, den Kesselbrink zu überqueren.

Ich stand wieder an der Ampel. Neben mir nicht Balduin, sondern Jonas. Nur war die Gegend diesmal belebter. Es war Wochenende und nicht zwei Uhr morgens in der Woche. In dem Dönerladen Firat auf der anderen Straßenseite saßen Leute, und auch der Ocakbasi auf unserer Straßenseite war noch geöffnet.

Hinter mir hörte ich wieder dieses Hassgebrüll. Wenn das Musik sein sollte, konnte man genauso gut das Gebrüll von den Aufsehern in den Boot Camps als Musik bezeichnen. Ich stellte mir vor, wie jemand eine Frau zu sich nach Hause einlud und dann bei Kerzenschein und Wein diese Musik reinschob.

Eine Tür fiel zu. Ich drehte mich um. Eine Gruppe von Glatzen ging in die andere Richtung. Auch Jonas hatte sich umgedreht.

»Da vorne ist eine Skinhead-Kneipe«, sagte er. »Musst aufpassen, wenn du hier langgehst.«

»Ich weiß«, sagte ich. Heute Abend hatte ich eine Glückssträhne. Weder Punks noch Skinheads waren mir über den Weg gelaufen. Ich hatte nicht vor, nachher noch zum Brackweder Treppenplatz zu gehen. Die drei Parkbankschutzgeldeintreiber würde ich heute also auch nicht mehr sehen. Auch nicht Simon. Und selbst wenn – er hatte ja nur noch eine Hand.

Als wir vor Jonas' Wohnung standen, wollte ich wieder umdrehen, aber Jonas fragte: »Kaffee?« Da konnte ich nicht Nein sagen. Ich konnte es mir nicht erklären, aber ich fühlte mich in Jonas' Küche wohler als in unserer.

Wir traten wieder in den Flur. Jonas lieferte das Essen im Wohnzimmer ab und ging dann mit mir in die Küche. Es roch immer noch nach diesem süßen Frauenparfüm.

»Hast du dir nicht selbst was mitgebracht?«, fragte ich.

»Bäh, ich ess doch nicht so 'nen Fraß«, sagte er und verzog dabei sein Gesicht. Er öffnete den Kühlschrank: »Hast du auch Hunger?«

Ich verneinte.

Er holte Vollkornbrot, Quarkaufstrich, Radieschen, Schnittlauch, Joghurt und zwei Tomaten raus. Dann setzte er Kaffee auf und machte sich seine Brote.

Jetzt, wo ich so auf der Eckbank saß, fragte ich mich, was wohl aus Balduin geworden war. Wahrscheinlich sprach mich Jonas gleich sowieso drauf an, was es mit diesem stinkenden Dicken auf sich hatte. Nachdem er genüsslich seine Gesundheitsbrote gegessen hatte, tranken wir den Kaffee.

»Das klingt jetzt unhöflich«, sagte Jonas. »Aber ich würde dir gern eine Frage stellen.«

»Nur zu.«

»Natalie«, sagte er.

»Natalie?«

»Ja, die ist doch in deiner Klasse.«

»Ja.«

Er strich sich verlegen über den Kopf und schaute zur Kaffeemaschine rüber.

»Und du warst doch mal … ihr Freund.«

»Ja.«

»Meinst du, ich hab Chancen bei ihr?«

So einen Geschmack hatte ich ihm gar nicht zugetraut. Jessica, die Streberin, passte viel besser zu ihm.

»Einen neuen Freund hat sie jedenfalls nicht«, sagte ich.

»Ich will sie nicht so direkt einladen«, sagte er. »Ich hab mir gedacht, dass es klüger wäre, wenn wir uns mal zufällig über den Weg laufen.«

»Ich weiß nicht, ob sie auf dich steht«, sagte ich. »Aber ich hab 'ne Idee.«

Winterreise

Ich ging mit Natalie einen langen Umweg. Auf direktem Wege hätten wir über den Kesselbrink gemusst, und ich wollte mein Glück an diesem Samstagabend nicht herausfordern. So gingen wir die kleinen Straßen hinter dem Rathaus entlang. Im Ravensberger Park lag das Programmkino Lichtwerk, das nicht Natalies Fall war.

»Ich will aber ins Cinemaxx!«, hatte sie wie ein beleidigtes Kind gesagt, aber ich hatte mit Jonas besprochen, dass das Gewusel in den angesagten Kinos zu groß war und dass wir uns besser sehen könnten, wenn wir uns im Park über den Weg liefen. Ich würde sagen: »Oh, hallo Jonas, wir wollen noch etwas trinken gehen, kommst du mit?«

Wieso sollte sie sich nicht in ihn verlieben. Jonas sah schließlich aus wie dieser Harry-Potter-Darsteller, war intelligent und höflich. Auf seine Art war er auch cool. Er schämte sich für nichts und er lud einen spontan um drei Uhr morgens zum Kaffee ein, auch wenn man einen verrückten Stinker im Schlepptau hatte. Dass seine Eltern von der Stütze lebten, musste Natalie dann bei den vielen guten Eigenschaften einfach in Kauf nehmen. Jedenfalls kannte ich niemanden aus meinem Freundeskreis, den ich lieber als Freund genommen hätte, wenn ich ein Mädchen gewesen wäre.

Jonas und ich hatten geschaut, was diese Woche im Lichtwerk lief. Also hatte ich Natalie von der *Winterreise* vorgeschwärmt. Ich hatte gesagt: »In *Winterreise* oder gar keinen Film. Den wirst du dein Leben lang nicht vergessen.«

Was wirklich gegen das Lichtwerk sprach, war die Lage. Es befand sich im Ravensberger Park. Hier trafen sich die Alkoholiker. Früher hatte es so viele Vorfälle gegeben, dass die Stadt den Park mit Kameras überwachte. Dann gab es weniger Verbrechen, und nach einigen Jahren wurden die Kameras wieder abmontiert.

Mir wäre es lieber gewesen, wenn die Kameras heute noch liefen. Das hier war eine genauso üble Gegend wie die Herbert-Hinnedahl-Straße, der Kesselbrink oder der Treppenplatz.

Als wir ankamen, hatten wir noch etwas Zeit. Wir setzten uns ins Foyer an einen der Eichentische. Ich trank ein Bier, Natalie einen Rotwein.

Als wir uns zuprosteten, nahm ihr Schmollen endlich etwas ab. Vielleicht fand sie es doch nett, hier zu sitzen. Das Lichtwerk befand sich in der alten Tischlerei, einem denkmalgeschützten Gebäude. Es war innen schön renoviert worden, man musste sich hier einfach wohlfühlen. Sie trank noch einen Rotwein und noch einen, bekam rote Wangen und sagte irgendwann: »Das fand ich ganz schön sexy, dass du so gekämpft hast, Addi.«

Dann warf sie ihr Haar zurück. »Wir gehen nachher zu dir und ich zeig dir, wie sexy ich bin.«

Die zwei Typen neben uns schauten sehr interessiert. Hier gab es vier lange Tische. Man saß immer zwangsweise mit anderen an einem Tisch. Natalie wandte sich ihnen zu und lächelte verführerisch. Dann sah sie mich wieder an und flüsterte: »Siehst du Addi, die anderen Männer wollen mich alle. Du bist ein Glückspilz.«

»Wir können nicht zu mir«, sagte ich.

»Du hast deine Chance gehabt«, sagte sie schmollend. Dann schien sie zu überlegen: »Wieso nicht?«

Heute Abend war niemand da. Mein Vater wohnte ja schon woanders, und meine Mutter wollte auf irgendeinen »Frauenabend«.

»Meine Eltern lassen sich scheiden«, sagte ich, um Zeit zu gewinnen. Vielleicht fiel mir doch noch eine gute Ausrede ein.

»Oh Addi, das tut mir leid.«

»Ja, das ist sehr schlimm«, sagte ich.

»Dein Zimmer liegt doch so weit vorne. Da hört man hinten in den anderen Zimmern nichts.«

Natalie konnte wirklich hartnäckig sein. Ich trank lieber kein zweites Bier mehr, sonst …

»Nein, ich hab meiner Mutter versprochen, dass ich nicht vor eins nach Hause komme«, sagte ich.

»Aber wieso denn?«

»Mein Vater ist ausgezogen.«

»Ja, und was hat das damit zu tun?«

Eine gute Frage, dachte ich. Wieso sollte ich also meiner Mutter versprochen haben, erst um eins nach Hause zu kommen?

»Weil«, sagte ich, »ja, weil … äh … ich weiß nicht, ob ich es sagen kann.«

Zeit schinden ist immer eine gute Methode, wenn man keine Antwort weiß.

»Ach Addi. Du kannst mir doch alles sagen.«

»Ja, weil … meine Mutter hat sich sofort einen neuen Lover zugelegt, und sie will bis eins sturmfreie Bude haben.«

Ich versuchte, nicht zu grinsen. Ich hatte gewonnen. Natalies Eltern blieben am Wochenende immer zu Hause und saßen bis spät vorm Fernseher. Weil Natalies Zimmer direkt neben dem Wohnzimmer lag, konnten wir nicht zu ihr. Ihre Eltern wollten außerdem, dass Natalie um zwölf wieder zu Hause aufkreuzte.

»Deine Mutter verschwendet auch keine Zeit.«

»Nee«, sagte ich zustimmend.

»Das ist doch nur 'ne dumme Ausrede von dir, Addi.«

Ich schluckte. Sie hatte mich ertappt.

Sie drehte sich wieder zu den beiden Typen um. Sie sahen aus wie zwei Informatikstudenten.

»Wie sehe ich aus?«, fragte sie.

Die beiden nickten, als sei das schon eine Antwort. Dann schauten sie angestrengt weg, als hätten sie nicht die ganze Zeit gelauscht.

Aber Natalie ließ sie nicht in Ruhe.

»Das ist mein Exfreund«, sagte sie und zeigte auf mich. Ihr Nagel war rosa und perfekt manikürt. Die beiden glotzen blöd. »Wie findet ihr, wie der aussieht. So gut wie ich?«

Die beiden schüttelten den Kopf. Ich musste ihnen zugutehalten, dass sie vielleicht einfach ehrlich waren und nicht nur Schleimer.

»Ich geb ihm die Chance, wieder mit mir ins Bett zu gehen. Aber er will nicht. Könnt ihr das verstehn?«

Die beiden liefen rot an.

Drei Gläser Wein waren eindeutig zu viel für sie. Ich erhob mich und sagte: »Natalie, der Film fängt an.«

Die zwei starrten uns hinterher. Und wenn sie nicht so verklemmt gewesen wären, hätten sie wohl gefragt: Wieso gibst du dann nicht uns eine Chance, wenn der Idiot nicht will?

Aber ich wusste, dass Natalie nicht auf den Typ »Informatikstudent« stand. Sie wäre nicht bei den beiden sitzen geblieben. Zu uncool.

Der Film *Winterreise* handelte von einem alten Sack, der verarscht wird und sich sein Geld zurückholen will. Dazu fährt er nach Afrika, wo es ihm zu heiß ist. Den Rest hatte ich verschlafen. Ab und zu war ich aufgewacht, weil Natalie nach meiner Hand gegriffen hatte. Als ich dann aber wieder auf die Leinwand schaute, sah ich immer das Gesicht von dem Sack in Großaufnahme, wie er aus jeder Pore schwitzte, und ich nickte sofort wieder ein.

Als wir hinausgingen, war Natalie wieder nüchtern: »Und das war dein toller Film?«

»Ich fand ihn super«, sagte ich. »Keine Action, aber wer will schon ständig Schießereien sehen?«

Sie schaute mich an, als wollte sie herausfinden, ob ich das, was ich sagte, wirklich ernst meinte.

»So schön realistisch«, fuhr ich fort, »man konnte sich so richtig in diesen Mann hineinversetzen. Man müsste sich den Film eigentlich noch ein zweites Mal anschauen, um ihn besser begreifen zu können, so tiefgründig, die Symbolik und so.«

»Und du fandst den Film wirklich super?«

»Der beste Film, den ich in diesem Jahr gesehen habe.«

»Und wieso bist du dann eingeschlafen?«

Gut. Eins zu null für sie.

Wir gingen durch den spärlich beleuchteten Park. Eigentlich sollte Jonas uns jetzt entgegenkommen. Er wollte zur Sicherheit sogar zehn Minuten früher da sein. Aber ich konnte ihn nirgendwo entdecken. Ich drehte meinen Kopf in alle Richtungen – und musste wieder an Alicia denken. Ich würde mich in den Pausen nicht mehr so umgucken. Ich bekam ein komisches Herzstechen. Ich blieb stehen.

»Was hast du?«

»Nichts.«

Ich versuchte ruhig ein- und auszuatmen. Dann ging ich weiter. Vor der Steinmauer, die von einigen bogenförmigen Eingängen durchzogen war, blieb ich stehen. Hier endete der Park, und Jonas war immer noch nicht gekommen. Wenn wir jetzt weitergingen, würden wir Jonas gar nicht mehr treffen. Ich zog meine Uhr aus der Hosentasche. Es war schon Viertel vor zehn. Er hätte um halb zehn da sein sollen. Alles war einstudiert: Hey Jonas, was machst du, wir wollten noch was trinken gehen. Komm doch einfach mit. Dann hätte ich das Gespräch auf seine guten Seiten gelenkt: auf seine Zensuren, dass er ein Mathe-As war, dass er Turniere im Schach gewann und so weiter.

Aber er kam nicht. Ich beschloss, bis zehn zu warten. Länger konnte ich nicht stehen bleiben. Es würde nicht mehr wie ein Zufall wirken. Da kam mir jetzt das Herzstechen sehr gelegen.

»Ich hab Herzstechen«, sagte ich. »Lass uns hier eine Weile stehen bleiben.«

»Seitenstiche?«, fragte Natalie.

»Irgendwie so.«

»Wo gehen wir jetzt noch hin?«

Um sie abzulenken, sagte ich: »Such dir was aus.«

Und sie überlegte wirklich. Sie ging wohl alles durch, was sie kannte.

Ich fragte mich, warum Jonas nicht kam. Er hatte immer so zuverlässig gewirkt. War er den Skinheads begegnet? Hatten sie ihn zusammengeschlagen? Ich musste –

»Ah!«, schrie Natalie, und im ersten Moment dachte ich, ihr wäre eine gute Kneipe eingefallen. Aber dann sah ich jemanden wegrennen, in den Park rein und Natalie schrie: »Meine Tasche!«

Ich rannte los.

Obwohl ich immer ein schneller Läufer gewesen war, kam ich kaum hinterher. Der magere Kerl hatte einen Vorsprung, und er flitzte wie Speedy Gonzales. Normalerweise hätte ich die Verfolgung aufgegeben, aber während ich rannte, kam mir der Gedanke: Wenn du Natalie nicht ihre Tasche zurückholst, wirst du ewig in ihrer Schuld stehen, denn *du* hast sie in den Ravensberger Park geführt. *Du* bist hier stehen geblieben …

Der Typ lief vom Weg runter quer über den Rasen. Gestern hatte es geregnet, und der Rasen war glitschig wie ein Schwamm. Meine Schuhe hatten ein gutes Profil, aber der Typ trug Cowboystiefel, die anscheinend nicht griffig waren. Bei jedem Schritt rutschte er ein bisschen seitlich weg. Das war meine Chance. Er musste seinen Fehler bemerkt haben, denn er lief wieder in Richtung Fußweg. Ich musste ihn vorher kriegen, wenn er erst mal wieder auf dem Weg war, konnte ich es vergessen.

Ich kam näher, bekam ihn wirklich zu fassen, und wir landeten beide im Matsch. Ich griff nach der Handtasche. Er hielt aber immer noch den Schultergurt fest und zerrte dran. Das Gezerre hatte ein Ende, als der Schultergurt an einer Seite riss, der Typ hintenüber fiel und mir die ganze Tasche zuflog. Der Typ sprang auf, rannte über den Rasen zum Fußweg und flitzte weg. Meine Lungen pumpten ein und aus. Bei dem Tempo hätte der Typ mehr Geld im Profisport verdienen können als beim Handtaschenklauen.

Natalie war uns nachgelaufen. Sie blieb aber auf dem Weg stehen, der Rasen war ihr wohl zu nass.

»Addi!«, rief sie.

Ich stand auf, ging auf sie zu und gab ihr die Tasche wieder. Sie sagte enttäuscht: »Oh«, als sie den abgerissenen Riemen entdeckte. Die Tasche hatte einige Schlammflecken. Sie nahm ein Taschentuch heraus und wischte sie ab. Weil die Tasche aus glattem Leder war, ging der Schlamm auch gut weg. Bei mir sah das schon anders aus.

Das gefiel ihr, denn sie sagte: »Jetzt müssen wir doch zu dir.«

Ich hätte ihr Held sein können. Sie wäre mir für die Handtaschenrettung dankbar gewesen. Sie hätte wieder gesagt: »Du bist der coolste Typ im ganzen Universum.«

Aber ich weigerte mich, nach Hause zu gehen, zu duschen und frische Sachen anzuziehen. Das war mir zu riskant. Natalie hatte mir zwar versprochen, im Wohnzimmer zu bleiben, aber ich wollte trotzdem nicht.

»So soll ich mit dir ausgehen?«, schimpfte sie. »Du siehst aus wie ein Schwein nach einem Schlammbad.«

Das stimmte. Aber war es Schweinen nach einem Schlammbad verboten, auszugehen?

Wenn Natalie nett gewesen wäre, hätte sie sich eine leere Eckkneipe ausgesucht. Aber sie war nicht nett.

»Wenn ich jetzt nach Hause fahre«, sagte ich, »wird es zu spät. Du musst ja um zwölf zu Hause sein.«

Aber sie ließ auch das nicht gelten und hörte nicht auf mit ihrer Schmollerei.

Sie sagte: »Glückundseligkeit.«

Glückundseligkeit war die Kirche an der Artur-Ladebeck-Straße. Ich fuhr da jeden Tag mit der Straßenbahn vorbei. Die alte Kirche war vor einigen Jahren zu einem Edelcafé und Feinschmeckerrestaurant umgebaut worden.

Ich Schlammschwein sollte also an einem Samstagabend in diesen Nobelschuppen gehen. Natalies Tasche sah man nichts mehr an. Die Schlammflecken waren ganz weggegangen, und den Schultergurt, der an einer Seite gerissen war, hatte Natalie in die Tasche gestopft, als sei die Tasche schon immer ohne Gurt gewesen.

Glück und Seligkeit

Wir gingen durch die hölzerne Eichentür und kamen in einen gigantischen Raum. Links zog sich eine lange Theke entlang. In dem Mittelschiff standen schwarze Tische mit orangen Stühlen. Ganz hinten, durch einige Treppenstufen leicht erhöht auf einem halbmondförmigen Platz, wo sich früher der Altar befunden hatte, standen weiße Ledersessel. Der Teil rechts war durch einige Steinbögen abgetrennt. Die Fenster waren bunt und hoch, Kirchenfenster eben. Ich war ziemlich beeindruckt. So etwas hatte ich noch nie gesehen. Es kam uns eine elegante Empfangsdame entgegen. Sie schaute mich erst böse an, schien es sich dann aber doch anders zu überlegen und erklärte uns, dass sich das Restaurant oben auf der Empore befand und unten das Bistro. Sie sagte, dass wir aber auch im Bistro Restaurantgerichte bestellen könnten. Dann durften wir uns einen Platz aussuchen.

Ich war mir sicher, dass sie mich rausgeschmissen hätten, wenn ich allein gekommen wäre. Vielleicht hatte die Frau auch nichts gesagt, weil die Stühle und auch die Ledersessel abwaschbar waren. Hätten dort Plüschsofas gestanden, hätte ich mich bestimmt nicht setzen dürfen.

Natalie ging zielstrebig geradeaus auf die stylischen Ledersessel zu. Der Laden war ziemlich voll. Alle starrten mich an und tuschelten. Ich schämte mich, aber dann dachte ich: Besser den Abend als Schlammschwein im Glückundseligkeit verbringen, als zu Hause zu duschen und Natalie klopft ständig an die Badezimmertür und will mitduschen.

Ich hoffte, dass sie doch noch rechts abbog in den abgetrennten Teil des Seitenschiffs. Sie ging aber bis nach hinten, die Stufen hoch und setzte sich genau in die Mitte des Halbkreises. Ich fühlte mich wie auf einem Präsentierteller: Seht alle her.

Sie nahm die Karte und sagte in einem säuerlichen Ton: »Du lädst mich ja wohl ein!«

»Natürlich.«

Sie schaute in die Karte und gab sie dann an mich weiter.

Als der Kellner kam, verschlug es ihm bei meinen Schlammflecken kurz die Sprache. Dann fasste er sich wieder, grüßte freundlich und fragte nach unseren Wünschen.

Natalie bestellte als Vorspeise roten Thunfisch mit Jakobsmuscheln. Als Hauptgericht nahm sie Steinbutt. Als Nachtisch bestellte sie das Zusammenspiel von Schokolade mit Passionsfrucht. Davor wollte sie einen Martini trinken und auch einen *Sex on the beach.*

Der Kellner hatte ein Gerät in der Hand und tippte alles mit einem Stift ein. Ich bestellte nur ein Bier. Er fragte: »Ein großes?« und ich antwortete: »Ein kleines natürlich.«

Eigentlich hätte ich heute Abend auch gern etwas gegessen. Mich hatte die Pizza Elsass mit Sauerrahm, Zwiebeln und Speck für neun Euro angelacht, die nach der Margherita (8 Euro) am billigsten war. Aber ich wusste nicht, ob mein Geld reichte. Als der Kellner wegging, schnappte ich mir noch mal die Karte und rechnete Natalies Bestellung nach. Sie hatte sich für insgesamt 94 Euro Essen und Getränke bestellt! Das war also der Dank dafür, dass ich ihr die Handtasche zurückgeholt hatte, ihr schon das Kino und die drei Rotweine bezahlt hatte. Aber zum Glück hatte ich noch hundert Euro in der Tasche. Es würde noch gerade so reichen. Aus den Boxen kam leise Chill-Musik. Ich hätte mich hier wohlfühlen können, wenn ich nicht so schlammig gewesen wäre.

Im Sessel konnte man sich drehen wie in einem Drehstuhl. Ich sah mir den Raum weiter an. Es waren nicht nur Yuppies hier, sondern auch Leute, die gar nicht so herausgeputzt waren. Ich musste an Jonas denken. Wo war er geblieben? Ob er es hier auch nett gefunden hätte? Dann dachte ich an meine Eltern. Morgen musste ich beim Auszug helfen. Meine Mutter wollte den ganzen Tag über zu einer Freundin fahren, damit sie sich das nicht mit angucken musste. Ich konnte immer noch nicht glauben, dass mein Wunsch in Erfüllung gegangen war. Endlich ließen sie sich scheiden.

Auch Natalie schaute sich den Raum an. Der Kellner kam wieder und brachte ihren Martini und ihren *Sex on the beach*. Ich bekam mein kleines Bier.

Ihre Vorspeise kam, dann ihre Hauptspeise, dann ihr Nachtisch. Natürlich bot sie mir nichts von ihrem Essen an.

Jetzt saß sie lässig da, schlürfte ihren Cocktail und schaute angestrengt im Raum herum, nur damit sie das Schlammschwein nicht ansehen musste. Wenigstens hatte es ihr geschmeckt. Die Prinzessin konnte auch anders, nämlich den Rest des Abends über das Essen mosern. Ab und zu sah sie mich doch an – mit einem siegessicheren Lächeln, was bedeuten sollte: Du hast bestimmt nicht so viel Geld dabei, Addi. Du musst dir Geld von mir leihen, um das hier bezahlen zu können. Ich grinste zurück, denn ich konnte zahlen. Dafür lohnte sich auch das Hungern. Ich freute mich auf ihren Blick, wenn ich lässig die zwei Fünfziger herauszog und sagte: Stimmt so. Und der Kellner würde denken: Er ist zwar ein Schlammschwein und ich muss nachher den Sessel abschrubben, aber er gibt immerhin Trinkgeld.

Die Kirche strahlte immer mehr Ruhe auf mich aus. Ja, ich fühlte mich selig. Ich drehte mich im Sessel hin und her. Solche Drehsessel sollte man sich auch zu Hause hinstellen.

»Addi, wieso möchtest du nicht mehr mit mir zusammen sein?«, fragte Natalie mich schon wieder.

Ich drehte mich zu ihr zurück.

Wieso konnte sie nicht mit dieser ewigen Fragerei aufhören? Was sollte ich dazu sagen, ohne sie zu beleidigen?

»Du bist wie meine Mutter«, sagte ich.

Sie verzog das Gesicht, als wäre das die fieseste Antwort der Welt gewesen. Ich wusste gar nicht, dass sie etwas gegen meine Mutter hatte. Sie waren sich nur wenige Male begegnet, und bei den Malen hatte meine Mutter versucht, freundlich zu wirken. Für ihre vierzig Jahre hatte sie sich auch gut gehalten. Sie hatte kaum Falten.

»Und du bist schlimmer als mein Vater«, sagte sie.

Ich musste kurz überlegen, wie ihr Vater war. Er war dick, glatzköpfig und er hatte ein großes Muttermal auf der rechten Wange. Er war autoritär, fuhr einen dicken Mercedes und abends trank er Cognac. Am Tisch musste er immer Kommentare übers Essen abgeben und seiner Frau erklären, dass das Huhn zu trocken, das Steak noch zu englisch sei. Ein richtig fetter, unsympathischer Spießer.

»Lass uns doch einfach den Abend genießen«, sagte ich.

Der Kellner kam wieder vorbei und fragte: »Darf ich Ihnen noch etwas bringen?«

Natalie hob eine Augenbraue und sagte eiskalt: »Death by passion.«

Der Kellner schaute mich an und fragte, ob ich denn auch noch was bestellen wolle.

»Nö«, sagte ich und sah auf mein Bierglas. Es war noch zu einem Drittel voll.

Als der Kellner gegangen war, schaute ich in der Karte nach. *Death by Passion* bestand aus Wodka, Mangosaft und Maracuja-Eis. Der Cocktail kostete 8,50 Euro.

Ich fragte Natalie: »Hast du noch Geld bei dir?«

Sie schaute mich böse an. »Du zahlst doch. Was soll ich da Geld mitnehmen!«

»Ich bin nicht Krösus, auch wenn ich einigermaßen Taschengeld bekomme.«

»Eingeladen ist eingeladen«, sagte sie.

»Du sollst es mir ja nur leihen.« Ich merkte schon, wie mein Ton flehender wurde, obwohl ich mir vorgenommen hatte, gelassen zu klingen.

»Mit Zinsen?«, fragte sie.

»Ja doch. Meinetwegen.«

Der Kellner brachte ihr den Cocktail und ging wieder.

»Ich wünschte, meine Eltern würden sich auch scheiden lassen«, sagte Natalie und stocherte mit dem Strohhalm lustlos im Glas herum.

»Wirklich?«

Sie saugte lange an dem Strohhalm und sah wirklich niedergeschlagen aus.

Ich wusste nicht, ob es die Atmosphäre in der Kirche war. So eine Stimmung war zwischen uns noch nie aufgekommen.

Aber sie sagte nichts weiter. Stattdessen fragte sie: »Wie viel brauchst du?«

»Zehn Euro«, antwortete ich.

Sie nahm ihr Portemonnaie aus der Handtasche und reichte mir einen Zehner rüber.

Im Schlaf vorwärts

Ich war heute Nacht von allen Fahrgästen der Schmutzigste, aber nicht der Seltsamste. Es saß wieder die alte Frau mit der riesigen Hakennase in der Straßenbahn. Alles an ihr war faltig und labberig, aber sie trug immer einen durchsichtigen Minirock und brabbelte vor sich hin. Diese Frau sah zum Fürchten aus.

Ein fetter Mann, einige Plätze weiter, presste immer denselben Satz hervor: »Ich hasse die Bielefelder! Ich hasse die Bielefelder!« Es reagierte aber niemand auf ihn. Er schien sich zu wundern und brüllte nun: »Ich hasse die Westfalen! Die Westfalen hasse ich auch!« Aber auch das schien nicht zu fruchten. Er sah sich unter den Fahrgästen um. Sein Blick blieb an mir hängen. »Ich hasse schmutzige Penner! Schmutzige Penner hasse ich auch!« Natalie war das peinlich. Der Mann schrie dann mit einem Blick auf Natalie: »Ich hasse Frauen! Scheißfrauen! Ich hasse Frauen!« Natalie schaute angestrengt aus dem Fenster. Ein Mann mit einem Hund näherte sich, und der fette Mann schrie: »Ich hasse Hunde!« Ich fragte mich, was der Mann denn nicht hasste.

Balduin stieg ein. Ein Teil seiner Lippe war mit einem Pflaster beklebt.

»Oh hallo, junger Mann!«, rief er und ging in meine Richtung.

»Kennst du den etwa?«, flüsterte Natalie entsetzt.

Der Hasser hatte anscheinend noch funktionierende Geruchsnerven, denn er rief: »Ich hasse Stinker! Ich hasse Leute, die stinken! Die hasse ich am meisten!«, und Balduin blieb stehen und schaute den Mann mit großen Augen an.

»Stinke ich?«, piepste er.

»Du Stinker!«, brüllte der Mann.

»Aber ich kann nichts dafür.«

»Du Scheißstinker!«, brüllte der Mann wieder.

»Balduin!«, rief ich.

Balduin reagierte gar nicht, und mir fiel ein, dass er ja gar nicht so hieß. Ich hätte ihn »Stinker« rufen können, aber ich wollte nicht die gleichen Worte wie der Hasser benutzen. Ich konnte ihn aber auch nicht »Fettsack« rufen, und das neutralere »Dicker« klang zu vertraulich. Ansonsten gab es nichts Herausragendes an Balduin außer den fettigen Haaren, aber »Fetthaar« will auch niemand gerufen werden. Ich zog los und zerrte ihn zu unserem Sitzplatz. Als ich an seiner Kleidung zerrte, fiel mir der Ausdruck »Anzugmann« ein. So hatte ich ihn früher insgeheim genannt. Es war ein besonderes Merkmal und nicht beleidigend. Ich merkte mir: Nächstes Mal Balduin »Anzugmann« rufen.

Balduin setzte sich und sagte: »Ist so schön, Sie wiederzusehen.«

Natalie verzog das Gesicht. Sie hatte eine sensible Nase. Sie schaute sich um, als suche sie nach einem anderen Platz, aber da mussten wir sowieso schon aussteigen. Auch Balduin stieg am Jahnplatz aus.

»Was macht dein Zahn?«, fragte ich.

»Der ist gezogen, und ich weiß nicht, was der gerade macht«, piepste er. »Der Zahnarzt hat ihn dabehalten.«

Ich fragte: »Was soll der da schon machen?«

»Der macht vielleicht eine große Party in der Praxis«, piepste Balduin. »Da ist nachts niemand, und er hüpft mit den anderen gezogenen Zähnen durch die Räume.«

»Dann hat er es ja besser als vorher«, sagte ich.

Natalie schaute uns an, als seien wir beide bescheuert. Die Linie 2 kam angefahren.

»Ich muss jetzt weiter«, sagte ich. »Aber lass uns mal wieder Kaffee trinken.«

»Oh«, piepste Balduin, »so ein Hunger.«

Ich bat Natalie, mir noch einen Zehner zu geben. Sie rückte auch tatsächlich einen raus, presste dabei aber ihre vollen Lippen aufeinander, bis sie ganz schmal wurden.

Ich gab Balduin die zehn Euro.

»Hier, kauf dir einen Alexander-Teller.«

»Was ist ein ›Alexander-Teller‹?«, fragte er.

»Da beim Dönerladen. Diese Spieße mit der Joghurt-Soße obendrauf.«

Ein Lächeln breitete sich auf seinem Gesicht aus, und er schien zu träumen: »Oh, das war lecker.«

Ich sprang in die Straßenbahn. Balduin winkte mir zu, wieder in seiner eigenen Art, die Finger wie ein Klavierspieler bewegend.

In der Linie 2 saßen nachts nicht weniger komische Leute als in der Linie 1. Natalie war immer froh gewesen, wenn ich sie nachts begleitete. Sogar heute Nacht war sie froh, obwohl die anderen mich anstarrten und dadurch zur seltsamsten Gestalt in der Bahn kürten. Aber vielleicht bekam Natalie das auch nicht mehr mit. Ihr fielen die Augen zu. Das musste in der menschlichen Natur liegen. Meine Mutter hatte mir erzählt, dass ich früher als Baby immer nur fest geschlafen hätte, wenn sie mich im Kinderwagen durch die Straßen geschoben hatte. Dabei war es unwichtig, ob sie mich durch den Park schob oder an befahrenen Straßen entlang. Wenn sie aber stehen geblieben war, hatte ich angefangen zu brüllen. Ging sie weiter, fiel ich sofort wieder in einen tiefen Schlaf. Als ich mal im Zug gesessen hatte, war es das Gleiche gewesen. Sobald der Zug fuhr, schliefen alle Leute ein. Es war eher ungewöhnlich, nicht im Zug zu schlafen. Wenn der Zug irgendwo am Bahnhof hielt, wachten die Leute auf und schauten aus dem Fenster. Fuhr der Zug wieder an, fielen ihnen wieder die Augen zu.

Ich fragte mich, wieso die Leute einschliefen, wenn sie gefahren wurden. Vielleicht war man beruhigt, wenn es im Leben vorwärtsging.

Ich schaute mich um. In der Linie 1 vorhin waren die Frau im Minirock und der Alleshasser die zwei einzigen Alten gewesen. Um diese Zeit waren nur junge Leute unterwegs, als hätten die Alten genug von der Nacht gesehen und als würde es sich einfach nicht lohnen, wach zu bleiben und die Nacht zu erleben.

Trotz allem war der Abend heute gut verlaufen. Mir hatte das Glückundseligkeit gefallen, obwohl ich nichts zu essen bekommen hatte. Ich fühlte mich müde und auch ein bisschen selig.

Ich hatte die Nächte gehasst, weil der Streit meiner Eltern immer bis in die frühen Morgenstunden gegangen war. Aber jetzt hatten diese Nächte ein Ende, und zum ersten Mal wurde mir diese Veränderung so richtig bewusst.

An der nächsten Haltestelle mussten wir aussteigen. Ich tippte Natalie an. Sie wurde sofort wach. Ich brachte sie noch bis zu ihrem Haus. Als sie die Haustür aufgeschlossen hatte, drehte sie sich zu mir um, und in diesem Moment vergaß ich, dass wir gar nicht mehr zusammen waren. Sie schaute mich lange an, sagte nicht »tschüss«, sondern »schade«, drückte mir einen Kuss auf den Mund und ging rein. Für einen Augenblick wurde ich sentimental, weich, traurig oder wie immer man das auch nennt.

Die Teppichwelle

Als ich zum Jahnplatz zurückfuhr, musste ich an Balduin denken und auch wieder an Jonas. Ich musste herausfinden, was mit ihm passiert war. Es wäre praktisch gewesen, jetzt ein Handy zu haben. So aber musste ich zu ihm nach Hause laufen. Aber sollte ich um diese Zeit noch bei ihm klingeln?

Als ich am Jahnplatz ausstieg, war ich mir immer noch unsicher. Wenn ich wirklich noch zu Jonas ging, würde ich wahrscheinlich die letzte Straßenbahn verpassen. Außerdem liefen mir vielleicht der Blaue und der Grüne über den Weg.

Und ich wollte nur noch ins Bett. Aber ich wollte heute Nacht auch nicht von Jonas träumen, dass er irgendwo lag, mit zerbrochener Brille, zusammengeschlagen von Drogensüchtigen im Ravensberger Park. Ich Idiot, wenn ich schon diesem Handtaschendieb hinterhergelaufen war, hätte ich auch gleich den ganzen Park nach Jonas absuchen können.

Ich lief also wieder über den Kesselbrink und bog in die kleine Gasse Brüderpfad ein. Das Küchenfenster von Jonas' Wohnung ging zur Straße raus. Es brannte noch Licht. Wenn Jonas' Eltern immer vor der Glotze hingen, konnte nur er dort sitzen. Ich drückte auf die Klingel und wartete. Niemand machte auf. Ich hörte, wie jemand ein Fenster öffnete, und ich trat zwei Schritte zurück, um hochzuschauen. Jonas' Kopf streckte sich aus dem Fenster: »Addi!«, rief er. »Warte da unten. Der Türöffner tuts nicht.«

Er schloss das Fenster wieder.

Im Hausflur ging das Licht an, und Jonas öffnete: »Komm mit hoch«, sagte er, und ich ging hinter ihm her. Im Wohnzimmer war kein Licht. Man hörte auch keine Fernsehgeräusche. Wir gingen in die Küche.

»Was hast du gemacht?«, fragte er.

»Ich war im Kino«, sagte ich.

»Ja, aber diese … braunen Flecken.«

Ich hatte ganz vergessen, wie ich aussah.

»Es gab eine Schlammschlacht«, sagte ich.

»Ach so«, sagte Jonas, »dann ist es wenigstens keine Scheiße.«

Ihm schien das nicht geheuer zu sein, also blieb ich stehen.

Er dachte nach, sagte dann aber: »Setz dich doch.«

Ich stand noch etwas unschlüssig rum und traute mich nicht. Jonas ging raus, holte ein Handtuch und legte es auf die Bank. »Jetzt kannst du dich wirklich setzen.«

Das überzeugte mich, und ich setzte mich.

»Es hat nicht geklappt«, sagte Jonas. »Meine Mutter ist sturzbetrunken über eine Welle im Teppich gestürzt und hingefallen. Sie hat sich den Arm gebrochen. Ich musste sie ins Krankenhaus bringen.«

»Tut mir leid«, sagte ich.

Jonas erzählte alles so sachlich, als sei er ein Altenpfleger.

»Kaffee?«, fragte er dann, und ich nickte.

Er setzte wieder Kaffee auf. Auf dem Küchentisch lagen Bücher, die er jetzt wegräumte, um die Kaffeebecher dort hinzustellen.

»Es gibt von heute Nachmittag noch Kuchen«, sagte er. »Willst du ein Stück?«

Was für eine Frage!

»Nichts dagegen«, sagte ich.

»Ich hoffe, du hast nicht zu lange auf mich gewartet. Ich hab auch deine Handy-Nummer nicht. Sonst hätte ich durchgerufen.«

»Das ist kaputt«, sagte ich.

Er brachte den Kaffee, erinnerte sich auch wieder an das Kuchenangebot und holte zwei Stück Erdbeerkuchen und Sprühsahne aus dem Kühlschrank.

Ich hatte schon lange keinen Erdbeerkuchen mehr gegessen. Er schmeckte köstlich.

Ich sagte: »Schade, dass du nicht da warst. Wir waren noch im Glückundseligkeit.«

»Die Kirche?«, fragte er.

»Ja.«

»Da war ich noch nie«, sagte Jonas. »Ist das da nicht teuer?«

»Geht so«, sagte ich. Ich war als reicher Mann gekommen und als arme Kirchenmaus wieder gegangen. Aber wenn Natalie nicht Steinbutt und Jakobsmuscheln gegessen hätte, sondern eine Pizza Elsass, wäre es auch wirklich okay gewesen.

»Schön ist es da«, sagte ich. »Von außen sieht diese Kirche so unscheinbar aus. Wie ein altes Backsteinhaus, aber innen ist es super.«

»Vielleicht klappt es ja nächstes Mal«, sagte Jonas. »Dann kann ich Natalie auch einladen, wenn es gar nicht teuer ist.«

Scheiße, dachte ich und sagte: »Eine Pizzeria ist besser für Natalie. Sie kann viel essen, wenn sie will.« Und ich fügte in Gedanken hinzu, aber eine *normale* Pizzeria, die auch wirklich nur Pizzen hat und nicht noch eine Gourmet-Fischkarte.

Jonas schaute etwas fragend, aber ich ging nicht näher darauf ein.

»Triffst du dich irgendwann wieder mit Natalie?«, fragte er.

Ich überlegte. »In nächster Zeit nicht«, und Jonas schaute enttäuscht.

»Aber das klappt schon irgendwann«, sagte ich, um ihn zu trösten. Es war das erste Mal, dass ich bei Jonas irgendein Gefühl gesehen hatte. Wenn er über seine Eltern sprach, hatte er immer nur sachlich geklungen und sein Gesicht hatte dabei auch sachlich ausgesehen.

»Gib mir doch deine Handy-Nummer«, schlug ich vor. »Dann könnte ich spontan anrufen, wenn ich mal wieder mit ihr ausgehe.«

Jonas holte sofort einen Stift und Papier. Er schrieb mir die Nummer auf, und ich gab ihm auch meine Festnetznummer von zu Hause.

»Natalie ist so schön. Sie ist meine Traumfrau«, schwärmte er.

Vor Kurzem hatte ich noch gedacht, dass Jonas bestimmt egal war, wie eine Frau aussieht. Ich hatte mir vorgestellt, dass er bei der Frage nach seiner Traumfrau sofort sagen würde: »Eine Traumfrau gibt es nicht, sonst wäre es ja keine Traumfrau.«

»Natalie hat so eine tolle Figur«, sagte Jonas.

Fehlt nur noch, dass er jetzt von ihren Titten schwärmt, dachte ich. Der sieht aus wie ein Streber, wirkt so erwachsen – und ist auch nicht besser als Ralph.

»Wenn ich älter wäre, würde ich Natalie sofort heiraten«, schwärmte Jonas weiter, und ich dachte, ich hör nicht richtig.

»Du kennst sie nicht einmal«, sagte ich.

Jonas schüttelte den Kopf und starrte in seine Kaffeetasse. Anscheinend war es ihm nun doch peinlich, dass er seine Gefühle so preisgegeben hatte.

»Sie ist mir wichtig, auch wenn ich sie nicht kenne … *noch* nicht«, sagte er verlegen.

Ich fragte mich, wie sie ihm wichtig sein konnte, wenn er sie nicht kannte. Das war doch total bescheuert! Aber dann dachte ich an Alicia. Ich kannte sie auch nicht.

Frühschoppen

Mein Vater stand mit seinen Kollegen, darunter auch Kevins Vater, vor dem Bulli und trank Bier. Sie unterhielten sich über die Armfrakturen der Motorradfahrer und die Oberschenkelhalsfrakturen der alten Frauen mit Osteoporose. Wenn ich keuchend mit den schweren Kartons vorbeikam, jammerten sie plötzlich über ihre schlimmen Bandscheibenvorfälle und hielten sich mit der bierfreien Hand den Rücken.

»Du hast es gut, du junger Spund«, sagte Herr Jäger.

Ich verkniff mir eine Antwort.

»Kevin kann leider nicht helfen«, sprach Herr Jäger weiter. »Er hat sich doch beim Fußballspielen die Nase gebrochen.«

»Oh«, sagte ich.

Er guckte verwundert: »Wieso ›oh‹? Hast *du* nicht den Schuss abgegeben?«

»Kann sein«, sagte ich, und er guckte noch blöder. Vielleicht fragte er sich, ob ich Alzheimer hatte.

Ich ging wieder rein. Kurz darauf kam auch mein Vater und packte weitere Kartons. Er nahm kaum Möbel mit. Nur das Bett aus dem Gästezimmer, einen Schreibtisch, zwei Kommoden und ein paar Lampen. Glück für mich. Das Sofa hätte ich sonst auch noch allein schleppen müssen.

Wir fuhren nach Bielefeld-Mitte. Mein Vater hatte sich eine Dachgeschosswohnung ausgesucht. Als wir angekommen waren, nahmen er und seine Kollegen jeder eine Lampe aus dem Bulli und ich schleppte wieder die schweren Kartons.

Die Wohnung hatte drei Zimmer. Mit ihren bogenförmigen Fenstern und hohen Decken war sie schöner als unsere Vierzimmerwohnung. Durch die wenigen Sachen, die dort drin standen, wirkten die Räume luftig und auch etwas einsam, aber irgendwie frisch, frei für etwas Neues.

Trotz der vier unfleißigen Helfer war der Umzug schon mittags fertig. Wir hatten auch schon um sieben angefangen. Drei Stunden nachdem ich mich ins Bett gelegt hatte. Meine Mutter war gestern erst gar nicht nach Hause gekommen.

Wenigstens lud mich mein Vater hinterher zum Essen ein. Er fuhr diesen geliehenen Bulli ziemlich linkisch. Während er haarscharf an irgendwelchen parkenden Autos vorbeiraste, betonte er, dass er keinen Unfall haben dürfe, denn er hatte den Billigtarif genommen mit einer Eigenbeteiligung von zweitausend Euro, falls etwas passiere.

Zuerst wollte er mich mit einer Bratwurst abspeisen. Aber er kam dann doch noch in Spendierlaune und wollte »richtig« essen gehen. Ich dachte: Das Essen von Natalie gestern sah ganz lecker aus, aber er hätte mich erwürgt, wenn ich ein Menü für hundert Euro genommen hätte. Also schlug ich Pizza vor.

Wir fuhren zum Inferno an der Beckhausstraße und setzten uns in den Biergarten. Ich bestellte mir ein großes Wasser und er sich schon wieder ein Bier. Ich musste an den gemieteten Bulli denken. Er hatte heute schon so viel getrunken. Aber ich war ja nicht seine Mutter.

Während ich meine Pizza Speziale hinunterschlang, erzählte er mir, wie er sich seine Zukunft vorstellte. Mein Vater war richtig aufgekratzt. Die ganze Last war von ihm abgefallen. Er hatte vor, einmal im Jahr zu verreisen und die Welt kennenzulernen. Er wollte endlich mehr Sport treiben, schwimmen, Fahrrad fahren, Tennis spielen. Er wollte einen Motorradführerschein machen (trotz der Millionen Motorradfahrer, die er schon hatte zusammenflicken müssen). Er wollte neue Sprachen lernen, sein Französisch auffrischen. Trotzdem wollte er dabei viel ansparen, denn es konnte ja sein, dass er irgendwann eine neue Familie gründete und später doch noch ein Haus kaufte.

Kurz und gut, er hatte tausend Pläne und die ganze Welt stand ihm offen.

Ich überlegte, noch eine zweite Pizza zu essen, aber das hätte er übertrieben gefunden.

Nachdem er mich unfallfrei nach Hause gebracht hatte und ich ausgestiegen war, rief er mir durchs offene Fenster zu: »Du kannst mich jederzeit anrufen, wenn du Probleme hast.«

Ich hätte nie gedacht, jemals so einen Satz aus seinem Mund zu hören.

Eine Waschmaschine opfern

Ich war ziemlich geschafft. Wieder zu Hause angekommen, ging ich duschen und ins Bett. Trotz der Müdigkeit fand ich aber keine Ruhe. Zuerst wollte ich alle meine Freunde anrufen und fragen, ob sie zufällig eine kaputte Waschmaschine in ihrem Keller stehen hatten. Aber selbst wenn es jemanden gegeben hätte … wie hätte ich erklären sollen, dass die Maschine für Alicia war? Und wäre es Alicia nicht peinlich, bei Mitschülern kaputte Geräte abzuholen?

Es machte mich ganz krank, dass sie morgen nicht mehr zur Schule kommen würde. Was hatte es dann noch für einen Sinn, da hinzugehen? Mir fiel unsere Waschmaschine ein. Wann hatten wir die bekommen? Ich konnte mich nicht mehr daran erinnern, und das hieß, dass sie schon ganz alt war und dass meine Mutter sich freuen würde, sie loszuwerden. Dann hätte sie einen Grund, eine Neue zu kaufen.

Ich kramte die Karte von Alicias Bruder raus. Alicias Nummer hatte ich ja leider nicht. Aber sie hatte ein Handy, damit hatte ich sie schon einige Male gesehen.

Ich holte das schnurlose Telefon aus dem Wohnzimmer und wählte Djangos Nummer.

»Ja?«, fragte er.

»Addi hier.«

»Wer?«

»Addi, der mit den Scheißhähnchenflügeln.«

Eine Zeit lang herrschte Stille.

»Ach der. Was gibts?«

»Du kannst unsere Waschmaschine mitnehmen.«

»Geht nicht mehr?«

Etwas unwohl fühlte ich mich doch in meiner Haut. Trotzdem sagte ich: »Sie hat gestern ihren Geist aufgegeben.«

»So ein Zufall.«

»Ja«, sagte ich.

»Adresse?«

Ich gab sie ihm: »Frölenberg 37. Das ist in Brackwede.«

»Passt es dir sofort?«, fragte er.

»Klar«, sagte ich.

»Dann sind wir in zwanzig Minuten da.«

Ich war froh, dass er von »wir« sprach. Vielleicht hatte Alicia ja nachher noch nichts vor und ging mit mir aus.

Ich lief nach unten in den Waschmaschinen-Keller. Jetzt war die Frage: Welche von den Maschinen war unsere? Unser blauer Wäschekorb hatte immer vor der Waschmaschine hinten rechts gestanden. Das hatte ich gesehen, wenn ich mein Fahrrad durch den Kellergang geschoben hatte.

Ich betrachtete die Maschine. Sie sah wirklich alt aus. Ich nahm das Waschmittel herunter. Dann zog ich den Stecker heraus, drehte das Wasser zu und nahm die Schläuche ab. So, nun sah sie wirklich kaputt aus.

Als es klingelte und ich die Tür öffnete, musste man mir meine Enttäuschung angesehen haben. Django schaute mich an und sagte: »Du hast uns doch angerufen.«

Er war aber nur mit Tonu gekommen.

»Klar«, sagte ich. »Die Waschmaschine muss weg.«

Die ganze Aktion dauerte nur einige Minuten. Sie packten die Waschmaschine und brachten sie raus. Die beiden waren klein und mager. Aber sie konnten schleppen, als seien sie so gebaut wie Simon.

Die hätten heute beim Umzug helfen können, dachte ich.

Wir standen noch einige Zeit vor dem Pick-up und unterhielten uns. Ich fragte, auf welche Schule Alicia denn ab morgen ginge. Sie sagten: »Bethel.«

Ich fragte sie, auf welche Schule sie selbst denn gingen, und sie lachten. Hätte ja sein können, so alt waren die beiden noch nicht.

»Wir haben keinen Abschluss«, sagte Django. »Alicia ist die Einzige in unserer Familie, die einen Abschluss machen wird. Wenn sie nicht vorher heiratet.«

Der wollte mich doch nur foppen. »Sie ist doch erst fünfzehn!«

»Ja und«, sagte Django. »Man darf mit sechzehn heiraten.«

Ich hatte immer gedacht, man dürfte das erst mit achtzehn. Sechzehn? Das konnte ich mir nun wirklich nicht vorstellen. Er grinste aber nicht.

»Unsinn«, sagte ich.

»Meine Frau war auch erst siebzehn«, warf Tonu ein.

Was? Er war auch schon verheiratet? »Wie alt bist du?«, fragte ich

»Einundzwanzig.«

»Ich bin dreiundzwanzig«, antwortete jetzt auch Django ungefragt. »Meine Frau war sechzehn. Ich war achtzehn. Ich hab drei Kinder. Zwei Jungen und ein Mädchen.«

»Gibts doch gar nicht«, sagte ich.

»Da musst du noch ein Jahr warten«, sagte Django.

Ich fragte: »Womit?« Wenn er heiraten meinte, musste ich nach seiner Meinung ja kein Jahr warten. Ich war ja schon sechzehn.

»Bis Alicia sechzehn wird.«

Ich musste unheimlich dämlich ausgesehen haben, denn Django und Tonu brüllten vor Lachen.

»Heiraten?«, fragte ich blöde, und sie brüllten wieder los.

»Und ihr hättet nichts dagegen?«, fragte ich weiter, und sie brüllten noch lauter.

Ich sah, dass sich hinter den Nachbarfenstern die Gardinen bewegten. Ich sagte mir, so spießig können die Nachbarn nicht sein, sonst hätten die sich schon vor Jahren über meine Eltern beschwert.

»Da müsste man natürlich über einiges … reden«, sagte Django.

»Wieso sollte ich sie heiraten«, sagte ich. »Erst mal bin ich zu … jung und zweitens ist Alicia zwar ein nettes Mädchen, aber ich interessiere mich für jemand anderes.«

Django schaute komisch. Vielleicht auch böse.

»Das glaub ich dir nicht«, sagte er nach einer Ewigkeit. »Das Erste vielleicht, aber nicht das Zweite.«

Ich verschränkte die Arme und lehnte mich an den Pick-up, um etwas cooler auszusehen.

»Ich hab zwar die Schule geschmissen, aber blöd bin ich nicht«, sagte Django. »Ich habe Augen im Kopf.«

Jetzt warf auch Tonu ein: »Dafür braucht man noch nicht mal Augen im Kopf. Das sieht jeder Blinde.«

»Woran?«, fragte ich und versuchte immer noch cool auszusehen.

»An dir«, antwortete Tonu. »An deinem Körper. Wie du sie anglotzt, deine Stimme, wenn du mit ihr sprichst. Einfach alles.«

Ich schluckte. In der Schule hatte ich es ein halbes Jahr lang geheim halten können. Und jetzt das.

»Du hättest gestern aber nicht gleich wegrennen sollen. Das war völlig bescheuert, dich zu verstecken und zu hoffen, dass wir weitergehen«, sagte Django, und die beiden lachten schon wieder los.

Ich hatte mich in meinem ganzen Leben noch nie so geschämt wie in diesem Moment.

»Tja, dann schönen Sonntag noch«, sagte ich und ging wieder rein.
»Überlegs dir«, rief Django mir hinterher.

Drinnen wollte ich mich aufs Sofa setzen, aber ich war zu aufgewühlt. Ich lief in die Küche, um einen Kaffee zu trinken. Aber der Automat war bei meinem Vater. Ich ging in mein Zimmer und trat gegen den Kleiderschrank, bis mir die Fußsohlen wehtaten.

Die Wohnung war mir zu ruhig an diesem Sonntagnachmittag. Früher hatte ich mir immer Ruhe gewünscht, aber jetzt wollte ich Krach.

Ich lief raus, bergauf quer durch den Wald. Viele Jogger kamen an mir vorbei, und aus irgendwelchen Gründen störte es mich, dass sie schneller unterwegs waren als ich. Ich ging weiter bis in die Altstadt, setzte mich in ein Eiscafé und bestellte einen Cappuccino. In der Altstadt war ich nicht oft, obwohl sie nur auf der anderen Seite des Jahnplatzes lag.

Die Läden hatten zu, und trotzdem waren die Leute in Scharen unterwegs. Sie schauten in die Schaufenster und gingen dann gemütlich weiter. Mir fiel das altmodische Wort »flanieren« ein. Diese Leute flanierten. Sie waren nicht aus denselben Gründen wie ich in der Stadt. Sie waren nicht auf der Flucht vor der eigenen Peinlichkeit.

Ich ging das Gespräch mit Django und Tonu in Gedanken wieder und wieder durch. Ich versuchte mich daran zu erinnern, was genau sie gesagt hatten, wie sich ihre Stimmen dabei angehört, wie ihre Gesichter dabei ausgesehen hatten. War alles nur Spaß gewesen?

Der Verlust

Als ich die Tür aufschloss, schrie meine Mutter ins Telefon: »Du Lügner! Du Scheißkerl!«

Sie musste mit meinem Vater telefonieren, denn so durchgedreht war sie dann doch nicht, dass sie andere Leute anschrie.

Als ich ins Wohnzimmer kam, stand sie da mit einem knallroten Gesicht und warf das Telefon aufs Sofa.

»Addi«, brüllte sie. »Hat dein Vater die Waschmaschine mitgenommen?«

Ich schüttelte den Kopf.

»Und wieso ist sie dann weg?«, brüllte sie weiter.

Ich zuckte mit den Schultern. Dabei hätte ich wissen sollen, dass sie am Wochenende immer Wäsche wusch.

»Bist du dir sicher, dass sie da nicht mehr steht?«, fragte ich.

»Glaubst du etwa, ich habe einen Knick in der Pupille?«, brüllte sie.

»Vielleicht kommt sie ja wieder«, sagte ich.

»Du glaubst, sie ist nur ausgegangen oder was!«, brüllte sie weiter.

Ich ging mit ihr nach unten in den Waschkeller. Sie zeigte auf den leeren Platz.

»Ich muss morgen zur Polizei«, sagte sie. »Eine Anzeige wegen Diebstahl aufgeben. Ich frage mich nur, wieso das nicht schon früher passiert ist, Addi. Der Raum sollte abgeschlossen werden.«

»Wegen einer alten Waschmaschine willst du zur Polizei?«, fragte ich.

»Was heißt hier alt!«, brüllte sie wieder los. »Woher willst du wissen, wie alt die war! Ich sags dir: kaum zwei Jahre!«

Ich wunderte mich. »So etwas ist doch nicht zwei Jahre alt. Eher fünfzehn.«

Das brachte meine Mutter richtig in Rage.

»Miele!«, brüllte sie, als sei damit klar, dass ich Blödsinn geredet hatte.

»Ja und?«

»Das war eine Miele, Addi! Die Miele-Waschmaschinen sehen alle altmodisch aus. Das ist nun mal so bei Miele. Die gute Miele. Tausendzweihundert Euro haben wir dafür bezahlt!«

Ich schluckte. Wieso mussten meine Eltern immer das Teuerste kaufen?

»Meine gute Miele«, jammerte sie weiter.

Ich hörte, wie jemand die Kellertreppe runterkam. Frau Kirchhoff war auf dem Weg zu ihrem Keller und blieb an der Tür des Waschmaschinenkellers stehen.

»Frau Kirchhoff, guten Tag«, sagte meine Mutter. »Wir müssen in Zukunft den Waschkeller abschließen. Das mag zwar umständlich sein, aber unsere Waschmaschine wurde in der letzten Nacht gestohlen.«

»Wieso?«, fragte Frau Kirchhoff. »Soviel ich weiß, wurde sie abgeholt.«

»Wie kommen Sie denn darauf?«, fragte meine Mutter überrascht.

»Ihr Sohn«, sie zeigte auf mich, »hat die doch heute abholen lassen. Von zwei Türken. Sie standen noch auf dem Parkplatz und haben Lärm gemacht.«

»Addi«, sagte meine Mutter, und wenn Frau Kirchhoff nicht im Raum gewesen wäre, hätte sie »Addi« wohl lauter ausgesprochen.

Ich hätte antworten können, dass das nicht stimmt. Erstens waren es keine Türken gewesen, und zweitens hatten wir keinen Lärm gemacht, jedenfalls nicht so einen Lärm wie meine Eltern noch vor ein paar Tagen. Außerdem war Frau Kirchhoff eine blöde Klatschtante, die den ganzen Tag hinter dem Fenster stand und die Nachbarn beobachtete.

»Ach ja«, sagte ich und schaute dabei auf den leeren Platz, an dem die Waschmaschine gestanden hatte. »Jetzt erinnere ich mich wieder. Freunde haben sie sich ausgeliehen. Ihre war kaputt und sie müssen so viel waschen.«

»Was fällt dir ein!«, brüllte meine Mutter und kam auf mich zu. Sie hatte anscheinend vergessen, dass Frau Kirchhoff noch da war. So mitten im Geschehen statt hinter der Gardine war es Frau Kirchhoff dann wohl doch zu nah dran. Sie verzog sich klammheimlich, ohne sich zu verabschieden.

»Hol doch eine abgebrochene Flasche«, sagte ich, und meine Mutter gab mir mit voller Wucht eine Ohrfeige.

Ich wartete auf eine Entschuldigung, aber sie schien das mehr als in Ordnung zu finden.

Das war neu. Sie hatte mich bisher nur einmal aus Versehen verletzt. Ich war immer ihr Schatz, ihr Ein und Alles gewesen – ganz im Gegensatz zu meinem Vater.

»Wehe dir, wenn meine Waschmaschine nicht zurückkommt«, sagte sie und wollte aus dem Raum gehen.

»Was dann?«, fragte ich.

Sie blieb kurz stehen. »Dann erlebst du dein blaues Wunder«, sagte sie.

Sie hatte sich ins Schlafzimmer verzogen und ich mich auf mein Zimmer. Ich starrte auf das Telefon und fragte mich, ob ich Django anrufen sollte. Ich hatte mich heute geschämt wie nie zuvor, und wenn ich ihn nun anrief und die Maschine zurückhaben wollte, wäre das noch viel peinlicher.

Ich schaute in meine Geldkassette. Ich hatte ein paar Hundert Euro angespart. Trotzdem reichte es nicht für eine neue Waschmaschine. Aber ja! Ich konnte Django und Tonu einfach das zahlen, was auch der Schrotthändler für die Maschine geben würde. So musste ich mich zwar immer noch schämen, aber ich hätte den beiden wenigstens auch ihre Arbeit bezahlt.

Ich wählte Djangos Nummer.

»Ja?«, meldete er sich.

»Hier ist Addi.«

»Wer?«

»Addi, der mit der Waschmaschine.«

»Hast dus dir anders überlegt?«

Gut, dass er sofort wusste, worauf ich hinauswollte: »Ja.«

»Na gut.«

»Wie viel?«, fragte ich.

»Mann, du bist ja drauf«, sagte Django. »Müssen wir das sofort am Telefon besprechen? Komm in einer Stunde vorbei, bei meinem Vater.«

»Wo?«, fragte ich.

»Tu nicht so«, sagte er. »Neben dem Türken. Du hast uns doch da reingehen sehen. Außerdem glaubst du doch selbst nicht, dass du gestern zufällig im Laden da unten gesessen hast.«

Die Verhandlung

Es wäre praktischer gewesen, wenn die beiden einfach noch mal gekommen wären, um die Waschmaschine wiederzubringen. Aber vielleicht war es für ihre Verhandlungen besser, dass die Maschine sich noch nicht vor meiner Tür befand, denn dann hätte ich sagen können: »Ihr seid doch eh schon hier, macht doch nicht viel Arbeit, sie jetzt wieder abzuladen.« Für eine Waschmaschine zahlte ein Altmetallhändler … vielleicht zwanzig Euro? Manche zahlten bestimmt mehr. Ich setzte also fest: Für das Altmetall würden sie höchstens vierzig Euro bekommen. Dann hatten sie noch die Fahrtkosten. Siebzig Euro, um die Maschine wiederzukriegen, wäre also ein sehr fairer Preis.

Als ich vor dem Haus ankam, war gutes Wetter, und ich sah die Meute da hinten wieder vor dem Glasdach stehen. Ich zögerte einen Moment, drückte dann aber auf die Klingel.

Als ich hochkam, erwartete mich Django schon an der Tür. Ich sollte meine Schuhe ausziehen und eintreten. Es roch nach würzigem Essen, Lamm und Gemüse. Ich wurde ins Wohnzimmer geführt, wo ein großer Tisch mit vielen Schüsseln und Platten stand. Der Tisch war umrahmt von drei Sofas. Sie standen rechts, links und hinter dem Tisch. Unter dem Tisch befand sich ein roter Perserteppich.

Tonu und sein Vater, Papin, kamen hinzu. Ich lernte heute also Alicias Vater kennen. Es war komisch, dass sie von ihm abstammte. Ich konnte keine Ähnlichkeiten entdecken. Eine Frau kam herein, die sich als »Chinchilla« oder so ähnlich vorstellte. Ich fragte mich, ob das Alicias Mutter war. Nach ihr kamen zwei Kinder, die mich schüchtern anlächelten und sich nicht vorstellten. Alicia blieb verschwunden. War sie nicht zu Hause? Wir setzten uns an den Tisch und aßen. Es schmeckte alles so gut, wie es roch. Ich hätte noch viel mehr essen können, aber ich wollte nicht gefräßig wirken.

Nach dem Essen räumte Chinchilla den Tisch ab. Die Männer rührten sich nicht. Es gab Tee und Gebäck. Chinchilla und die Kinder kamen nicht mehr wieder, und Papin zündete sich eine Zigarette an.

Django plauderte über das Wetter, über Gott und die Welt. Papin sprach von Familie, Frauen und Kindern. Dann sagte Django plötzlich: »Du hast es dir also anders überlegt.«

Ich nickte.

»Du weißt, dass dich das was kostet.«

Ich nickte.

»Was meinst du, wie viel dich das kosten wird?«, fragte Papin.

»Siebzig Euro«, sagte ich.

Django, Tonu und Papin starrten mich an.

»Okay«, sagte ich großzügig. »Dann machen wir hundert draus.«

»Du machst Witze«, sagte Django.

»Nein«, sagte ich.

Papin drückte seine Zigarette aus, obwohl sie noch nicht runtergeraucht war.

»Dann bist du verrückt«, sagte er. »Selbst ein Kind wie du weiß, dass das nicht hundert Euro kostet.«

Es war das erste Mal seit Jahren, dass mich jemand »Kind« nannte. Meine Mutter nannte mich immer »mein Schatz« oder »mein Prinz«, was auch so klang wie »Kind«, aber sie war schließlich meine Mutter und nicht der Vater von Alicia.

Hatte ich zu viel oder zu wenig angeboten? Hundert Euro konnten einfach nicht zu wenig sein. Es war trotz des Aufwands viel mehr, als der Schrotthändler ihnen zahlen würde.

»Dann sagen Sie einen Preis«, schlug ich vor.

Django, Tonu und Papin schauten sich an. Dann sagte Papin leise: »Fünfzehntausend.«

Ich erwartete jetzt Gelächter, aber es kam nichts. Sie starrten mich genauso an, wie ich sie anstarrte.

»Überlegs dir«, sagte Papin.

»Das ist doch nur ein Spaß«, sagte ich.

Wir saßen eine Weile still am Tisch. Papin zündete sich eine neue Zigarette an. Er zog an ihr und sagte: »Wir machen keinen Spaß. Aber wir können über alles reden.«

Ich war bei Gangstern gelandet. Fünfzehntausend für eine gebrauchte Waschmaschine – völlig bescheuert.

Papin starrte mich regungslos an und wartete auf eine Antwort. Aber ich sagte nichts.

»Du wohnst in 'ner noblen Gegend«, sagte Django. »Auch wenn es Brackwede ist.«

Was hatte denn meine Wohngegend mit dem Preis für die Waschmaschine zu tun?

»Was machen deine Eltern?«, fragte Papin.

»Sie lassen sich scheiden«, sagte ich.

»Nein, was arbeiten die?«

Ich wusste nicht, worauf er hinauswollte, und antwortete einfach: »Mein Vater ist Arzt, meine Mutter Krankenschwester im OP.«

»Mann«, sagte Django. Er wandte sich an seinen Vater: »Dann hätten wir mehr verlangen können. Wieso hast du das nicht vorher gefragt?«

»Du hast Glück gehabt, dass wir nicht wussten, was deine Eltern machen«, sagte Papin. »Dann hätten wir fünfzigtausend gesagt. Aber das Angebot können wir jetzt nicht mehr zurücknehmen. Du kannst froh sein, dass es so wenig ist.«

»Glaub ja nicht, dass wir dann auch nur noch einen Euro runtergehen, wenn dein Vater Arzt ist«, sagte Django.

Wieso dachten die Leute immer, dass meine Eltern Millionen hatten, nur weil mein Vater Arzt war? Er war weder Chefarzt noch hatte er eine eigene Praxis.

»Das zahl ich bestimmt nicht«, sagte ich.

»Letztes Wort?«, fragte Django.

Ich nickte.

Wieder herrschte Schweigen. Papin zündete sich eine neue Zigarette an, zog dran und blies den Rauch zur Seite weg.

»Nicht immer so schnell«, sagte er. »Du bist jung. Du scheinst ein guter Kerl zu sein. Freundlich, gut in der Schule und trotzdem ein Mann, der zuschlagen kann. Und du wirst später viel Geld machen, oder? Willst du nicht auch Arzt werden wie dein Vater?«

Wieso war es wichtig, wie ich in der Schule war? Das Ganze war wie ein wirrer Traum. Vielleicht hatte ich mich ja ins Bett gelegt und träumte wirklich in diesem Moment.

Weil alle auf eine Antwort warteten, sagte ich: »Vergesst es. Ich geh morgen zu Saturn.«

Sie starrten mich ungläubig an. Papin fiel die Zigarette aus dem Mund. Tonus Mund stand offen. Dann schauten sie sich gegenseitig an. Nach einer Weile fragte Django: »Haste schon mal was von ›Brautgeld‹ gehört?«

»Leben wir im Mittelalter?«, fragte ich zurück. Dann ging mir ein Licht auf. Sie wollten nicht fünfzehntausend für die Waschmaschine, sondern Brautgeld. Welche Braut? Alicia?

»Ich will nur die Waschmaschine zurück«, sagte ich. »Sie funktioniert doch noch, sagt meine Mutter.«

Ich musste auf einmal an Sklaverei denken. Das war alles absurd.

»Du verstehst das wohl nicht richtig«, sagte Papin.

»Ich will keine Braut. Ich will die Waschmaschine.«

Die drei schauten sich wieder an. Ich wartete darauf, dass sie mich auslachten, aber sie blieben ernst.

»Dafür brauchst du uns nichts zahlen«, sagte Tonu nach einer Ewigkeit. »Die steht noch auf dem Wagen. Die bringen wir dir so wieder.«

»Du willst Alicia nicht?«, fragte Papin.

Doch. Aber ich wollte sie nicht heiraten. Auch nicht in einem Jahr. Ich wollte überhaupt nicht heiraten. Ich schüttelte den Kopf.

»Weißt du, dass in anderen Ländern das Kopfschütteln ›ja‹ bedeutet?«

Ich schüttelte wieder den Kopf, aber nicht mehr ganz so stark.

»Alicia hätte nichts dagegen gehabt«, sagte Django, »dass wir was für sie in einem Jahr festmachen. Wenn sie weiter zur Schule gehen kann.«

»Sie ist ein modernes Mädchen«, sagte Papin.

»Was? Sie hat nichts dagegen?«, fragte ich entsetzt und irgendwie auch geschmeichelt.

»Du wärst keine schlechte Partie«, sagte Papin.

»Ich muss jetzt nach Hause«, sagte ich. Mein Kopf platzte gleich.

Tonu erhob sich und auch Django.

»Überlegs dir«, sagte Papin.

Die Verkupplung

Die ganze Fahrt über sagte niemand etwas. Bei mir angekommen, luden sie die Waschmaschine ab, brachten sie in den Keller und ich schloss sie wieder an. Sie fuhren, und ich ging in die Wohnung. Meine Mutter saß vor dem Fernseher.

»Sie steht wieder im Keller«, sagte ich und ging in mein Zimmer.

»Addi«, rief sie mir hinterher. »Setz dich doch zu mir.«

Aber das Letzte, was ich an diesem Abend wollte, war neben meiner Mutter zu sitzen und fernzusehen.

Ich schloss mich in meinem Zimmer ein und setzte mich an den Schreibtisch. Ich drehte mich auf dem Stuhl hin und her.

Es klopfte an der Tür. »Addi, komm doch raus. In der Küche steht noch was zu essen.«

»Ist mir egal.«

»Bist du deswegen etwa eingeschnappt? Nur weil ich dir eine kleine Ohrfeige verpasst habe?«

Wieso konnte sie mich nicht einfach in Ruhe lassen?

Sie klopfte wieder. »Komm endlich raus!«

»Hau ab!«

»Was? Was fällt dir eigentlich ein!«, brüllte sie.

»Lass mich in Ruhe!«, brüllte ich zurück.

Sie hämmerte stärker gegen die Tür. »Du glaubst wohl, du bist der Einzige mit Problemen!«, brüllte sie. »Weißt du, wie das ist, wenn man nach siebzehn Jahren auseinandergeht! Weißt du, dass es nicht nur an Vater lag, dass wir es mit dem Haus nicht geschafft haben?«

Da wurde ich hellhörig. Das war mal was Neues.

»Wegen dir!«, fuhr sie fort. »Weil du uns so viel gekostet hast mit deiner Markenkleidung, dem vielen Taschengeld, deinem Bausparvertrag. Dann noch deine Freizeitfahrten in den Sommerferien …«

Sie zählte noch andere Dinge auf, und ich fragte mich, ob sie auch ausgerechnet hatte, wie viel Wasserkosten ich jedes Mal beim Duschen verursachte. Ich öffnete das Fenster und stieg sanfter aus als beim letzten Mal. Der Terrassenstuhl stand noch immer unter meinem Fenster. Selbst hier draußen hörte ich noch ihr Schimpfen. Aber ich hörte auch das Telefon klingeln. Ich hatte ganz vergessen, dass ich es mit in mein Zimmer genommen hatte.

»Das Telefon!«, brüllte meine Mutter, und ich stieg wieder ein. Es war schon elf Uhr. Da konnte es nur Vater sein. Aber es war Natalie.

»Wer ist es?«, hörte ich meine Mutter brüllen.

»Ist für mich«, sagte ich. Aber sie wollte es mir nicht glauben.

»Das ist bestimmt Vater«, sagte sie.

»Nein, es ist Natalie«, rief ich.

»Was zum Teufel fällt ihr ein, mitten in der Nacht anzurufen?«, fragte meine Mutter.

Ich verschwand unter der Decke, um die Stimme meiner Mutter zu dämpfen.

Natalie heulte. Sie sagte, ihre Mutter sei schlecht drauf und ihr Vater sei ein Arschloch. Ich wollte antworten, meine Mutter sei beides in einem, aber ich fragte, ob ich vorbeikommen sollte.

»Ja«, sagte sie. »In einer halben Stunde etwas weiter unten in der Straße.«

Ich legte das Telefon unter mein Kopfkissen, damit meine Mutter kein Klingeln mehr hörte, und stieg wieder aus.

Ich ging den Berg runter. Freitag hatte ich gedacht, der Streit hätte endlich ein Ende, aber meine Mutter brüllte immer noch. Nur hatte sie sich jetzt eine andere Zielscheibe ausgesucht. Es war komisch, wie schnell so etwas gehen konnte. Freitag war ich noch der Schatz gewesen und heute war ich schon das schwarze Schaf.

In der Straßenbahn fühlte ich mich besser. Ich wäre sogar fast eingeschlafen. Am Jahnplatz stieg ich um in die Linie 2 und fuhr zu Natalie. Als ich die Straße raufging, stand sie schon da.

»Hallo«, sagte ich.

»Hi«, sagte sie verschnupft. »Danke, dass du gekommen bist.«

Seit wann sagte sie »danke«? Sie hakte sich bei mir ein, und wir gingen durch die kleinen Straßen im Musikerviertel hoch zur Sparrenburg. Außer uns war niemand da. Von hier oben aus konnte man über die ganze Stadt sehen. Man hörte noch die Autos von der Artur-Ladebeck-Straße und auch die Autos vom Ostwestfalendamm. Sie störten aber nicht. Es war nur ein leises Brummen, als seien sie kleine Käfer.

»Meine Eltern sind so scheiße«, sagte Natalie. »Ich wünschte, ich hätte andere.«

»Deine Mutter ist doch ganz nett«, sagte ich.

»Nur weil man Mitleid mit ihr hat. Sie kommt gegen das Arschloch nicht an.«

Dann ist sie das Gegenteil von meiner Mutter, dachte ich.

»Heute habe ich ihm gesagt, dass es reicht«, heulte Natalie.

»Und, was hat er gesagt?«

»Dass ich später bestimmt so fett werde wie meine Mutter.«

Sie drückte sich an mich: »Du bist der Einzige, der mich versteht, Addi.«

Es hatte mich schon am Samstag gewundert, dass sie etwas über ihre Eltern gesagt hatte. Ich hatte Natalie noch nie so fertig gesehen.

Ich nahm sie in den Arm und sagte: »Lass uns was trinken gehen.«

»Was soll denn um diese Zeit noch aufhaben?«, fragte sie.

Ich dachte an den Ocakbasi mit dem Alexander-Teller. Dann dachte ich an Jonas. Jonas war so vernünftig. Er hatte sein Leben im Griff und war nie traurig, obwohl seine Eltern so waren, wie sie waren.

»Ich weiß da was. Kann ich mal dein Handy haben?«, fragte ich.

Natalie holte es aus ihrer Handtasche.

»Ich will nur kurz meine Mutter anrufen und sagen, dass ich später komme«, sagte ich. »Sonst macht sie sich Sorgen.«

Ich ging mit ihrem Handy ein paar Schritte weg und suchte Jonas' Nummer aus meinem Portemonnaie.

»Jonas?«, meldete er sich.

»Hier ist Addi«, flüsterte ich. »Ich geht jetzt mit Natalie ins Can, dem Ocakbasi bei C&A.«

»Ocakbasi?«, fragte er.

»Der Dönerladen«, sagte ich. »Da an der Straße, gegenüber von C&A. An der Fußgängerampel zur Brücke hin.«

»Ach so«, sagte er.

»Wie ist es?«, fragte ich. »Du kommst dann zufällig vorbei?«

»Hat der denn noch auf?«

»Ja, bis zwei.«

»Wusste ich noch gar nicht.«

»Jetzt weißt dus. Du gehst also vorbei, siehst uns, klopfst an die Scheibe und ich winke dich rein?«

»Okay«, sagte er. »Bis gleich.«

Ich ging zurück zu Natalie und wir gingen runter zur Detmolder Straße.

»Was sagt deine Mutter?«, fragte sie.

»Nichts Besonderes«, antwortete ich.

»Gehst so spät noch weg und die versteht das«, sagte Natalie. »Deine Mutter ist echt klasse.«

Meine Mutter ist nur im Kochen klasse, dachte ich.

Wir stiegen in die Straßenbahn. Ich wartete drauf, dass Natalie einschlief, aber sie starrte aus dem Fenster, sah müde und zugleich konzentriert aus.

Im Ocakbasi bestellte ich uns die große Vorspeisenplatte mit Brot und zapfte Tee. Natalie probierte von den verschiedenen Pasten und heulte wieder los. Ich tätschelte ihre Hand und holte neuen Tee. Als ich mit dem zweiten Tee an den Tisch kam, fuhren grad Django und Tonu um die Ecke. Ich sah an ihrem Blick, dass sie mir nun doch glaubten, dass ich an jemand anderem interessiert war. Jetzt schminkten sie sich wohl die weiteren Verhandlungen ab. Ich war erleichtert, aber auch richtig traurig. Am liebsten hätte ich in Natalies Geheule mit eingestimmt, aber ich hatte noch nie vor anderen geheult.

Endlich sah ich Jonas um die Ecke kommen, und ich klopfte heftig gegen die Scheibe. Er blieb abrupt stehen und schaute überrascht. Es wirkte zu theatralisch. Schauspieler sollte er auf jeden Fall nicht werden, dachte ich. Ich winkte ihn herein.

Natalie schniefte in ein Taschentuch und versuchte, nicht mehr zu heulen.

»Hey Jonas«, grüßte ich.

»Hi Addi«, sagte er.

»Das ist Natalie«, sagte ich.

»Ach ja«, sagte er. »Auch von der Schule.«

Natalie nickte.

»So spät noch unterwegs?«, fragte ich.

»Ja«, sagte Jonas.

Er setzte sich neben Natalie. Sie verzog das Gesicht. Es war Natalie nicht recht, dass jetzt noch jemand dabei war.

Der Wirt kam, und Jonas bestellte sich einen Lahmacun und ein Wasser.

»Wie gehts deiner Mutter?«, fragte ich ihn.

»Sie ist noch im Krankenhaus.«

Ich merkte, dass Jonas ziemlich nervös war. Natalie sagte nichts mehr. Es war doch keine gute Idee gewesen, Jonas hierher zu lotsen, denn ich hatte auch keine Lust, den Alleinunterhalter zu spielen. »Und, wie findet sie es da?«

»Ich muss meiner Mutter immer Bier in Apfelsaftflaschen vorbeibringen«, sagte Jonas. Natalie schien aus ihrem Dämmerzustand erwacht.

»Wieso denn das?«, fragte sie.

»Weil sie ohne Alkohol nicht auskommt«, sagte er nervös, aber nicht, weil er zugeben musste, dass seine Mutter Alkoholikerin war, sondern weil er zum ersten Mal mit Natalie sprach.

»Meine Mutter nimmt Tabletten«, sagte Natalie. Sie klang jetzt wieder zickig wie sonst. »Das ist doch ein wenig dezenter.«

»Das Biertrinken ist auch dezent«, sagte Jonas. »Hinterher nimmt sie Pfefferminzbonbons. Schlimmer ist es mit dem Rauchen. Sie raucht auf der Toilette, und das riecht man im ganzen Zimmer.«

Ich dachte an meine Mutter. Sie trank auch abends Bier, vielleicht auch mal eins zu viel. Aber sie war keine Alkoholikerin. Sie war auch nicht depressiv, nur immer ziemlich geladen. Und das meist auch nur, weil sie meinen Vater nicht ertragen konnte. Sie würde sich bald ändern und ruhiger werden. Ob sie schon im Bett lag und schlief? Ich sah auf die Uhr und sagte: »Jonas, könntest du Natalie nach Hause bringen? Ist nur 'ne halbe Stunde von hier.«

»Addi!«, zischte Natalie.

»Vielleicht krieg ich noch die letzte Bahn«, rief ich. »Brackwede ist so weit weg.« Ich warf fünfzehn Euro auf den Tisch und lief weg.

Jonas musste jetzt endlich über seinen Schatten springen und etwas tun.

Sie ist weg

Meine Mutter war schon früh auf gewesen. Trotzdem konnte ich ihr ausweichen. Als sie in die Küche ging, lief ich mit meinen gepackten Sachen ins Bad und danach gleich raus.

Ich war genauso müde wie letzten Freitag, obwohl ich immerhin drei Stunden geschlafen hatte. Wir hatten in der ersten Stunde zum Glück Sport, sodass ich wach werden konnte, ohne über Eisbären zu sprechen.

Natalie war die ersten zwei Stunden nicht da, was mich nicht wunderte. Wenn sie nicht ihre acht Stunden Schlaf bekam, konnte sie nicht aufstehen. Dann wurde ihr schwarz vor Augen und sie musste sich wieder ins Bett legen.

In der großen Pause ging ich in dem Schülerstrom Richtung Schulhof. Auf einmal dachte ich: Alicia ist nicht mehr da. Das, was ich in den letzten Tagen nur gewusst hatte, erlebte ich jetzt. In den großen Pausen hatte ich immer genug Energie für den ganzen Tag tanken können, aber jetzt fühlte ich mich wie eine Batterie, die ausgelaufen war, und blieb stehen.

Nachdem der ganze Pulk an mir vorbei war, ging ich zum Kiosk. Mir kam es so vor, als sei sie hier irgendwo noch anwesend. Ich bekam wieder Herzstiche, ging schnell zur Toilette und schloss mich cin.

Nachdem der Gong zum Unterricht ertönt war, blieb ich immer noch in der Kabine. Ich ließ mich auf den Boden sinken und fühlte die kalten Fliesen. Als eine grüne Spinne auf mich zukrabbelte, stand ich auf, ging zum Waschbecken und spritzte mir Wasser ins Gesicht.

Ich schlich über den Flur. Niemand war zu sehen. Alle saßen in den Klassen und lernten.

Als ich durch die Fußgängerzone lief, fragte ich mich, wieso ich in letzter Zeit immer hier rumstreifen musste.

Wenn Natalie zu Besuch gewesen war und meiner Mutter das zu viel war, hatte sie gefragt: »Hat die denn kein Zuhause?«

Während ich durch die noch leere Fußgängerzone lief, tauchte immer wieder dieser Satz in meinem Kopf auf: »Hat der denn kein Zuhause?«

Zu dieser Zeit waren nur Hausfrauen und Arbeitslose unterwegs. Ich sah keinen einzigen Schüler.

Von Kaninchen, Vögeln und Elefanten

Ich ging in die Buchhandlung Boulevard, in den oberen Stock, wo das Café war, und setzte mich mit einem Espresso ans Fenster. Von hier aus hatte man eine gute Sicht auf den Jahnplatz. An der Damisch-Bude aßen schon die ersten Leute Bratwürstchen. Andere standen an der Fußgängerampel und warteten. Auf der anderen Seite der Ampel standen der Blaue und der Grüne. Vielleicht wären sie mir einzeln gar nicht aufgefallen, aber zu zweit waren sie nicht zu übersehen. Von hier oben sahen Manni und sein Kumpel gar nicht so angsteinflößend aus wie am letzten Donnerstag. Jetzt fiel mir auf, dass sie als Einzige Jacken trugen. Für einen Vormittag war es schon sehr warm. Ich überlegte, wieso sie nicht wie alle anderen in T-Shirts oder Muskel-Shirts rumliefen, und kam zu dem Schluss, dass sie keine Muskeln zum Vorzeigen hatten. Donnerstagnacht war es auch warm gewesen, und da hatten sie auch ihre Jacken angehabt. Sie gingen über die Straße und waren irgendwann aus meiner Sicht verschwunden. Dann kam Balduin an die Ampel. Ich rannte runter. Als er mir entgegenkam, stank er wie immer. Ich sagte: »Pass auf. Die beiden Skins sind grad hier lang gegangen.«

»Junger Mann«, piepste Balduin. »Das Verbot gilt nur für den Kesselbrink, hier darf ich spazieren gehen.«

»Ach so.« Ich kratzte mich am Kopf. Außerdem war es helllichter Tag. Da konnten die beiden niemanden verprügeln.

Ich fragte mich, wie Balduin das schaffte. Er war verrückt und stank und kam auf seine Art trotzdem besser durchs Leben als ich. Er schien keine anderen Sorgen zu haben als ständigen Hunger und von Skinheads bedroht zu werden.

Ich sagte: »Ich geb dir einen Kaffee aus.«

»Au ja«, sagte Balduin, »aber koffeinfrei«, und ich ging mit ihm ins Boulevard zurück. Als ich auf der schmalen Rolltreppe hinter ihm stand und der Luftzug mir seinen Gestank entgegenwehte, wünschte ich mir die große Parfümflasche von Jonas' Mutter herbei.

Komischerweise konnte man sich an Balduins Gestank nicht gewöhnen wie an einen Bauernhofgeruch. Wir hatten früher einmal Urlaub auf einem Bauernhof gemacht, und als wir dort ankamen, hatte es furchtbar gestunken. Ich hatte zu Vater gesagt: »Hier will ich nicht bleiben.« Aber nach einer halben Stunde roch ich schon nichts mehr. Balduins Gestank roch man immer weiter. Wenn ich nicht so 'ne lange Leitung gehabt hätte, wäre ich vorher mit ihm zu Karstadt gegangen. In der Parfümabteilung hätte ich ihn so lange mit Probierflaschen besprüht, bis sein Anzug klatschnass gewesen wäre, vollgesogen von schwerem Parfüm.

Als wir oben waren, sagte ich: »Wir machen einen Deal.«

»Ui, was denn für einen Deal?«, piepste Balduin.

»Ich spendier dir zum Kaffee noch ein paar Donuts dazu und du beantwortest mir ein paar Fragen.«

»Jaja, na gut«, piepste er aufgeregt, »was sind ›Donuts‹?«

»So was wie Berliner mit Löchern.«

Vielleicht hätte ich »ein paar« genauer definieren sollen. Er aß Donuts nicht, als seien sie Gebäck, sondern Kekse. Nachdem er sich seinen zehnten Donut reingestopft hatte und noch einen wollte, wurde es mir doch zu viel: »Das waren schon mehr als ein paar.« Zuerst zog er einen Schmollmund, so ähnlich wie Natalie einen Schmollmund zog, und ich wunderte mich, dass dieser fette Balduin Ähnlichkeit mit so einer Prinzessin haben konnte.

Ich schaute weiter über den Jahnplatz und dachte an den Matheunterricht. Ich sah den Klassenraum. Ich sah Herrn Luchs Zahlen an die Tafel schreiben, und ich sah, dass alle mitschrieben. Nur ich saß nicht in der Klasse, sondern hier mit einem stinkenden Verrückten und war kurz davor, ihm meine Probleme zu beichten. Ich schüttelte den Kopf. Da hat man so viele Freunde, redet aber mit ihnen nicht über das Wichtige im Leben. Man geht nur zusammen zum Fußball und reißt ständig Witze.

»Warum bist du so glücklich?«, fragte ich ihn.

»Glücklich?«, piepste er.

»Was machst du den ganzen Tag?«

Er überlegte und strich sich über sein fettiges Haar. »Ich sehe mich um.«

»Ich muss dir was erzählen«, sagte ich.

»Ich höre, ich höre«, piepste er angestrengt und hopste fast vom Stuhl.

»Aber du sagst es niemandem weiter«, sagte ich.

»Na gut.«

»Ich liebe ein Mädchen, nennen wir sie A., aber sie geht jetzt auf eine andere Schule.«

»Verstehe, verstehe«, piepste er.

»Es ist alles nicht so einfach. Ich kann nicht ihr Freund sein. Sie ist ... sie kommt ... aus einer anderen Kultur, verstehst du?«

»Verstehe, verstehe.« Balduin nickte heftig.

»Ihre Familie hat mir angeboten, sie zu heiraten, wenn sie sechzehn ist. Sie ist erst fünfzehn.«

»Erst fünfzehn?«, brüllte Balduin durch den ganzen Laden, und ich spürte die Blicke der anderen Leute in meinem Nacken.

»Psst«, zischte ich. Super. Jetzt hielten mich alle für einen Kinderschänder. »Ich bin doch auch erst sechzehn.«

»Oh«, sagte Balduin. »Junger Mann, ich dachte, Sie seien sechsundzwanzig.«

»Schön wärs«, sagte ich und musste mir plötzlich vorstellen, wie mein Leben in zehn Jahren aussehen würde. Ich würde studieren, wäre schon lange ausgezogen, ich hätte meine eigene Wohnung und ... wen an meiner Seite? In diesem Moment sah ich Jonas und Natalie an der Ampel stehen. Ich war also nicht der einzige Schulschwänzer. Sie wirkten fröhlich. Jonas schien seine Schüchternheit abgelegt zu haben, und Natalie lachte. Als die beiden vor Lachen losprusteten, kam mir in den Sinn, dass das Schönste am Verliebtsein die Unbeschwertheit ist, mit der man plötzlich durchs Leben geht.

Ich fragte Balduin: »Bist du verliebt?«

»Ich bin homosexuell«, piepste er empört.

»Ja und«, sagte ich. »Und Schwule können wohl nicht verliebt sein.«

»Nicht so«, piepste er, als würden sich Schwule anständig und die anderen unanständig verlieben.

Die Ampel war inzwischen auf Grün gesprungen, und Jonas und Natalie gingen über die Straße. Ich sah, dass sie nicht Händchen hielten, aber das war nur noch eine Frage der Zeit. Es war schon seltsam, dass die ganze Welt um elf Uhr über den Jahnplatz lief.

Es gab viel zu sehen. Ich beobachtete noch andere Paare und versuchte zu raten, ob sie schon lange zusammen waren. Die frischverliebten wirkten auch in ihrer Körperhaltung und in ihrer Mimik frischer. Sie grinsten wie Honigkuchenpferde und unterhielten sich die ganze Zeit. Die Paare, die schon länger zusammen waren, schauten genervt und hatten sich nichts mehr zu sagen.

»Ich *bin* verliebt«, piepste Balduin auf einmal von der Seite. »Aber nicht so, sondern anders.«

»Wie ›anders‹?«, fragte ich.

»Anders als die anderen.«

Klar, dachte ich. Alle wollen anders sein als die anderen. Die Punks wollen anders sein als die Spießer und sind doch nur Klone von anderen Punks. Die Skinheads wollen anders sein als die Punks und sind doch nur Klone von anderen Skinheads.

Ich schaute Balduin von der Seite an, und er schien in Gedanken versunken.

»Nicht so verliebt wie die Kaninchen«, piepste Balduin auf einmal, als sei er aufgewacht, »und nicht so wie die Vögel.«

Er hatte mit diesen Tieren auch keine Ähnlichkeit.

»So wie die Elefanten«, sagte ich ironisch.

»Was?«, fragte Balduin verdutzt.

»Du bist so verliebt, wie Elefanten verliebt sind«, witzelte ich weiter, aber Balduin schien sich nun wirklich Gedanken zu machen, ob er wie ein Elefant verliebt war.

Mir war die Idee gekommen, weil er zwar so aussah wie Balduin Pfiff, mich aber irgendwie auch an Benjamin Blümchen erinnerte. Meine Mutter hatte früher versucht, mir diese Hörspiele schmackhaft zu machen, aber ich fand sie einfach nur doof.

»Ja, wie die Elefanten«, piepste Balduin und gestikulierte mit den Armen. »Elefanten haben ein Elefantengedächtnis. Sie sind treu und nicht so schlimm wie die anderen Tiere.«

Langsam bereute ich meinen Scherz.

Drüben sah ich meine Mutter auf die Ampel zugehen. Sie hielt Händchen mit einem kurzgeschorenen, tätowierten Kerl.

Zuerst dachte ich, das kann sie doch gar nicht sein. Sie ist bei der Arbeit. Aber die Frau glich nicht nur meiner Mutter, sie war es. Obwohl ich diesen Typen nicht kannte, sahen die beiden nicht frischverliebt aus. Meine Mutter kniff ständig die Augen zu, weil die Sonne sie blendete, und der Typ wirkte schlecht gelaunt. Er sah aus wie der Grüne und der Blaue, nur ohne Bomberjacke. Wo hatte sie diesen Kerl so schnell aufgegabelt? Samstag hatte ich noch diese Ausrede mit dem neuen Lover erfunden, und jetzt ging sie wirklich mit einem durch die Stadt. Jedenfalls hielt man nicht mit einem Kumpel Händchen.

Der Jahnplatz kam mir immer mehr wie eine Theaterbühne vor. Ich saß auf einem Logenplatz und sah mir ein seltsam vertrautes und doch neues Theaterstück an.

»Hallooo«, piepste mir jemand schrill ins Ohr. Balduin schaute vorwurfsvoll: »Ich rede und rede und niemand hört mir zu.«

So geht es doch jedem, dachte ich.

»Elefanten«, sagte er. »Ich weiß, wie ich aussehe. Wie ein Elefant im Zirkus.«

Ich schaute ihn doof an.

»Ich muss los«, sagte ich. »Da unten geht jemand, den ich kenne.«

»Oh wie schade«, sagte Balduin. »Unsere Konversation hat doch gerade erst begonnen.«

»Nächstes Mal gehts genau an dem Punkt weiter«, sagte ich. »Der letzte Satz war ›Wie ein Elefant im Zirkus‹.« Er nickte, und ich rannte weg. Wenn meine Mutter rechts Richtung Willy-Brandt-Platz abbog, hatte ich Pech. Wenn sie aber die Fußgängerzone weiterging, konnte ich ihr folgen.

Unten stellte ich mich hinter den Postkartenständer. Meine Mutter ging tatsächlich die Fußgängerzone weiter geradeaus.

Der Typ hatte ein abgenutztes braunes Gesicht, als sei er zu viel im Sonnenstudio gewesen. Die beiden schlenderten lustlos herum wie ein altes Ehepaar. Sie lachten wirklich kein einziges Mal. Dann gingen sie die kleine Straße hinter der Marktpassage rein, und ich traute mich nicht mehr, ihnen zu folgen. In der belebten Fußgängerzone konnte ich mich verstecken, aber auf einer geraden Straße sah es schon anders aus.

Ich wollte wieder zurückgehen, da rief jemand »Addi!«.

Ich schaute mich um, und es war Jonas, der aus der Marktpassage kam, händchenhaltend mit Natalie. Sie ließ sofort seine Hand los.

»Hey ihr beiden«, sagte ich.

»Machst du blau?«, fragte er.

»Ihr doch auch«, sagte ich.

»Ist ein schöner Tag heute«, sagte er.

Natalie war es peinlich, mich zu sehen. Sie wirkte nicht mehr so ausgelassen wie vorhin am Jahnplatz.

Ich wollte sie nicht noch verlegener machen und sagte: »Ich muss jetzt weiter. Man sieht sich.«

»Meld dich mal«, sagte Jonas. Natalie war inzwischen knallrot angelaufen.

Ich lief durch die City-Passage, an den kleinen Läden vorbei in den Jahnplatztunnel. Hier unten war es kühl. Ich setzte mich auf eine Metallbank und wusste schon wieder nicht wohin. Nur nicht nach Hause. Wenn man weiß, was man nicht will, weiß man noch lange nicht, was man will.

Die Linie 3 kam in den Tunnel gerauscht. Ich stieg ein, fuhr zum Nordpark und legte mich auf den Rasen. Dann wurde es mir doch zu heiß, und ich fuhr nach Hause.

Die Verwechslung

Als ich zu Hause ankam, war es zwei Uhr nachmittags. Kaum schloss ich die Wohnungstür auf, kam mir schon das Gekeife entgegen. Ich hatte mich nach dem Sonnen eigentlich auf eine ruhige Wohnung gefreut. Es war für mich klar gewesen, dass meine Mutter noch den ganzen Tag mit diesem Typen verbringen würde.

»Du Idiot«, schrie sie.

»Klar«, sagte ich und wollte in mein Zimmer verschwinden, aber sie stellte sich mir in den Weg.

»Von wegen die Waschmaschine ist wieder da!«

Dass sie keine Augen im Kopf hatte, war nun wirklich nicht mein Fehler: »Sie steht wieder im Keller, das hab ich dir doch gesagt.«

»Von wegen!«

»Geh und guck richtig hin.«

Da brannte ihr die Sicherung durch.

»Guck *du* richtig hin, du Idiot!«, schrie sie. »Meine Miele wollte ich zurück! Meine M-I-E-L-E! Soll ich es dir buchstabieren!«

»Ja und?«, fragte ich.

»Da im Keller steht eine verrostete B-A-U-K-N-E-C-H-T, du Idiot!«

Es war gestern Abend beim Ausladen schon dunkel gewesen. Django und Tonu hatten wahrscheinlich eine falsche Maschine von der Ladefläche genommen. Ich hatte sie mir auch nicht groß angesehen. Eine Waschmaschine ist ja keine Frau. Es konnte wirklich sein, dass es die falsche war.

Ich drehte mich um, ging in den Keller, und meine Mutter rannte mir hinterher.

Es war wirklich eine Bauknecht, aber ich fand, sie sah genauso aus.

»Scheiße«, sagte ich.

»Ja, was für eine Scheiße!«, keifte meine Mutter. »Du weißt, wie viel Wäsche im Bad liegt, und diese Scheißbauknecht geht noch nicht mal an!« Sie holte tief Luft, um laut weiterzukeifen: »Und selbst wenn sie ginge! Es ist eine Bauknecht und keine Miele! Ich tausch doch keine alte Bauknecht gegen eine neue Miele!«

Ich musste Django noch mal anrufen. Ich kam da nicht drumherum.

»Wie kannst du dich nur so übers Ohr hauen lassen!«, keifte sie weiter. »Du leihst unsere gute Miele aus und bekommst eine verrostete Bauknecht zurück! Und hast du überhaupt die Transportsicherungen reingeschraubt? Ich bring dich um!«

Das war der Satz, den sie immer Vater entgegengeschrien hatte.

»Dein neuer Lover ist dir wohl zu gefährlich«, sagte ich, und ihr fiel die Kinnlade runter. »Nicht so ein Schlappschwanz wie Vater.«

Sie wollte mir schon wieder eine scheuern, aber ich war zurückgewichen und lief hoch in die Wohnung. Das Telefon lag im Flur. Ich nahm es mit auf mein Zimmer und schloss ab. Meine Mutter hämmerte gegen die Tür: »Spionierst du mir etwa nach!«

Ich wählte Djangos Nummer.

»Ja?«, meldete er sich.

»Hier ist Addi.«

Meine Mutter hämmerte wieder gegen die Tür. »Addi! Schließ nicht immer ab!«

»Wer ist das?«, fragte Django, und ich wusste nicht, ob er mich oder meine Mutter meinte.

»Hier ist Addi, der zu Saturn wollte. Und das eben war meine Mutter.«

Er hörte sich abweisend an. »Sag bloß, du hast es dir wieder anders überlegt.«

»Ja-nein. Es ist die falsche Waschmaschine.«

»Addiiiee!«, schrie meine Mutter durch die Tür.

»Wir haben die heute schon beim Metallhändler abgegeben.«

»Scheiße!«, sagte ich.

»Nicht so schnell«, sagte er. »Vielleicht steht die da noch.«

»Ja?«, fragte ich voller Hoffnung. Ansonsten gnade mir Gott.

»Wir kommen vorbei, holen die andere Maschine und dich ab und fahren da hin«, schlug er vor.

»Das wäre super!«, sagte ich und legte auf.

Meine Mutter fing an, gegen die Tür zu treten.

Ich schloss auf.

»Ich mach, was ich will!«, schrie sie. »Und du hörst auf, mir hinterherzuspionieren.«

»Klar«, sagte ich, ging an ihr vorbei.

Meine Mutter blieb in der Wohnung. Sie konnte nicht draußen vor allen Nachbarn keifen, und wenn sie mir nachgelaufen wäre, hätte sie gar nicht anders gekonnt, denn meine Gegenwart reizte sie wohl ungemein zum Keifen. Ich stand auf dem Parkplatz und sie stand am Küchenfenster und gestikulierte wild. Sie fuchtelte mit ihren Armen herum wie die Frau in den Nachrichten, die mit ihren Gesten alles für die Taubstummen übersetzte. Einmal wurde berichtet, dass einige Leute bei irgendeinem Anschlag getötet worden waren. Die Frau übersetzte das, indem sie die Zunge seitlich rausstreckte und den rechten Arm so bewegte, als hinge der Kopf an einem Strick.

So sah meine Mutter jetzt auch aus. Ich musste lachen, und meine Mutter konnte nun nicht mehr an sich halten und brüllte doch raus: »Du Idiot!«

Ich drehte ihr den Rücken zu und merkte, wie müde ich doch war. Ich wäre gern im Stehen eingeschlafen.

Endlich kam der rote Pick-up um die Ecke.

Als wir zum Metallhändler fuhren, wehte der warme Fahrtwind durchs Auto, und im Radio lief *More than words* von Extreme. Der Metallhändler war in Borgholzhausen. Es war schön, einmal aus der Stadt rauszukommen und über Land zu fahren. Grüne Wiesen, Felder, Bauernhöfe, Kühe, Schafe, Pferde. Von Heiraten war keine Rede mehr, obwohl irgendwas in der Luft lag.

Auf dem Hof des Altmetallhändlers standen die Waschmaschinen im Kreis. Django und Tonu luden die alte Bauknecht ab, und ich suchte nach der Waschmaschine meiner Mutter. Es gab insgesamt drei Mieles. Ich suchte mir die aus, die noch am besten aussah. Die anderen sollten heute noch ausgeschlachtet werden.

Django sprach kurz mit dem Händler. Dann luden die beiden die Maschine auf und wir fuhren in dem warmen Sommerfahrtwind zurück.

»Lass mich wenigstens das Benzingeld zahlen«, sagte ich, aber Django winkte ab.

»Dann lad ich euch aber in den Ocakbasi ein«, beharrte ich, und die beiden waren einverstanden.

Als wir im Ocakbasi saßen, bestellte Tonu ein billiges Dönermenü mit Cola und Pommes. Ich bestellte dasselbe und Django bestellte die dreiundsiebzig. Als sie gebracht wurde, traute ich meinen Augen nicht. Es war eine riesige Schlachtplatte. Ich schaute in die Karte. Die Dreiundsiebzig war gar nicht für eine Person, sondern für zwei.

Django zog eine beleidigte Miene, als ich in die Speisekarte sah. Er hatte bestimmt gedacht, dass ich sofort auf den Preis schaute, worauf ich natürlich auch geschaut hatte, und hielt mich jetzt für einen Geizkragen.

»Ich will mit Alicia Eis essen gehen«, sagte ich, und Django fiel das Kotelett von der Gabel.

»Du wolltest ja nicht mehr verhandeln«, sagte er.

»Das hab ich nicht gesagt. Ich hab gesagt, ich will zu Saturn.«

»Ist doch dasselbe«, sagte Django und stach nun so fest ins Kotelett, dass die Gabel gegen den Teller schrammte.

»Was meinst du mit ›Eis essen gehen‹«, fragte Django hämisch. »So etwas wie ›Kaffee trinken‹?«

»Das, was man mit ›Eis essen gehen‹ so meint«, sagte ich. »Ich wüsste nicht, dass man mit ›Eis essen gehen‹ was anderes meinen könnte als ›Eis essen gehen‹.«

»Wer weiß«, sagte Django. »Und wenn ihr dann gar nicht Eis essen geht, sondern was anderes macht?«

»Was denn?«, fragte ich.

»Was wohl«, sagte Django.

Ich sagte: »Du meinst, wenn wir gar nicht Eis essen, sondern«, und Django nickte, als hätte ich endlich verstanden, »Pizza essen?«

Django rieb seine Handflächen aneinander. »Wenn ihr das hier tut«, sagte er.

»Wenn wir unsere Hände aneinander reiben?«, fragte ich.

»Und noch anderes«, sagte Django.

»Ich kenne Alicia gar nicht«, sagte ich. »Wie soll ich wissen, ob es passt?«

»Für eine Wohnung musst du dich auch nach dem ersten Ansehen entscheiden«, sagte Django. »Du kannst nicht erst jahrelang zur Probe wohnen.«

»Deswegen ziehen die Leute auch so oft um«, sagte ich.

»Alicia kann besser Lammbraten machen als meine Frau«, sagte Django.

»Das ist schon mal was«, sagte ich, »aber das Leben besteht nicht nur aus Lammbraten.«

»Eigentlich nicht«, sagte Django.

»Man muss sich auch lieben«, sagte Tonu und nahm einen großen Schluck aus seiner Cola.

»Quatsch«, sagte Django.

»Und wenn sie mich gar nicht will?«, fragte ich.

»Dann legst du sie übers Knie«, sagte Django.

Ich entdeckte kein Augenzwinkern.

»Ihr könnt mitkommen zum Eisessen«, sagte ich. »Als Anstandsdamen.«

Ich lachte. Aber die beiden machten weiterhin ernste Gesichter.

»Wir werden uns beim Eisessen nicht … aneinander reiben, wenn ihr dabei seid.«

»Da müssen wir drüber nachdenken«, sagte Django.

Seine Schlachtplatte war bis auf einige Pommes aufgegessen. Ich hatte noch nie jemanden gesehen, der so viel essen konnte.

Ich lieh mir einen Kugelschreiber und einen Block von der Theke und schrieb meine Festnetznummer auf. Es war das erste Mal seit langer Zeit, dass ich wirklich bereute, kein Handy zu haben.

»Hier ist meine Nummer. Es kann aber auch sein, dass meine Mutter drangeht. Dann einfach auflegen und irgendwann noch mal anrufen.«

»Die Nummer hab ich schon«, sagte Django. »Ist doch schon auf meinem Handy gespeichert.«

Ich schaute aus dem Fenster. Vielleicht kam Alicia ja vorbei.

»Deine Mutter schreit wie 'ne Irre«, sagte Django weiter.

»Ich kann das verstehen«, sagte Tonu, »dass man erst mit jemandem reden will, bevor man heiratet.«

Django sagte: »Quatsch.«

Ich fragte mich, ob sie jetzt den guten und den bösen Polizisten spielten.

»Kann man da nichts machen ohne Heirat?«, fragte ich. »Einfach so befreundet sein?«

Django schob die Platte von sich weg, als Zeichen, dass er mit dem Essen fertig war.

»Sagen wirs mal so. Wenn Alicia ›Andrea‹ heißen würde, dann schon, verstehst du.«

Ich ging nach vorne, bezahlte und wir fuhren zu mir nach Hause. Django und Tonu brachten die Waschmaschine in den Keller.

Meine Mutter musste die ganze Zeit am Fenster gestanden haben, denn kaum waren die beiden weg, lief sie in den Keller und kam kurze Zeit später wieder hoch.

»Glück gehabt«, schnauzte sie mich an und lief ins Bad.

Ich holte mir das Telefon ins Zimmer und wartete auf Djangos Antwort. Ich rechnete mir aus, wann die beiden wieder zu Hause sein und wie lange die Besprechung mit Papin dauern würde. Dann versuchte ich mir vorzustellen, was Alicia zu dieser ganzen Sache sagte: »Nein, der ist nicht mein Fall.« Es klingelte immer noch nicht. Die Diskussion konnte doch nicht so lange dauern! So kompliziert war das doch nicht: Eis essen gehen oder nicht! Eigentlich wollte ich ja mit Alicia allein sprechen. Ich schränkte in Gedanken mein Angebot ein: Django und Tonu durften mit. Aber sie sollten sich drei Tische weiter setzen.

Meine Mutter summte auf dem Flur vor sich hin. So gut gelaunt war sie schon lange nicht mehr gewesen. Was doch die Wiederkehr einer Waschmaschine bewirken konnte.

Ich hörte ihr Handy, ein Babylachen. Ich fand ihren Klingelton albern, aber sie schaute immer stolz, wenn andere das Babylachen mitbekamen. Sie kam sich durch ihren Klingelton originell vor.

Endlich klingelte auch das Festnetz. Ich sagte: »Hollenbach« und erwartete Djangos lässige Stimme. Aber es klang ganz anders. »Ist da Ad…di?«, fragte da jemand.

»Ja, ist da Django?«, fragte ich zurück, obwohl ich hörte, dass es nicht Django war.

»Hier ist Alicia«, sagte die Stimme.

Wieso ist sie bloß selbst dran, fragte ich mich. Dann fragte ich mich, warum ich nicht froh war, dass sie selbst dran war.

»Ähm, schön, dich zu sprechen«, sagte ich.

»Wir können allein Eis essen gehen«, sagte sie. »Es muss niemand mitkommen.«

»Ach ja?«, sagte ich verlegen.

»Morgen um vier bei Knigge?«

»Geht klar«, sagte ich.

»Dann bis morgen«, sagte sie und legte auf.

»Addi!«, rief meine Mutter durch die Tür. »Ich geh noch weg. Essen steht in der Küche. Warte nicht auf mich.«

Hatte ich jemals darauf gewartet, dass meine Mutter nach Hause kam? Außerdem hatte ich schon gegessen.

»Danke«, sagte ich und drückte am Telefon auf die Anruferliste. Der letzte Anrufer, also Alicia, hatte eine Handy-Nummer gehabt. Ich schrieb sie mir auf. Ich hatte soeben also ohne Mühe ihre Handy-Nummer bekommen.

Die Wohnungstür knallte zu, und das Telefon klingelte wieder. Ich achtete nicht auf die Nummer, denn ich wusste, dass es Alicia war. Sie hatte etwas vergessen.

»Hallo«, sagte ich.

»Addi?«, fragte eine Stimme. Es war nicht Alicia. Es war mein Vater.

»Klar«, sagte ich.

»Hast du ein bisschen Zeit?«, fragte er.

Er klang anders als beim Umzug. So monoton, so seltsam.

»Dann können wir doch etwas plaudern«, sagte er.

Diese Aussage klang genauso seltsam wie seine Stimme. Seit wann wollte er einfach so mit mir plaudern?

»Deine Mutter«, sagte er, »hat mich immer wie einen Hund behandelt. Sie hat nur für dich gekocht. Wenn du auf deinen Freizeiten warst, musste ich mir immer Butterbrote schmieren.«

Was war denn jetzt auf einmal los? Er war doch gestern noch voller Tatendrang gewesen.

»Ich bin alt«, sagte er.

Er war zehn Jahre älter als meine Mutter. Also fünfzig.

»Es ist egal, was aus mir wird«, fuhr er weinerlich fort.

Was sollte ich dazu schon sagen.

»Deine Mutter hat mich immer wie einen Hund behandelt«, wiederholte er. »Ich habe immer nur gute Miene zum bösen Spiel gemacht, um des lieben Friedens willen. Ich habe immer getan, als sei ich mit allem einverstanden, aber das war alles nur Schauspielerei. Was hätte ich denn anderes tun sollen.«

Er klang nasal, und heulte jetzt wirklich.

»Wie einen Köter hat sie mich behandelt«, wiederholte er und heulte.

Ich hatte wieder das Gefühl, das ich immer gehabt hatte, wenn sie sich in der Wohnung anschrien. Ich hatte das Gefühl, vor einen Zug springen zu müssen.

»Aber du«, sagte er gehässig, »du hast nie gemerkt, dass ich lediglich schauspielere.«

»Du bist doch jetzt weg«, sagte ich. »Da schnauzt dich doch keiner mehr an.«

Die Antwort gefiel ihm wohl nicht. Er erwartete anscheinend überhaupt keine Antwort. Wenn jemand jammern will, will er keine Antworten, sondern nur die ganze Welt anklagen.

»Du hast keine Ahnung«, sagte er. »Du weißt überhaupt nicht, wie das ist, jahrelang von deiner Mutter wie ein Köter behandelt zu werden.«

Er hatte das Handy zur Seite gelegt und schnäuzte in ein Taschentuch. Dann nahm er es wieder an sich.

»Du hast nie Probleme mit ihr gehabt«, sagte er vorwurfsvoll. »Zu dir war sie immer anders.«

Ich fragte mich, was er von mir wollte. Mir Vorwürfe machen? Irgendwie tat er mir leid. Er hatte ja sonst niemanden, bei dem er sich ausheulen konnte. Ich konnte das aber auch nicht mehr hören. Gestern hatte er noch so gönnerisch gesagt, ich könne ihn jederzeit anrufen, wenn ich Probleme hätte. Dabei war ihm doch klar gewesen, dass ich das nicht tun würde. Wahrscheinlich hatte er das andersherum gemeint: »Ich rufe dich an, wenn *ich* Probleme hab.«

Ich hörte ein hohes »ping«.

»Die Mikrowelle«, sagte er und legte auf.

Ich ging in die Küche und wollte mir einen Kaffee machen. Da fiel mir wieder ein, dass mein Vater die Maschine mitgenommen hatte. Nach dem Anruf war ich froh, dass ich hiergeblieben war. Nicht wegen dem Essen aus der Mikrowelle, sondern wegen ihm.

Ich nahm mir eine Cola aus dem Kühlschrank und setzte mich auf die Terrasse. Der Garten gehörte zu unserer Wohnung. Die anderen Wohnungen im Haus hatten Balkone. Ich fragte mich, wer sich jetzt um den Garten kümmern würde. Früher hatte mein Vater immer die Gartenarbeit gemacht. Meine Mutter hatte noch nie Lust dazu gehabt und ich auch nicht. Der nächste Krach war schon vorprogrammiert. Sie würde mir die Arbeit aufdrücken – da hatte sie sich aber geschnitten. Ich hatte keinen Bock, Unkraut zu rupfen. Außerdem hatte ich noch nie eingesehen, was an Unkraut so schlecht sein sollte. Das waren genauso Pflanzen wie alle anderen auch. Wieso sollte man die einen stehen lassen, hegen und pflegen, und die anderen ausrupfen?

Auf dem Terrassentisch lagen eine Schachtel West von meiner Mutter und ihr blaues Feuerzeug. Ich öffnete die Schachtel. Es waren noch acht Zigaretten drin. Ich nahm mir eine. Sie schmeckte ekelhaft. Ich rauchte sie zu Ende, zündete mir die nächste an und noch eine und noch eine, bis die Schachtel leer war.

Geplänkel

Am nächsten Tag fragte mich Ralph, wo ich denn gestern geblieben sei, und ich sagte: »Kreislaufstörungen«. Er guckte mich an, als sei ich irre, sagte aber nichts mehr dazu.

Stattdessen meinte er, er hätte die Bayern-Karten bekommen, ob ich das zu schätzen wüsste. Wenn er geahnt hätte, dass mir das Spiel mittlerweile so scheißegal war, hätte er wieder doof geguckt. Ich fragte mich, wie Ralph mit seinen Eltern auskam. Ralphs Vater war Geschäftsführer und seine Mutter Hausfrau. Ralph hatte unten im Souterrain sein eigenes Reich. Er hatte zwei große Zimmer und ein eigenes Bad. Ganz oben im Dachgeschoss wohnte seine Oma. Wenn wir uns bei ihm trafen, um ein Länderspiel zu sehen, kam seine Mutter mit Schnittchen und Keksen rein. Wenn seine Eltern nicht da waren, hatten wir im Garten wilde Partys gefeiert und dabei den Weinkeller geplündert. Wir hatten den Wein aber stehen lassen und uns die teuer aussehenden Sektflaschen genommen. Hinterher hatte es für Ralph immer Ärger gegeben. Sein Vater musste gut Buch über sein Weinlager führen, denn er zählte Ralph jedes Mal auf, welche und vor allem wie viele Flaschen fehlten. Außerdem hatte seine Mutter, die so stolz auf ihre Rosen war, nach einer Party einen Schock bekommen. Lukas hatte ins Blumenbeet gekotzt, und am nächsten Tag, als Ralphs Eltern wiederkamen, hing die Kotze noch an den Rosen.

Ralph wurde dazu verdonnert, den Gartenschlauch zu nehmen und die Rosen abzuspritzen. Das alles hinderte Ralph aber nicht daran, immer wieder zu feiern, und sein Vater war im Laufe der

Jahre noch nie auf die Idee gekommen, seinen Weinkeller abzuschließen.

Natalie saß zwei Reihen vor mir, sah aber nicht mehr so unbeschwert aus wie gestern. Jessica, die spröde Streberin, meldete sich die ganze Zeit und gab kluge Antworten, aber ich bekam nicht mit, was sie von sich gab.

In der großen Pause war ich gefasster als gestern. Ich wusste ja, dass ich Alicia zum Eisessen wiedersehen würde.

Jessica kam mit Jaqueline vorbei und unterhielt sich mit Ralph. Er hatte ein Auge auf Jaqueline geworfen und wirkte nervös.

Ich merkte, dass Jessica mich verstohlen von der Seite beobachtete. Vielleicht waren mehr Mädchen hinter mir her, seit ich mit Natalie zusammen gewesen war. Natalie war das schönste Mädchen der Klasse, und die anderen dachten wohl: Wenn ich mit dem Exfreund von Natalie zusammen bin, dann muss ich schöner als Natalie sein, denn er hat schließlich mit ihr Schluss gemacht und ist jetzt mit mir zusammen. Ich habe etwas, das sie will und nicht mehr bekommt.

Ich schaute mich um und sah Jonas bei Natalie und Katja stehen. Er versuchte manchmal Natalies Hand zu nehmen.

Jessica zupfte mich am Ärmel.

»Das hast du gut gemacht«, sagte sie. »So viel Zivilcourage hat nicht jeder.«

»Was?«, fragte ich.

»Dass du dich eingesetzt hast für das Sinti-und-Roma-Mädchen.«

»Ach so«, sagte ich.

»Man muss gegen Rassismus angehen«, sagte sie weiter. »Keine Macht den Doofen.«

»Aha«, sagte ich.

»Du kannst mal mitkommen, wenn du willst«, sagte sie.

»Wohin?«, fragte ich.

Jetzt stellte sie sich ziemlich nah vor mich.

»Zu amnesty international«, sagte sie. »Da kannst du dich auch anders einsetzen. Nicht nur mit Fäusten.«

»Was macht ihr denn da?«, fragte ich. Ich schaute an ihr vorbei zu Jonas, der seinen Arm nun lässig um Natalies Schulter legte. Als Katja wegschaute, drehte sich Natalie dezent weg und bekam ihre Schultern wieder frei.

»Kommt drauf an, in welcher Ländergruppe«, sagte sie. »China, Afrika. Alles.«

»Ich muss mehr für die Schule tun«, sagte ich.

»Wir treffen uns heute Abend«, sagte Jessica. »Komm doch mit.«

»Ich weiß nicht.«

»Ich komme auch«, sagte sie, als sei das ein Argument für mich zu kommen.

Ich fragte mich langsam, was das Ganze sollte.

»Ich überlegs mir«, sagte ich.

»Was gibts denn da zu überlegen?«, fragte sie. »Ich muss das jetzt wissen.«

Natalie schob Jonas' Hand wieder weg, aber er sah immer noch glücklich aus. Ich fragte mich, wieso Natalie nicht zu ihm stand. Gestern in der Stadt hatten sie doch auch Händchen gehalten.

Jessica sagte: »Heute um sechs an der Jöllenbecker Straße, da gegenüber diesem Grill-Imbiss.«

Ich sah sie zum ersten Mal seit unserem Gespräch an. Ihr Gesicht war hinter der Brille gar nicht so hässlich. »Ich hab doch gesagt, dass ichs mir überlege.«

Sie fing schon wieder an: »Ich sag dann schon Bescheid, dass heute jemand Neues kommt.«

Ich ließ sie stehen und ging rüber zu Jonas.

»Hey Jonas«, sagte ich.

»Addi«, sagte er.

Natalie und Katja sagten gar nichts. Katja sagte sowieso nie was. Sie hatte rote Haare, Sommersprossen, sah aus wie Pippi Langstrumpf, aber vom Temperament her war sie das Gegenteil. Bei ihr musste ich immer an den Spruch meiner Oma denken: Stille Wasser sind tief.

»Wie ist es?«, fragte ich Jonas.

»Sehr gut«, sagte er.

Der Gong ertönte. Die Pause war zu Ende. Alle gingen langsam wieder ins Gebäude.

Jessica ging an uns vorbei. »Vergiss nicht, heute um sechs«, rief sie mir zu.

»Dann viel Spaß«, sagte Jonas.

Natalie schaute Jessica ungläubig hinterher.

Ich hab kein Date um sechs, dachte ich. Meine Verabredung ist um vier.

Eis essen

Weil die Sonne heute wieder so vom Himmel knallte, waren die Eiscafés voll. Ich war schon um Viertel vor vier da, stand etwas herum, bis zwei Frauen aufstanden. Ich lief sofort zum frei gewordenen Tisch. Eleganter Parfümduft hing über den Plätzen, Eisbecher und Kaffeetassen standen noch auf dem Tisch. Es kam eine rundliche Frau mit einer Schürze herbei, die alles abräumte. Sie fragte nach meiner Bestellung, aber ich sagte, ich würde noch auf jemanden warten. Auf einmal kam ein älteres Ehepaar an meinen Tisch und setzte sich. Ich konnte schlecht etwas dagegen sagen, denn alle Tische waren besetzt, und für Alicia war noch ein Stuhl frei geblieben.

Ich fand die beiden aber schlecht erzogen. Ich würde mich jedenfalls nicht an einen Tisch dazusetzen, ohne vorher zu fragen, ob die Plätze noch frei waren.

Aber ich hatte schon länger bemerkt, dass sich die Erwachsenen immer schlechter benahmen. Wenn eine klapprige Oma in die Straßenbahn kam, standen immer nur Jugendliche auf.

Die zwei setzten sich also, als sei der Tisch leer und ich Luft.

Nach zehn Minuten kam Alicia. Sie schaute sich nach mir um und entdeckte mich. Sie stutzte kurz, als sie das Ehepaar an meinem Tisch sah. Vielleicht dachte sie, es seien meine Eltern. Sie blieb vor dem Tisch stehen und sagte zu dem Ehepaar: »Guten Tag, ich bin Alicia.«

Die beiden guckten verdutzt. Dann sagte die Frau abweisend: »Brauchen jetzt gar nicht Ihre traurige Geschichte zu erzählen. Wir geben nichts. Haben selber nichts.«

Alicia schaute überrascht.

Ich sagte zu Alicia: »Ich kenne diese unverschämten Leute nicht.«
Die Frau drehte sich um.

»Sie«, sagte sie zu mir.

»Ja?«, fragte ich.

»Sie«, sagte die Frau wieder.

Ich fragte mich, ob sie auch ganze Sätze sprechen konnte. Ich stand auf und brüllte:«Lass uns gehen, Alicia!« Alle anderen Tische schauten auf. Ich hingegen sah auf das unverschämte Paar runter, damit auch jeder mitbekam, wen ich meinte: »Ich will nicht mit Leuten am Tisch sitzen, die nichts haben! Sonst muss ich mir noch traurige Geschichten anhören!«

Ich ging einen Schritt vor, griff Alicias Ellenbogen und zog sie mit.

Wir gingen schweigend die Bahnhofstraße hoch. Auch bei den anderen Eiscafés waren alle Tische besetzt. Wir verließen die Fußgängerzone und gingen Richtung Bahnhof. Ich wusste, dass neben Mr. Wok noch eine kleine Eisdiele war. Sie war normalerweise nicht so gut besucht, weil die Tische direkt an der Straße standen.

Als wir ankamen, gab es wirklich noch einen freien Tisch. Wir setzten uns.

Alicia bestellte einen Erdbeerbecher und ich einen Bananensplit. Die vorbeifahrenden Autos waren nicht besonders leise. Aber wenigstens saß niemand an unserem Tisch.

Neben unseren Stühlen stolzierten Tauben herum, denen ich normalerweise etwas von meiner Eiswaffel abgegeben hätte. Aber es war jetzt nicht die richtige Zeit, um Tauben zu füttern.

Im letzten halben Jahr waren mir so viele Gedanken durch den Kopf gegangen. Es gab tausend Dinge, die ich Alicia gern gesagt hätte. Nicht nur tausend. Ich hätte ihr gerne alles gesagt. Alles, was ich gerade dachte, alles, was ich jemals gedacht hatte. Alles. Aber ich sagte nichts.

»Sehe ich aus wie eine Bettlerin?«, fragte sie, während sie ihr Eis löffelte.

»Nein«, sagte ich. Ich wollte ihr sagen, dass sie schön war. Dass sie aussah wie eine Königin. Sie musste doch wissen, dass sie nicht die geringste Ähnlichkeit mit einer Bettlerin hatte. Wieso war ihr nicht egal, was eine unverschämte Frau über sie dachte?

Ich wusste nicht, was mich trieb, aber ich langte über den kleinen runden Tisch und griff ihre Hand.

»Alicia«, sagte ich. Es war das erste Mal, dass ich ihren Namen aussprach und sie dabei ansah. Vorher hatte ich ihren Namen immer nur gedacht.

»Alicia«, fing ich wieder an. »Mach dir keine Gedanken wegen … dieser Frau.«

Ihre Hand war weich und etwas verschwitzt. Sie machte keine Anstalten, sie zurückzuziehen. Sie schaute etwas verlegen auf die Tischplatte. Die Tischplatte war grau meliert.

»Ich weiß nicht, wie die darauf kommen«, sagte sie.

»Ich auch nicht«, sagte ich.

»Meine Brüder meine ich«, sagte sie. »Wieso solltest du das tun?«

»Was tun?«

»Mich in einem Jahr heiraten wollen.«

Nun zog sie ihre Hand zurück, faltete ihre Hände zusammen und stützte ihr Kinn darauf. Der Kellner nahm die leeren Eisbecher mit.

»Darfs noch was sein?«, fragte er.

Ich bestellte einen Cappuccino und Alicia schüttelte den Kopf.

»Ich weiß wirklich nicht, wieso die so einen Unsinn anzetteln«, sagte sie. »Nur weil du mir einmal geholfen hast.«

Ich sah nach unten, eine der Tauben lief unter dem Tisch entlang. Wenn mir eine Taube so nah kam, hatte ich das Gefühl, sie würde mir gleich in den Fuß picken. Ich bewegte mich etwas, damit sie von meinem Fuß wegging.

»Ich weiß nicht, wieso du nicht sofort Nein gesagt hast«, sagte sie und sah wieder von der Tischplatte auf.

»Kann jeder, der das Brautgeld zahlt, eine Braut kaufen?«, fragte ich.

»Nein, es gibt keine Zwangsheirat mehr, jedenfalls nicht bei uns«, sagte sie. »Die Frau muss auch einverstanden sein. Es ist nur so eine traditionelle Zugabe an die Familie.«

»Das heißt, auch wenn ich es zahlen würde, ginge es gar nicht?«, fragte ich. »Wieso bieten die mir das dann an?«

»Wieso ginge das nicht?«, fragte sie und faltete ihre Hände wieder auseinander.

»Weil du ja auch ›ja‹ sagen müsstest.«

»Wer sagt denn, dass ich nicht ›ja‹ sagen würde?«, fragte sie.

Mein Cappuccino kam, und als er auf dem Tisch stand, meinte ich in ihrem Blick zu sehen, dass sie nun doch Lust auf Kaffee hatte. Ich lief hinein und bestellte noch einen.

Als ich mich an den Tisch zurücksetzte, fragte ich: »Würdest du etwa ›ja‹ sagen?«

Sie schwieg und sah durch die Gegend.

»Ich würde nicht ›nein‹ sagen«, sagte sie etwas zögerlich.

»Nicht ›nein‹ bedeutet doch ›ja‹«, sagte ich aufgeregt.

Der warme Sommerwind wehte ihr ein paar Strähnen ins Gesicht.

»Nicht ›nein‹ bedeutet ›nicht nein‹«, sagte sie. »Wie kommen Django und Tonu denn bloß darauf, dir so ein Angebot zu machen?«

»Sie sind nicht blind«, sagte ich.

Alicia sah mir in die Augen, als wollte sie herausfinden, was ich damit meinte. Dann schaute sie wieder den Passanten hinterher.

Ich konnte den Blick nicht von ihr abwenden. Es hatte eine seltsame Traurigkeit in ihrer Stimme gelegen. Aber dann ratterte ein lautes Motorrad so dicht an uns vorbei, dass ich doch auf die Straße sah. Auf der anderen Seite gingen Jonas und Natalie entlang. Wieder händchenhaltend. Jonas sah genauso aus wie gestern. Unbeschwert. Natalie schien nicht mehr so fröhlich. Ich war mir sicher, dass sie mich gesehen hatte. Sie sah mich immer, selbst auf eine Entfernung von hundert Metern.

Natalie legte nun einen Schritt zu, als müsste sie vor etwas weglaufen.

Sie wusste, dass ich mich für Alicia geschlagen hatte. Und nun saß ich mit Alicia in der Eisdiele. Da konnte sie sich eins und eins zusammenrechnen.

Alicias Cappuccino kam. Sie nahm es schweigend hin, dass ich ihr einen bestellt hatte.

»Mal davon abgesehen, dass das wirklich alles komisch ist«, sagte ich, »na ja, nicht komisch, sondern … anders. Würdest du denn wollen, in einem Jahr?«

Sie trank ihren Cappuccino und wischte sich den Milchschaum von den Lippen.

»Von allen, die sich für mich interessiert haben, bist du noch der Beste«, sagte sie.

Was? Sie hatte sich also eine Rangliste gemacht?

»Und wieso?«, fragte ich.

»Du bist modern und emanzipiert«, sagte sie.

Mir hatte noch niemand gesagt, dass ich »emanzipiert« sei. Ich war also eine richtige Kampf-Emanze.

Ich wusste nicht, wieso ich nachgefragt hatte. Eigentlich wollte ich es gar nicht wissen. Ich sah sie im Geiste ihre Rangliste durchgehen, wie sie rechnete, wer gut oder weniger gut war. Bei meinen Eltern hatte ich zwar auch eine Pro-und-Contra-Liste gemacht, aber das waren schließlich meine Eltern gewesen und nicht meine Angebetete. Ich hatte mir nicht über alle Mädchen aus der Schule Gedanken gemacht und dann überlegt, wer welche Pluspunkte bekam. Es hatte seit Langem nur eine gegeben, keine daneben, keine darüber, keine darunter. In meinen Träumen hatte diese eine nichts gesagt, was ich nicht mochte. Sie hatte für alles Verständnis gehabt und immer gewusst, was ich gerade dachte. Sie war mein weiblicher Klon gewesen.

»Ich weiß nicht«, sagte ich, »ob wir zusammenpassen.«

Mein Satz schien sie nicht zu schockieren. Sie nickte nur, aber eigentlich schien sie doch etwas anderes erwartet zu haben.

Ich bezahlte, wir verabschiedeten uns, sie ging weiter Richtung Bahnhof und ich die Bahnhofstraße zurück. Diesen Ausgang hatte ich nicht erwartet. Was ich erwartet hatte, wusste ich aber auch nicht.

Ich stellte mich vor eines der Schaufenster und guckte die Schaufensterpuppen an. Sie sahen aus, als sei ihnen egal, welche Kleidung sie trugen. Nackte Puppen hatte ich noch nie gesehen. Wenn man sie umzog, waren die Scheiben mit Sichtschutz beklebt, als hätten die Puppen ein Schamgefühl.

»Addi«, sagte eine Stimme, und mein Herz klopfte, weil ich dachte, Alicia sei mir hinterhergegangen.

Als ich mich umdrehte, war es aber nur Jessica.

»Ich bin auch auf dem Weg«, sagte sie. »Wir können zusammen hinfahren.«

Ich fragte: »Wohin?«

»Zu amnesty«, sagte sie.

»Tut mir leid«, sagte ich. »Aber ich bin verabredet.«

»Ja?«, fragte sie.

»Ja.«

»Vielleicht kannst du später nachkommen. Wir sind noch eine ganze Weile da«, fing sie wieder an.

»Ich werde auch später nicht kommen«, sagte ich gereizt.

»Nicht?« Sie zog eine Visitenkarte aus ihrem Portemonnaie und drückte sie mir in die Hand. »Falls dus dir anders überlegst, kannst du auf meinem Handy anrufen«, sagte sie wie eine Geschäftsfrau. »Wenn die Mailbox dran ist, sprich einfach drauf.«

Sie verabschiedete sich, und ich starrte auf die Karte und fragte mich, wieso sie überhaupt Visitenkarten hatte. Die Karte sah professionell aus. Es stand ihr Name drauf, ihre Adresse und ihre Handy-Nummer. Bei uns zu Hause lagen manchmal Visitenkarten von Versicherungsvertretern und Autoankäufern herum. Unter den Namen standen immer die Berufe. Aber Jessicas Karte hätte lächerlich gewirkt, wenn unter »Jessica Winter« der Beruf »Schülerin« gestanden hätte.

Ich steckte die Karte ein und ging weiter. Ich musste an Alicia denken, dann an Natalie. Bei ihr war es anders gewesen. Natalie war kompliziert, aber die Umstände waren unkompliziert gewesen. Ihre Eltern hatten nichts gegen einen Freund. Das war für sie etwas ganz Normales. Wir waren miteinander ins Bett gegangen, ohne groß über unsere Zukunft nachdenken zu müssen.

Und jetzt war es umgekehrt. Bei Alicia waren die Umstände kompliziert und sie … wohl auch.

Am vernünftigsten wäre es wohl gewesen, auf Jessica einzugehen. Sie ließ einen die Hausaufgaben abschreiben. Auf einer Rangliste würde sie mit diesen Pluspunkten ganz oben stehen. Gut, dass ich nicht wie Alicia war, sonst hätte ich heute zu Jessica gesagt: »Von allen Mädchen, die ich kenne, bist du die Beste. Du hast jedenfalls die meisten guten Eigenschaften.«

Ich fuhr nach Hause. Glücklicherweise war meine Mutter nicht da. Sie musste aber kurz da gewesen sein, denn im Kühlschrank stand Essen für mich.

Ich hatte aber keinen Hunger und ging auf die Terrasse. Heute hatte sie keine Zigaretten auf dem Tisch liegen gelassen. Ich dachte wieder darüber nach, dass sich niemand mehr um den Garten kümmerte. Mir war egal, wie ein Garten aussah, aber die spießigen Nachbarn hatten bestimmt etwas dagegen, auf ihren Balkonen zu sitzen und auf Gestrüpp zu schauen. Ich dachte an den Garten von Ralphs Eltern, der so gepflegt war. Die Blumen standen in Reih und Glied, und jeden Tag hantierte seine Mutter an den Rosenbüschen herum.

Das Telefon klingelte. Es war Ralph.

»Ey Addi«, sagte er. »Mein Vater ist zwei Tage weg, auf 'ner Geschäftsreise, und meine Mutter ist mitgefahren.«

»So spontan?«, fragte ich.

»Die haben mir das vorher nicht gesagt, damit ich keine Party planen kann«, sagte er. »Erst als die eben ins Auto gestiegen sind, haben die gesagt: ›Wir sind die nächsten zwei Tage nicht da. In der Gefriertruhe sind genug Pizzen. Mach keine Party, Junge!‹«

»Morgen ist doch Schule«, sagte ich.

»Mann Addi, seit wann stört dich das denn?«, fragte er. »Lukas, Andi, Heini und Benno kommen auch.«

»Ist ja öde«, sagte ich. »Keine Mädels.«

»Kannst ja Natalie mitbringen oder wen auch sonst«, sagte Ralph. »Hauptsache Titten.«

»Wie wärs mit Jessica?«, fragte ich aus Spaß.

»Hey, super Idee«, sagte er begeistert. »Die soll aber auch Jaqueline mitbringen.«

Wenn ich jetzt Jessica anrief, musste sie etwas Falsches von mir denken.

»Ich hab Jessicas Handy-Nummer«, sagte ich. »Ruf du sie doch an. Dann kannst du ihr ja sagen, dass sie auch Jaqueline mitbringen soll.«

»Hey, das ist mal was«, sagte Ralph und schrieb sich die Nummer auf. »Jaqueline bei mir im Haus. Die werd ich abfüllen.«

»Wer sagt denn, dass die kommt«, sagte ich. »Morgen ist Schule.«

»Ach«, sagte Ralph. »Ist ja noch nicht mal sieben. Wir fangen einfach sofort an.«

»Ist der Weinkeller auf?«, fragte ich.

»Natürlich«, sagte Ralph. »Mein Vater hat letzte Woche wieder 'ne neue Lieferung gekriegt. Nicht nur diesen Edelsekt, sondern auch vier Kartons Champagner. Den köpfen wir gleich.«

»Und zu essen?«, fragte ich. Ich hatte keine Lust, das Essen meiner Mutter zu essen. Nicht weil es schlecht aussah, sondern weil ich nichts von ihr wollte.

»Hab drei Riesenpackungen Würstchen besorgt«, sagte Ralph wie ein Macher. »Und Kohle ist sowieso da.«

Die Party

Als ich ankam, qualmte die Kohle schon. Ralph, Heini und Andi standen mit einem Fön vor dem Grill. Lukas und Benno saßen im Wintergarten. Die Scheiben waren zur Seite geschoben, sodass er wie eine überdachte Terrasse wirkte.

In einer Wanne mit Wasser standen sechs Champagnerflaschen.

»Sind sie doch nicht gekommen?«, rief ich Ralph zu.

»Wer?«

»Jessica und Jaqueline.«

»Doch«, rief er zurück und riss seinen Arm in die Höhe, als hätte er gerade ein Tennismatch gewonnen. »Die kommen.«

»Wie haste das denn geschafft?«

»Ich hab Jessica gesagt, dass du auch kommst.«

»Blödmann.«

»Dann hab ich ihr verklickert, dass sie nicht alleine kommen kann, so als einziges Mädchen. Entweder mit Jaqueline oder gar nicht.«

»Und jetzt?«

»Hab ich doch gesagt: Die kommen.«

»Gibts ja gar nicht.«

»Doch. Ich hab gesagt, dass wir Champagner trinken. Und weil ich so ein Romantiker bin, hab ich ein paar Rosen für Jaqueline abgeschnitten«, sagte er.

Ich schaute auf die Rosensträucher, die wirklich gelichtet aussahen.

»Die haben doch so große Dornen«, sagte ich.

»Die hab ich alle mit der Zange abgeknipst.« Ralph zeigte auf einen Beistelltisch. Da stand ein Bündel dunkelroter Rosen mit ihren riesigen Köpfen in einem Sektkühler. Seine Mutter würde selbst das Fehlen einer einzigen Rose bemerken.

»Haste auch geguckt, dass keine Kotze mehr dran war?«, fragte ich.

»Har. Har. Har«, sagte Ralph und wandte sich an Lukas: »Du hast da doch draufgekotzt, oder? Gibs endlich zu!«

»Nö«, antwortete Lukas. »Bin mir sicher, dass das Heini war. Außerdem ist das verjährt.«

»Quatsch«, sagte Heini und zeigte in eine andere Richtung. »Ich hab da hinten auf den Rasen gekotzt.«

»Mann, wann sind die Würstchen endlich fertig?«, rief Kurt.

»Mach doch selber«, rief Ralph zurück. »Die Kohle ist noch nicht durch.«

Jessica und Jaqueline kamen. Ralph freute sich: »Hey ihr beiden. Ist ja super, dass ihr kommt.«

Er lief zur Champagnerwanne. Jessica und Jaqueline schauten sich um. Die Sektgläser hatte Ralph schon auf den Tisch gestellt und goss jedes Glas voll.

»Los, kommt alle her«, rief er. »Lasst uns anstoßen.«

Wir versammelten uns alle um den Tisch und nahmen jeder ein Glas.

Worauf wir nun anstießen, wussten wir nicht.

Der Champagner schmeckte nicht besser als der Edelsekt. Viel Aufregung um nichts. Aber die anderen waren ganz beeindruckt, schauten sich die Flasche genau an und meinten, er schmecke »saugeil«.

Ich trank das Glas aus, wollte aber lieber meinen üblichen Edelsekt haben.

»Ralph, ich will wieder den Sekt«, sagte ich.

»Spielverderber. Dann geh!«

Ich lief durch den Flur in den Weinkeller und holte mir zwei Flaschen Sekt. Wieder oben stellte ich die eine in die Wasserwanne und öffnete die andere, obwohl sie nicht kalt genug war. Ich goss mir ein, und Jessica kam und wollte auch probieren.

»Du hast recht«, sagte sie. »Der Sekt schmeckt besser.«

Ich wusste nicht, ob sie sich nur bei mir einschleimen wollte.

»Schade, dass du nicht mitgekommen bist«, sagte sie. »Es war sehr interessant.«

Ich schaute mich um. Die anderen standen am Grill und sahen sich die glühenden Kohlen an. Wieso konnte sich niemand um Jessica kümmern?

Ich goss mir noch ein Glas Sekt nach.

»Willst du dich sinnlos besaufen?«, fragte Jessica.

Ich fragte mich, was sie mit »sinnlos« meinte. Gab es etwa Besäufnisse mit Sinn? Sinnlos war eigentlich nur ihre Frage.

»Sinnlos ist es nicht«, sagte ich. »Nach vier Gläsern hört das Zittern in meinen Händen endlich auf.«

Sie schaute mich verdutzt an. Sie sagte: »Mit den Eisbären von Marie Luise Kaschnitz lagst du ja völlig daneben. Soll ich dir die Geschichte erklären?«

»Haste ja schon im Unterricht erklärt«, sagte ich und war froh darüber, dass Ralph nun rief, dass die Würstchen auf den Grill könnten.

Ich nahm die Packungen und ging zum Grill. Ralph hatte wieder die leckeren Rostbratwürstchen von Kleinemas gekauft.

»Gibt es auch Salat dazu?«, fragte Jessica, die mir hinterhergegangen war.

»Nö«, sagte Ralph. »Salat bringen doch immer die Frauen mit.«

»Und Brot?«, fragte Jaqueline.

»Auch kein Brot«, sagte Ralph. »Nur Würstchen. Aber Senf steht da auf dem Tisch.«

Ralph öffnete die zweite Flasche Champagner und goss allen ein.

Nachdem alle Würstchen gegrillt waren, saßen wir am Tisch und aßen. Ralph öffnete die dritte Flasche. Langsam wurden alle lustiger. Ralph versuchte mit Jaqueline zu flirten, die schon ziemlich besoffen war, aber immer noch vornehm tat. Heini erzählte versaute Witze, und den anderen fiel ab und zu auch einer ein.

Ralph hatte sich endlich genug Mut angetrunken. Er holte den Sektkühler mit den Rosen und stellte ihn vor Jaqueline auf den Tisch.

»Jackie, für dich«, sagte er.

»Soll ich die essen?«, fragte Jaqueline angeheitert.

»Mach damit, was du willst«, sagte Ralph.

»Rosen kann man wirklich essen«, sagte Jessica. »Es gibt Rosenwasser, damit kann man Desserts eine besondere Note geben.«

»Wenn du sie nicht willst, Jackie, fress ich alle auf«, sagte Ralph.

Jaqueline lachte. Ralph öffnete noch eine Flasche Champagner, goss jedem nach und trank dann aus der Flasche. Mit der anderen Hand griff er eine Rose und nagte an ihrem Kopf herum.

»Bäh, ist das bitter.« Er verzog das Gesicht.

Nun nahmen sich alle eine Rose und probierten.

»Bäh!«, hieß es immer wieder. »Bäh!«

Ralph wollte sich aber vor Jaqueline keine Blöße geben und aß noch eine.

»Ihr seid alle kindisch«, sagte Jessica und nahm sich noch eine Wurst.

Dabei war sie am kindischsten. Noch nicht mal auf einer Party konnte sie ihr streberhaftes Getue ablegen.

Ich goss mir wieder Sekt ein.

»Was hast du für Probleme?«, fragte ich sie.

»Was meinst du damit?«, fragte sie zurück.

»Dass du immer so tun musst.«

»Wie tun?« Sie drehte sich zu mir um. Ihre Nasenspitze berührte fast meine Wange. Ich starrte weiter geradeaus auf die Sektflasche vor mir.

»So klug. So vernünftig.«

»Was kann ich dafür«, sagte sie. »Ich bin nun mal so.«

»Aber doch nicht immer«, sagte ich.

»Doch«, sagte sie.

Vielleicht würde sie endlich mal eine andere Seite von sich zeigen, wenn sie so richtig besoffen war. Es interessierte mich wirklich, wie sie dann wäre.

Ich rückte etwas von ihr weg und goss ihr von dem Sekt nach. Dann prostete ich ihr zu und sagte: »Weg mit dem Scheiß.«

Sie machte sogar mit und kippte ihren Sekt runter. Wenn ich mich nicht verzählt hatte, musste das ihr viertes Glas gewesen sein. Die Flasche war leer, und ich holte die andere Sektflasche aus der Wasserwanne. Ich goss uns erneut ein und sagte wieder: »Weg mit dem Scheiß!«

Ich trank aus und goss nach. Bleib nüchtern, sagte ich mir. Du willst schließlich sehen, wie sie besoffen ist. Wenn du selber besoffen bist, kriegst du nichts mehr mit.

»Wieso trinkst du immer mit, wenn ich ›Weg mit dem Scheiß‹ sage? Was hat denn ›Weg mit dem Scheiß‹ für einen Sinn?«, fragte ich sie.

»Denk doch mal darüber nach.« Sie sprach nun anders. Ihre Stimme klang nicht mehr nach Vernunftsmensch, sondern nach einer Miezekatze, die gestreichelt werden will.

Das reichte mir. Ich wollte gar nicht mehr wissen. Also lief ich zum Grill, als müsste ich da etwas überprüfen. Einige Kohlen glühten noch. Ich hielt meine Hände drüber. Es war eine schöne Wärme.

»Wohnt nicht deine Oma mit im Haus?«, hörte ich Jaqueline Ralph fragen.

»Obere Etage. Ist schwerhörig«, lallte Ralph. »Jackie, sag, was muss ich tun, damit ich einen Kuss von dir krieg?«

»Ach Alfi-Ralphie, was du nicht immer alles willst«, lallte Jaqueline zurück.

»Ich tu alles für dich, süße Jackie!«

»Wenn du alle Blumen aufisst, dann überleg ichs mir«, sagte sie.

»Was heißt ›überlegen‹, Süße?«

»Ach weiß nicht, was das heißt. Ein Küsschen auf die Wange.«

Ralph nahm schon wieder eine Rose und biss die Blätter ab. Wahrscheinlich war er so betrunken, dass er gar nichts mehr schmeckte. Er kaute, schluckte, warf den Stängel weg und nahm sich die nächste Rose.

Jaqueline lachte die ganze Zeit hysterisch. Die anderen feuerten Ralph an. Lukas rief: »Und wenn Alfi-Ralphie noch alle Rosen im Beet frisst, gibts einen Zungenkuss.«

Mich nervte das alles auf einmal. In einer halben Stunde würde wieder das große Kotzen anfangen. Man musste mir bei den früheren Malen zugutehalten, dass ich es als Einziger immer bis zur Toilette geschafft hatte.

Ralph hatte mittlerweile alle Rosen aus dem Sektkühler gegessen. So viele waren das nicht mehr gewesen. Jetzt lief er zum Blumenbeet, zu besoffen, um auf die Dornen zu achten, kratzte sich die Arme auf und fraß weiter. Ich hielt es nicht mehr aus und verabschiedete mich. Alle protestierten. Ich wäre wohl geblieben, wenn ich gewusst hätte, dass Jessica nun auch nach Hause wollte. Sie sagte: »Dann können wir ja zusammen gehen.«

Wir gingen die Werther Straße runter und dann durch die Altstadt. Es war immer noch warm, aber nicht schwül warm, sondern schön warm. So angetrunken mit dem Sternenhimmel über uns hätte es ein romantischer Spaziergang sein können, wenn ich nicht mit Jessica, sondern mit Alicia durch die Straßen gegangen wäre. Was machte Alicia jetzt? War sie auch so enttäuscht von unserem Treffen? Wollte sie mich noch einmal wiedersehen? Wieso war es überhaupt so schiefgelaufen?

Die meisten Leute plappern angetrunken noch mehr, aber Jessica schien durch den Sekt weniger zu plappern. Jedenfalls hatte sie, seit wir gegangen waren, noch nichts gesagt.

Es ist besser, mit der schweigenden Jessica durch die Straßen zu laufen, als mir das übliche Gekotze bei Ralph anzutun, dachte ich.

Die letzte Straßenbahn war schon weg, und ich fragte sie: »Wo wohnst du?«

»Prießallee.«

»Kenn ich nicht.«

»In der Nähe vom Städtischen Krankenhaus«, sagte sie.

Das war ja nicht so weit. Wir gingen die Rohrteichstraße entlang, über die Teutoburger und in den Ehlentruper Weg. Eine Straße weiter wohnte jetzt mein Vater.

Jessica blieb vor einem gelben Wohnhaus stehen. Sie sah mich seltsam an und kam auf mich zu. Jetzt war sie schon so nah an mich herangetreten, dass es mir nicht mehr geheuer war. Die nüchterne Jessica gefiel mir doch besser als diese angetrunkene.

»Du bist anders, wenn du was getrunken hast«, sagte ich.

»Ich bin nicht immer eine Klugscheißerin«, sagte sie. »Sonst hätte ich nicht so viele Freunde vor dir gehabt.«

»Schön für dich«, sagte ich. Erst dann ging mir auf, dass sie »so viele Freunde vor dir«, gesagt hatte.

Sie trat plötzlich vor und umarmte mich. Ich merkte, wie sie ihren Busen an mich presste. Sie roch nach … irgendwie nach Zitronengras. Meine Mutter machte manchmal Hähnchen mit Zitronengras. Bei Jessica fehlte aber der Hähnchengeruch.

»Ich find dich schon seit Langem toll«, sagte sie. »Und dann hast du noch diesen fiesen Simon verprügelt.«

Wieso stand so eine Streberin auf jemanden, nur weil er einen anderen verprügelt hatte?

Ich kam zu dem Schluss, dass sich die Mädchen seit der Steinzeit nicht mehr weiterentwickelt hatten. Mädchen blieben eben Mädchen. Wer einem anderen was auf die Fresse gab, der hatte bei ihnen gewonnen.

»Simon hat *mich* verprügelt«, sagte ich. »Ich hab ihm nur die Hand gebrochen.«

Sie lachte, als hätte ich einen Witz gerissen. Ich hatte noch nie so ein komisches Lachen gehört. So schnaufend wie das Grunzen eines Schweins. Ich wollte weg, aber sie hing immer noch an mir dran. Mein Experiment mit dem Betrunkenmachen war nach hinten losgegangen.

»Magst du mich auch?«, hauchte sie.

»Ja, aber nicht *so.*«

Das »Aber« schien sie überhört zu haben und auch das »So«, denn sie sagte: »Ich hab doch immer gewusst, dass du mich auch magst.«

Scheiße, dachte ich. Gab es im Klassenzimmer versteckte Strahlungen? Wieso waren sonst alle Mädchen so aufdringlich?

»Du hast Ralph doch meine Telefonnummer gegeben«, hauchte sie weiter. »Und ihm gesagt, er soll mich anrufen und mich auch einladen.«

»Eigentlich wars anders«, sagte ich.

»Ralph hat meine Handy-Nummer gar nicht«, sagte sie. »Du hast sie ihm gegeben.«

Ja, ich hatte sie ihm gegeben. Nein, ich wollte nichts von Jessica.

»Dass du so lange gebraucht hast, um das einzufädeln. Dabei hab ich dir schon so oft eine Chance gegeben.«

Ich hasste es, das tun zu müssen. Aber mir blieb nichts anderes übrig als Plan X.

»Natalie«, sagte ich. »Natalie, du bist so schön.«

Sie ließ mich abrupt los: »Ich bin nicht Natalie!«

»Tschuldigung«, sagte ich. Aber ich hatte mich zu früh gefreut. Jessica schien nicht so schnell beleidigt wie andere Mädchen zu sein. Sie hatte ja für jeden und alles Verständnis.

»Kann ja mal passieren«, sagte sie freundlich und kam wieder auf mich zu. Ich hatte eine bessere Reaktionszeit als sie und lief weg.

Der Köter

Ralph, Jaqueline, Lukas, Andi, Heini und Benno fehlten in der Schule. Ich konnte mir vorstellen, dass Ralph immer noch zwischen den Rosenbüschen lag. Jessica war wach, als hätte sie nicht gefeiert, und sie war spröde wie sonst. Natalie wirkte weder gut noch schlecht gelaunt. In den Pausen stand sie mit anderen Mädchen auf dem Schulhof, von Jonas keine Spur. Ich war hundemüde. Wenigstens hatte ich heute Morgen die Wohnung für mich gehabt. Meine Mutter war nicht zu Hause gewesen. Sie musste bei ihrem neuen Lover übernachtet haben.

Obwohl ich wusste, dass Alicia nicht mehr da war, schaute ich mich in den Pausen um. Ich lief zum Kiosk und kaufte mir zwei Hanuta. Dieser ganze Schulhof war trostlos. Diese lachenden Schüler. Diese Morgensonne. Dieses ganze Gebäude.

In den Stunden döste ich vor mich hin, und manchmal bekam ich mit, wie Jessica über die Schulter zu mir hinschielte. Aber ich tat so, als hätte ich das nicht gemerkt.

Obwohl es letztes Mal nicht besonders schön ausgegangen war, hatte ich schon wieder Lust, mit Alicia Eis essen zu gehen. Daran war nur dieses Wetter schuld. Wieso nieselte es nicht einfach, so wie man es in Bielefeld gewohnt war? Diese bescheuerte Sonne gab dieser hässlichen Stadt ein südländisches Flair, als sei man im Urlaub.

Als ich endlich wieder zu Hause war, ließ ich die Jalousien herunter und legte mich ins Bett. Langsam bekam ich einen Tag-Nacht-Rhythmus wie Jonas. Gestern war ich um drei nach Hause gekommen und um kurz vor sieben wieder aufgestanden. Ich hoffte, dass meine Mutter heute nicht so früh nach Hause kam und ich ausschlafen konnte.

Irgendwann wachte ich aus dem Tiefschlaf auf. Das Telefon klingelte. Das Display zeigte die Nummer meines Vater an. Ich überlegte, ob ich rangehen sollte. Früher hatte ich nie aufs Display geschaut. Ist doch nur dein Vater, sagte ich mir.

»Hollenbach«, sagte ich. Ich sah auf die Uhr. Es war erst fünf. Er musste gerade von der Arbeit gekommen sein.

»Addi«, sagte er. »Lass uns ein bisschen plaudern.«

Ich verwünschte mich, weil ich rangegangen war.

»Ich hab gestern den ganzen Abend lang angerufen, nachdem ich die Lasagne gegessen habe. Aber du hast nicht mehr abgenommen«, sagte er vorwurfsvoll.

»Ich war nicht da.«

»Bis so tief in die Nacht? Du hattest doch heute Schule.«

»Hab bei Ralph übernachtet«, sagte ich. »Wir haben für die Mathe-Arbeit gelernt.«

»Lass endlich dein Handy reparieren«, sagte er. »Oder kauf dir ein neues. Du musst monatlich sowieso deine Gebühren zahlen. Das heißt, ich muss sie zahlen. Und wofür, wenn du kein Handy hast?«

Außerdem bin ich dann die ganze Zeit für dich erreichbar, dachte ich. Nein, danke, bloß kein Handy mehr.

»Wie ist es so?«, fragte ich gedankenlos.

»Addi, du weißt nicht, wie schlimm es ist«, sagte er. »Deine Mutter behandelt mich immer noch wie einen Köter. Bei der Arbeit grüßt sie mich nicht einmal. Als sei ich gar nicht da.«

»Ist doch gut, so ein bisschen Abstand«, sagte ich. »Was regst du dich darüber auf.«

»Sie könnte mich wenigstens mal angucken. Aber so, wie sie über mich hinwegsieht, wenn ich ihr begegne … In einer Woche arbeiten wir wenigstens nicht mehr zusammen. Der Jäger hat die Dienstpläne so geändert, dass wir nicht mehr gleichzeitig im OP sind.«

»Ja, dann freu dich doch darüber«, sagte ich. Meine Stimme wurde tief wie bei einer Grabrede. Was wollte er? Mich jeden Tag mit runterziehen?

»So schnippisch wie sie über mich hinwegsieht ... bin ich nicht einmal mehr ein Köter für sie. Nur noch Luft. Oder vielleicht eine Bakterie, die man nicht einmal mehr sieht.«

»Ist doch gut«, sagte ich wieder. »Ist doch besser, sie sagt nichts, als dass sie rumkeift.«

»Das sagst du«, fuhr er fort, »weil sie dich nie beschimpft hat. Du hast keine Ahnung, wie es ist, wenn sie dich auf dem Kieker hat. Du hast es immer gut gehabt.«

»Du wolltest doch mal zum Sport«, sagte ich, um von seinem Gejammere abzulenken. »Und einen Motorradführerschein machen.«

»Du hast nie wirklich mitbekommen, wie sie mich behandelt hat«, fing er wieder an, und ich dachte, lass mich in Ruhe. Geh zum Psychiater. Ich halte das nicht mehr aus.

»Wir haben so hart gearbeitet, uns nie was gegönnt, damit du es gut hast«, sagte er. »Und du wusstest das nie zu schätzen. Deine Noten in der Schule. Immer mittelmäßig. Nie irgendwo eine Eins.«

Er hatte es wieder geschafft. Dieses Gefühl in mir auszulösen, vor einen Zug springen zu müssen.

»Ich bin alt. Ich bin allein. Aber das ist egal«, jammerte er weiter.

Von wegen »plaudern«. Ich war sein Mülleimer, in den er so viel Müll reinstopfte, wie es ihm gerade passte.

»Sie wird mich immer weiter wie einen Köter behandeln ...«

Ich hielt den Hörer weg. Er redete und redete. Ich hörte immer noch diesen Jammerton, aber wenigstens hörte ich den Inhalt nicht mehr. Es schnarrte einmal laut aus dem Hörer und ich hielt ihn wieder ans Ohr.

»Es hat an der Tür geklingelt«, sagte er und legte auf.

Obwohl ich in den letzten Tagen so viel Stress gehabt hatte, war ich jetzt froh, dass ich hiergeblieben war. Mein Vater wohnte im Dachgeschoss. Wenn er jeden Abend so auf mich eingeredet hätte, wäre ich wohl aus dem Fenster gesprungen. Gut, dass ich im Erdgeschoss wohnen geblieben war. Ich nahm mir vor, nie in eine höhere Etage zu ziehen.

Zerstörte Träume

Nach diesem Anruf ging ich auf die Terrasse, aber da lagen keine Zigaretten. Ich ging runter zur Straßenbahn und fuhr in die Stadt. Vielleicht würde Alicia gerade nach Hause gehen und ich sie zufällig treffen.

Es waren viele Leute in der Stadt. Sie sonnten sich in den Cafés oder bummelten durch die Fußgängerzone.

Ich ging hoch zum Boulevard, um wieder wie ein Adler auf den Jahnplatz zu schauen. Dort oben war nichts los. Alle wollten bei dem Wetter draußen sitzen. Ich sah einige aus der Schule, aber niemanden, den ich wirklich kannte. Dann sah ich Toby, den Punk, wie er mit einem schwarzen Hund an der Ampel stand. Die Ampel wurde grün, und er lief die Bahnhofstraße hinauf. Der Hund hatte sympathischer ausgesehen als Toby, gesünder und zufriedener.

Jonas kam die Bahnhofstraße herunter, blieb aber nicht an der Fußgängerampel stehen, sondern bog nach links ab. Es war ein Vorteil, dass man hier seine Sachen gleich bei der Bestellung bezahlen musste. So konnte man alles stehen und liegen lassen, wenn man unten jemanden entdeckte.

In der Straße zum Kesselbrink hin sah ich ihn nicht, also lief ich zu McDonald's. Er kam mit einer großen Papiertüte heraus.

»Hey Addi«, sagte er. »Gut, dass ich dich treffe.«

Ich wusste nicht, ob er sich wirklich freute, denn er hatte noch nie so monoton geklungen.

»Trinkst einen Kaffee mit?«, fragte er.

»Ist deine Mutter wieder aus dem Krankenhaus raus?«

»Ja, aber mit einem Arm kann sie wenig machen«, sagte er.

Wir gingen den üblichen Weg über den Kesselbrink.

Oben in der Wohnung lieferte er das Essen im Wohnzimmer ab, kam zu mir in die Küche und setzte Kaffee auf.

Ich fragte mich wieder, wieso ich mich in dieser schäbigen Küche so wohlfühlte. Schon beim Betreten war mir so, als würde alles von mir abfallen.

»Ich weiß nicht, wie ich es sagen soll«, sagte Jonas. »Aber kannst du mir einen großen Gefallen tun?«

»Klar.«

»Kannst du Natalie anrufen und fragen, wieso sie nicht mehr mit mir spricht?«

»Dann gib mir dein Handy«, sagte ich. »Meins ist kaputt.«

Jonas setzte sich auf einen Stuhl. Er saß nie auf der Eckbank.

»Sie geht nicht mehr ran, wenn ich anrufe«, sagte er. Sein ganzer Körper hatte diese Gradlinigkeit verloren. Als sei sein Knochengerüst in sich zusammengefallen.

»Unterdrück die Nummer«, sagte ich.

Er nickte und stellte sie auf »unbekannt«. Ich rief an.

»Ja?«, fragte Natalie.

»Hier ist Addi.«

»Du schuldest mir noch zwanzig Euro.«

»Geb ich dir morgen in der Schule.«

»Du kannst mich dafür zum Essen einladen«, sagte sie. »Es ist so heiß. Wir könnten uns doch in einen Biergarten setzen.«

»Ich rufe eigentlich aus einem anderen Grund an.«

»Ich würd dich so gern sehen, Addi«, sagte sie mit ihrer Kleinmädchenstimme. »Das mit Jonas war nichts.«

Gut, dass ich das Handy an mein Ohr gepresst hielt. Sonst hätte Jonas etwas gehört.

»Deswegen ruf ich an«, sagte ich. »Jonas sitzt neben mir.«

Von ihr kam nichts mehr.

»Hallo?«, rief ich. »Hallo?«

Nach einer Weile, sagte sie beleidigt: »Das hättest du mir auch gleich sagen können!«

»Ich habs dir doch jetzt gesagt.«

»Aber nicht sofort.«

»Fast aber.«

»Fast ist gar nichts.«

»Ich soll dich fragen, wieso du nicht mehr mit ihm sprichst.«

»Das ist meine Sache.«

»Natalie, glaubst du nicht, dass du diese Frage beantworten kannst?«

»Wieso sollte ich?«, fragte sie schnippisch.

Jonas war mittlerweile ganz blass geworden. Er hielt sich nur noch gerade, weil er sich mit den Armen auf den Tisch stützte.

»Ich kann sprechen, mit wem ich will!«, fuhr sie fort. »Du kannst mir gar nichts sagen.«

»Ich hab dich das gefragt, weil Jonas es wissen will.«

»Wieso fragt er mich dann nicht selbst?«, meckerte sie.

»Weil du nicht mehr mit ihm sprichst.«

»Und was bedeutet das wohl, wenn ich nicht mehr mit ihm spreche?«

»Das soll ich dich ja fragen.« Dieses Gespräch ging mir auf die Nerven.

»Was soll das schon bedeuten? Was meinst du?«

»Was weiß ich. Du bist beleidigt oder so.«

»Natürlich. Ich bin ja immer beleidigt«, sagte sie beleidigt. »Vielleicht spricht man mit einem nicht, weil es nichts mehr zu sprechen gibt?«

»Was meinst du damit? Seid ihr nicht mehr zusammen?«

»Was?«, schrie sie. »Glaubst du, ich bin mit Jonas zusammen gewesen?«

»Jedenfalls habt ihr Händchen gehalten.«

»Wann?«

»Ist ja auch egal. Und wieso sprichst du nicht mehr mit ihm?«

Schweigen. Ich sah Jonas an, der immer mehr einem Häufchen Elend glich. Letztes Mal hier in der Küche war er noch so voller Elan gewesen.

»Weil er denkt, dass wir zusammen sind«, sagte sie. »Aber das stimmt nicht und hat noch nie gestimmt.«

»Ja und«, sagte ich. »Dann wart ihr halt nicht zusammen.« Jonas schreckte hoch. »Das ist trotzdem kein Grund, nicht mehr mit ihm zu sprechen.«

»Dann geh mal in seine Wohnung«, sagte sie. »Weißt du, wo er wohnt? In einem asozialen Haus mit einer schmutzigen Küche.«

Ich sah mich um. Die Küche war alt, aber nicht schmutzig.

»Und seine Eltern sind Asoziale«, sagte sie. »Er hat doch gesagt, dass er seiner Mutter Bier ins Krankenhaus bringt. Da hätten bei mir die Alarmglocken läuten sollen. Die saufen und leben von der Stütze.«

»Na und«, sagte ich.

»Was heißt ›na und‹?«

»Was hat das alles mit Jonas zu tun?«

»Du spinnst doch«, meckerte sie. »Was soll das nicht mit ihm zu tun haben. Mit so jemandem kann man doch nicht zusammen sein.«

»Und jetzt?«, fragte ich.

»Der soll sich eine suchen, die zu ihm passt, aber das findet er bestimmt nicht an unserer Schule.«

»Ist das dein Ernst?«

»Ja.«

»Das hätte ich nicht von dir gedacht, Natalie.«

»Denk, was du willst«, sagte sie und legte auf.

Natalie war sich also zu gut für Jonas. Und ich hatte gedacht, dass Jonas der perfekte Freund für jedes Mädchen sei. War er ja auch, abgesehen von seinen Eltern. Dabei waren meine Eltern noch viel verrückter als seine. Und Natalies Eltern auch. Ich war mir sicher, dass Jonas' Eltern sich nicht prügelten und dass sein Vater kein Tyrann war. Ob Natalies Mutter Tabletten nahm oder Jonas' Mutter trank, machte doch keinen Unterschied. Gut, Natalies Vater verdiente mehr Geld. Ihr Haus war schick mit Sauna und Swimmingpool. Aber war das denn so wichtig?

»Das hörte sich nicht gut an«, sagte Jonas. »Was hat sie gesagt?«

So eine Scheiße. Wie sollte ich das alles nett umformulieren?

»Sie hat gesagt, sie hätte leider gemerkt, dass ihr beide doch nicht so gut zusammenpasst.«

»Woher will sie das so schnell wissen?«, fragte er. »Wir haben uns doch noch gar nicht richtig kennengelernt.«

Ich trank einen Schluck Kaffee, um Zeit zu gewinnen.

»Sie merkt so was sehr schnell. Deswegen hält sie es für besser, wenn man nicht mehr miteinander spricht.«

»Aber wieso hat sie mir das nicht selbst gesagt?«

»Frauen sind so«, sagte ich.

»Vielleicht kann ich sie doch noch überzeugen«, sagte er.

»Vergiss es«, sagte ich.

»Wieso so plötzlich?«, fragte er. »Vorgestern war alles noch in Ordnung.«

»Es ist halt so.«

»Ich verstehe das nicht.«

Er sagte nichts mehr und fing an zu heulen. Ich hätte nie gedacht, dass der vernünftige Jonas das überhaupt konnte: heulen. Er heulte immer stärker. Er heulte wie ein Wolf und ein schreiendes Baby zugleich, und ich wusste nicht, was ich tun sollte. Ich konnte ihm keine Hoffnung machen. Natalie fand sich zu gut für ihn, und davon ließ sie sich nicht abbringen.

Es hatte mir noch nie gefallen, andere heulen zu sehen. Aber den sachlichen Jonas so zu sehen übertraf doch alles. Das war genauso abwegig, als würde sich die Queen bei einer öffentlichen Veranstaltung plötzlich die Kleider vom Leib reißen.

Jonas ließ sich vom Stuhl fallen. Er lag da wie ein kleines Kind und trommelte mit den Fäusten auf den Boden. Zwischen dem Heulen hörte ich manchmal ein ersticktes »Wieso?«.

»Jonas«, sagte ich.

Er schien aber nichts mehr zu hören.

»Jonas, beruhig dich doch«, versuchte ich es noch mal, doch er heulte weiter. Ich wartete noch etwas, aber es wurde nicht besser. Mir blieb nichts anderes übrig, als seine Eltern zu holen.

Ich ging aus der Küche in den Flur und blieb vor der Wohnzimmertür stehen. Fernsehgeräusche kamen aus dem Zimmer. Ich klopfte.

»Jonas?«, fragte die Mutter.

»Nein, hier ist Jonas' Freund«, rief ich und öffnete die Tür. Qualm kam mir entgegen. Auf einem biederen Sofa mit Kordeln saß eine fette Frau mit Gipsarm und neben ihr ein Mann mit Schnauzbart. Auf dem altmodischen Kacheltisch vor ihnen standen leere Burger-Verpackungen herum. Der Fernseher flimmerte. Hinten am Fenster stand ein Wäscheständer.

»Wer sind Sie?«, fragte der Mann.

»Ein Freund von Jonas.«

»Wo ist denn Jonas?«, fragte die Frau.

»Er liegt in der Küche.«

»Ja und, ist er hingefallen?«, fragte die Frau.

»Er … weint heftig«, sagte ich.

»Habt ihr euch gestritten?«, fragte der Mann und legte seine

Zigarette im Plastikaschenbecher ab. Er stand auf und ging mit mir mit.

In der Küche lag Jonas immer noch auf dem Boden.

»Mein Junge«, sagte sein Vater, aber Jonas reagierte nicht.

»Was hast du mit ihm gemacht?«, fragte mich der Vater streng.

»Nichts. Seine Freundin hat mit ihm Schluss gemacht.«

»Freundin? Ach das hübsche Mädchen, das mal da war?«

Ich nickte.

»Jonas«, sagte der Vater. »Jonas, steh bitte auf.«

Natürlich stand Jonas nicht auf.

»Und nun?«, fragte ich.

»Das wird schon wieder aufhören«, sagte der Vater und ging wieder ins Wohnzimmer.

Arschloch, dachte ich. Hauptsache weiter in die Glotze schauen, während dein Sohn hier total ausflippt.

»Jonas«, versuchte ich es wieder, »such dir 'ne andere.«

Er heulte weiter.

Ich wählte noch mal Natalies Nummer. Wahrscheinlich würde sie aber nicht mehr rangehen.

Nach mehrmaligem Tuten meldete sie sich aber doch: »Ja?«

»Jonas heult ohne Ende. Ist es das, was du wolltest?«

»Auf heulende Kerle steh ich sowieso nicht«, sagte sie und legte auf.

Na toll. Wieso musste ich immer in so eine Scheiße geraten. Ich setzte mich neben ihn auf den Boden.

»Jonas, hör mir mal zu«, sagte ich. »Meine Traumfrau war letztendlich auch nicht meine Traumfrau.«

Er reagierte nicht.

»Du kennst doch Alicia«, fuhr ich fort. »Du weißt doch, dass ich mich für sie geprügelt habe. Was aber niemand weiß, ist, dass ich sie seit einem halben Jahr, na ja … geliebt habe. Aber es war eine Fata Morgana wie bei Natalie und dir. Du hast wenigstens ein paar gute Tage mit Natalie gehabt, aber ich hatte nur ein ödes Eisessen. Manchmal frage ich mich, was ich überhaupt an ihr gefunden habe. Früher habe ich gedacht, ich würde alles für sie tun. Ich habe mir immer eingebildet, dass sie die Einzige ist, die mich versteht. Aber jetzt sollte ich plötzlich einen Deal mit ihren Brüdern machen und sie in einem Jahr heiraten. Irgendwie liebe ich sie immer noch, was totaler Quatsch ist. Dabei ist mir aber klar geworden: Sie ist überhaupt nicht so, wie ich sie mir vorgestellt habe. Das ist nur meine Fantasie gewesen.«

Jonas wurde langsam ruhiger. Vielleicht waren meine Worte zu ihm durchgedrungen, vielleicht wurde er aber auch einfach müde.

»Jonas«, sagte ich. »Die Menschen sind nun mal nicht so, wie man sie sich in seinen Träumen ausmalt. Natalie sieht aus wie ein Engel, aber ist eine Schnepfe. Alicia sieht aus wie eine Königin, ist aber total berechnend. Sie spricht so, als gäbe es nur Pros und Contras und keine Gefühle. Ich glaube, sie versteht mich kein bisschen. Das Leben ist so. Wir müssen uns damit anfreunden. Schau mal. Du bist doch auch so.«

Er wurde nun ganz ruhig, atmete noch nicht einmal mehr so stark ein und aus. Ich wusste, dass ich ihn neugierig gemacht hatte. Er fragte sich, wieso er so war wie Natalie und Alicia.

»Siehst aus wie Harry Potter und kannst nicht zaubern«, sagte ich.

Ich glaubte, ein leichtes Grinsen auf seinem Gesicht zu erkennen.

»Sieh mal«, sagte ich. »Nach dem ›Wieso‹ musst du nicht fragen. Was ich meine, ist, du solltest das nicht fragen: ›Wieso ist Natalie jetzt so?‹ Natalie war schon immer so. Sie ist nicht plötzlich anders geworden. Sie war für dich doch nicht Natalie, sondern nur eine Hülle, in die du alle deine Fantasien gestopft hast. Dass sie nett ist und verständnisvoll, vielleicht auch noch gern mit dir Schach spielt. Diese Natalie hat es nie gegeben. Jetzt hast du die wahre Natalie kennengelernt, und das ist doch auch etwas: die Wahrheit zu erfahren.«

Jonas stand langsam auf. Dann ging er raus.

Ich hörte Wasser laufen. Kurze Zeit später kam er wieder rein. Von seinem Anfall eben sah man nicht mehr viel. Gut, er hatte noch rote Augen. Er sah aus wie nach einer durchzechten Nacht. Aber wenigstens heulte er nicht mehr.

»Das hätte ich nie gedacht«, sagte Jonas leise.

Ich war froh, dass er wieder sprach.

»Was?«

»Dass du mal solche Sachen sagst«, meinte er.

»Wieso nicht?«, fragte ich.

»Weiß nicht«, sagte er, stand auf und setzte noch mal Kaffee auf.

Als der zweite Kaffee durchgelaufen war, tranken wir ihn schweigend. Draußen war es noch hell.

»Komm, lass uns etwas durch die Straßen laufen«, sagte ich. »Das bringt uns auf andere Gedanken.«

Jonas schien das einzusehen. Dass es manchmal keinen Sinn machte, sich Gedanken über seine Gedanken zu machen.

Er spülte das Geschirr ab, und wir zogen los. Natalies Idee war gar nicht so schlecht gewesen: Biergarten. Ich überlegte, was infrage kam. Ich schlug Ferdis Pizzapinte vor. Da konnten wir vorher durch die Stadt gehen, durchs neue Bahnhofsviertel und noch paar Runden im Nordpark drehen. Jonas war einverstanden. Aber er wäre jetzt wohl mit allem einverstanden gewesen.

Als wir an der Fußgängerampel gegenüber der Buchhandlung Struppe und Winkler standen, ging wieder die Kneipentür auf. Es kamen einige Glatzen heraus, und ich dachte: Das fehlt mir noch. Aber Manni und sein Kumpel waren dieses Mal nicht darunter.

Im neuen Bahnhofsviertel war die Hölle los. Jeder Platz in den Schickimicki-Cafés war besetzt. Aus einem Café tönte Buena Vista Social Club, was zu dem warmen Abend passte. Wir gingen auf die schmale Brücke des Ostwestfalendamms zu. Hier, nur ein paar Meter hinter dem Vergnügungsviertel, war die Gegend schon wieder dunkel und verlassen. Überall wuchs Gestrüpp, und die paar intakten Straßenlaternen gaben nur wenig Licht. Ich rannte über die Brücke, und Jonas rannte hinterher.

»Was rennst du denn so?«, keuchte er. »Hast du die Ratte im Gebüsch gesehen?«

»Was für eine Ratte?«, fragte ich zurück.

»Da war eine Monster-Ratte im Gebüsch.«

»Ich hab keine Angst vor Ratten.«

»Höhenangst«, sagte Jonas.

»Nein, Zusammenbruchs-Angst.«

»Das gibts?«, fragte er, während wir weitergingen. »Ist aber auch nicht merkwürdiger als Arachnophobie. Wieso man bloß Todesangst hat, wenn man Spinnen sieht?«

»Spinnen sind halt hässlich«, sagte ich.

»Ich hab was festgestellt, was noch nie jemand festgestellt hat«, sagte Jonas wieder in einem typisch sachlichen Jonas-Ton. »Bisher hat es immer gepasst.«

»Ach ja?«

»Du hast also keine Angst vor Ratten?«, fragte er.

»Nö.«

»Findest du Spinnen nur hässlich oder hast du auch Angst vor ihnen?«

»Sie sind hässlich und … ekelig«, sagte ich.

»Ekel ist doch auch Angst«, sagte Jonas.

»Wenn du das sagst.«

»Siehst du«, sprach er weiter. »Auch du bestätigst meine Theorie.«

»Theorie« klang hochtrabend.

»Noch in den Nordpark oder gleich zu Ferdis?«, fragte ich an der Straßenkreuzung.

»Gleich hin.« Wir gingen also geradeaus zum Biergarten.

Alle Tische waren besetzt. Aber zwei Leute an dem Tisch ganz hinten links machten Anstalten zu gehen. Sie zahlten und standen auch wirklich auf. Wir gingen schnell hin und setzten uns.

»Was besagt deine Theorie?«, fragte ich ihn.

Er schaute über die schmutzigen Teller und Gläser hinweg, als wäre das, was er jetzt sagen würde, eine gewaltige Erkenntnis für die Menschheit.

»Meine Theorie ist«, sagte er, »dass Menschen, die vor Spinnen Angst haben, keine Angst vor Ratten haben und umgekehrt. Die Menschen, die Angst vor Ratten haben, haben keine Angst vor Spinnen.«

»Und was fängt man mit dem Wissen an?«, fragte ich ihn.

»Das muss ich mir noch überlegen«, sagte er.

Die Bedienung kam und räumte die Sachen ab. Ich bestellte mir ein Bier und den gemischten Vorspeisenteller mit Huhn, Erdnusssoße, Salat, Tzaziki und Oliven. Jonas bestellte sich ein Wasser und fragte mich, ob er auch den Vorspeisenteller bestellen sollte.

»Mach doch«, sagte ich. »Ist jedenfalls kein Big Mäc.«

Es war das erste Mal in diesem Jahr, dass ich im Biergarten saß. Das hätte ich schon eher tun sollen. Es war so friedlich und belebend zugleich.

Wir plauderten angenehm, und es war ein richtiges Plaudern. Nicht das, was mein Vater unter »plaudern« verstand. Jonas wollte mir demnächst Schach beibringen und auch mal mit Laufschuhen vorbeikommen, damit wir zusammen durch den Wald joggen konnten. Er schien Natalie für kurze Zeit vergessen zu haben.

Nach einigen Stunden gingen wir die Strecke zurück, und ich rannte wegen meiner Zusammenbruchs-Phobie wieder wie ein Irrer über diese schmale Brücke.

Die Turteltauben

Ralph hatte es geschafft. Er hatte mit seiner Rosenfressaktion Jaquelines Herz erobert. Er schrieb während der Schulstunden Zettelchen und warf sie nach vorne auf ihren Tisch. Manche landeten hinter oder neben ihr, aber er schrieb dann einfach neue Zettel. Jessica, die neben Jaqueline saß, tat so, als würde sie nichts merken.

Ralph hatte mir die ganze Geschichte erzählt. Er hatte vorgestern Nacht die anderen im Garten sitzen gelassen und war mit Jaqueline in sein Zimmer verschwunden. Sie hatten stundenlang geknutscht. Er hatte auch etwas gefummelt, aber mehr nicht.

»Was sagst du dazu?«, fragte er freudestrahlend.

Hast einen schlechten Geschmack, wollte ich dazu sagen. Aber ich war schließlich kein Spielverderber.

»Was hat deine Mutter zu den Rosen gesagt?«, fragte ich.

»Die kommt erst morgen wieder«, maulte er. »Und hör doch mit meiner Mutter auf. Ist das nicht geil? Ist die nicht süß?«

Jaqueline ist eine noch größere Zicke als Natalie, dachte ich. Und dazu noch nicht mal hübsch.

In der Pause sah ich Jonas mit einem pickeligen Jungen aus seiner Klasse zusammenstehen. Natalie kam auf mich zu, und ich zückte mein Portemonnaie und drückte ihr zwei Zehn-Euro-Scheine in die Hand.

Sie öffnete den Mund, um etwas zu sagen, steckte dann aber das Geld ein und ging wortlos weg.

Ralph knutschte in der Pause mit Jaqueline weiter, als wäre er nicht auf dem Schulhof, sondern in seinem Zimmer. Ich sah wieder zu den Plätzen, an denen Alicia nicht mehr war. Kevin lief mit ein paar Jungs rum, die noch kleiner waren als er. Die zwei Zicken, Andrea und Laura, die doch nicht von der Schule verwiesen worden waren, standen mit ein paar Mädchen herum und lästerten über alle anderen. Simon trug immer noch seinen Gips. Er stand bei ein paar Gestalten, die gammelig aussahen. Jessica hatte sich für diese Pause eine andere beste Freundin gesucht, da Jaqueline ja mit Ralph beschäftigt war. Frau Engelmann hatte wieder Aufsicht, diesmal aber keine Stöpsel im Ohr. Sie ging auf dem Schulhof herum und schaute sich um, als sei sie ein Detektiv.

Ich aß meine Hanutas und dachte an das Fußballspiel am Samstag. Bayern München kam nach Bielefeld. Das war ein Ereignis. Auch Lukas hatte zwei Karten bekommen. Wir würden zu viert gehen, und dann würden – scheiße. Jessica kam auf mich zu.

»Vorletzte Nacht«, sagte sie, »da war ich nur betrunken.«

»Was anderes hab ich auch nicht gedacht.«

»Ich will nicht, dass du denkst, dass ich …«, sie stutzte und rang nach irgendeinem Wort, »dass ich hinter dir her bin.«

»Schon verstanden«, sagte ich.

»Du bist auch überhaupt nicht mein Typ. Ich mag große, kräftige Männer.«

»Klar«, sagte ich.

»Weil ich selber so groß bin.«

Konnte sie nicht einfach alles auf sich beruhen lassen?

»Es gibt nichts an dir, was mich anzieht«, sprach sie weiter. »Das ist jetzt nicht persönlich gemeint. Nur damit du nicht denkst –«

»Ich denke gar nichts.«

»Dann ist ja gut. Nicht dass du denkst, ich gehöre zu deinen … Verehrerinnen. Nicht dass du damit rumprahlst und –«

Der Gong zum Pausenende ertönte, und ich ging Richtung Türen.

Zu Hause setzte ich mich auf die Terrasse. Ich hätte so gerne einen Kaffee getrunken. Wieso hatte meine Mutter noch keinen neuen Automaten besorgt? So ging das nicht weiter. Ich beschloss, heute noch irgendwo Instant-Kaffee zu kaufen. Ich stellte einen weiteren Stuhl vor mich hin und legte meine Beine darauf. So war es wie im Liegestuhl. Die Sonne knallte nicht mehr so stark. Der Himmel war weißgrau, die Luft etwas abgekühlt. Vielleicht würde es heute Abend regnen.

Ich schlief ein. Meine Mutter weckte mich.

»Addi mein Schatz«, sagte sie und gab mir einen schmatzenden Kuss. »Endlich sieht man sich mal wieder. Ich sollte dir deinen Zimmerschlüssel wegnehmen.«

Ich versteckte den Schlüssel schon seit Langem, wenn ich wegging. Und hätte ich mich nicht einschließen können, wäre ich schon längst weg.

»Ich mache heute Schnitzel mit Salzkartoffeln und Salat. Das magst du doch ganz gerne.«

Sie ging in die Küche und brutzelte. Sie führte irgendwas im Schilde. Wenn sie was von mir wollte, ging ihre Stimme immer um eine Oktave nach oben.

Nach einiger Zeit kam sie mit einem Tablett raus. Sie deckte den Tisch, holte noch die Salatschüssel, die Kartoffelschüssel und die Platte mit den Schnitzeln.

»Dann lass es dir schmecken, mein Schatz.«

Ich dachte an den Spruch, den wir früher vor dem Essen aufgesagt hatten. Als ich noch klein war, hielten wir uns an den Händen und sagten vor dem Essen: »Piep piep piep, wir haben uns alle lieb – guten Appetit!«

Heute konnte ich mir gar nicht mehr vorstellen, dass wir so etwas jemals gesagt hatten.

Als ich das Schnitzel verdrückt hatte, sagte sie: »Du hast doch Samstag Zeit, Addi?«

»Ich geh Samstag auf die Alm.«

»Aber doch nicht abends!«

»Nö.«

Ihre Stimme ging noch weiter nach oben.

»Ich habe einen neuen … Freund, wie du schon weißt. Er feiert Samstag seinen Geburtstag, und es wäre schön, wenn ihr euch mal kennenlernt.«

Na toll, dachte ich. Das Wochenende war gelaufen.

»Und wenn ich keine Zeit habe?«, fragte ich.

»Du hast Zeit!« Ihre Stimme war wieder nach unten gerutscht.

Also ist es keine Frage, sondern ein Befehl, dachte ich.

Sie zeigte mit dem Schnitzelmesser auf mich. »Es ist mir egal, ob du Zeit hast. Du hast auf jeden Fall zu kommen.«

»Und, wie heißt er?«, fragte ich. Es war mir ziemlich egal, wie ihr Lover hieß.

Sie schien aber wieder besänftigt.

»Hartmut«, sagte sie, und ich musste mir auf die Zunge beißen, um nicht loszulachen. Der Name hatte mich schon immer zum Lachen gereizt, aber in dieser Kombination war es noch komischer. Dieser harte Kerl hieß »Hartmut«.

»Wie alt wird er?«, fragte ich. Ich hasste mich für meine Schleimerei.

Sie lächelte zufrieden. »Dreiundvierzig wird er.«

»Was macht er?«

»Ich kenn ihn eigentlich schon seit Langem. Wir waren zusammen in der Ausbildung. Er arbeitet auch im Krankenhaus, aber in einer anderen Abteilung.«

»Der ist Krankenpfleger?« Der sah eher aus wie ein Knacki.

»Na und«, sagte sie. »Ich bin auch Krankenschwester, was dagegen?«

Wenn sie so einen Ton draufhatte, sagte man besser nichts. Sie bekam dann alles in den falschen Hals.

»Da sind nicht nur alte Leute auf der Feier«, sprach sie weiter. »Du wirst dich schon amüsieren.«

Was sie nicht alles unter »amüsieren« verstand.

Vielleicht konnte ich es schmerzlos machen. Kurz hingehen, gratulieren, etwas essen und dann klammheimlich abhauen. Es war mir egal, ob sie einen Lover hatte. Aber wieso musste sie mir damit das Wochenende versauen?

Ich fragte mich, ob es nicht doch besser gewesen wäre, zu meinem Vater zu ziehen. Aber dann dachte ich wieder an sein »Plaudern«.

Nach dem Essen zog ich mich in mein Zimmer zurück, schloss ab und rief Alicia an.

»Ja?«, meldete sie sich.

»Hier ist Addi.«

»Hallo.«

»Ja, hallo«, sagte ich.

Sie schwieg, und ich überlegte auf Hochtouren, was ich sagen könnte. Das hätte ich mir besser vor dem Wählen überlegen sollen.

»Ich hab ganz vergessen, dich etwas zu fragen«, sagte ich.

»Was denn?«

»Wie ist es auf der neuen Schule?«.

»Ganz gut.«

»Sind die Leute da netter?«

»Geht so.«

»Hast du Lust, mal wieder Eis essen zu gehen?«

»Ich weiß nicht.«

»Eisessen ist doch nichts Schlimmes«, sagte ich.

Sie ging gerade eine Straße entlang. Ich hörte Autos fahren und vorüberziehende Gespräche. Wieso wollte ich überhaupt wieder mit ihr Eis essen? Es war letztes Mal schon so mühselig gewesen. Dieses Telefongespräch jetzt war auch mühselig. Sie bemühte sich nicht, das Gespräch am Laufen zu halten und gab immer nur kurze Antworten.

»Ich überlege es mir«, sagte sie endlich.

»Ja, mach das«, sagte ich und legte auf.

Draußen wurde es dunkel wie bei einer Sonnenfinsternis. Die ersten Regentropfen prasselten nieder, und dann kam die Sintflut runter. Aus irgendeinem Grund fühlte ich mich erleichtert. Es prasselte jetzt so stark, dass es richtig laut wurde. Ich nahm meinen großen schwarzen Regenschirm aus der Ecke, den mir Oma kurz vor ihrem Tod geschenkt hatte, und wählte noch mal Alicias Nummer.

»Ja?«, fragte sie.

»Lass uns Eis essen gehen.«

»Natürlich, was auch sonst«, sagte sie ironisch.

Das wunderte mich jetzt wirklich. Ich hatte gedacht, dass sie Ironie gar nicht kannte.

»Wieso nicht?«, fragte ich.

Wieder nur Regenprasseln.

Nach zehn langen Sekunden sagte sie: »Ich stehe vor einem Laden und komme nicht weg.«

»Weil du grad ein Bärenkostüm trägst, um für den Laden Werbung zu machen?«

»Was?«, fragte sie.

»War nur ein Witz. Wo bist du denn?«

»Vielleicht hörts gleich auf.«

»So ein Sommerschauer kann Stunden dauern.«

Ich sah aus dem Fenster. Es goss immer noch wie aus Kübeln.

»Ich steh vor einer Buchhandlung«, sagte sie, »in Brackwede.«

Ich sprang auf. Trieb sie sich in Brackwede rum, weil sie mir über den Weg laufen wollte? Ihre Brüder hatten ihr bestimmt erzählt, dass ich in Brackwede wohnte. Dann dachte ich an die Buchhandlung. Sie war am anderen Ende der Hauptstraße, gar nicht in der Nähe unserer Wohnung.

»Die Buchhandlung *Klack* an der Hauptstraße?«, fragte ich.

»Ja.«

Ich schaute auf meinen Regenschirm und sagte: »Ich habe einen Schirm. Er ist groß genug für uns beide.«

Sie schwieg. Ich hatte das Gefühl, dass der Regen mit noch größerer Wucht auf die Straße prasselte.

»Warte dort«, sagte ich. »Ich bin in zehn Minuten da.«

Sie schwieg immer noch.

Wer schweigt, bleibt dort, sagte ich mir und ging los.

Das Gehen im prasselnden Sommerregen war herrlich. Kleine Tropfen prallten immer wieder vom Schirm ab. Ich fühlte die Gischt auf den Unterarmen. Es war warm und erfrischend zugleich.

Das Wasser floss in kleinen Bächen den Gehsteig entlang. Alle

Menschen ohne Schirm standen unter den Vordächern der Geschäfte und warteten. Ich hatte auf dem Gehweg freie Bahn.

Als ich am Buchladen ankam, stand Alicia immer noch davor. Sie trug ein dünnes weißes Sommerkleid und Sandalen.

»Zur nächsten Haltestelle ist es zu weit bei diesem Regen«, sagte sie. Vielleicht wurde sie heute doch gesprächiger.

Der Regenschirm war groß, aber nicht so groß wie ein Sonnenschirm. Sie musste dicht neben mir gehen, damit ihre Schulter nicht nass wurde.

Das Gehen war so schön, ich wollte am liebsten immer weiter gehen.

»Lass uns doch bis zur Gaswerkstraße gehen«, schlug ich vor. »Die Bahn kommt sowieso noch nicht.«

Ich wusste nicht, wie spät es war, aber sie hatte nichts dagegen. Auf halbem Weg zur Gaswerkstraße fuhr die Bahn an uns vorbei.

»Die ist viel zu früh«, sagte ich.

Als wir ankamen und auf die nächste Bahn warteten, fragte ich mich, ob sie nun mit mir Eis essen ging oder nicht. Wenn es nur darum gegangen wäre, sie mit meinem Schirm zur Haltestelle zu begleiten, müsste ich nicht mit in die Bahn steigen.

»Eis essen?«, fragte ich sie.

Sie schaute zu mir hoch und sagte: »Du bist wohl Eis-süchtig.«

Mir fiel auf, dass sie sehr lange schwarze Wimpern hatte. Dass ihre Augen rund und groß waren. Ich hatte Lust, ihr über die Wange zu streichen. Ich sagte nichts.

»Wieso immer Eis essen?«, fragte sie. Sie fühlte sich wahrscheinlich verpflichtet, mit mir zu sprechen, weil sie unter meinem Schirm stand.

»Wir können auch was anderes essen«, sagte ich, »oder was trinken. Wir können zusammen spazieren gehen, ins Kino oder Bowling spielen. Wir können alles tun.«

Sie lachte, und das gab mir ein gutes Gefühl.

Das Gefühl der Richtigkeit

Die Bahn kam, und Alicia ging auf sie zu, um einzusteigen. Ich ging mit dem Schirm hinter ihr her und hielt ihn so weit nach vorne, dass er sie ganz bedeckte, dafür aber mich nicht mehr. Der Regen tropfte vom Schirm herunter auf meinen Rücken.

Wir fanden noch zwei Plätze nebeneinander. Sie hatte den Fensterplatz und sah die ganze Zeit auf die vorüberziehenden Häuser. Es war ein ganz anderes Gefühl, neben ihr zu sitzen als neben Natalie. Es fühlte sich einfach richtig an. Das Sich-richtig-anfühlen war nicht nur wie das Gerne-neben-jemandem-sitzen: Die Welt hatte ihre Ordnung. Da störte es mich auch nicht mehr, dass mein T-Shirt nass war und an meinem Rücken klebte.

Bei Bethel stieg Balduin ein. Ich hoffte, dass er mich nicht sah. Aber er winkte mir schon auf seine typische Art zu.

Er setzte sich uns gegenüber. Ich schaute Alicia an, aber sie verzog ihr Gesicht nur für eine Sekunde und versuchte dann wieder unangeekelt zu wirken.

»Wie ein Elefant im Zirkus«, piepste Balduin.

Alicia guckte ihn überrascht an und fragte sich wohl, ob sie gemeint war. Sie bemerkte, dass Balduin mich anschaute, und schien verwundert, dass ich ihn kannte.

»Was?«, fragte ich Balduin.

»Wie ein Elefant im Zirkus«, wiederholte er. »Ich sehe aus wie ein Elefant im Zirkus.«

»Das stimmt«, sagte ich, wusste aber nicht, worauf er hinauswollte. Langsam erinnerte ich mich aber doch.

»Das war doch der letzte Satz«, piepste er weiter. »Den sollte ich mir merken, damit wir beim nächsten Mal mit unserer Konversation fortfahren können.«

Er hatte wirklich ein Elefantengedächtnis. Aber jetzt passte es mir nicht!

Alicia tat so, als würde sie sich auf die vorüberziehenden Häuser konzentrieren, aber ich merkte, dass sie sich eigentlich auf mich und Balduin konzentrierte. Wenigstens lief sie nicht weg. Aber das Mädchen neben Balduin stand auf und ging.

»Verliebtheit«, piepste Balduin. »Ich bin nicht verliebt wie die Kaninchen, sondern wie ein Elefant.«

Das fand Alicia nun doch so komisch, dass sie nicht mehr aus dem Fenster schaute, sondern jetzt Balduin aufmerksam musterte.

»Und du bist verliebt in ein fünfzehnjähriges Mädchen namens A.«, fuhr er fort.

Jetzt schaute Alicia abwechselnd zu Balduin und zu mir. Ich wäre am liebsten wieder in eine Toilettenkabine geflüchtet.

»Das hast du dir falsch gemerkt. Sie ist sechzehn und heißt B.«, sagte ich.

»Nein!«, piepste er. »Fünfzehn und A.!«

Super, dachte ich. Er hätte auch gleich »Alicia« sagen können, »das Mädchen, das grad neben dir sitzt«. Es war klar, wer gemeint war.

»Lass uns über Elefanten sprechen«, sagte ich ergeben.

»Au ja«, sagte Balduin. Wenigstens ließ er sich leicht ablenken. Hätte ich das doch schon vor seinem verhängnisvollen Satz gewusst. »Gehen wir wieder da oben hin, in dieses Café mit den Kringelkeksen?«

Ich fragte mich, was er mit »Kringelkeksen« meinte. Ach ja, die Donuts.

»Du, ich hab grad keine Zeit«, sagte ich. »Lass uns das ein andres Mal machen.«

»So ein Hunger!«, jammerte er, aber das war mir heute egal. Ich wollte mit Alicia allein sein. Außerdem hatte er sowieso hundert Kilo zu viel. Und ich hatte vergessen, Geld einzustecken. Ich hatte höchstens zwanzig Euro dabei.

Scheiße, dachte ich. Was nun, wenn Alicia richtig essen gehen will? Und danach ins Kino? Und dann zum Bowlen? Und danach ins Glückundseligkeit?

Ich hatte ihr gesagt, dass wir alles machen könnten. Und jetzt war meine Klappe größer gewesen als mein Geldbeutel. Heute trafen mich also die zwei größten Peinlichkeiten meines Lebens an einem Tag.

»Ich kann wirklich nicht«, sagte ich.

»Oh«, rief Balduin enttäuscht aus.

Alicia hatte sich das alles interessiert angeschaut. Balduin stank bei diesem nassen Wetter noch mehr als sonst. Sein Anzug war klatschnass. Von seinem Kopf liefen immer wieder Regentropfen auf sein Gesicht. Er stank heute süß-sauer-modrig.

»Wo ist das Café mit den Kringelkeksen?«, fragte Alicia.

Ich wunderte mich, dass sie das fragte.

»Buchhandlung Boulevard«, sagte ich. »Und die Kringelkekse sind Donuts.«

»Dann gehen wir alle zusammen ins Boulevard«, sagte Alicia.

»Was?«, fragte ich ungläubig.

»Au ja«, sagte Balduin. Dann starrte er Alicia an, und man sah deutlich, wie es klick-klick-klick bei ihm machte: Alicia war nicht nur ein Fahrgast, der zufällig neben mir saß, sondern wir gehörten zusammen. Er sah mich wieder an und sagte: »Oh, Entschuldigung.«

Zwar hatte er nicht gesagt, wofür er sich entschuldigte, aber mir war klar, dass ihm sein Satz mit der »fünfzehnjährigen A.« leidtat. So viel Feingefühl hatte ich ihm gar nicht zugetraut.

»Schon gut«, sagte ich.

»Einverstanden?«, fragte Alicia.

Ich konnte sie nicht anschauen, denn sie drehte mir das Gesicht zu. Hätte ich ihr mein Gesicht auch zugewandt, hätte ich jede einzelne Wimper über ihren Augen zählen können. Also starrte ich gradeaus auf Balduin und fragte: »Womit?«

»Hm?«, fragte Balduin, weil er sich angesprochen fühlte.

»Dass wir ins Boulevard gehen und Donuts essen«, sagte Alicia.

»Au ja«, piepste Balduin wieder.

Das Boulevard war nicht billig, auch wenn man sich alles selbst von der Theke holen musste. Wenn Balduin wieder zehn Donuts aß, einen teuren Caffè Latte koffeinfrei für vier Euro trank, Alicia zwei Donuts und auch einen Caffè Latte bestellte, dann war das schon über meinem Budget. Und – wieso wollte sie Balduin überhaupt mitnehmen?

Während wir im Jahnplatztunnel auf der Rolltreppe standen, überlegte ich mir, dass ich Klartext reden musste. Ich konnte nicht erst die Spendierhosen anhaben und mir dann kleinlaut was von Alicia leihen. Ich wusste außerdem überhaupt nicht, ob sie etwas dabeihatte. Es half nichts. Ich musste sagen: Sorry Leute, aber schaut auf die Preise. Nicht für mehr als zwanzig Euro bestellen. Natürlich waren zwanzig Euro für drei Leute zum Kaffeetrinken nicht wenig, aber viel zu wenig für ein Großmaul, das vorher gesagt hatte, wir können alle Dinge dieser Welt tun.

Als wir oben angekommen waren, regnete es immer noch. Die Leute standen immer noch vor den Geschäften. Eine einzelne Gestalt ging mitten durch die Fußgängerzone. Es war mein Vater. Seine Haare hingen ihm in nassen Strähnen herunter. Sein kurzärmeliges Hemd war völlig durchnässt. Er sah aus, als sei er in einen Swimmingpool gefallen, und ging stur geradeaus.

»Wartet hier«, sagte ich, ließ die beiden stehen und lief ihm hinterher.

Auf der anderen Straßenseite, vor Pizza Hut, hatte ich ihn endlich eingeholt und tippte ihm von hinten auf die Schulter. Er drehte sich um und sah mich ausdruckslos an.

»Addi«, sagte er, als hätte er mich erst jetzt erkannt.

Ich hatte den Schirm noch nicht aufgeklappt und war auch schon nass.

»Willst du den Schirm nehmen?«, fragte ich.

Er schüttelte den Kopf und sagte: »Es hat jetzt auch keinen Sinn mehr.«

Vorhin hatte ich noch gedacht, da geht mein Vater, was für ein Glück, jetzt kann ich mir Geld leihen. Aber jetzt …

»Nimm ihn trotzdem«, sagte ich.

Er nahm ihn wirklich und ging wortlos mit dem geschlossenen Schirm weiter. So sah er noch komischer aus. Ein klatschnasser Mann im Regen mit einem großen, ungeöffneten Schirm in der Hand.

Ich trottete zurück. Alicia lachte gerade. Balduin musste etwas Witziges gesagt haben. Und nun musste ich auch meinen Witz loswerden: »Bitte jeder nur einen Caffè Latte und einen Donut«, sagte ich. »Ich hab nur zwanzig Euro.«

Mein Vater würde sagen: »Zwanzig Euro sind doch vierzig Mark.

Wie können vierzig Mark nicht reichen, um zu dritt Kaffee trinken zu gehen?«

Das fragte ich mich jetzt auch. Ein Caffè Latte kostete vier Euro. Jonas hatte mir erzählt, dass er samstags und sonntags Zeitungen austrug für ungefähr fünf Euro fünfzig die Stunde. Andere mussten also fast eine Stunde arbeiten, um einen Kaffee bezahlen zu können.

»Pervers«, sagte ich und Alicia schaute mich groß an.

»Tschuldigung«, sagte ich. »Hab nur laut gedacht.«

»An was Perverses?«, fragte sie.

»Ja, nein«, sagte ich.

»Ich zahle für mich selbst«, sagte Alicia. »Du musst mich nicht einladen.«

Oh Gott, an diesem Tag nahmen die Peinlichkeiten wirklich kein Ende.

»Ich kann nicht selber zahlen«, jammerte Balduin. »Ich habe nichts.«

»Ich hab euch gebeten, nur einen großen Caffè Latte und ein Donut zu nehmen. Ich hab nicht gesagt, dass jeder für sich selbst zahlt«, maulte ich.

»Ui, gut«, piepste Balduin.

»Ich will mich nicht immer einladen lassen«, sagte Alicia.

Jeder Mensch ist eine Zahl

Wir gingen rein und stellten uns auf die steile Rolltreppe. Balduins Gestank wehte mir noch stärker entgegen. Frauen hatten ja eine feinere Nase. Wieso hielt Alicia das aus? Und wieder ärgerte ich mich, dass ich denselben Fehler wie letztes Mal gemacht hatte. Ich hätte mit ihm zu Karstadt gehen und ihn in der Parfümabteilung kräftig einsprühen sollen.

Als wir oben waren, bestellte sich Alicia einen Cappuccino und bezahlte selbst, was mich kränkte. Balduin konnte fünf Donuts und einen Latte koffeinfrei bestellen, da Alicia ja nichts verbrauchte, und ich nahm mir auch einen Cappuccino. Wir setzten uns ans Fenster. Die Aussicht war schließlich das Beste an diesem Café.

Ich fragte mich, was in Balduins Kopf vorging. Er hatte kapiert, dass seine Äußerung mit der fünfzehnjährigen A. schlimm gewesen war. Aber wenn er wusste, dass ich in A. verliebt war und das Mädchen neben mir nun A. war, dann hätte er doch auch so feinfühlig sein können, uns allein zu lassen. Aber der Hunger auf Donuts war wohl größer gewesen. Ich konnte mir nicht vorstellen, jemals so fett zu werden.

»Ich bin wie ein Elefant im Zirkus«, fing Balduin wieder an.

»Lass uns über was anderes reden«, sagte ich. Der Regen hatte aufgehört. Es nieselte nur noch, und der Himmel wurde wieder klarer. Die ersten Mutigen trauten sich unter den Vordächern hervor. An manchen Stellen kam die Sonne wieder zum Vorschein. Der Boden glitzerte in den Sonnenstrahlen, und die Straßen füllten sich wieder langsam.

Alicia saß links neben mir und Balduin rechts. Vielleicht war es ihr direkt neben ihm doch zu stinkig. Sein Geruch übertönte meinen Kaffee-Duft. Mein Cappuccino schmeckte nicht.

»Mir gefällt das«, sagte Alicia.

»Was?«, fragte ich und dachte, sie würde jetzt sagen: neben dir zu sitzen und auf die Stadt zu sehen.

»Der Vergleich. Sich mit einem Elefanten im Zirkus zu vergleichen«, sagte sie.

»Oh, danke«, sagte Balduin.

»Wie kommen Sie darauf?«, fragte sie.

»Ich weiß nicht«, piepste Balduin. »Der junge Mann und ich haben miteinander Konversation gemacht, und ich habe gesagt, dass ich nicht wie die Kaninchen und Vögel verliebt bin. Der junge Mann hat gesagt, ich sei wie die Elefanten. Das stimmt. Ich habe ein Gedächtnis wie ein Elefant, und dann habe ich angemerkt, ich sehe aus wie ein Elefant im Zirkus.«

Alicia schwieg. Vielleicht dachte sie darüber nach, wie Elefanten im Zirkus aussehen.

Unten sah ich schon wieder den Grünen und den Blauen an der Fußgängerampel. Die beiden sahen unzufrieden aus wie immer, während die Passanten neben ihnen sich über die wiedergekehrte Sonne freuten.

Ich fragte mich, wohin mein Vater gegangen war.

»Ich hab Sie schon öfter gesehen«, sagte Alicia zu Balduin. »Und ich hab mich immer gefragt, wieso Sie diese karierten Anzüge tragen.«

Sie wurde ja so gesprächig, seit Balduin dabei war. Wieso fragte sie mich nicht irgendwelche Dinge aus meinem Leben? Wo ich meine Jeans kaufte? Oder was mein Lieblingsfilm war?

»Oh, das ist eine sehr lange Geschichte«, sagte Balduin.

Ich wusste nicht, ob es wirklich eine sehr lange Geschichte war oder ob er einfach keine Antwort geben wollte. Ich hoffte, sie würde ihn noch fragen, wieso er sich nicht wusch bei diesem bestialischen Gestank, wovon er lebte und was er den ganzen Tag trieb, denn das interessierte mich auch.

»Sind Sie verheiratet?«, fragte Alicia.

Ich wusste, was jetzt kam: »Ich bin homosexuell!« würde er wieder entrüstet piepsen.

»Ich *war* einmal verheiratet«, sagte er. »Ganz früher.«

Ich fragte mich, welche Frau mit einem so stinkenden, fetten Elefanten im karierten Anzug zusammen sein wollte.

»Du lügst«, sagte ich.

»Nein!«, piepste er und schlug mit seiner Hand auf den Tresen. »Ich lüge nicht!«

»Wieso sollte er lügen?«, fragte Alicia. In der Straßenbahn hatte sie noch nach Veilchen gerochen, aber Balduins Gestank überdeckte auch das.

»Würdest du *ihn* heiraten wollen?«, fragte ich sie.

Ich merkte, dass das beleidigend klang, und sah Balduin an. Er kicherte aber nur.

»So war ich in meinem früheren Leben«, sagte er.

Was meinte er mit »früherem Leben«? Als er noch nicht stank, fett und verrückt war und seine Hosen die richtige Länge hatten? Als noch nicht jeder zweite Satz lautete: »So ein Hunger«?

»Ich schreibe jedes Jahr eine Postkarte, wenn meine Tochter Geburtstag hat«, sprach er weiter. »Am dreißigsten August.«

Tochter? Ich konnte nicht glauben, dass er zu so etwas fähig war.

»Ich dachte, du bist …«, sagte ich und stockte, »nicht wie die Kaninchen.«

»Auch nicht wie die Vögel! Aber früher. Früher!«

Ich fragte Alicia noch mal: »Würdest du ihn heiraten?«

Natürlich brachte ich sie jetzt in Bedrängnis, aber das war gar nicht so schlecht. Sie würde sich winden und dann höflicherweise antworten: »Warum nicht, wenn er ein wenig jünger wäre.«

»Nein, würde ich nicht«, sagte sie.

Ich sah sie ungläubig an, aber sie schaute weiter über die Stadt, als sei das die normalste Antwort der Welt. Ich schaute nach rechts, aber auch Balduin schien das normal zu finden.

Beim Eisessen letztes Mal hatte sie nicht »nein« gesagt, als es darum ging, mich zu heiraten. Also fand sie mich besser als Balduin. Aber vielleicht auch nur, weil ich nicht so stank.

»Und mich?«, fragte ich trotzdem und vergaß völlig, dass wir nicht allein waren.

»Hab ich doch schon gesagt«, antwortete sie. »Bei dir würd ich nicht Nein sagen.«

Balduin stand plötzlich auf. Ich drehte mich auf dem Barhocker um und Alicia auch. Ich dachte, er wollte gehen. Aber er gab mir seine klebrige Hand und piepste: »Herzlichen Glückwunsch! Herzlichen Glückwunsch zur Vermählung!«

Dieser Tag wurde immer schlimmer.

Auch Alicia schüttelte er die Hand und wiederholte seine Glückwünsche. Dann setzte er sich mit seinem dicken Hintern wieder auf den Barhocker und schaute aus dem Fenster.

Da Balduin sich ja zum Glück schnell ablenken ließ, fragte ich ihn: »Wieso bist du nicht in deinem früheren Leben geblieben mit Frau und Kind?«

»Weil das früher war«, sagte er.

»Ja, aber wieso bist du nun anders als früher?«

Alicia schien das auch zu interessieren. Sie hatte sich zu mir hingedreht. Ich mochte es nicht, so von der Seite angeschaut zu werden. So dicht, wie ihr Gesicht an meinem war, konnte sie mir ins Ohr schauen. Ich drehte mich so wie sie, ganz nach rechts, sodass ich nun Balduin vor mir hatte und sie in meinem Rücken. Das war aber ein Fehler gewesen. Meine Nase war nun zu dicht an Balduin dran. Ich kippte fast um. Ich musste mich wieder zurückdrehen und drehte mich noch weiter, um mich atemtechnisch zu erholen. Jetzt schaute ich dafür in Alicias Gesicht. Ich sah einen Pickel auf ihrer Stirn und Mitesser auf ihrer Nase. Ihre Pupillen kamen mir riesig vor. Ich sah sogar einzelne Äderchen in dem Weiß ihrer Augen. Alicia schaute mir auch in die Augen, und ich kam mir wie hypnotisiert vor. Meine Nase juckte auf einmal, als würden mich ihre Wimpern kitzeln. Ich drehte mich wieder nach vorn zum Fenster und schielte zu Balduin hinüber.

»Ich hatte mich verliebt«, sagte er. »Aber er hat mich zurückgewiesen. Seitdem ist mein Herz gebrochen.«

Er hielt sich mit beiden Händen theatralisch an die Brust. Unten lief jemand mit einem Pizzakarton aus dem Pizza Hut raus.

Ich stellte mir vor, wie er als Familienvater einmal Pizza bestellt hatte. Weil die Pizza ihm so gut geschmeckt hatte, dachte er, dass er wegen dem Pizzaboten so ein gutes Gefühl hatte. Er hatte einfach den Genuss von Pizza mit dem Gefühl für den Pizzaboten verwechselt.

»Wer war es?«, fragte ich.

Er wand sich: »Ähm … oh … ui … äh …«

»Ich tippe auf den Pizzaboten.«

»Nein, es war jemand ganz anderes«, tippte Alicia.

Ich hatte in diesem Fall aber so etwas wie eine Intuition: »Toni, der Pizzabote.«

Balduin guckte ertappt, und ich musste siegessicher grinsen.

»Professor Doktor Heinemann!«, piepste Balduin.

»Was?«, fragte ich.

»Hört sich nicht an wie ein Pizzabote«, sagte Alicia.

»Er war mein Chef«, piepste Balduin klagend.

»Dein Boss?«

»Wenn er sein Chef war, wird er wohl auch sein Boss gewesen sein«, sagte Alicia.

Sie war heute so ironisch. Oder war sie gar nicht ironisch?

»Professor Heinemann war die Eins. Nein, er *ist* immer noch die Eins.«

Ich schaute zu Alicia, um herauszufinden, ob sie verstanden

hatte, was Balduin damit meinte. Aber sie wusste damit wohl auch nichts anzufangen.

»Er war für dich die Nummer Eins?«, fragte ich nach.

Balduin nickte heftig. »Ja ja, wenn ich ihn sah, sah ich immer eine Eins. Und wenn ich die Eins irgendwo sehe, sehe ich ihn.«

»Bin ich auch eine Zahl?«, fragte Alicia interessiert.

»Ja ja, natürlich. Frauen haben immer eine neun in sich. Sie sind die zweihundertneun.«

»Und jeder Mensch hat eine Zahl?«

»Nein nein«, piepste er aufgeregt. »Jeder *ist* eine Zahl.«

»Was bin ich?«

»Sechsundsiebzig.«

»Und das fing mit Professor Heinemann an?«, fragte Alicia.

»Ja ja«, bestätigte Balduin. »Seit ich mich unsterblich in ihn verliebt hatte. Aber so konnte ich keine Seminare mehr halten.«

»Was für Seminare?«, fragte sie.

»Mathematik«, sagte er. »Ich bin Doktor der Mathematik und wollte auch Professor werden. Aber ich habe die Klausuren der Studenten immer danach beurteilt, was für eine Zahl sie waren. Manche erhielten die Note Dreitausendsiebzig für die Klausur, andere eine Hunderttausendrei.«

»Das ist schlecht«, sagte Alicia.

»Jaja«, bestätigte er beflissen. »Aber das war früher. Heute muss ich niemanden mehr benoten.«

»Und dann?«, fragte Alicia weiter.

»Dann habe ich meine Frau verlassen, denn sie war die Neun. Alle Frauen haben eine Neun in sich. Aber ich mag die Neun nicht! Ich mag Frauen, aber nicht die Neun!«

Diese Geschichten von Balduin waren so anstrengend, neun, sechsundsiebzig, zweihundertneun. Der war noch verrückter, als ich gedacht hatte.

»Ich muss jetzt weiter«, sagte ich. Bloß keine Zahlen mehr. Auch Alicia glitt vom Barhocker runter.

»Oh schade«, sagte Balduin. »Was ist der letzte Satz?«

»Was für ein Satz?«

»Den ich mir merken soll für die nächste Konversation mit Ihnen?«

Bloß nicht, dass alle Frauen eine Neun sind, dachte ich.

»Ich weiß nicht«, sagte ich.

Balduin blieb sitzen. Er winkte mir wieder mit Klavierfingerbewegungen zu.

Ich ging mit Alicia zur Herbert-Hinnedahl-Straße. Toby stand dort in der Meute, sprach aber angeregt mit einer Frau, die genauso aussah wie er.

Nachdem Alicia ins Haus gegangen war, trottete ich zum Jahnplatz, um nach Hause zu fahren. Am nächsten Tag stand eine Bioarbeit an, und ich hatte noch nichts dafür getan. Als ich nach unten zur Bahn gehen wollte, sah ich, dass Balduin immer noch da oben hinter der Scheibe hockte. Er sah mich auch und winkte mir zu. Ich ging hoch.

Er hatte sich von der Scheibe weggedreht, zum Eingang hin und sagte: »Ich weiß nicht.«

»Was weißt du nicht?«

»Den Satz sollte ich mir doch merken, für das nächste Mal.«

Aus irgendeinem Grund fiel mir plötzlich der Samstag ein. Oh Gott, so wie ich meine Mutter kannte, musste ich auch noch ein Geschenk mitbringen.

Dieser Hartmut wohnte an der Heeper Straße neben dem Plus. Ich sollte da um sieben erscheinen. Sie wollte schon früher hin, um mit Hartmut Salate zu machen. Ich konnte mir nicht vorstellen, dass dieser Hartmut irgendwas anderes machte als Hanteln zu stemmen und Motorrad zu fahren. Bestimmt würde meine Mutter die Salate allein machen, aber dann schmeckten sie wenigstens. Trotzdem kotzte es mich an, da auftauchen zu müssen. Und ich hatte keine Lust, Hartmut ein Geschenk zu kaufen. Was auch? Die obligatorische Vase, die ich meiner Mutter jedes Jahr zum Geburtstag schenkte? Was hatte ich meinem Vater denn geschenkt? Rasierwasser. Aber dieser Hartmut war sicher zu rockig für Rasierwasser. Vielleicht sollte ich mich heute schon mal umschauen, dann hätte ich es hinter mir und –«

»Hallooo!«, rief Balduin.

»Ja?«

»Ich spreche die ganze Zeit mit Ihnen.«

»Ach so. Wo kann man gut Geschenke kaufen?«, fragte ich ihn.

»In der Altstadt«, piepste er.

»Und wo da?«

»WMF«, sagte Balduin.

Eigentlich war das ja eher was für Frauen, diese ganzen Töpfe und so. Aber wenn meine Mutter immer bei ihm kochte, würde sie sich über das Geschenk freuen, weil es ja dann eigentlich ihres war. Und dann wäre sie auf jeden Fall mit meinem Geschenk für Hartmut zufrieden, denn sie mochte teure Sachen.

»Gute Idee«, sagte ich. »Übrigens. Samstag bin ich zu 'ner Feier eingeladen. Kommste mit?«

»Oh«, piepste er überrascht.

»Es gibt da viel zu essen«, sagte ich. Das war ja nicht gelogen.

»Au ja!«, rief er.

»Aber du musst vorher duschen und auch diesen stinkenden Anzug ausziehen.«

»Wo soll ich denn duschen?«, piepste er.

Mir fiel ein, dass er vorhin, als er von seinem früheren Leben gesprochen hatte, eine normale Stimme gehabt hatte. Vielleicht hatte er früher als Mathematiker nicht gepiepst.

»Du wirst doch irgendwann mal irgendwo duschen«, sagte ich.

»Nein«, jammerte er.

»Na gut«, sagte ich. Meine Mutter war Samstag eh den ganzen Tag bei Hartmut wegen den Salaten. »Du kannst vorher bei mir duschen.«

»Haben Sie auch große Handtücher?«, fragte er, und ich wunderte mich, dass er so albern war. Meine Mathelehrer waren immer ganz anders gewesen.

»Wir haben normal große Handtücher«, antwortete ich.

»Ich brauch aber ein großes Handtuch«, piepste er.

»Geht ein Saunatuch?«

»Ja ja, ein Saunatuch ist groß.« Er freute sich so, dass er in die Hände klatschte.

»Wo wohnen Sie?«, fragte er.

»Wir treffen uns einfach an der Haltestelle Gaswerkstraße.«

»Brackwede Hauptstraße?«, fragte er.
»Ja. Samstagabend um sechs?«
»Ja ja«, piepste er. »Ich werde pünktlich sein.«

Piep

Ich stöberte erst bei den Wühltischen vor der Tür, aber die Dressingshaker fand ich albern. Ich ging rein und schaute mich weiter um.

»Kann ich Ihnen behilflich sein?«, fragte eine Dame Mitte fünfzig.

»Ich brauche ein Geburtstagsgeschenk«, sagte ich.

»Vielleicht wären Weingläser geeignet?«, fragte sie.

»Der trinkt bestimmt keinen Wein«, sagte ich und fügte in Gedanken hinzu: Und meine Mutter trinkt auch meistens Bier.

»Ach, es ist ein Mann«, sagte sie.

»So ungefähr«, sagte ich, denn es war ja nur zum Schein für Hartmut. Im Grunde war es ja für meine Mutter.

»Was heißt so ungefähr?«, fragte sie verdutzt.

»Es ist ein Mann«, sagte ich ergeben.

»Soll es sehr speziell wirken, das Geschenk?«, fragte sie.

»Meinetwegen.«

»Sie haben Glück. Heute ist der Graveur da.« Sie zeigte nach ganz hinten, wo ein Mann an einem kleinen Tisch saß. »Die Gravur kostet nichts extra.«

Ich schaute mich um. Sollte ich einen Topf kaufen und »Für Hartmut« eingravieren lassen?

»Was könnte man denn alles gravieren lassen?«, fragte ich sie.

»Zum Beispiel diese wunderschönen Serviettenringe.« Sie nahm welche aus Glas in die Hand und hob sie so ehrfürchtig hoch, als seien es Kronjuwelen.

Serviettenringe waren doch bescheuert für Hartmut, den Rocker. Der hatte doch bestimmt keine Stoffservietten. Und meine Mutter legte auch keinen großen Wert auf so etwas.

»Nein, danke«, sagte ich.

»Der Name darf aber nicht zu lang sein«, sagte sie. »Wie heißt er denn?«

»Hartmut«, sagte ich.

»Hartmut geht«, stellte sie fest. »Das geht fast immer.«

Sie stand da, rieb sich das Kinn und dachte nach. Plötzlich rief sie: »Halleluja! Gesegnet sei Hartmut!«

Ich fragte mich, ob sie noch ganz dicht war. Vielleicht wollte sie mir jetzt noch verklickern, dass nur Gottes Kinder den Weltuntergang überleben.

Ihr wurde auf einmal bewusst, dass ich sie schief ansah. Sie räusperte sich und sprach im geschäftigen Ton weiter.

»Sie haben genau den richtigen Namen. Nicht Sie, sondern das Geburtstagskind. Ich habe etwas Fantastisches für Sie, ist mir gerade eingefallen. Etwas, das bestimmt in seinem Haushalt fehlt, auch wenn er gut ausgestattet ist. Und es ist sehr persönlich auch ohne Gravur.«

Ich sah mich um und fragte mich, ob sie die Einmachgläser da vorne meinte.

»Isst der Hartmut gerne Eier?«, fragte sie. »Gekochte Eier? Hartgekocht?«

»Keine Ahnung«, sagte ich.

»Wir haben eine Eieruhr namens Hartmut«, sagte sie.

»Heißt so die Firma?«, fragte ich.

»Nein nein. Diese Eieruhr heißt Hartmut, weil die Eier dabei hartgekocht werden. Es gibt auch einen Detlef für weiche Eier. Moment, ich zeig Ihnen mal den Hartmut.«

Sie lief nach hinten in eine Ecke, kam mit einem blauen Plastik-Ei wieder und drückte es mir in die Hand. Ich schaute mir Hartmut an.

»Wie zieht man den auf?«

»Nein«, sagte die Frau. »Das Ei wirft man mit zu den anderen Eiern in den Topf und Hartmut piept dann, wenn die Zeit erreicht ist.«

Was es nicht alles gibt, dachte ich.

»Er piept nicht nur, sondern spielt eine besondere Melodie ab«, erklärte sie eifrig weiter.

Es war aber eine witzige Idee. Und dass die Eieruhr »Hartmut« hieß, würde meiner Mutter zeigen, dass ich mir Gedanken gemacht und nicht das Erstbeste gekauft hatte.

»Was kostet der?«, fragte ich.

Sie schaute auf einen Karton. »12,50 Euro«, sagte sie. »Wir verpacken Ihnen das Piep-Ei auch gerne als Geschenk.«

Ich ließ mir Hartmut für morgen zurücklegen und ging beruhigt nach Hause. Wenigstens war das schon mal geschafft.

Plaudern

Obwohl ich nur ein bisschen am Abend gelernt hatte, bekam ich die Bioarbeit ganz gut hin. In den großen Pausen suchte ich nicht mehr automatisch nach Alicia. Natalie und Jessica verfolgten mich nicht, Ralph knutschte wieder mit Jaqueline rum. Lukas und Heini machten sich lustig über das knutschende Paar. Simon schaute böse zu mir rüber. Seine ganze Klasse hatte auf dem Gips unterschrieben. Jonas stand wieder mit dem Pickeligen rum und schielte heimlich zu Natalie rüber. Natalie tat so, als würde sie ihn nicht sehen, und warf ihr Haar zurück.

Als die Schule endlich aus war, ging ich in die Stadt zu WMF und holte Hartmut ab.

Auf dem Rückweg bog ich nicht in den Jahnplatztunnel zur Straßenbahn ab, sondern ging automatisch ins Boulevard. Ich wusste auch nicht, wieso es mich immer dorthin trieb. Vielleicht, weil zu Hause keine Kaffeemaschine mehr war. Ich hatte ganz vergessen, Instant-Kaffee zu kaufen. Vielleicht war ich kaffeesüchtig. Vielleicht brauchte ich auch diesen Ausblick von hier oben. Ich bestellte mir einen Cappuccino und setzte mich wieder an die Fensterfront.

Der Himmel war hellgrau. Es waren wieder viele Leute unterwegs. Nicht nur Rentner wie am Vormittag, sondern auch andere Leute. Alle kamen irgendwie immer am Jahnplatz vorbei. Sei es, dass sie einkaufen gingen oder zur Straßenbahn wollten.

Ich sah Jessica zur Ampel gehen. Sie stellte sich neben die Damisch-Würstchenbude und wartete. Heute sah sie damenhafter aus in ihrem geblümten Sommerkleid. Auf der anderen Straßenseite stand Simon. Jessica sah zu ihm hinüber. Mir fiel ein, dass Jessica mich so gelobt hatte, weil ich Simon verprügelt hatte. Die Ampel sprang auf Grün, und die Fußgänger gingen von beiden Seiten aufeinander zu. Auch Jessica ging Simon entgegen und sagte etwas zu ihm. Simon blieb abrupt stehen, in der Mitte, dort, wo die Insel zwischen den beiden Fahrtrichtungen war, und rief ihr etwas hinterher. Jessica kam zurück, stellte sich vor Simon und gestikulierte energisch. Es schien ein Wortgefecht zu geben, denn er gestikulierte nun auch mit seiner Gipshand. Mittlerweile war die Ampel wieder auf Rot gesprungen, und die Autos fuhren an. Die beiden mussten in der Mitte stehen bleiben, bis es erneut grün wurde. Obwohl Simon ein Riese war, wirkte Jessica neben ihm nicht besonders klein. Die Ampel sprang wieder auf Grün. Simon lief nun neben Jessica her, also nicht in die Richtung, in die er vorher gewollt hatte. Er fuchtelte weiter mit seiner Gipshand. Aber das schien Jessica nicht zu beeindrucken. Ab und zu sagte sie etwas, ohne ihn anzusehen. Dann verschwanden beide aus meiner Sicht.

Als meine Mutter nach Hause kam, briet sie etwas, es duftete trotz verschlossener Tür bis in mein Zimmer, aber ich hatte in der Stadt schon einen Döner gegessen. Sie schien es gelassen hinzunehmen, denn sie schlug nicht ohne Ende gegen meine Tür, um mich doch noch rauszuholen. Das Telefon hatte ich mit ins Zimmer genommen. Auch wenn ich Alicia nicht anrufen wollte, musste ich doch wenigstens die Möglichkeit dazu haben. Meine Mutter benutzte sowieso immer ihr Handy.

Auf einmal klingelte es. Auf dem Display erschien Alicias Nummer.

»Hollenbach?«, fragte ich.

»Hier ist Alicia.«

Ihre Stimme klang tiefer und ernster als sonst.

»Hallo, wie gehts?«, fragte ich. Mich interessierte es wirklich, wie es ihr ging. Aber noch mehr interessierte mich, *worum* es ihr ging.

»Gut«, sagte sie. »Ich wollte dich etwas fragen.«

»Nur zu«, sagte ich.

»Wieso hast du das dem Mann gesagt?«

»Was gesagt?«

»Dass du in mich verliebt bist.«

Musste sie mir noch mal diese Peinlichkeit unter die Nase reiben? Ich hatte immer gedacht, dass sie sensibel sei. Ich überlegte, ob ich leugnen sollte, einfach sagen: Es gibt auch noch andere Fünfzehnjährige, die mit A anfangen, bild dir nicht so viel drauf ein.

»Wieso musst du das allen erzählen?«, fragte sie weiter, als sei ich eine Tratschtante.

»Wieso ›allen‹?«

»Weil du es sogar dem verrückten Mann erzählt hast.«

»Und das heißt wohl, dass ich es allen erzählt habe?«, sagte ich in einem schärferen Ton, als ich vorhatte.

»Wieso solltest du das nur ihm gesagt haben?«

»Du solltest Staatsanwältin werden«, antwortete ich.

»Wie kommst du jetzt darauf?« Sie klang verärgert.

»Kreuzverhöre scheinen dir Spaß zu machen.«

Ich fragte mich schon, ob sie aufgelegt hatte, da sagte sie: »Ich finds nur nicht gut.«

»Erstens habe ich es nicht jedem erzählt. Zweitens ist überhaupt nicht gesagt, dass ich Balduin von *dir* erzählt habe. Es gibt auch noch andere Mädchen.« Vor einer Woche hätte ich mir gar nicht vorstellen können, so mit ihr zu sprechen. »Tschüss«, sagte sie, und ich hörte ein »klick«.

Alicia war also genauso schnell beleidigt wie andere Mädchen. Auch das hätte ich nicht gedacht. Ich musste zugeben, dass die Alicia, die ich so lange angehimmelt hatte, kein bisschen so war wie die jetzige Alicia. Es klingelte wieder. Vielleicht tat ihr das schnelle Auflegen leid?

»Alicia«, sagte ich. »Ich habs nicht allen erzählt. Ich habs nicht so ausgeplaudert, wie du meinst.«

»Plaudern ist nicht schlecht.«

Ich hielt den Hörer weg. Die Handynummer auf dem Display … gehörte meinem Vater. Wieso hatte ich nicht vorher draufgeguckt?! Mir fiel ein, dass er gestern völlig neben der Spur gewesen war.

»Hallo«, sagte ich. Und um irgendwas zu sagen, »du hast noch meinen Regenschirm.«

»Deinen Regenschirm?«, fragte er.

»Ja.«

»Wieso?«

Das war doch erst gestern gewesen! Hatte er Alzheimer?

»Gestern haben wir uns doch in der Stadt gesehen. Es hat geregnet.«

»Das weiß ich auch«, sagte er gekränkt.

»Da hab ich dir meinen Regenschirm gegeben.«

»Du wolltest ihn mir geben. Aber ich war schon zu nass.«

»Ich hab ihn dir trotzdem gegeben«, sagte ich.

»Davon weiß ich nichts.«

»Sieh dich doch mal in deiner Wohnung um«, beharrte ich.

»Das hat keinen Zweck. Als ich gestern in die Wohnung kam, hatte ich keinen Schirm dabei.«

Na toll, dachte ich. Hätte ich das gewusst, hätte ich den Schirm behalten.

»Addi, was kümmert dich denn dieser Schirm? Kauf dir einen neuen. Du bekommst doch so viel Taschengeld.«

Jetzt geht das schon wieder los, dachte ich. Ich war ja eine Geldverbrennungsanlage.

»Oder bekamst«, sagte er. »Deswegen rufe ich an.«

Nicht um zu »plaudern«?, dachte ich.

»Zwei Haushalte sind teuer.« Er machte eine Pause. »Wir haben nicht mehr viel Geld.«

Und was sollte ich dazu sagen? Das tut mir aber leid?

»Du verstehst«, fügte er hinzu.

»Ja und?«

»Das heißt, du kannst nicht wie bisher in Saus und Braus leben.«

»Klar«, sagte ich.

»Das können deine Mutter und ich schließlich auch nicht.«

Die hatten das ja noch nie gekonnt, dachte ich.

»Du hast für dein Alter bisher immer zu viel Taschengeld bekommen. Hundert Euro in der Woche bekommt niemand außer dir.«

»Ralph bekommt hundertfünfzig«, sagte ich.

»Wer ist Ralph?«, fragte er.

Es hatte keinen Sinn, ihm zu erklären, wer Ralph war. Mein Vater hatte noch nie gewusst, wer meine Freunde waren. Er hatte nie irgendetwas aus meinem Leben gewusst.

»Wie dem auch sei«, redete er weiter, »vierhundert Euro im Monat sind achthundert Mark!«

Er ging mir mit seiner ewigen Umrechnerei in Mark auf die Nerven.

»Als ich PJler war, hab ich nicht viel mehr verdient als achthundert Mark«, sagte er. »Du arbeitest nicht und hast nicht studiert, wenn du überhaupt mal studierst bei deinen Noten. Arzt kannst du jedenfalls nicht werden.«

»Will ich auch gar nicht.«

»Langsam solltest du dir schon überlegen, was du willst«, fuhr er mit seinem Gerede fort. »Aber darüber lass uns ein anderes Mal sprechen.«

Dieses andre Mal können wir auch sein lassen, dachte ich.

»Zehn Euro«, sagte er, »pro Woche.«

»Was?«, fragte ich ungläubig.

»Das sind vierzig Euro im Monat. Achtzig Mark. So viel habe ich früher in deinem Alter nicht bekommen. Eigentlich hätten wir dir vorher schon weniger geben sollen, aber du kennst ja deine Luxus-Mutter: ›Der arme Junge muss sich doch auch etwas Schönes kaufen können.‹ Ich sag dir, Addi: Mit zehn Euro fährst du sehr gut.«

»Sehr gut?«, wiederholte ich ungläubig.

»Das ist zumindest sehr viel Taschengeld.«

»Das sind neunzig Prozent weniger!«

Mein Vater schnaufte: »Es kommt nicht darauf an, wie viel weniger es ist, sondern wie viel es ist, Addi.«

»Fünfzig«, sagte ich.

»Im Monat?«

»In der Woche.«

»Du frisst mir die Haare vom Kopf«, stöhnte er.

Ich hasste dieses Gejammere. Also knickte ich ein: »Vierzig in der Woche.«

»Und ich muss am Hungertuch nagen«, stöhnte er.

»Dreißig ist mein letztes Angebot«, sagte ich.

»Zwanzig«, sagte er.

»Na gut.«

»Meinetwegen, da schlage ich ein«, sagte er gönnerhaft.

Sich von hundert auf zwanzig herunterhandeln zu lassen – das war ein schlechter Deal. Vielleicht war ihm klar gewesen, dass ich sein Gejammere nicht aushielt und es deswegen schnell hinter mich bringen wollte. Er konnte also genauso berechnend sein wie meine Mutter.

»Und was ist jetzt mit dem Schirm?«, fragte ich.

»Hör doch auf mit dem Schirm«, stöhnte er. »Ich geb dir zehn Euro dafür.«

»Darum geht es nicht«, sagte ich.

»Ein Schirm ist ein Schirm«, sagte er.

»Der Schirm war von Oma.«

»Von welcher?«

»Der Mutter von Mutti.«

»Dann ist es sowieso egal«, sagte er. »Aber was ich noch –«

Ich legte auf. Es war das erste Mal, dass ich auflegte, während mein Vater noch am Sprechen war.

Es klopfte, und ich sah das Telefon an, bis mir klar wurde, dass ein Telefon klingelt und nicht klopft.

»Addi?«, rief meine Mutter durch die Tür.

»Ja?«

»Trinkst du einen Kaffee mit mir?«

»Die Maschine ist doch nicht mehr da.«

»Hab eine neue gekauft.«

Das war mal eine gute Nachricht! Und: Ja! Ich hatte Lust auf einen Kaffee.

Ich schloss auf und ging in die Küche.

Aber da stand kein großer, schicker Vollautomat, sondern eine hässliche Maschine aus Plastik, die seltsam gebückt aussah.

Meine Mutter schien sich mit der Zubereitung auszukennen, legte zwei runde Pads rein und stellte die Tassen drunter. In meine Tasse kippte sie noch Milch und in ihre Milch und Zucker.

Wir gingen auf die Terrasse.

»Wo ist eigentlich der dritte Stuhl?«, fragte sie.

Der stand noch unter meinem Fenster.

»Weiß nicht«, sagte ich.

»Und ich wollte doch so gern meine Beine hochlegen«, jammerte sie.

Natürlich wollte sie, wie mein Vater vorhin auch, mit ihrem Gejammere etwas bezwecken. Aber ich stand nicht auf und bot ihr meinen Stuhl an. Wenn ich Kaffee trank – und es war nicht gerade dieser widerliche Kaffee aus der Schule –, dann wollte ich ihn auch genießen, und dafür musste ich sitzen. Ich hatte dieses Coffee-to-go-Gehabe noch nie verstanden. Wenn ich es eilig hatte, trank ich keinen Kaffee.

Der Kaffee schmeckte so lala. Zwar besser als der aus dem Schulautomaten, aber trotzdem nicht besonders gut.

»Die Pads machen weniger Arbeit«, sagte meine Mutter. »Da muss man nicht so oft dieses Reinigungsprogramm mit dem teuren Reinigungsmittel durchlaufen lassen.«

»Hm«, sagte ich und trank den Kaffee aus.

»Nach einem Kaffee fühlt man sich doch wie neugeboren«, schwärmte sie. »Willst du auch noch einen, Addi?«

Natürlich wollte ich, obwohl er nicht schmeckte.

Sie kam trällernd mit den vollen Tassen wieder: »Hier, bitte schön, mein Schatz.« Ihre Stimme war schon wieder verdächtig hoch geworden.

Dann sag schon, was du willst, dachte ich.

»Addi, hast du schon ein Geschenk für Hartmut gekauft?«, fragte sie.

»Ja.«

»Was ist es denn?«

»Sag ich nicht.«

»Ich verrate es ihm auch nicht, mein Schatz.«

»Ich sags trotzdem nicht.«

»Wo hast du es denn gekauft?«

Ich schwieg. Sie setzte ihre Tasse klackend ab.

»Du könntest wenigstens sagen, wo du es gekauft hast. Dann ist es doch immer noch geheim.«

Ich schwieg trotzdem.

»Doch nicht im Ein-Euro-Laden da unten?«, fragte sie entsetzt. »Die Sachen sind billig, aber nicht schön!«

»Bei WMF«, sagte ich, um sie zu beruhigen.

»Oh, dann ist ja gut«, sagte sie erleichtert. »Dann hast du ja richtig Geld für Hartmut ausgegeben, mein Schatz.«

»Geht so.«

»Da freut sich Hartmut ganz bestimmt.« Sie war wirklich positiv von mir überrascht.

»Ich bringe noch einen Freund mit«, sagte ich.

»Ach, das macht nichts«, trällerte sie gönnerhaft. »Auch wenn du keinen Freund mitzubringen brauchst. Hartmuts Kinder sind nur wenig älter als du. Mit denen verstehst du dich ganz bestimmt.«

Die Quietsche-Ente

Die Bayern-Fans waren nicht so schlimm wie die Cottbus-Fans. Überheblich halt, aber mit weniger Glatzen. Ralph, Lukas und Heini standen schon mit ein paar anderen, die ich nicht kannte, vor dem Stadion. Ralph grinste wie immer, als ich auf ihn zuging, obwohl doch seine Jaqueline nicht dabei war. Ich entdeckte einen riesigen blauen Fleck auf seinem Arm. Er war noch dunkler als sein blaues Arminia-Trikot.

»Habt ihr Krach miteinander?«, begrüßte ich ihn.

»Wer mit wem?«, fragte er immer noch grinsend zurück.

»Hat Jaqueline dir den verpasst? Wusste gar nicht, dass sie so kräftig ist«, sagte ich.

»Das war meine Mutter mit dem Spaten«, sagte er.

»Wegen der Rosen?«

»Oui!«, sagte er, als sei es witzig, mit einem Spaten geschlagen zu werden. »Besser kurz und kräftig einmal eine reinzukriegen, als sich wochenlang Gemeckere anzuhören.« Er grinste schon wieder zufrieden.

»Und sie hat nicht gemeckert?«

»Wie denn, nachdem sie mit dem Spaten zugeschlagen hat. Sie traut sich noch nicht mal mehr, mir in die Augen zu sehen. Sie backt jeden Tag Kuchen, damit ich ihr verzeihe.«

Jeden Tag selbst gebackener Kuchen ist nicht schlecht, dachte ich. Aber es war trotzdem gut, dass meine Mutter nicht den Spaten in die Hand nahm, denn sie konnte damit bestimmt viel härter zuschlagen als Ralphs Mutter. Und dann würde sie vielleicht noch Geschmack an anderen Gartengeräten finden und das nächste Mal zur Harke greifen. Nein danke, dann lieber nicht jeden Tag selbst gebackenen Kuchen. Den konnte ich mir auch in der Bäckerei kaufen. Ach, jetzt ja nicht mehr. Ich musste aufs Geld achten.

»Schmeckt der Kuchen deiner Mutter denn?«, fragte ich.

»Und wie!«, sagte er.

»Wenn sie nächste Woche noch backt, dann bring doch was mit in die Schule«, schlug ich vor.

Er grinste noch breiter: »So so. Kannst deine Hanutas wohl nicht mehr sehn.«

Bei »Hanuta« musste ich wieder an Alicia denken.

Als wir nach dem langen Anstehen endlich im Stadion waren, hörte das Gedränge immer noch nicht auf. Vorher hatte es mir nichts ausgemacht, in dieser Menschenmenge zu stehen, es hatte mir sogar ein Gefühl von Sicherheit gegeben. Ralph und die anderen grölten sich wieder heiser, aber diesmal grölte ich nicht mit. Irgendwie gefiel es mir plötzlich nicht mehr, im Stadion rumzustehen und das Spiel aus dieser Entfernung zu sehen. Im Fernsehen sah man viel mehr. Es gefiel mir auch nicht, heute zu Hartmut gehen zu müssen. Vor meinen Augen lief das Spiel, in meinem Kopf spielte sich etwas ganz anderes ab.

Ich sah meine Mutter in Hartmuts Küche stehen. In der Hand hielt sie ein Messer und schnitt Gurken. Ich sah meinen Vater in seiner Altbauwohnung sitzen mit einer Tiefkühl-Lasagne. Ich sah Jonas in seiner Küche Fotos von Natalie anstarren. Ich sah Balduin in die Straßenbahn einsteigen. Wie er sich auf einen Platz setzte und alle anderen aufstanden, um sich einen anderen Platz zu suchen. Balduin. Gut, dass diese Bilder in meinem Kopf abliefen. Sonst hätte ich glatt vergessen, dass ich mich gleich mit ihm treffen wollte.

Die Bayern spielten wahrscheinlich besser, schließlich hatten sie den Ribéry, aber das Spiel endete trotzdem null zu null. Nach dem Abpfiff zwängte ich mich durch die Menschenmassen und lief zur Straßenbahnstation Oetker Halle. Obwohl ich gerannt war, wartete schon eine ganze Schar von Blau-Weiß auf die Bahn. Manche hatten trotz der Schwüle einen Arminia-Schal um den Hals.

In der Bahn stand ich eingezwängt zwischen einem Dickbäuchigen mit Halbglatze und zwei Typen in meinem Alter, die an einer Bierflasche nippten. Die Stimmung in der Bahn war nicht schlecht und nicht gut. Normalerweise hätte ich gute Laune gehabt. Ein Unentschieden gegen Bayern ist doch schon ein Sieg. Aber an diesem hellgrauen Tag fühlte ich mehr das Graue als das Helle.

Als ich in der Gaswerkstraße ankam, stand Balduin schon da. Er schaute auf seine linke Handfläche, als sei sie ein Spiegel. Mit der rechten fuhr er sich über die fettigen Haare. Als ich auf ihn zuging, kam mir wieder dieser ekelige süß-sauer Geruch entgegen. Gut, dass er gleich unter die Dusche springen würde.

»Hi«, rief ich.

Er zuckte kurz zusammen, sah mich und rief: »Guten Tag! Guten Tag, junger Mann!«

»Wartest schon lange?«, fragte ich ihn.

»Jajaja.« Er nickte heftig, um das zu bekräftigen.

»Tut mir leid. Kam nicht so schnell durch.«

»Verstehe, verstehe.« Er nickte wieder.

Sein Anzug sah abgetragen aus, sein weißes Hemd war fleckig und er hatte keine Tüte dabei. Also hatte er keine frischen Sachen mitgenommen. Als wir die Straßen hochgingen, redete ich mir die Situation schön. Nur Balduin stinkt, sein Anzug hat nichts damit zu tun. Wenn er geduscht hätte, würde man nichts mehr riechen.

Als wir ins Badezimmer gingen, schaute er auf die Badewanne. »Baden-Baden«, sagte er. Ich wusste nicht, ob das eine Frage sein sollte. Wollte er lieber baden als duschen?

Balduin sagte aber nichts mehr und starrte nur weiter auf die Wanne. Vielleicht war es sogar besser, wenn er badete. Dann würde er so richtig eingeweicht. Einmal abduschen reichte bei dem Gestank bestimmt nicht.

Ich ließ ihm Wasser ein und goss die ganze Schaumbadflasche dazu. Es fing sofort kräftig an zu schäumen, und es roch nach Rosen. Ich warf ihm den Naturschwamm meiner Mutter in die

Wanne, fand noch eine Quietsche-Ente auf der Fensterbank und warf sie mit hinein. Dann legte ich ihm ein Handtuch aufs Waschbecken.

Balduin nahm das Handtuch in die Hand und begutachtete es von allen Seiten.

»Aber ich sollte doch ein großes bekommen!«, jammerte er.

»Wieso?«, fragte ich.

»Ich brauche doch ein großes Handtuch!«

Stimmt, ich hatte ihm ja ein Saunatuch versprochen.

»Moment«, sagte ich, lief ins Gästezimmer, wo zwei riesige Kleiderschränke standen. In einem fand ich auch Saunatücher.

Mittlerweile war die Wanne halb voll. Balduin hielt einen Finger ins Wasser und war zufrieden. Er fing an, sich auszuziehen. Er legte sein Sakko über die Duschabtrennung. Sein weißes Hemd war schweißgetränkt. Es klebte an seiner Haut, weil er kein Unterhemd trug.

Wer trägt bei dem Wetter schon ein Sakko, dachte ich. Da muss man sich ja totschwitzen.

Balduin fing an, sein Hemd aufzuknöpfen, da hielt er inne und schaute mich an.

»Ja?«, fragte ich.

»Bitte«, piepste er. »Meine Intimsphäre!«

»Klar«, sagte ich und ging raus. Nach zehn Minuten rief er: »Hallo! Junger Mann!«

Obwohl die Wanne voller Schaum war, sah ich doch, dass sie nicht schmaler hätte sein dürfen. Sein wulstiger Körper füllte alles aus. Er schien sich trotzdem wohlzufühlen.

»Bitte den Rücken waschen«, piepste er und drückte mir den tropfenden Schwamm in die Hand.

»Dann beug dich etwas vor«, antwortete ich. »Wie soll ich sonst da drankommen.«

Er versuchte mit dem Oberkörper nach vorne zu wippen, aber es war wohl zu glatt, und er platschte wieder nach hinten. Eine Flutwelle schwappte über die Wanne. Meine Schuhe wurden ganz nass. Balduins Füße guckten am Ende der Badewanne raus. Sein übriger Körper war unter Wasser, außer seinem Gesicht, das gerade noch so rausguckte. Seine Hände kamen unter dem Schaum hervor und hielten sich am Badewannenrand fest.

»Hilfe«, piepste er.

Ich stellte mich ans Kopfende und griff unter seine Arme. Mein Gott, er war schwer wie ein Walross. Weil ich ihn nach oben zog, dachte er wohl, er müsste nichts mehr tun.

»Jetzt hilf mal mit«, motzte ich.

Er drückte sich mit den Armen hoch und saß endlich mit halbwegs geradem Rücken in der Wanne. Dabei war mir wieder ein Schwall Wasser auf meine Jeans geschwappt. Ich griff mit der rechten Hand den Schwamm. Mit der Linken drückte ich gegen seinen Schwabbelrücken, damit er nicht wieder rückwärts ins Wasser fiel. Sein Rücken war voller Pickel und alten Schweißschichten. Ich sagte: »Halt dich richtig fest«, ließ ihn los und holte den Rückenschrubber meiner Mutter aus der Dusche.

»Nein, nein!«, piepste Balduin. »Das kratzt!«

»Hab dich nicht so«, sagte ich. »Mit dem Schwamm wird das nichts.«

Obwohl ich gar nicht fest schrubbte, schrie Balduin immer »Aua, aua!«, sobald ich ihn mit dem Schrubber berührte. Ich wollte es nun wissen und legte ihm den Schrubber an den Rücken ohne sonst irgendwas zu machen, und er schrie wieder: »Aua, aua!«

»Und die Haare?«, fragte ich ihn dann.

»Nein!«, piepste er. »Das brennt in den Augen.«

Aber seine Haare stanken am meisten.

»Das nützt alles nichts, wenn die Haare so schmutzig bleiben«, sagte ich. »Dann stinkst … riechst du immer noch.«

Er klatschte mit der rechten Hand aufs Wasser, dass es spritzte. »Nein, nein, nein!«, piepste er trotzig wie ein Kleinkind.

»Mach die Augen doch zu«, sagte ich.

»Nein, nein!«

»Wieso?«

»Dann sehe ich nichts mehr«, schmollte er.

»Das ist nun mal so, wenn man die Augen zumacht«, sagte ich.

»Dann weiß ich nicht mehr, wo ich bin!«

Mein Gott, Balduin war noch komplizierter als Natalie.

»Wo sollst du denn schon sein. Denkst du, du bist auf einmal im Wohnzimmer, wenn du die Augen wieder öffnest?«

»Ja ja, das kann so sein«, piepste er und nickte eifrig.

»Machen wir einen Deal«, schlug ich vor. »Du machst die Augen zu. Ich wasche dir die Haare und passe auf, dass du dabei im Bad bleibst.«

Er überlegte. Das kam ihm immer noch nicht geheuer vor.

»Na gut, na gut«, piepste er dann. »Aber Sie müssen mir immer sagen, wo ich bin.«

So ein Quatsch, dachte ich. Aber angesichts der stinkenden Haare sagte ich: »Wenns sein muss.«

Ich nahm das Shampoo meiner Mutter, weil es am stärksten roch, und spritzte ihm die halbe Flasche auf den Kopf. Balduin kniff die Augen zusammen.

»Wir sind im Bad, im Bad, im Bad«, sang ich.

Es war komisch, die Haare eines Fremden in den Händen zu halten und darin rumzuwühlen.

In meinem Leben hatte ich noch nie jemand anderem die Haare gewaschen. Friseur war nie mein Traumberuf gewesen. Seine Haare fühlten sich an, als hätte er sie in eine Fritteuse getunkt. Das Wasser perlte an ihnen ab. Ich dachte an manche Tiere, die sich einfetten, um wasserabweisend zu sein. Balduin zappelte wieder.

»Ja doch. Wir sind im Bad«, sagte ich wieder und duschte seinen Kopf ab. Danach fühlten sich die Haare immer noch fettig an. »Noch einmal«, sagte ich. »Augen zulassen. Wir sind im Bad.«

Ich presste die Shampoo-Flasche ganz aus und wusch seine Haare noch ein zweites Mal. Balduin zog wieder einmal seine Schultern hoch.

»Wir sind im Bad«, sagte ich, »im Bad, im Bad, im Bad«, wusch weiter und Balduin entspannte sich.

Nachdem ich ihn noch mal mit klarem Wasser abgebraust hatte, fühlten sich seine Haare an wie normale Haare, jedenfalls so wie meine nach dem Duschen.

Ich gab Balduin ein Handtuch, damit er sich das Gesicht trocknen konnte, und ging dann zur Duschabtrennung. Im Bad stank es immer noch. Balduins Klamotten müffelten durch den ganzen Raum. Ich nahm seine stinkenden Sachen, und Balduin protestierte.

Er konnte aber nichts machen. Er saß in der Wanne fest.

Ich lief mit seiner Kleidung in den Keller. Dabei wurde mir fast wieder schlecht.

Unten leerte ich die Taschen seiner Hose. Ich musste schließlich auch immer meine Hosentaschen leeren, bevor ich sie in den Wäschebehälter schmiss. In den Taschen waren einige karierte Stofftaschentücher, die ich mit in die Waschmaschine warf. Ein abgewetztes Portemonnaie war auch noch drin. Ich zwang mich, nicht hineinzusehen.

Ich gab Waschpulver hinzu und fragte mich, was ich einstellen sollte. Es gab sogar ein Kurzwaschprogramm, das ich dann auch wählte. Ich stellte auf 60 Grad und drückte auf »An«.

Als ich wieder ins Bad zurückkam, piepste Balduin: »Mein Anzug, mein Anzug!« Er fuchtelte mit den Händen und fiel wieder nach hinten. Eine riesige Flutwelle schwappte schon wieder über den Wannenrand.

»Der Anzug ist in der Wäsche«, sagte ich.

»Wäsche?«, piepste er entsetzt.

»Wo denn sonst.«

»Nur chemische Reinigung!«, piepste er laut.

»Zu spät«, sagte ich. »Ein bisschen Wasser wird schon nicht schaden.«

»Scheibenkleister!«, piepste er. »Scheibenkleister!«

»Reg dich ab«, sagte ich.

Er sackte kurz zusammen, fand sich aber anscheinend mit dem Schicksal seines Anzugs ab.

»Biste fertig?«, fragte ich ihn.

»Nein, meine Füße«, piepste er, »die erreiche ich nicht.«

Er hielt sich mit den Händen wieder am Wannenrand fest und streckte einen Fuß in die Höhe.

Toll, dachte ich. Zuerst Haare waschen und jetzt auch noch Füße schrubben.

»Ich komme da nicht ran!«, piepste er weiter.

Sein rechter Fuß, den er in die Höhe streckte, war wirklich ziemlich schwarz. Ich nahm eine Flasche Duschgel aus der Dusche und drückte so viel wie möglich raus. Dann nahm ich wieder den Rückenschrubber meiner Mutter und schrubbte seine Füße. Dieses Mal protestierte er nicht. Vielleicht konnte er auch nicht vor Lachen.

»Huhuh, uijaui, juh, jah, huhu«, gluckste er wie ein dickes Baby.

Langsam wurde sein Fuß heller. Ich nahm mir den linken Fuß vor, und während ich schrubbte, gluckste er wieder. Seine Fußnägel waren so lang, dass sie sich schon fast bogen. Nein, ich würde ihm nicht auch noch die Fußnägel schneiden. Nein, sagte ich mir wieder. Nein, nein und nochmals nein. Aber mit diesen Nägeln stieß er bestimmt an seine Schuhe, was wehtun musste. Nein! Haare und Füße war schon mehr als genug. Jemandem die Fußnägel zu schneiden war einfach widerlich. Aber er kam wirklich nicht selbst an seine Füße.

»Warte hier«, hörte ich mich sagen. »Ich hole den Nagelknipser meiner Mutter.« Wieso sagte ich das? Egal, jetzt konnte ich nicht mehr zurück.

»Wieso Nagelknipser?«, fragte Balduin.

»Ich hab keinen Bock dazu, aber deine Fußnägel stoßen doch schon gegen deine Schuhe.«

Ich erwartete ein empörtes Piepsen, aber er piepste dankbar: »Au ja, das ist sehr freundlich.«

Seine Nägel waren dick und eingewachsen. Ich machte so schnell wie möglich, weil ich mich doch sehr ekelte. Ich konnte mir nicht vorstellen, so was den ganzen Tag zu machen wie diese Frauen mit ihrer medizinischen Fußpflege.

»Das Wasser muss doch schon kalt sein«, sagte ich dann und meinte: Komm endlich raus.

»Nein, es ist noch schön warm«, sagte Balduin.

»Nun komm endlich«, sagte ich.

Ich lief aus dem Bad und kam mit zwei Bettlaken wieder. Balduin kam nicht richtig hoch. Er rutschte immer wieder ab. Ich griff ihm wieder unter die Arme, bis er in der Wanne stand, sagte: »Wickel dir nach dem Trocknen die Tücher um« und ging dann raus.

Irgendwann piepste er: »Und nun?«

Ich lief wieder ins Bad. Er hatte sich halbwegs abgetrocknet. Seine Haare trieften noch. Die zwei Laken hatte er sich vorbildlich um den Elefantenkörper gewickelt.

»Geh erst mal ins Wohnzimmer«, sagte ich.

»Aber wenn mich jemand sieht!«, piepste er aufgeregt.

»Ist keiner da«, sagte ich.

Ich holte noch ein zweites Saunatuch und legte es aufs Sofa.

»Setz dich einfach da hin«, sagte ich. »Ich schau mal nach deinen Klamotten.«

Es war seltsam, dass Balduin nun in dem Raum saß, in dem meine Eltern sich immer angeschrien und geprügelt hatten. An dem Marmortisch hatte meine Mutter die Bierflaschen zerbrochen. Aber der Tisch war robust. Jedenfalls sah man keine Kratzer.

Ich lief in den Keller, der Schnellwaschgang schien zu Ende zu sein. Ich nahm die Klamotten raus, steckte sie in den Trockner und stellte ihn an.

Eigentlich ist Wäschewaschen idiotensicher, dachte ich. Alles ist beschriftet, da kann man gar nichts falsch machen.

Ich ging wieder nach oben. Balduin hatte den Fernseher eingeschaltet und sah sich einen Kung-Fu-Film an. Der interessierte mich auch. Vielleicht musste ich mich ja mal wieder prügeln. Aber der Film war einfach bescheuert. Die Leute flogen herum, rannten Mauern hoch und kämpften auf Baumkronen, als seien sie Superman. Da waren mir die Jackie-Chan-Filme lieber. Da konnten die Leute nicht fliegen.

»Oh, ui«, rief Balduin, wenn diese Leute wieder abhoben.

»Deine Sachen sind im Trockner«, sagte ich. »Vielleicht dauerts noch zwanzig Minuten.«

»Trockner?«, piepste Balduin entgeistert. »Sie haben meinen Anzug in den Trockner getan?«

»Der wird sonst nie trocken«, sagte ich. »Dann verpassen wir ja die Party.«

Balduin widmete sich schon wieder dem bescheuerten Film. Ich fragte mich, ob es ihn gar nicht störte, dass die Leute die ganze Zeit durch die Luft flogen.

Irgendwann ging ich runter. Das Lämpchen leuchtete bei »Ende / Knitterschutz«. Ich griff mir die Sachen und trug sie hoch.

Balduin hielt das Sakko hoch, und ich musste zugeben, dass es nur noch einem Kind gepasst hätte. Er legte es schweigend zur Seite und hielt seine Hose hoch. Er hätte sie jetzt als kurze Hose tragen können, wenn die Breite nicht auch abgenommen hätte. Dann sah er sein weißes Hemd an. Es war noch genauso groß wie vorher. Auch seine altbackene Unterhose war nicht eingelaufen, seine Socken nicht und auch nicht die drei karierten Stofftaschentücher.

»Das ist doch eine gute Bilanz«, sagte ich, »dafür, dass ich das erste Mal gewaschen hab. Zwei Teile eingelaufen, sechs Teile noch in Ordnung.«

Balduin schaute doof. »Und nun?«, fragte er.

Das war eine gute Frage.

»Hast du nicht zu Hause bei dir noch frische Sachen?«, fragte ich.

»Zu Hause? Frisch?«, fragte er.

Ich sah ein, dass er nicht mit einem Hemd und einer Unterhose bekleidet durch die Gegend laufen konnte. Das hieß: Ich musste also mein letztes gespartes Geld ausgeben, um ihm eine Hose und eine Jacke zu kaufen. Obwohl – die Jacke konnte ich mir sparen. Es war viel zu schwül dafür.

Ich atmete tief ein, um zu sehen, wie er nun roch. Ich musste zugeben, dass immer noch ein süß-saurer Geruch da war, aber längst nicht mehr so schlimm wie vorher. Ich lief ins Bad, holte das Joop-Parfüm meiner Mutter und sprühte ihn ein.

Wie in Jonas' Küche hob er wieder die Arme, als würde er sich ergeben, und rief: »Na gut, na gut.«

Ich sprühte die Flasche halb leer und war zufrieden mit meinem Werk. Dieser Joop-Geruch war auch widerlich süß, aber anders. Ich musste sogar zugeben, dass das Billigparfüm von Jonas' Mutter besser gerochen hatte.

Aber jetzt war wirklich nichts mehr zu riechen.

»Du ziehst dich an und ich geh zur Hauptstraße und kauf dir 'ne neue Hose.«

»Was soll ich denn anziehen?«, piepste er entrüstet.

»Na das Hemd, die Unterhose und die Socken.«

»Na gut.«

Eine Hummel ist kein Elefant

In Brackwede gingen die Uhren anders. Samstags hatten die Läden nur bis ein Uhr dreißig auf. Also war es eigentlich hoffnungslos. Ich ging trotzdem die Hauptstraße entlang. In der Ferne sah ich ein paar Kleiderständer draußen stehen. Aus irgendeinem Grund hatte der Kik noch auf.

Obwohl der Laden schon seit Jahren hier war, hatte es mich noch nie da hineingezogen. Draußen waren irgendwelche Angebote in knalligen Farben und kleinen Größen. Drinnen gab es nicht nur Kleidung, sondern auch Plastikspielzeug, Spülschwämme und anderen Kram.

Ich quetschte mich durch die engen Gänge und schaute hier und da. Es waren nur kleine Größen zu sehen. Für Männer war sowieso kaum etwas dabei. Also ging ich zur Kasse und fragte nach Männerhosen in Übergrößen.

»Wir haben keine Übergrößen«, sagte die Verkäuferin.

»Haben Sie denn Frauenhosen in Übergrößen?«

»Wir haben überhaupt keine Übergrößen.«

Sie schien nicht sehr daran interessiert zu sein, mir etwas zu verkaufen.

»Und mit Gummizug?«, fragte ich.

»So dick sind Sie doch gar nicht«, sagte sie.

»Ist nicht für mich«, sagte ich.

Sie überlegte nun doch. »Männer- oder Frauenhose ist egal?«, fragte sie.

»Eigentlich nicht, aber besser für 'ne Frau als gar nichts«, sagte ich.

»Es ist also für einen Mann«, sagte sie und schaute durch den Laden.

»Kann aber auch für 'ne Frau sein«, betonte ich noch mal.

»Da fällt mir was ein: Es ist zwar keine Übergröße, aber da passen alle hinein.«

Sie lächelte selbstzufrieden.

»Gut«, sagte ich. »Das hilft mir schon mal weiter.«

Sie streckte sich und zeigte in eine Richtung: »Da ganz hinten rechts.«

Ich ging in die Richtung, fand aber keine Gummizughosen.

»Wo denn?«, rief ich nach vorne.

»Sie stehen direkt davor!«

Vor mir war aber nur ein Kleiderständer mit Tüchern.

»Diese Tücher?«, rief ich wieder nach vorne.

»Das sind keine Tücher. Das sind Wickelröcke.«

»Ich wollte Hosen!«, rief ich.

»Sie haben gesagt, egal ob für Mann oder Frau!« Nun klang sie beleidigt.

»Ja, egal ob Männer- oder Frauenhosen«, rief ich zurück.

Eine dicke Frau, die uns die ganze Zeit beobachtet hatte, witterte wohl ein Geschäft.

»Sie können meine Hose haben«, sagte sie. »Was geben Sie dafür? Hundert Euro?«

»Wollen Sie untenrum ohne nach Hause gehen?«, fragte die Verkäuferin.

»Ich kann mir davon einen Wickelrock kaufen und den Rest behalten«, sagte sie.

Ich fragte mich, was die dicke Frau in diesem Laden zu suchen hatte, wenn ihr hier nichts anderes passte als diese Wickelröcke. Sie hatte eine Packung Küchenschwämme in der Hand. Wahrscheinlich war sie gar nicht hierhin gekommen, um Kleidung zu kaufen. Ich sah mir die Hummeltaille der Frau an.

Nach kurzer Begutachtung sagte ich: »Sie sind nicht dick genug.«

»Das hat mir noch nie jemand gesagt!«, schnauzte die Frau beleidigt, schmiss die Packung Schwämme zurück auf den Wühltisch und verließ den Laden.

»Sie sind geschäftsschädigend«, sagte die Verkäuferin nun in richtig mieser Laune.

Ich sah auf die Uhr, die über ihr hing. Es war schon kurz vor acht. Zu einem anderen Geschäft würde ich es nicht mehr schaffen. Und die Schotten trugen doch auch Röcke. Außerdem kam dann auch etwas Luft an Balduins Beine. Dann würde er nicht mehr so stinken.

»Welches ist das größte Tuch?«, fragte ich.

»Die Wickelröcke haben alle eine Einheitsgröße«, sagte sie wieder etwas besänftigt. »Nur die Muster sind unterschiedlich.«

Ich schaute eins nach dem anderen durch, aber die Muster waren alle hässlich.

»Wir schließen jetzt gleich«, sagte die Verkäuferin.

Ich schaute weiter und nahm dann eins, das kariert war. So konnte dieser Wickelrock wenigstens als Schottenrock durchgehen. Der Rock kostete nur 5,99 Euro, was ich sehr billig fand.

Zu Hause saß Balduin nun in Unterhose und weißem Hemd auf dem Sofa und schaute immer noch diesen bescheuerten Kung-Fu-Film. Seine Haare hingen ihm wirr vom Kopf herab. Vor dem Baden hatten sie platt und fettig am Kopf geklebt. Ich ging ins Bad, holte die Bürste meiner Mutter, aber als ich sie ihm reichte, schüttelte er den Kopf.

»Das ziept!«, piepste er.

»So ist das nun mal, wenn die Haare so lang sind.«

»Nein, nein, nein!«

»Du hast gebadet, ich hab dir die Haare gewaschen, und nun kannst du auch noch diese Kleinigkeit machen«, sagte ich. »Ich bin nicht dein Friseur. Kämm dich selbst.«

»Nein!«, piepste er. »Sie sollen mich auch nicht kämmen!«

Ich sagte: »Was soll meine Mutter denn von dir denken?«

»Ihre Mutter ist auch da?«, fragte er.

Ich nickte.

»Aber das ziept!«, piepste er wieder.

»Dann halt mit einer Hand die Haare oben fest und kämm mit der anderen Hand.«

»Wie?«, fragte er.

Das dauerte mir zu lange. Es war schon nach acht, und ich hätte um sieben da sein sollen.

Ich nahm die Bürste, hielt ein großes Büschel Haare fest und fing an zu bürsten.

»Aua, aua!«, schrie er, obwohl das gar nicht ziepen konnte.

Ich machte nur so viel, dass es gerade nicht mehr ganz wirr aussah, und hörte auf. Er schrie immer noch »Aua, aua«, als ich schon längst nicht mehr bürstete.

»Hier«, sagte ich und hielt ihm die Tüte hin.

»Kik?«, piepste er beleidigt.

»Sorry«, sagte ich, »die anderen Geschäfte hatten schon zu.«

Er griff gespannt in die Tüte und zog das karierte Tuch heraus.

»Ein Schal?«, fragte er.

»Ein Schottenrock«, sagte ich.

»Ein Rock?«, piepste er noch höher als sonst.

»Ist modern«, behauptete ich. »Und bei dem Wetter schön luftig.«

Balduin klatschte mir seiner dicken Hand aufs Ledersofa.

»Nein, nein, nein!«, piepste er aufgeregt. »So etwas ziehe ich nicht an!«

»Hab dich nicht so.«

»Nein, nein, nein!«

»So spät ging nichts mehr.«

»Ich habe viel Eseliges gemacht! Aber ich bin immer ordentlich unter die Leute gegangen!«

»Sehr ordentlich.«

»Danke.« Seine Gesichtszüge entspannten sich wieder.

»Das war Ironie«, sagte ich.

»Wieso?«, piepste er. »Ich war doch immer ordentlich gekleidet!«

»Da versteh ich was andres drunter.«

»Wieso?«

»Erstens«, sagte ich, »ist es sowieso egal, was du anhast oder nicht anhast bei deinem Gestank.«

»Oh!«, piepste er überrascht.

»Zweitens sind deine Hosen dreißig Zentimeter zu kurz. Drittens sind deine Sachen speckig und abgetragen. Viertens kleben deine Haare immer fettig am Kopf.«

»Oh, oh!«, piepste er nun ganz entsetzt. »Ich muss mir in Zukunft mehr Mühe geben!«

Hartmuts Party

Ich hatte ihm erklärt, dass dieser Rock immer weiter gebunden werden konnte. »Das heißt«, so erklärte ich, »dass du so viel essen kannst, wie du willst, und es zwickt trotzdem nicht am Bauch.« Damit hatte ich einen Nerv bei ihm getroffen. »Au ja«, hatte er gerufen.

Als wir am Jahnplatz ausstiegen, fragte ich mich, ob ich mit Balduin wirklich wieder über den Kesselbrink laufen sollte, aber es war einfach der kürzeste Weg, und meine Mutter würde schon sauer genug sein, weil ich erst um neun zur Feier kam. Balduin schaute sich ängstlich nach allen Seiten um, aber im Rock und mit luftigen Haaren, hätte man ihn sowieso nicht erkannt. Früher war er ja der »Anzugmann« für mich gewesen. Wir konnten den Kesselbrink ohne Zwischenfall überqueren und nahmen auch eine Abkürzung über den Ravensberger Park, um schneller zur Heeper Straße 55 zu kommen.

Vor dem Haus drückte ich auf die Klingel »Kirchner«, hörte den Summton und lief nach oben. Meine Mutter stand schon an der Tür und guckte böse. Aus der Wohnung kam Stimmengewirr. Die Bude schien voll zu sein.

Nun war auch Balduin oben angekommen, sah meine Mutter und sagte: »Guten Abend gnädige Frau.«

Meine Mutter riss die Augen auf und musterte ihn und seinen Schottenrock.

»N'Abend«, sagte meine Mutter tonlos.

»Das ist Balduin, Doktor der Mathematik«, stellte ich ihn vor.

»Ich heiße Ronald!«, piepste Balduin empört.

»Angenehm«, sagte meine Mutter irritiert, ließ uns aber rein.

Ich stellte mich Hartmut vor und übergab mein Geschenk. Er öffnete es gleich. Meine Mutter stand natürlich die ganze Zeit dabei, um zu sehen, was ihr braver Sohn denn schenkte. Als sie hörte, dass es ein Eierpiepser mit dem Namen »Hartmut« war, der piepte, wenn ein Ei hartgekocht war, sah ich, dass sie innerlich kochte. Hartmut nahm es gelassen und sagte, er esse lieber Rührei. Zu Balduin sagte er nur: »Hi.«

Als ich zum Büfett gehen wollte, zog sie mich in eine Ecke.

»Was fällt dir ein!«, zischte sie.

»Was?«, fragte ich.

»Diese Anspielung mit den hartgekochten Eiern.« Ihr Gesicht war so verkniffen, dass ich dachte, sie würde gleich losschreien. Aber das ging ja nicht auf einer Party. Sie schnaufte, und ich dachte, gleich platzt sie, weil sie keinen Dampf ablassen kann wie zu Hause.

»Du freches Bürschchen«, zischte sie mir ins Ohr. »Warte mal ab, bis ich morgen nach Hause komme.«

»Was dann?«, fragte ich.

»Du wirst dein blaues Wunder erleben. Und dann auch noch dieser fette Kerl.«

Ich ließ sie stehen und ging zum Büfett, wo Balduin schon seinen Teller gefüllt hatte. Ich sah, dass er sich zwei Frikadellen, Nudelsalat, Kartoffelsalat, gemischten Salat, Schafskäse, Oliven und Brot aufgeladen hatte. Ich nahm mir auch einen Teller und türmte auf.

Meine Mutter schwirrte herum, füllte das Büfett auf und stellte Getränke nach. Das hätte sie bei einer Geburtstagsfeier meines Vaters nie gemacht, das Puttchen zu spielen. Ab und zu kniff Hartmut ihr in den Po, worauf sie ihn sauer ansah und dann weiter für Essen und Getränke sorgte.

Balduin hatte sich allein ans Fenster gestellt und aß genüsslich von seinem Teller. Er nahm die schiefen Blicke der anderen gar nicht wahr.

Ich sah mich um. Die Wohnung war groß. Vielleicht wirkte es nur so, weil die Räume so hoch waren. Sie war in etwa so eingerichtet wie unsere, vielleicht etwas dunkler durch die alten Möbel.

Hartmut schwatzte hier und da. Er gefiel sich in der Rolle des relaxten Gastgebers. Meine Mutter hetzte weiter hin und her und sah genervt aus. Hier war sie nicht mehr die Herrscherin wie bei uns zu Hause. Hartmut hatte eindeutig die Hosen an.

Einmal kam er vorbei und fragte uns: »Gefällt es euch? Gehts euch gut?« Ich nickte stumm mit vollem Mund, und Balduin schaute nur schüchtern auf seinen Teller.

»Meine Jungs sind noch nicht da«, sagte er. »Aber die kommen gleich, müssten dein Alter sein.«

»Sechzehn?«, fragte ich.

»Nee, bisschen älter. Zweiundzwanzig.«

»Und der andere?«

»Welcher andere?«, fragte er, stutzte dann kurz. »Ach so, die beiden sind Zwillinge, daher gleich alt.«

Zwillinge waren immer interessant. Sah der eine wirklich haargenau so aus wie der andere? Hatten sie genau die gleiche Stimme und Körpersprache? Ich suchte bei Zwillingen immer nach den feinen Unterschieden, bis ich welche fand.

Balduin hatte die erste Berglandschaft auf seinem Teller schon aufgegessen und machte sich bereit für die zweite Runde. Ich glaube, er war jetzt wirklich froh, dass er seinen Rock unauffällig weiterwickeln konnte. Als er wiederkam, murmelte er: »So lecker, so lecker.«

Ich schaute mich weiter um. Die Leute standen in kleinen Grüppchen zusammen und redeten über die Arbeit, die richtige Kindererziehung, über Urlaub und Eigentumswohnungen. Das war nicht meine Welt. Vielleicht wurde es wirklich lustiger, wenn Hartmuts Söhne kamen.

Auf einmal standen Manni und sein Kumpel im Raum. Der Grüne und der Blaue. Ich glaubte zu träumen. Im selben Augenblick musste Balduin die beiden entdeckt haben, denn er ließ seinen Teller fallen. Es klirrte, das Essen verteilte sich auf dem Boden. Balduin schaute entsetzt.

»Nicht schlimm«, rief Hartmut durch den Raum, und meine Mutter verdrehte die Augen.

Manni und sein Kumpel schauten uns ebenso überrascht an, aber da lief Hartmut auch schon auf die beiden zu und sagte: »Da seid ihr ja.«

Er zog sie zu uns hin, während meine Mutter mit einem Handfeger um uns her fegte, und sagte: »Das sind meine Söhne Manni und Olaf.« Zu den beiden sagte er: »Das ist Addi, der Sohn von Susanne, und das neben ihm ist sein Freund …« Er schaute Balduin auffordernd an, aber der starrte ihn nur mit offenem Mund an.

Weder Balduin noch ich sagten »Hallo« zu Manfred und Olaf, und Manfred und Olaf glotzten uns an, als seien wir Außerirdische.

Das kam Hartmut jedoch nicht merkwürdig vor. Er sagte in die Runde: »Amüsiert euch schön«, klopfte Manni auf den Rücken und ging zu seinen Bekannten, nicht ohne auf dem Weg dorthin meiner Mutter wieder in den Po zu kneifen, die sich gerade bückte, um eine Olive aufzufegen.

»Blödmann« hörte ich sie zischen, aber Hartmut ging lachend weiter.

Ich schaute Manni und Olaf immer noch an. Balduin stotterte: »B-b-bitte.«

Manni und Olaf blieben stumm. Sie trugen heute nicht ihre Bomberjacken, sondern T-Shirts im Bundeswehr-Look. Sie hatten doch nicht so dünne Ärmchen, wie ich vermutet hatte.

»Du Schwuchtel«, sagte Manni leise zu Balduin. Dann sah er mich an: »Mit dir haben wir auch noch 'ne Rechnung offen.«

Olaf kam so dicht an mich heran, dass er an den Teller stieß, den ich in der Hand hielt.

»Du bist also der Sohn dieser Schlampe«, sagte er genauso leise wie Manni.

»Mutti!«, rief ich meine Mutter.

Sie war fertig mit Auffegen, hatte aber noch das Kehrblech in der Hand.

»Ja?«, rief sie zurück.

»Komm doch mal!«

Sie kam auch wirklich.

»Hallo Manni, hallo Olli«, begrüßte sie die beiden.

Manni und Olaf drehten sich zu ihr um und sagten brav im Chor: »Hallo Susanne.«

»Was gibts?«, fragte sie mich dann.

»Olaf hat was über dich gesagt.«

Sie schaute erwartungsvoll zu Olaf. Der zuckte aber mit den Schultern, als wüsste er nicht, was ich meinte.

»Ja?«, fragte sie ihn.

Er schaute weiter unschuldig und sagte: »Ich weiß nicht, was er meint.«

Jetzt sah sie mich wieder an.

»Er hat gesagt, du seist eine Schlampe«, sagte ich.

»Petze«, fuhr es aus Olaf heraus. Dann besann er sich schnell: »Das habe ich wirklich nicht gesagt. Wieso sollte ich so was sagen?«

Meine Mutter schaute abwechselnd zu Olaf und mir.

»Er hat das nicht gesagt«, mischte sich jetzt auch Manni ein. Schauspielern konnten die beiden richtig gut.

Ich sah Balduin an. Er war mein Zeuge. Doch der schlotterte nur und brachte keinen Ton raus. Aber schließlich war ich ihr Sohn. Sie musste mir glauben.

Zu Manni und Olaf sagte sie: »Ich glaube auch nicht, dass Olli so etwas sagt. Addi ist in letzter Zeit etwas komisch.«

Sie schaute mich mit einem Blick an, der sagte: »Warte, bis wir zu Hause sind.« Dann ging sie weg.

Da wir etwas abseits am Fenster standen, hielten sich Manni und Olaf mit ihren leisen Drohungen nicht zurück. Dass Balduin wie ein Kaninchen zitterte, kurbelte ihre Laune nur noch weiter an.

»Wenn ihr nach Hause geht, seid ihr dran«, sagte Manni.

Balduin kniff seine Augen zusammen und hielt sich die Ohren zu. Vielleicht träumte er sich an einen anderen Ort. Er fing sogar an, vor sich hin zu summen, um Mannis Drohungen nicht mehr zu hören.

Olaf lachte Balduin aus, und wenn meine Mutter nicht in der Wohnung gewesen wäre, hätte ich ihm meinen Teller ins Gesicht gedrückt.

Auch Manni lachte mit.

Ich stellte meinen Teller auf dem Tisch ab und sagte: »Lass uns vor die Tür gehen, dann trete ich dir noch mal in die Eier.«

Manni packte mich am Kragen, aber Hartmut schien das mitbekommen zu haben und schnauzte von irgendwoher: »Manni! Mach keinen Ärger!«

Manni ließ mich sofort los. Die anderen Gäste starrten jetzt zu uns rüber. Sie hatten schon vorher ab und zu wegen Balduin und seinem Schottenrock geguckt, aber jetzt merkten sie, dass etwas in der Luft lag. Sie sahen aus wie Krankenpfleger und Sozialpädagogen. Aber sie hofften auf Action. Sie würden gaffen und nachher die Nase rümpfen über die verrohte Jugend. Dabei waren sie viel schlimmer. Bei Prügeleien live dabei sein, ohne Prügel einstecken zu wollen. Es sprach niemand mehr.

Manni und Olaf hielten die Klappe, weil nun selbst der leiseste Satz zu hören gewesen wäre. Balduin schlotterte weiter. Es sollte etwas passieren, aber es passierte nichts.

»Eine Cola light koffeinfrei«, sagte ich zu Manni. »Aber pronto!«

»Sackgesicht«, sagte Manni. Ihm war jetzt offenbar egal, was die anderen dachten.

»Manni«, motzte Hartmut wieder. »Nicht immer diese Fäkalsprache!«

Er war der Einzige im Raum, der diese Spannung zwischen uns nicht ernst nahm. Meine Mutter schien etwas ratlos zu sein.

»Manni«, sagte ich. »Zeig mal deine Eier. Die sind bestimmt tiefblau, obwohl Ostern schon vorbei ist.«

»Kanake«, sagte Manni.

»Manni!«, rief Hartmut. »Das ist der Sohn von Susanne! Das ist kein … Türke. Und sag nicht mehr ›Kanake‹.«

Er schaute meine Mutter an, damit sie mich auch zurechtwies, weil ich etwas über die Farbe von Mannis Eiern gesagt hatte.

Balduin kriegte sein Schlottern immer noch nicht in den Griff: »B-b-bitte. Eine Bratwurst ohne Senf.«

»Ich schneid dir gleich deine Wurst ab, du Tunte«, sagte Olaf. Ihm schien jetzt auch egal, ob die anderen ihn hörten.

»N-n-nein, b-b-bitte – n-nicht«, piepste Balduin und fing an zu heulen.

Ich fragte mich immer noch, wieso niemand eingriff. Hatten die vorhin nicht über Kindererziehung gesprochen?

Ich warf einen kurzen Blick in die Runde. Die anderen glotzten dumm wie Schafe. Genauso wie die 9 a. Nur waren sie sich zu fein, um jemanden von uns offen anzufeuern. Insgeheim wünschten sie sich aber, dass es endlich losging.

Ich hatte Balduin etwas Gutes tun wollen. Er hatte sich an dem Büfett voll essen sollen. Außerdem hatte mich interessiert, ob die anderen überhaupt bemerken würden, dass er nicht normal war. Aber jetzt kam mir Balduin viel normaler vor als diese ganze scheinheilige Meute. Wie konnten die nur so blöd rumstehen und zuschauen, wie sich alles hochschaukelte? Sie hatten gehört, dass Olaf Balduin gedroht hatte. Sie sahen, dass Balduin heulte, aber sie warteten immer noch auf mehr.

»Hartmut«, sagte meine Mutter, und als er nicht reagierte, wiederholte sie: »Hartmut!«

»Was denn?«, fragte Hartmut.

»Deine Jungs sollten gehen.«

»Wieso?«, fragte Hartmut. »Das ist meine Wohnung.«

»Ach ja?«, fragte meine Mutter.

Ich hörte den Trotz in ihrer Stimme. Es ging ihr wahrscheinlich gar nicht um mich. Sie hatte sich schon den ganzen Abend alles gefallen lassen, aber Hartmuts Satz »Das ist meine Wohnung« brachte bei ihr wohl etwas zum Überlaufen.

»Sind deine Söhne rechtsradikal?«, fragte jemand.

»Wer hat das gesagt?«, brüllte Hartmut. »Wer war das?«

»Ich«, sagte ein Mann mit Halbglatze und Koteletten.

»Was soll das, Klaus!«, brüllte Hartmut ihn an. »Tickst du nicht richtig!«

»Du tickst nicht richtig, wenn du das nicht siehst«, sagte Klaus.

Nun ging Hartmut auf ihn los, stoppte aber kurz vor ihm.

»Wiederhol das!«, sagte er drohend.

»Was?«

»Dass meine Söhne Nazis sind!«

»Unsinn, Klaus«, witzelte eine Rothaarige. »Die sind total alternativ, ökologisch, grün.«

Hartmut drehte sich um: »Gaby!«

»Ist doch egal, was sie sind«, sagte meine Mutter. »Hauptsache, die gehen jetzt.«

»Das ist meine Wohnung, und ich bestimme, wer geht!«, motzte Hartmut. »Das sind meine Söhne und das ist meine Feier!«

Eine blonde, etwas faltige Frau drängte sich nach vorn und schleimte sich ein: »Die Rechten sagen wenigstens, was wir alle denken.«

»Was?«, fragte eine kurzhaarige Frau. »Was heißt ›wir alle‹? Mir sprechen die nicht aus der Seele.«

»Du bist doch nur verlogen«, sagte die Blonde.

»Und du bist einfach blöde«, sagte die Kurzhaarige.

Die Blonde stellte sich vor die Kurzhaarige: »Wer ist blöde?«

»Du!«

»Und du? Gibs doch einfach zu!«

»Was?«

»Dass die ganzen Ausländer uns Deutsche ausnehmen.«

»Ich bin Halbgriechin«, sagte die Kurzhaarige.

»Ich hab nichts gegen Griechen«, sagte die Blonde. »Aber die Türken sind schlimm.«

»Zur anderen Hälfte bin ich Türkin«, sagte die Kurzhaarige.

»Ähm ja«, sagte die Blonde. »Dreißig Prozent der Türken sind okay. Nur die anderen siebzig Prozent …«

»Wusste gar nicht, dass du auch Türkin bist, Maria«, sagte ein langhaariger Mann.

»Wusste ich auch noch nicht«, sagte Maria.

Hartmut wandte sich wieder Klaus zu: »Raus aus meiner Wohnung.«

»Warum denn?«, fragte Klaus.

»Niemand sagt zu meinen Söhnen ›Nazis‹!«

»Dann will ich auch mein Geschenk wiederhaben«, sagte Klaus.

»Nimms dir da vom Tisch!«

Die Rothaarige und die Kurzhaarige schlossen sich Klaus an, wollten ihr Geschenk aber nicht wiederhaben.

Manni und Olaf standen immer noch vor mir.

»Ich gehe auch«, sagte ich, aber Manni und Olaf rührten sich nicht und machten auch nicht den Eindruck, als wollten sie mich vorbeilassen.

»Ich will vorbei«, sagte ich lauter.

Manni stellte sich nur noch breitbeiniger hin. »Du bleibst hier.«

Wahrscheinlich bekam meine Mutter doch noch Mitleid mit mir: »Lasst Addi durch!«

Manni blieb stehen, und Hartmut ließ ihn. Klaus hatte sein Buch wieder an sich genommen, ging zur Tür und rief, damit Hartmut es auch hörte: »Viel Spaß noch mit deiner Hitlerjugend.«

Hartmut lief ihm hinterher und stieß ihn gegen den Türrahmen. Die Rothaarige schrie auf und schubste ihn von Klaus weg. Die Kurzhaarige schleuderte ihre Tasche in Hartmuts Richtung, traf ihn aber nicht. Klaus löste sich benommen vom Türrahmen. Blut klebte am weißen Rahmen. Auch an seiner Nase klebte Blut. Seine Brille hing schief im Gesicht. Manni kam seinem Vater zu Hilfe, indem er der Kurzhaarigen den Arm verdrehte, aber die Rothaarige ohrfeigte ihn. Manni griff nun auch ihr Handgelenk. Die Kurzhaarige schrie.

»Lass«, sagte Hartmut zu Manni, aber der reagierte nicht. Olaf lief zu Manni, aber ich zog ihn am T-Shirt, und er klatschte auf die Holzdielen. Hartmut hatte eigentlich Manni von den Frauen wegscheuchen wollen, kam jetzt aber auf mich zu. Meine Mutter, die zwischen uns stand, wollte ihn aufhalten, aber er schubste sie zurück in die Menge. Zwei Männer gingen auf Manni zu, um den Frauen zu helfen. Kurz hoffte ich, dass Hartmut mich nur anbrüllen wollte, aber er sah nicht so aus. Hartmut schlug nach mir, zwar nur mit der flachen Hand, aber ich wich nach hinten aus und boxte ihn in den Bauch. Er hatte Muskeln, aber nicht so viele wie Simon. Außerdem hatte er den Schlag nicht erwartet und krümmte sich. Manni rangelte mit den beiden Männern, und Olaf war aufgestanden und wusste erst mal nicht, ob er Manni oder seinem Vater helfen sollte. Er beschloss, seinem Vater zu helfen, und kam auf mich zu. Hinter mir hörte ich Balduin »B-b-bitte« stottern.

Ich rammte Olaf meinen Kopf in den Bauch, so wie Zidane es bei Materazzi getan hatte. Olaf krümmte sich, aber Hartmut packte mich von hinten. Seine Arme umschlossen meinen Bauch und schnürten mich zusammen. Zwei Gäste kamen mir zu Hilfe, komischerweise auch die ausländerfeindliche Blondine, und versuchten Hartmut von mir wegzuzerren. Hartmut schrie: »Weg, weg!«, aber die beiden zerrten weiter. Ich hatte das Gefühl, dass mir das ganze Essen wieder hochkam. Ich trat ihm auf die Zehen, und sein Griff lockerte sich. Jetzt kam auch meine Mutter an und zerrte Hartmut ganz von mir weg. Hartmut klatschte ihr eine, und daraufhin gingen zwei Männer und zwei Frauen auf Hartmut los. Olaf hatte sich von meinem Kopfstoß erholt und zückte ein Butterflymesser. Ich dachte an den Atlas, den mein Vater immer als Schutzschild genommen hatte. Ich griff nach der Käseplatte. Olaf stach gegen die Platte und rutschte ab. Ich trat ihn gegens Knie, er schrie, und ich holte mit der Platte aus und schlug sie ihm gegen die Hand. Er schrie noch mal und ließ das Messer fallen. Manni hatte sich losgerissen. Hartmut lag bäuchlings ausgestreckt auf dem Boden. Zwei Männer saßen auf ihm. Den anderen schien nicht geheuer zu sein, dass Olaf ein Butterflymesser hatte, und sie erwarteten von Manni jetzt das Gleiche. Sie stellten sich ihm nicht in den Weg. Manni zückte aber kein Messer, sondern schlug zu. Ich wippte mit dem Kopf zurück. Er stieß mit dem anderen Arm vor und wollte mir an die Kehle. Ich schwankte noch weiter zurück, fiel hin, und Manni stürzte sich auf mich. Kurz nachdem mein Kopf auf den Boden geknallt war, schlug er mir gegens Kinn, und ich sah nur noch Sterne. Dann sackte auch Manni über mir zusammen. Ich sah meine Mutter hinter ihm zum Vorschein kommen. Sie musste ihm irgendwas über den Kopf gehauen haben.

Wahrscheinlich hatte ich eine Zeitlücke. Irgendwann ging ich auf meine Mutter gestützt das knarrende Treppenhaus hinunter und befand mich kurz darauf im grellen Licht der Krankenhausambulanz. Ich sollte über Nacht dableiben wegen Verdachts auf Gehirnerschütterung, aber ich hatte keine Lust, und meine Mutter musste unterschreiben, dass sie mich auf eigene Gefahr wieder mitnahm. Wir fuhren nach Hause, die Stadt war seltsam verzerrt, und meine Mutter sagte kein Wort. Als wir zu Hause waren, legte ich mich ins Bett und träumte wirres Zeug.

Benebelt

Als ich aufwachte, war es schon zwölf Uhr mittags. Ich hatte keine Lust aufzustehen, weil ich meiner Mutter nicht über den Weg laufen wollte. Aber wenn ich liegen blieb, schlief ich vielleicht wieder ein, und dann gabs wieder diese wirren Träume. Ich entschied, dass meiner Mutter über den Weg zu laufen besser war, als dieses Zeug weiterzuträumen, und drückte mich aus dem Bett.

Ich hörte keine Geräusche. Meine Mutter war entweder weggegangen oder schlief noch. Nach dem Duschen ging ich in die Küche und schaute auf den Parkplatz. Ihr Auto stand nicht da, also war sie weg. Ich atmete aus, denn ich hatte keine Lust, mir ihre Kommentare anzuhören. In der Küche schob ich einen Pad in die Kaffeemaschine, aber es gluckste nur komisch. Die Lampe blinkte hektisch. Ich stellte sie ab und schaute nach, ob der Pad richtig eingelegt war. Es schien aber alles zu stimmen. Erst nach einer Ewigkeit kam ich darauf, dass kein Wasser im Tank war. Kein Wunder, dass ich so lange gebraucht hatte, um das Offensichtliche zu sehen. Mein Kopf fühlte sich weich an. Die Welt sah seltsam aus, wie nach einem langen Winterschlaf. Mir war noch schwindelig. Endlich lief mein Kaffee durch. Als die schwarze Brühe in den Becher tröpfelte, fühlte ich mich erleichtert. Es duftete stärker, als der Kaffee nachher wirklich schmecken würde, aber heute hätte ich mich auch über den Kaffee aus dem Schulautomaten gefreut.

Als ich mich mit meinem Kaffee gemütlich auf die Terrasse gesetzt hatte, klingelte das Telefon. Auf dem Display stand »unbekannt«. Ich ging mit einem mulmigen Gefühl dran.

»Hollenbach«, sagte ich.

»Addi«, sagte eine Stimme. Es war mein Vater. Er hatte gemeinerweise seine Nummer unterdrückt.

»Ich hatte gestern meine erste Motorradfahrstunde«, erzählte er. »Das ist gar nicht so leicht. Und übernächste Woche gehe ich zu einem Sprachkurs, mein Französisch auffrischen. Nicht bei der VHS, sondern etwas Kommerzielleres. Ich hab mich heute Nachmittag mit einer alten Schulliebe verabredet. Da seh ich die Katja über zwanzig Jahre nicht mehr, und dann begegne ich ihr in diesem Jibi-Supermarkt hier nebenan. Sie ist geschieden, hat zwei Kinder. Ich lasse mich ja auch scheiden. Ich glaube, sie hat immer noch Gefühle für mich. Oder wieder, nachdem sie mich gesehen hat. Sie wohnt nur zwei Straßen weiter. Was für ein Zufall, oder? Nächste Woche fahr ich zu Ikea, um noch ein paar Möbel zu kaufen, damit die Wohnung etwas wohnlicher wird, aber ich muss sehen, ob ich dafür extra einen Bulli miete. Das wäre dann wieder mehr Aufwand. Aber ich glaube nicht, dass ich das tun muss, weil die Möbel ja immer in so flachen Paketen zusammengepackt sind. Da reicht es dann, wenn ich den Kofferraum auflasse und ihn hinten zubinde. Vielleicht muss ich noch ein rotes Tuch ans Paket befestigen, wenn es zu sehr rausragt. Ich denke, Stühle und ein Nachttisch werden reinpassen. Wenn du Zeit hast, kannst du mir beim Tragen und Aufbauen helfen. Aber ich weiß noch nicht, an welchem Tag. Die Katja, die hab ich nie wirklich vergessen. Sie hat immer noch dieses Mädchengesicht. Es ist alles so lieblich an ihr, gar nicht so wie bei deiner Mutter. Katja würde nie zu so einer Furie werden und mich schlecht behandeln. Ich habe ihr sogar imponiert, weil ich ihr erzählt habe, dass ich Chirurg bin. Sie sagte: ›Das könnte ich nie!‹ Sie ist Krankengymnastin geworden. Mit ihrem guten Abitur hätte sie studieren sollen, aber die Arbeit gefällt ihr und sie ist auch ein sportlicher Typ. Dann hat sie auch noch gesagt, dass –«

»Vater!«, unterbrach ich ihn.

»Dann hat sie auch noch gesagt, dass sie öfter an mich gedacht hat, auch schon, als sie noch verheiratet gewesen ist, und ich sagte ihr, dass ich sie auch nie so richtig vergessen habe. Das war eine seltsame, aber wunderbare Situation. Plötzlich mussten wir beide lachen. Nicht weil wir die Situation lustig fanden, auch nicht aus Verlegenheit, einfach aus Freude, denke ich. Nächste Woche habe ich die nächste Motorradstunde, da muss ich mir noch Handschuhe, Nierengurt und einen Helm kaufen. Das hat mir gestern der Fahrlehrer zur Verfügung gestellt. Er sagte, ich lerne relativ schnell. Meine Auffassungsgabe war schon immer gut. Auch früher im Studium habe ich nie Wochen vor einer Klausur gelernt, sondern nur die letzten Tage und vor allem die letzte Nacht. Ich bin froh, dass es endlich ein Ende hat mit deiner Mutter, besonders kompatibel waren wir nie. Heute frage ich mich, wieso wir die Beziehung überhaupt eingegangen sind, aber so ist es besser, und ich kann mit dem Rest meines Lebens noch neue Dinge anfangen. Da hilft es nicht, lange zu trauern und –«

»Vater! Mach mal ’ne Pause!«

»Pause? Wieso soll ich eine Pause machen? Ich habe so viel zu tun und brauche keine Pause. Schließlich muss ich noch arbeiten, das ist nicht so wie bei dir, mittags aus der Schule kommen und dann den Rest des Tages frei haben. Es ist nicht so, dass ich meine Freizeit nicht planen muss. Wenn ich keine Pläne mache, plätschert die Zeit so ungenutzt vor sich hin, und dann habe ich wieder nicht das am Tag erreicht, was ich erreichen wollte. Zumal ich auch so oft am Wochenende arbeiten muss und dann auch noch –«

»Hast du den Regenschirm gefunden?«

»Regenschirm? Von was sprichst du? Ich erzähle dir meine Lebenspläne und du –«

»Den großen schwarzen, den ich dir in der Stadt gegeben habe. Den von Oma.«

»Ach der. Ich weiß nicht mehr. Ich muss ihn in der Stadt verloren haben, aber ich habe dir versprochen, dass du nächste Woche zehn Euro mehr bekommst. Wieso machst du dir also immer Gedanken um den Schirm? Glaubst du nicht, dass ich andere Sorgen habe als das? Die nächste Woche ist alles durchgeplant. Es gibt keinen Tag, an dem –«

»Vater, du hast ihn also verloren?«

»Hm? Du meinst wieder diesen Schirm? Wie oft soll ich dir sagen, dass –«

Ich drückte auf »Auflegen«. Mein Kaffee war jetzt kalt, ich hatte keine Lust mehr, ihn zu trinken. Ich ging in die Küche und machte mir einen neuen. Das Telefon klingelte wieder, aber das war mir egal. Mit meinem neuen heißen Kaffee schlurfte ich auf die Terrasse, und das Telefon klingelte ohne Ende. Die Nummer war wieder unterdrückt. Ich brachte das Telefon ins Wohnzimmer, legte es aufs Sofa und einen Haufen Kissen darüber. Dann setzte ich mich endlich und trank meinen Kaffee mit viel Milch.

Ich sah in den Garten, der immer noch nicht verwildert wirkte. Die neue Wohnung meines Vaters hatte noch nicht mal einen Balkon. Wieso hatte er sie sich ausgesucht, wo er doch im Sommer so gern draußen war?

Ich ging rein, holte mir eine Wasserflasche und legte mich aufs Sofa. Im Fernsehen lief nur Mist, und ich bekam noch mehr Kopfschmerzen. Ich brauchte was zu essen. Mein Magen fühlte sich an, als sei er in sich zusammengefallen.

Ich schaute lange in den Kühlschrank: Ein Glas Erdbeerkonfitüre, ein Glas Aprikosenkonfitüre, ein Nutella-Glas, eine Gurke, eine Packung Milch, eine Plastikzitrone mit Zitronensaft, Senf, Ketchup, zwei Flaschen Bier und eine Margarine-Dose waren darin. Außerdem eine Hautcreme von meiner Mutter und zwei Lippenstifte. Seit dem Auszug meines Vaters war der Kühlschrank so seltsam leer. Früher war er vollgestopft gewesen mit Joghurtbechern, Wurst, Brot, Käse, Milchschnitten. Ich hatte immer gedacht, dass meine Mutter den Kühlschrank auffüllte, aber vielleicht hatte mein Vater doch mehr eingekauft, als ich gedacht hatte. Obwohl mir schwindelig war, musste ich also aus dem Haus.

Ich ging hinunter zur Hauptstraße. Die Straßenbahn kam erst in fünfzehn Minuten. Während ich wartete, wurde mir immer schummriger. Gut, dass meine Mutter Manni etwas über den Kopf gehauen hatte, sonst würde ich heute wohl noch viel mehr Sterne sehen.

In der Straßenbahn waren nur vier Leute, die jeder in ihrer Ecke saßen. Alle vier schauten aus dem Fenster. Als die Bahn den Niederwall entlangfuhr, sah ich meine Mutter aus ihrem Auto aussteigen. Sie trug ein luftiges Sommerkleid. Auf der anderen Seite stieg Hartmut aus. Die beiden wollten wahrscheinlich ins Peppers, ein mexikanisches Restaurant, in das meine Mutter oft ging. Wir waren auch mal zusammen da gewesen, aber Mexikanisch war nicht mein Fall. Diese dünnen Tortillas konnten mir gestohlen bleiben.

Eigentlich hatte ich vorgehabt, am Rathaus auszusteigen und ein bisschen zu Fuß zu gehen, aber jetzt fuhr ich doch weiter. Als ich im Jahnplatztunnel ausstieg, dachte ich daran, ins Boulevard zu gehen, aber das hatte heute zu. Außerdem wollte ich etwas Richtiges essen, und richtiges Essen war für mich heiß und salzig.

Ich ging zum anderen Ausgang, stellte mich auf die Rolltreppe und kam vor dem Kaufhof hoch. Von hier aus war es näher zum Ocakbasi gegenüber von C&A.

Ich setzte mich an einen der vier Tische draußen und bestellte mir ein Dönermenü, das billiger war als der Alexander-Teller.

Als ich halb aufgegessen hatte, kamen Jessica und Simon aus dem Laden. Jessica entdeckte mich sofort und stutzte. Dann nahm sie Simons Hand und sagte etwas. Er schaute nun auch in meine Richtung. Nein, nicht schon wieder, dachte ich, aber die beiden kamen schon an meinen Tisch.

»Hallo«, sagte Jessica. »Auch hier?« Nun klammerte sie sich richtig an Simon, damit auch kein Zweifel blieb, dass sie nie was von mir gewollt hatte.

»Wie man sieht«, sagte ich und umschloss die Gabel fester.

»Simon will dir etwas sagen«, sagte Jessica, und ich fragte mich, wieso Simon das nicht selber sagte. Hatte er sich nun auch den Kiefer gebrochen? Da machte sich wieder mein Kinn bemerkbar, das immer noch wehtat.

»Diese Sache war blöd von mir. Schwamm drüber«, sagte Simon. »Lass uns das alles vergessen.«

Hatte Jessica ihm eine Gehirnwäsche verpasst? Er bewegte sich anders, sprach anders. Er wirkte so lammfromm.

»Er hat sich von den anderen instrumentalisieren lassen«, sagte Jessica, um ihm zu Hilfe zu kommen. »Im Grunde ist er ein lieber Kerl.« Sie kraulte ihm das Kinn: »Nicht wahr?« Er nickte wie ein Schoßhündchen.

Er reichte mir die rechte, ungebrochene Hand, und ich musste die Gabel loslassen, um ihm meine zu geben. So richtig traute ich dem Ganzen ja nicht.

»Habs nicht anders verdient«, sagte Simon. »Weiß auch nicht, was letzte Woche in mich gefahren ist.«

Die beiden sagten: »Ciao, schönen Tag noch« und bogen rechts in die Fußgängerzone ein. Ich sah auf den halben Döner vor mir und fragte mich, ob der wirklich vor mir lag. Vielleicht war ich immer noch nicht ganz dicht im Kopf. Ich aß weiter, und der Geschmack des Döners kam mir sehr wirklich vor. So etwas konnte man nicht träumen. Ich wusste, dass ich Farben, Wörter, Zahlen träumen konnte und auch Berührungen. Aber Geschmack und Gerüche waren noch nie vorgekommen.

Ich bestellte mir noch eine Cola und dachte über den gestrigen Abend nach. Ich hatte Olaf das Messer aus der Hand geschlagen. Hartmut hatte nicht viel einstecken müssen, aber Manni war nach dem Kopfschlag meiner Mutter zu Boden gegangen. Was aus Klaus und den Frauen geworden war, wusste ich nicht. Und heute ging meine Mutter mit Hartmut seelenruhig essen, als sei die Feier super gelaufen. Ich fragte mich, wer von den beiden den anderen angerufen hatte, um sich zu vertragen. Aber meine Mutter hatte sich auch jeden Abend mit meinem Vater geprügelt, und am nächsten Morgen war alles wieder gut gewesen.

Die Prügeleien zwischen ihr und meinem Vater kamen mir schon vor wie aus einer anderen Zeit. Dabei war mir das Fehlen meines Vaters die meiste Zeit über gar nicht bewusst. Ich merkte es nur manchmal an der fehlenden Kaffeemaschine und wenn ich in den Garten sah. Auf Dauer würde sich meine Mutter wohl eine kleinere Wohnung suchen. Vielleicht wollte sie aber auch mit Hartmut zusammenziehen? Vielleicht zog Hartmut ja in unsere Wohnung? Bei diesem Gedanken konnte ich nicht mehr sitzen bleiben. Ich ging rein und zahlte.

Ich schaute bei Jonas vorbei, aber seine Eltern sagten, er sei beim Sport. Jetzt ärgerte ich mich doch mal wieder über mein kaputtes Handy. Ich hätte sonst Ralph, Lukas oder Heini anrufen können. Oder Alicia. Aber nun musste ich ja erst mal wochenlang sparen, bis ich sie zu etwas einladen konnte. Ich ging zu Fuß zurück, weil ich zu aufgewühlt war, um mich ruhig in die Straßenbahn zu setzen.

Zu Hause angekommen, war meine Mutter immer noch nicht da. Ich legte mich aufs Sofa und schlief ein. Erst Stunden später wachte ich auf. Es war noch hell. Ich schaute auf die große Wanduhr. Es war schon sechs. Ich musste irgendetwas tun. Ich konnte nicht in der Wohnung bleiben.

209 und 76

Als es berghoch ging, fühlte ich mich besser. Ich bog in Straßen ein, die nicht weit entfernt lagen, in die ich aber noch nie gegangen war. Bisher hatte ich keinen Grund gehabt, durch diese Straßen zu gehen.

Ich lief immer weiter rauf, bis ich nach Bethel kam. Hier roch es aus manchen Gärten nach Grillfest. Neben biederen Häusern lief ich auch an Krankenhäusern, Arztpraxen, Werkstätten und Wiesen vorbei. Nach einer Stunde ging ich wieder zurück und schloss mich aus Gewohnheit in mein Zimmer ein. Ich musste noch die Hausaufgaben für Montag machen.

Als ich vor meinem Matheheft saß und eine Zweihundertneun ausrechnete, sah ich Alicia vor mir. Balduin hatte doch gesagt, sie sei die Zweihundertneun. Vielleicht bekam ich jetzt auch einen Zahlentick. Aber dann atmete ich erleichtert aus. Die Zweihundertneun erinnerte mich zwar an Alicia, aber sie war trotzdem keine Zahl für mich. Dennoch nahm ich den Hörer und wählte ihre Nummer, um sicherzugehen, dass sie wirklich keine Zahl war.

»Ja?«, fragte sie.

»Hollenbach«, sagte ich.

»Hallo«, sagte sie nach ein paar Sekunden. Ich wartete darauf, dass sie noch mehr sagte, aber sie schien zu meinen, dass ich nun mit Etwas-sagen dran war.

»Hallo Zweihundertneun«, begrüßte ich sie.

Sie schien sofort zu wissen, was ich meinte, denn sie antwortete: »Hallo Sechsundsiebzig.«

»Was machst du grad?«, fragte ich.

»Hausaufgaben«, sagte sie.

»Ich auch. Mathe. Und bei der letzten Aufgabe ist die Zweihundertneun rausgekommen.«

Sie sagte nichts dazu.

Ich sagte: »Gestern hab ich mich geprügelt. Mit dem Freund meiner Mutter und seinen beiden Söhnen. Das sind richtig miese Skins.« Als ich das ausgesprochen hatte, wusste ich, wieso ich ihr das erzählte. Vielleicht fand sie es gut, dass ich mich mit Skinheads geprügelt hatte. Ich erwartete irgendein Lob. Stattdessen fragte sie: »Wer hat gewonnen?«

Wieso war das denn wichtig? Es war doch kein Boxkampf mit Siegern und Verlieren gewesen. Kein anderes Mädchen hätte so etwas gefragt. Sie hätte sich doch Sorgen machen können und fragen: »Gehts dir gut?« Ich hätte schließlich verletzt sein können. Also, wer hatte gewonnen? Seit letzter Woche hatte ich mich fünfmal prügeln müssen und war immer mehr oder weniger gut dabei weggekommen. Wenn das »siegen« hieß, hatte ich gewonnen. Aber ich war auch oft weggerannt, sozusagen aus dem Ring gestürmt. Demnach hätte ich verloren. Was sollte diese Frage eigentlich?

»Ist das etwa wichtig?«, fragte ich.

»Es wäre interessant.«

»Ich würd dich gern wiedersehen. Vielleicht auf ein Eis«, sagte ich und fand, dass ich wie ein Idiot klang.

»Was willst du denn?«

»Nichts.«

»Du willst nicht knutschen und mit mir ins Bett gehen?«

Das hatte ich nicht erwartet. Langsam hatte ich es satt, den Eis-Kavalier zu spielen.

»Wenns sein muss«, antwortete ich.

Sie sagte nichts. Ich auch nicht mehr. Sie war mit Sprechen dran.

Ich erinnerte mich an das letzte Gespräch mit ihr. Da hatte sie sogar mich angerufen und nicht ich sie. Aber sie hatte mittendrin aufgelegt. Vielleicht war ich wirklich nicht nett gewesen. Sie aber auch nicht. Ich dachte, was ich immer dachte, wenn ich sie in letzter Zeit sprach: Sie ist so anders, als ich sie mir vorgestellt habe. Sie stellte komische Fragen, war schnell eingeschnappt und verstand mich überhaupt nicht. Ich hatte es nie glauben wollen, aber sie war nicht anders als andere Frauen.

Aber dann musste ich an ihre langen Wimpern denken, ihr süßes Gesicht, ihre geschmeidigen Bewegungen und wie traurig sie gewesen war, als dieses blöde ältere Paar sie für eine Bettlerin gehalten hatte. Ja, sie hatte gewonnen, ich fing wieder an zu sprechen: »Wenns sein muss, knutsche ich auch mit dir.«

Sie schwieg immer noch. Ich fand meinen Satz nicht uncool, aber da hörte ich ein Klacken. Sie hatte wieder aufgelegt.

Toll, dachte ich, Alicia hat wie alle Frauen den Aufleg-Fimmel. Wenn uns nichts Kluges mehr einfällt, dann einfach auf den Knopf drücken, um uns selbst zu verdrücken.

Diesmal ließ ich sie nicht einfach so davonkommen und drückte auf Wahlwiederholung.

Sie nahm ab, sagte aber nichts.

»Hier ist Sechsundsiebzig. Ist dort Zweihundertneun?«, fragte ich.

Sie pustete einmal aus, als müsste sie sich ein Lachen verkneifen.

»Du musst auch immer witzig tun«, sagte sie dann.

»Ich tu nicht so, ich *bin* witzig!«

»Vielleicht«, sagte sie.

Ich hörte, wie meine Mutter nach Hause kam. Sie klopfte gegen die Tür: »Addi!«

»Ja?«, rief ich.

»Mach auf!«

»Ich telefoniere grad!«

»Das ist mir egal!«

Sie hämmerte wild gegen die Tür.

»Tut mir leid, ich muss jetzt Schluss machen«, sagte ich und legte den Hörer auf.

»Addi, mach endlich auf!«

Ich ging zur Tür und erwartete nur meine Mutter. Neben ihr stand aber noch jemand: Hartmut.

»Ich möchte, dass ihr euch die Hand reicht«, befahl sie.

Hartmut starrte an die Decke.

»Meinetwegen«, sagte ich und reichte ihm die Hand. Da tat er so, als hätte er mich erst jetzt gesehen, schaute auf meine Hand und streckte mir seine entgegen.

Ich hoffte, dass ich mich nun wieder in meinem Zimmer einschließen konnte. Schließlich hatte ich getan, was sie von mir verlangt hatte.

»Dann können wir uns ja jetzt alle auf die Terrasse setzen und einen Kaffee trinken«, trällerte meine Mutter. Hartmut schaute genervt, und ich sagte: »Ich muss noch Hausaufgaben machen.«

»Eben hast du aber noch telefoniert.«

»Ja eben. Ich musste mir paar Mathesachen erklären lassen.«

»Lass ihn doch«, sagte Hartmut zu meiner Mutter. »Schule geht vor.«

Sie ließ sich bereitwillig auf die Ausrede ein und seufzte dann: »Aber wir beide trinken noch einen Kaffee auf der Terrasse, mutiger Hart?«

Den Spitznamen »mutiger Hart«, als umgedrehter Hartmut, fand ich mal wieder albern von meiner Mutter. Wie hatte sie meinen Vater eigentlich genannt? Hatte sie irgendeinen besonderen Namen für ihn gehabt, so wie andere Frauen ihren Mann »Bärchen« nannten? Soweit ich mich erinnerte, hatte meine Mutter immer nur »Noabaaat!« geschrien.

Ich ging zurück in mein Zimmer. Wenigstens waren mir Manni und Olaf heute erspart geblieben. Denen hätte ich nicht die Hand gereicht, da hätte meine Mutter noch so lange auf mich einreden können. Hartmut hatte ich nur so schnell die Hand gegeben, damit ich schneller wieder wegkonnte. Ihm war es wohl genauso gegangen. Das Telefon klingelte wieder. Ich ging sofort ran: »Gut, dass du noch mal anrufst.«

»Wieso legst du dann immer auf?«, fragte mein Vater.

Oh Gott, dachte ich. Wieso rief er immer direkt nach Alicia an? Ach ja, weil er ständig anrief.

»Findest du das höflich, immer aufzulegen, Addi?«, fragte er. »Aber du hast auch nie wirklich Respekt vor mir gehabt. Genauso wie deine Mutter. Jeder Mensch verdient es, respektiert zu werden. Auch wenn ich dieser Mensch bin. Meine Patienten, die respektieren mich. Die sind mir dankbar. Ich habe dir immer alles bezahlt, mir selber nur wenig gegönnt, aber man kann heute keine Dankbarkeit mehr erwarten. Auch für deine Mutter habe ich immer alles getan. Aber als Dank kamen immer nur Vorwürfe. Das mit der Geldanlage, die Sache mit dieser Schwesternschülerin und sie selbst? Sie hat doch schon seit Jahren eine Affäre mit diesem Hartmut aus der Inneren. Ich habe nie etwas dazu gesagt, aber gewusst habe ich das schon seit Langem. Du konntest das nicht wissen, und ich habe dir diese Wahrheit auch immer erspart. Ich habe es immer allen recht machen wollen und zu allem Amen gesagt. Aber innerlich habe ich gelitten. Das hat man mir nie angesehen, weil ich das weggeschauspielert habe und –«

»Was willst du?«, fragte ich.

»Was soll die Frage? Ist das die Frage, die man seinem Vater stellt, wenn dieser einmal anruft?«, fragte er vorwurfsvoll. »Ich will meine Pflichten nicht vernachlässigen, auch wenn deine Mutter und ich uns scheiden lassen. Ich kümmere mich auch weiter um dich. Selbstverständlich geht es dir nicht so gut, weil wir uns scheiden lassen. Aber ich bleibe dein Vater, und du kannst mir alles erzählen. Deswegen rufe ich dich ab und zu an, um mit dir zu plaudern. Damit du nicht so einsam bist.«

Es war alles also nur zu meinem Besten.

»Das ist nett von dir. Aber ich mache grad Hausaufgaben und –«

»Addi, hast du jemals erlebt, dass deine Mutter mich wie einen Menschen behandelt hat? Alles, was ich mir von ihr gewünscht habe, war nur, mich ein wenig zu respektieren. Mich nicht immer von oben herab zu behan –«

»Vater«, versuchte ich es noch mal, »ich muss jetzt wirklich –«

»Ist das denn zu viel verlangt, ein wenig Respekt? Nie ha –«

»Ich muss jetzt aber wirklich –«

»Nur ein wenig Respekt –«

»Vater! Ich muss –«

»Aber sie –«

»Hartmut und Mutter sind auf der Terrasse. Soll ich sie dir geben?«

»Wie bitte?«, fragte mein Vater. »Du kennst Hartmut?«

»Ja.«

»Und sie hat ihn mit nach Hause genommen?«

»Ja.«

»Das ist doch wieder typisch deine Mutter. Keinen Respekt vor mir, ihre Affäre nach meinem Auszug sofort in die Wohnung mitzunehmen. Wie findest du das?«

»Also ich finde das –«

»Das ist genau das, was ich dir die ganze Zeit sagen will: kein Respekt! Es ist –«

Nein, ich schien auch keinen Respekt vor ihm zu haben, denn ich legte auf. Es klingelte wieder. Ich nahm das klingelnde Telefon und ging damit auf die Terrasse.

Ich sagte zu Hartmut: »Für dich«, drückte auf »Annehmen« und gab ihm das Telefon.

»Hallo?«, fragte er. Es schien sich niemand zu melden. »Hallo, hallo?«, rief er noch einige Male.

»Wer sollte das denn sein?«, fragte er.

»Wieso wusstest du schon, dass es für Hartmut war, als es noch geklingelt hat?«, fragte meine Mutter.

»Weil es Vater war.«

Es herrschte betretenes Schweigen.

»Du weißt doch, dass wir uns scheiden lassen«, sagte meine Mutter beleidigt. »Da musst du gar nicht versuchen, uns wieder zusammenzubringen.«

Klar, die beiden wieder zusammenbringen. Ich schnappte mir das Telefon, drehte mich um und ging in die Wohnung zurück.

»Was wollte er denn von mir?«, rief mir Hartmut hinterher.

»Respekt«, rief ich und ging in mein Zimmer.

Ich kramte Jonas' Nummer raus und rief auf seinem Handy an.

»Ja?«, meldete er sich.

»Hier Addi«, sagte ich. »Was machst grad?«

»Werbung austragen.«

»Schade«, sagte ich. »Ich dachte, wir könnten was trinken gehen.«

»Können wir auch. Bin gleich fertig.«

Ich fragte mich, wieso ich das tat. Ich hatte Kopfschmerzen, die Hausaufgaben waren noch nicht fertig und ich war todmüde.

»Oder was essen gehen, da an der Herbert-Hinnedahl-Straße.«

»Stimmt«, sagte Jonas. »Da gibts auch eine Dönerbude. Ich bring meinen Eltern ihr Essen, dann sehen wir uns da.«

»In 'ner halben Stunde?«

»Geht klar.«

»Und Jonas.«

»Ja?«, fragte er.

»Wenn du früher ankommst als ich: Dann setz dich bitte ans Fenster.«

Der Platzhirsch

Im Ocakbasi war es leer. Wahrscheinlich saßen die meisten Leute wieder im Biergarten. Alle vier Fensterplätze waren noch frei. Ich ging hinein und bestellte mir ein Lahmacun und eine Cola. Ich beobachtete die Straße. Den roten Pick-up konnte ich nirgendwo entdecken.

Jonas war eindeutig zu spät. Ich hatte schon aufgegessen und ausgetrunken, und er war immer noch nicht da. Eigentlich ärgerte ich mich, weil ich ihn angerufen hatte. Ich hatte jetzt nämlich Lust, bei Alicia zu klingeln, einfach nur so, egal ob Papin dann die Tür öffnete und mich groß ansah.

Vielleicht war ja diesmal Jonas' Vater über die Teppichwelle gestürzt. Vielleicht würde er gar nicht kommen und es wäre deswegen gar nicht schlimm, wenn ich jetzt doch zu Alicia ginge – da kam er auf einmal die Straße entlang und nickte mir zu.

Mist, Mist, Mist, dachte ich und dann: Gut. Dein Kommen bewahrt mich davor, wieder eine Dummheit zu begehen.

»Hey Addi«, sagte er.

»Jonas.«

»Wurd leider später«, sagte er.

»Macht nichts.« Ob ich das »nichts« noch zu Ende ausgesprochen hatte, wusste ich nicht, denn es stieg gerade ein Mädchen aus einem grünen Golf. Nachdem mir das Herz bis zum Hals gesprungen war, merkte ich, dass sie kaum Ähnlichkeit mit Alicia hatte, außer den schwarzen Haaren. Sie war schlanker und viel älter.

»Wer ist denn da?«, fragte Jonas und schaute in dieselbe Richtung.

»War 'ne Verwechslung«, sagte ich.

»Ich habe immer das Gefühl, Natalie zu sehen«, sagte er. »Ich guck sogar vierzigjährigen Frauen hinterher, weil sie so ähnlich gehen.« Vorher hatte er noch so fröhlich geklungen, aber bei diesem Satz war er schlagartig wieder in irgendein finsteres Loch gestürzt. Während er seinen Döner bestellte, klang seine Stimme brüchig.

»Jonas«, sagte ich. »Du weißt doch von Alicia. Sie wohnt hier nebenan.«

»Echt?«, fragte er.

»Im Grunde bin ich nicht mehr als acht Meter Luftlinie von ihr entfernt«, sagte ich. »Das gibt mir Ruhe und macht mich gleichzeitig auch verrückt.«

»Ich bin seitdem nie wieder zu Natalie nach Hause gefahren«, sagte er.

Die Bedienung brachte sein Wasser.

»Besten Dank«, sagte er und sah dann auch auf die Straße. Der rote Pick-up kam von oben angefahren und parkte. Die Ladefläche war leer. Es stieg nur Tonu aus. Er ging vorbei, ohne mich zu sehen.

»Das war ihr Bruder«, sagte ich.

»Wer?« Aber Tonu war schon nicht mehr zu sehen.

»Der Bruder von Alicia ist grad vorbeigegangen«, sagte ich.

Er hätte mich durch die Scheibe sehen müssen. War er nur in Gedanken gewesen oder hatte er mich absichtlich nicht gesehen?

Jonas bekam seinen Döner, und als er hineinbiss, kam mir das Ganze hier ziemlich hirnrissig vor. Ich traf mich also mit Jonas, um Alicia näher zu sein. »Wir beide sind gut erzogen und nicht ganz doof«, sagte ich. »Wieso verliebe ich mich ausgerechnet in Alicia? Und du? Du siehst aus wie dieser Schauspieler von Harry Potter, du könntest auch andere haben, und wen suchst du dir aus? Ausgerechnet die größte Zicke.«

Jonas konnte nicht sofort antworten, weil er den Mund voller Döner hatte.

Nachdem er wieder sprechen konnte, sagte er: »Natalie hat recht. Sie ist zu gut für mich.«

»Quatsch«, sagte ich. »Ist ja nicht jede so wie Natalie.«

»Doch, schon.« Er schien keine Lust mehr auf den Rest zu haben, der noch vor ihm lag. »Ganz früher hab ich mich geschämt. Dann dachte ich, wozu? Ich hab mir gesagt, wer mich wegen meinen Eltern nicht mag, der kann es auch gleich sein lassen. Aber das bringts auch nicht wirklich.«

Er ließ seinen Kopf hängen, und ich hatte Angst, dass er sich wieder auf den Boden schmeißen würde. Ich suchte schnell ein anderes Thema.

»Alicia«, sagte ich.

Jonas schaute mich an, weil er auf den Rest meines Satzes wartete, aber mir fiel nichts mehr ein.

»Da«, sagte Jonas und zeigte mit seinem gekrümmten Finger unauffällig nach draußen, in die Richtung meines Rückens. Mein Herz pumpte.

»Dreh dich nicht um«, sagte er. »Gleich siehst du sie. Sie kommen rein.«

Am Eingang sah ich Andrea und Laura. Ich beugte mich zu Jonas vor: »Wo ist denn Alicia?«

»Alicia?«, fragte er. »Da sind ihre Erzfeindinnen.«

Jetzt hatte er sie im Rücken. Ich sah, dass die beiden wirklich reinkamen.

»Dass die auf der Schule bleiben durften, find ich Scheiße«, flüsterte Jonas. »Dann hat die 9 a doch noch geschafft, was sie wollte.«

Die beiden kamen in unsere Richtung. Laura stieß Andrea an, die mich blöd anglotzte und dann wegsah, als hätte sie mich nicht gesehen. Ich hatte erwartet, dass sie unauffällig die Richtung wechselten und dann nach hinten gingen, an einen Tisch, der weit weg von unserem stand. Aber Laura setzte eine Pokermiene auf und ging zielstrebig auf den Tisch hinter Jonas' Rücken zu. Andrea glotzte Laura blöd an, folgte ihr aber.

»Wo sind sie abgeblieben?«, fragte Jonas.

»Hinter dir am Tisch«, flüsterte ich zurück.

Jonas erstarrte kurz und stopfte sich dann den Rest seines Döners rein. Andrea saß mit dem Rücken zu uns. Laura hatte sich die Karte vom Tisch genommen und schaute rein, als hätte sie uns immer noch nicht bemerkt.

Ich fragte mich, was die im Schilde führten. Der ganze Ocakbasi war leer, und da setzten sie sich, na klar, direkt an den Nebentisch. Wenn sie unbedingt einen Fensterplatz wollten, hätten sie auch zwei Tische weiter gehen können. Jonas versuchte unauffällig über seine Schulter zu schauen. Das Schauen gelang ihm, aber unauffällig nach hinten zu gucken ist wohl noch niemandem gelungen. Er fühlte sich sichtlich unwohl, die beiden im Rücken zu haben, stand auf und setzte sich neben mich. Jetzt hatten wir beide freien Blick auf die Schnepfen.

»Laura und Andrea«, sagte ich laut. Die beiden reagierten nicht. Zwei Jungs aus der 9 a kamen rein. Sie gingen auf die Zicken zu, sahen mich, stutzten, gingen dann aber weiter. Sie waren zu irritiert, um die beiden zu grüßen, und setzten sich mit sichtbarem Widerwillen neben sie. Hoffentlich kamen nicht noch mehr aus der 9 a nach. Ich hatte immer noch Kopfschmerzen, und das Letzte, was ich heute wollte, war schon wieder eine Klopperei. Wenigstens war Simon harmlos geworden. Jessica schien auf manche Männer doch zu wirken.

Ich hatte schon längst aufgegessen und Jonas nun auch. Wir hätten gehen können. Aber so einfach wollte ich es Laura und Andrea nicht machen. Fast wünschte ich mir, dass sie keine blöden Schnepfen, sondern Arschlöcher wären, damit ich ihnen eine reinhauen könnte. Mein Kopf tat bei dem Gedanken sofort wieder weh, als wollte er mich daran erinnern: Bleib friedlich, Mann! Aber wenn ich zurückdachte, war es nun mal so: Andrea und Laura waren schuld daran, dass Alicia nicht mehr auf unsere Schule ging. Sie hatten das ganze Übel ausgelöst, und das nur, weil sie blöde Schnepfen waren.

Da Jonas jetzt neben mir saß, konnte ich besser mit ihm flüstern.

»Diese feigen Schnepfen haben mit ihrer Schnepferei alles Unglück der Welt ausgelöst«, sagte ich.

»Wieso?«, fragte er.

»Früher war die Welt in Ordnung. Aber seit Alicia nicht mehr auf unsere Schule geht, ist nichts mehr in Ordnung.«

»Sei froh«, sagte er.

»Was?«, fragte ich.

»Sei froh«, flüsterte er wieder.

»Und wieso?«

»Weil es für dich besser ist.«

»Wie kommst du denn darauf?«

»Entscheidung«, sagte Jonas und trank sein Wasser.

Die vier hörten auf, sich zu unterhalten und schienen nur noch drauf zu horchen, ob wir über sie sprachen.

»Vorher musstest du dich nicht entscheiden. Wenn sich nichts bewegt, bleibt alles so, wie es ist. Aber jetzt musst du für deine Träume kämpfen, und dadurch können sie wahr werden.«

»Gegen wen soll ich denn kämpfen?«, fragte ich. »Gegen Laura und Andrea? Sie zwingen, sich bei A. zu entschuldigen?«

Die vier hörten die Namen und lauschten noch angespannter. Als der Kellner sie fragte, was sie bestellen wollten, schraken sie hoch. Sie hatten sich noch nicht entschieden.

»Wie kommst du denn darauf?«, fragte Jonas zurück. »Die Gegner sind die Umstände.«

»Du meinst, im Grunde war es gut, dass Laura und Andrea diese Scheiße gemacht haben?«

Ich hätte auch »die beiden« sagen können. Aber nun hatte ich Gefallen daran gefunden, ihre Namen auszusprechen und ihr Aufhorchen dabei zu beobachten.

»Das war echt Scheiße, was Laura und Andrea gemacht haben«, sagte ich laut. »Ich hab Lust, den beiden eine reinzuhauen. Sind ja gar keine Weiber, sondern Schnepfen.«

Die vier zuckten zusammen.

Jonas schien den Part des guten Polizisten zu übernehmen. Er sagte übertrieben entsetzt: »Addi, das kannst du doch nicht tun. Man verprügelt keine Frauen!«

»Wenn ich die beiden jetzt sehen würde, dann könnte ich für nichts garantieren.«

»Wie bei Simon?«, frage Jonas.

»Wie bei Simon«, sagte ich.

Laura giftete: »Denkste, das imponiert mir, dein blödes Gelabere?«

Nun schrak ich hoch. Der Typ neben ihr stimmte ein:

»Ist ja 'ne Heldentat, Mädchen schlagen zu wollen.

»Ich würde das immer wieder machen«, sagte Laura.

Ich tat ihr aber nicht den Gefallen, »was machen«? zu fragen. Aus dieser Nähe hatte ich sie noch nie gesehen. Leider musste ich zugeben, dass sie ziemlich gut aussah. Ihr Gesicht hatte etwas Niedliches. Und ich wusste, dass sie auch eine super Figur hatte. Ich hätte sie jedenfalls nicht von der Bettkante gestoßen. Oder doch? Ich dachte an Natalie, die ich auch von der Bettkante gestoßen hatte. Jonas tippte mich an und holte mich aus meinen Bettkanten-Gedanken raus.

»Sag doch was dazu«, zischte er.

»Wozu?«, fragte ich. Aber da fing Laura schon wieder an: »Ich würde diesem Zigeuner-Mädchen wieder ins Gesicht spucken.«

Wieso durfte man Frauen eigentlich nicht schlagen? Und die blöde Schnepfe wusste auch ganz genau, dass man das nicht durfte, denn sie grinste hämisch.

»Ja, wenn ich es mir genau überlege: Wieso soll man Frauen denn nicht schlagen dürfen?«, fragte Jonas nun, als könnte er meine Gedanken lesen. Er hörte sich immer noch an wie der gute Polizist. Aber wie ein guter Polizist, der sich nicht an Regeln hielt.

»Weil sie schwächer sind«, sagte ich.

»Dann dürften sich zwei Männer auch nie schlagen«, sagte Jonas.

»Wieso?«

»Weil einer immer schwächer ist.«

»Du bist gar nicht dumm«, sagte ich. »Aber Männer sind auch meistens größer.«

»Dann darf ein Mann mit 1,80 Meter keinen Mann schlagen, der 1,70 Meter groß ist?«

»Hast recht«, sagte ich. »Dann gehts doch nach Stärke.«

Die vier glotzten blöd.

»Dann darfst du auch Frauen schlagen«, sagte Jonas. »Es sagt ja auch keiner was, wenn du einen Schwächeren schlägst.«

»Aber Behinderte darf ich ja auch nicht schlagen«, sagte ich.

»Sind Frauen etwa behindert?«, fragte Jonas.

»Du hast recht«, sagte ich. »Es stellt sich erst im Kampf raus, wer stärker oder schwächer ist. Das weiß man vorher nicht. Wenn man das wüsste, dürfte der Stärkere den Schwächeren nicht hauen, weil das ja gemein ist, einen Schwächeren zu verhauen, und der Schwächere würde sich auch nicht hauen wollen – der Schwächere haut sich ja nur, weil er denkt, er sei der Stärkere.«

»Ey Bruder, du hast es geschnallt«, sagte Jonas in einem Ton, als sei er der Schutzgeldeintreiber vom Treppenplatz.

»Du meinst also, ich kann dieser Laura eine reinhauen?«, fragte ich ihn.

»Na klar«, sagte er lässig. »Aber nicht hier, sondern draußen. Am besten da hinten, wo die Junkies stehen. Die kloppen sich den ganzen Tag. Da schaut keiner mehr so genau hin.«

Ich hoffte, dass die vier endlich gingen, aber sie blieben wie angewurzelt sitzen.

»Kann ich kurz dein Handy haben?«, fragte ich Jonas.

Ich ging nach draußen und tippte die Nummer ein.

»Ja?«, fragte Alicia.

»Wo bist du grade?«

»In meinem Zimmer.«

»Bitte komm ins Ocakbasi runter.«

»Wieso?«

»Ich muss mit dir reden. Es ist wichtig.«

Ich wusste, dass ich sie anlog, und das mochte ich nicht. Ich log sie zwar nicht an, indem ich ihr etwas Falsches sagte, aber dadurch, dass ich ihr etwas verschwieg. Aber hätte ich gesagt: »Laura und Andrea sitzen grad am Nebentisch«, dann wäre sie bestimmt nicht gekommen.

»Okay«, sagte sie, »ich komme runter.«

Ich ging rein und setzte mich wieder neben Jonas. Dass ich irgendjemanden angerufen hatte, schien die vier noch mehr zu verunsichern als das ganze Gesülze vorhin. Sie fragten sich wohl, wen ich angerufen hatte. Dass es dabei um sie ging, daran zweifelten sie nicht.

Alicia schien sich nicht so lange im Bad hübsch zu machen wie andere Frauen, bevor sie das Haus verlassen. Sie sah mich durch die Scheibe, sah Jonas, sah am Nebentisch Laura, Andrea und die zwei Jungs. Der Kellner kam wieder an den Nebentisch, um endlich die Bestellung aufzunehmen, aber nachdem niemand etwas sagte, meinte Luca, sie hätten sich immer noch nicht entschieden. Ich sah kurz zu ihrem Tisch. Der Kellner verdrehte die Augen. Die anderen drei starrten Alicia hinter der Scheibe an. Alicia war stehen geblieben und schaute einen nach dem anderen an. Als Letztes blieb ihr Blick an mir hängen. Sie schien mich zu fragen: Was soll das? Sie wartete auf irgendein Zeichen von mir, also grinste ich und sie kam rein. Ich grinste weiter, damit sie zu uns kam. Mein Grinsen schien sie magisch anzuziehen. Sie ging an Lauras Tisch vorbei und blieb vor unserem stehen. Ich nahm von dem Tisch hinter mir einen Stuhl und stellte ihn neben mich. Sie setzte sich stumm und sah mich von der Seite an. Sie war mir genauso nah wie oben im Boulevard. Ich roch Kokosnuss. Vielleicht duftete ihr Shampoo danach. Sie wandte ihr Gesicht ab und sah gradeaus zum Tisch gegenüber.

Die vier wussten nicht, was ich vorhatte, Alicia wusste es nicht und Jonas auch nicht. Ich wusste nur, dass die vier gehen mussten und Alicia bleiben.

Wir starrten uns an. Der Kellner kam wieder und fragte Alicia, was sie bestellen wollte. Sie nahm eine Fanta. Er ging weiter zu Lauras Tisch und fragte zum dritten Mal nach der Bestellung. Aber die vier wussten es immer noch nicht. Luca, der sonst nie etwas sagte, musste schon wieder sagen, dass sie noch nichts ausgesucht hätten. Der Kellner seufzte hörbar und ging wieder.

Wir saßen alle stumm da, und es sah so aus, als hätten wir eine Wette abgeschlossen: Wer zuerst spricht, hat verloren. Der Kellner kam mit der Fanta und räumte unsere Teller ab. Er fragte: »Hat es geschmeckt?«

Ich nickte und grummelte ein »Hm«. Er kam an dem anderen

Tisch vorbei, schenkte der Truppe einen kurzen Seitenblick und ging weiter. Die vier guckten angestrengt in die Karte, und ich hatte Sorge, dass sie doch nicht gingen, sondern vor unseren Augen gemütlich essen würden. Deshalb sagte ich zu Jonas: »Dürfen denn Frauen Frauen schlagen?«

»Von der Gesellschaft müsste das toleriert werden«, sagte er. »Weil Männer auch Männer schlagen dürfen. Aber wie wir eben gehört haben, wäre es unfair, wenn stärkere Männer schwächere Männer schlagen. Da sie das aber dürfen, folgt daraus, dass Männer auch andere schwächere Personen, sprich Frauen, schlagen dürfen. Wenn das zutrifft, dürfen selbstverständlich auch Frauen Frauen schlagen, auch wenn eine von den beiden Frauen auf jeden Fall schwächer ist. Jeder darf alles.«

Alicia hatte ihren Kopf wieder in meine Richtung gedreht, um Jonas anzuschauen.

»Dann dürfen auch Frauen Männer schlagen?«

»Das sowieso«, sagte Jonas lässig. »Aber wenn die Frau eine riesige Bodybuilderin ist und der Mann zart und kleinwüchsig, dann könnte es auch hier Probleme geben.«

Gut, dass an den anderen Tischen niemand saß.

»Aber eigentlich darf schon jeder jeden schlagen?«

»Nein.«

»Wieso nicht?«, fragte ich.

»Man darf keine Rentner, Idioten, Übergewichtige oder Untergewichtige schlagen und auch keine Hunde und Katzen.«

»Ach so«, sagte ich.

»Was redet ihr da?«, fragte Alicia.

»Scheiße reden die«, mischte sich Laura ein und sah mich an. »Ihr denkt wohl, ich hab jetzt Schiss und verzieh mich.«

Jonas stieß mich an und zeigte mit dem Kinn in Richtung Fenster. Ich fing schon fast an zu glauben, dass Bielefeld ein Dorf ist, denn Balduin kam die Straße entlang. Aber hier gingen immer viele Leute lang, weil sie zum Bahnhof wollten. Ich winkte ihm zu. Er stoppte abrupt, als sei er gegen einen Baum gelaufen, überlegte kurz, winkte in seiner Art zurück und kam rein.

»Junger Mann«, rief er. »Schon wieder fit?«

»Ja«, antwortete ich, »setz dich doch.«

Er setzte sich mir gegenüber. Sein Rücken war zwanzig Zentimeter von Andreas Rücken entfernt. Er stank bestialisch wie immer. Dabei hatte er erst gestern noch gebadet. So schnell konnte doch kein Mensch wieder anfangen zu stinken. Aber er trug auch nicht mehr den Wickelrock, sondern einen karierten Anzug. Die Hose konnte ich am Tisch nicht beurteilen, aber das Jackett sah ziemlich speckig aus. Es war bestimmt noch nie gewaschen worden. Balduin hatte mehrere Anzüge – das hatte ich schon früher bemerkt, als ich ihn in der Stadt gesehen hatte. Manche waren dunkel, manche hell gewesen, aber alle kariert. Ich hatte Lust, auch diesen Anzug in die Waschmaschine zu stecken. Wenigstens waren seine Haare noch nicht so verklebt wie sonst.

Alicia und Jonas kannten den Gestank, aber die vier noch nicht. Laura und Christoph verzogen das Gesicht, Andrea und Luca bestimmt auch, aber die sah ich ja nur von hinten.

Andrea sagte: »Ich halts hier nicht mehr aus.«

Balduin wusste, dass er gemeint war und schaute schuldbewusst.

»Der stinkt wie ’ne Biotonne im Hochsommer«, stöhnte Christoph.

So viel Poesie hatte ich ihm gar nicht zugetraut. Nur hinkte der Vergleich. Balduin stank süß-säuerlich. Biomülltonnen stanken verschimmelt.

»Tschuldigung«, sagte Balduin vor sich hin.

»Dann wasch dich doch!«, giftete Laura.

»Bei dem Gestank kann ich nicht essen«, sagte Andrea.

»Hast du gehört?«, fragte Laura. »Du sollst abhauen, du Fettsack.«

Balduin wollte sich schon erheben, aber ich legte ihm eine Hand auf die Schulter.

»Lass dich nicht von diesen Arschlöchern vertreiben«, sagte ich.

»Aber sie schimpfen mit mir«, jammerte Balduin.

»Bestell dir was Schönes zu essen«, sagte ich und dachte wieder an meine Geldknappheit. »Das Dönermenü ist ganz gut.«

Balduin nickte: »So ein Hunger!«

Die Bedienung kam, und Balduin bestellte ein Dönermenü mit einer Cola light koffeinfrei. Ich wunderte mich, dass sie so etwas überhaupt dahatten. Und wieso trank er light, wenn er doch zig Donuts verschlang?

Der Kellner ging zum Nebentisch.

»Hier stinkts«, sagte Laura.

Der Kellner guckte blöd, obwohl er Balduin doch auch gerochen haben musste.

»Nicht der Laden, sondern der Typ am anderen Tisch«, sagte Laura und zeigte mit ihrem Finger auf Balduin.

»Und?«, fragte er verdutzt.

»Bei dem Gestank können wir nicht essen«, sagte Laura.

»Ja«, sagte Andrea zustimmend.

Der Kellner schaute abwechselnd zu Laura und Balduin.

»Die wollen sowieso nichts essen«, sagte ich. »Die sitzen hier doch schon seit 'ner halben Stunde rum, ohne was zu bestellen.«

»Wir wollen jetzt bestellen«, sagte Laura.

Der Kellner zückte seinen Block: »Ja?«

»Aber nicht, wenn dieser Stinker hierbleibt«, sagte sie.

Der Kellner schaute auf Balduin. Vier Essen gegen ein Essen.

»Tut mir leid«, sagte er zu Balduin. »Die anderen fühlen sich gestört.«

»Die wollen nichts bestellen«, sagte ich wieder.

»Doch, ich nehme den Grillteller«, sagte Laura.

Als ich ankam, war ich auch über den Grillteller gestolpert: zwei Hackspieße, ein Hühnerspieß, drei Lammkoteletts und Dönerfleisch. Dazu Pommes und Salat. Ein Riesenteller für zwölf Euro. So wie Laura aussah, bekam sie davon nur den Hühnerspieß runter.

Der Kellner schrieb ihre Bestellung auf. Er freute sich, dass sie nicht das billige Dönermenü bestellte. Dazu nahm sie eine teure Bionade. Christoph und Luca bestellten das Gleiche. Andrea sagte: »Ein Lahmacun und nichts zu trinken.«

»Bestell was anderes«, sagte Laura.

»Wieso?«

»Einen Grillteller auch für sie«, sagte Laura zum Kellner.

»So viel kann ich nicht essen«, protestierte Andrea.

»Und eine Bionade Holunder«, fügte Laura hinzu.

»Nein, ich hol mir gleich einen Tee«, sagte Andrea.

Der Kellner wusste nicht, was er tun sollte.

»Das wärs fürs Erste«, sagte Laura. »Aber nur, wenn der Stinker hier geht, sonst können wir nicht essen.«

Der Kellner wandte sich wieder an Balduin: »Tut mir leid.«

Scheiße, wir hatten verloren.

»Ich geh ja schon, ich geh ja schon«, piepste Balduin und stand auf.

»Nein, setzen Sie sich wieder«, sagte Alicia.

Alle starrten sie an. Sie stand auf, damit sie auf Augenhöhe mit dem kleinem Kellner war. Balduin setzte sich.

»Dieser Mann«, sie zeigte auf Balduin, »ist schwer krank. Er hat Adipositas!«

Der Kellner nickte, beeindruckt von der »Adipositas«.

»Und dieser Geruch kommt von der Krankheit, verstehen Sie?«

Der Kellner nickte und schaute betroffen zu Balduin. Alicia sah aus wie eine Film-Staatsanwältin in einem Plädoyer. Sie stemmte ihre Hände in die Hüfte.

»Er kann nichts dafür. Er wäscht sich jeden Tag zweimal, aber er ist krank! Wissen Sie was ›krank‹ ist?«

Der Kellner nickte wieder.

»Blödsinn«, rief Laura.

»Halt deine freche Klappe«, sagte Alicia.

»Wissen Sie, was Diskriminierung ist?«, fragte sie den Kellner weiter.

Er nickte.

»Kranke Menschen aus dem Restaurant zu schmeißen ist Diskriminierung«, sagte sie. »Und Diskriminierung ist verboten!«

»Sie können auch nicht jemandem den Laden verbieten, weil er eine andere Hautfarbe hat«, sagte ich zu dem Kellner. »Genauso wenig darf man jemanden wegen seiner Krankheit wegschicken. Jeder ist irgendwie krank, und dann müsste jeder weggeschickt werden.«

Jetzt sagte der Kellner zu Laura: »Tut mir leid. Der Mann ist krank.«

»Quatsch!«, meckerte sie.

»Doch!«, rief ich.

»Das ist ein Penner«, sagte sie. »Das sieht doch jeder.«

Scheiße, dachte ich.

Der Kellner begutachtete Balduin.

»Das stimmt nicht«, sagte Alicia. »Penner tragen keine Anzüge.«

»Natürlich nicht«, sagte ich. »Das hab ich noch nie gesehen. Außerdem ist Herr Pfiff bei meinem Vater in Behandlung. Herr Pfiff ist Buchhalter.«

»Ich heiße nicht Pfiff«, piepste Balduin, »sondern Wieland! Und ich bin Mathematiker!«

»Egal, wie sein Mädchenname ist«, sagte ich. »Er hat Addi-, Addidingens.«

Wieso dachte sich Alicia eigentlich ausgerechnet eine Fanatasie-Krankheit mit »Addi« aus? Ich schaute sie böse an.

Der Mann von der Theke rief nach dem Kellner. Balduins Cola light koffeinfrei stand auf der Theke und daneben sein Teller mit Döner und Pommes.

Der Kellner eilte hin, kam damit zurück und stellte alles vor Balduin auf den Tisch. Er sagte zu den vieren: »Ihre Bionade kommt auch sofort«, und rannte wieder weg. Die vier glotzten blöd.

»Mist«, sagte Laura.

»So kann ich nicht essen«, jammerte Andrea.

»Egal«, zischte Laura. »Wir bleiben trotzdem hier sitzen.«

»Ich nicht«, sagte Andrea. »Außerdem will ich keine Bionade und einen Grillteller auch nicht.«

Sie lief hinter dem Kellner her, um ihre Bestellung zu ändern. Dann ging sie nach hinten in den Raum und setzte sich links an die Wand.

»Ich halts hier auch nicht mehr aus«, sagte Luca entschuldigend und ging Andrea hinterher. Auch Christoph stand auf. Jetzt war es auch Laura zu blöd, allein an dem Tisch zu sitzen. Sie sah ziemlich sauer aus, stand aber auf und ging mit. Als sie sich hinten an den Tisch setzte, keifte sie Andrea an und Andrea keifte zurück.

Balduin stopfte sein Essen in sich hinein, als hätte er den ganzen Tag nichts gegessen. Nach drei Minuten war alles weg, und er kippte die Cola light koffeinfrei hinterher.

»Biste gestern noch gut weggekommen?«, fragte ich.

»Ja«, piepste er. »Die freundliche Frau hat mich mitgenommen.«

»Wo wohnst du denn?«

»Bethel«, sagte er.

»Wo da?«

»Das möchte ich nicht sagen«, antwortete er.

»Was ist mit Manni und Olaf passiert?«

Er guckte mich verständnislos an.

»Die beiden Skinheads«, sagte ich.

»Die sind wieder aufgestanden. Dieser Hart-Hart-Hartmut ist mit ihnen ins Hospital gefahren.«

»Und dann?«, fragte ich.

»Dann hab ich weiter gegessen, so ein Hunger. Dann kam die rothaarige Frau, sagte, ich soll keine Angst haben, sie würde mich nach Haus bringen.«

»Du hast mit Skinheads zu tun?«, fragte mich Jonas.

»Leider«, sagte ich. »Meine neuen Stiefbrüder.«

»Nein«, sagte Jonas.

»Doch«, sagte ich.

»Aber keine richtigen Skinheads«, sagte Jonas.

»Doch. Mit kurzen Haaren, Bomberjacken und Springerstiefeln«, sagte ich. »Sie sagen ›Kanake‹ zu mir.«

Alicia fragte: »Zu dir?«

»Ich weiß auch nicht, wie die drauf kommen.«

»Das ist denen doch egal, was du bist«, sagte Jonas. »Die schlagen einfach alles und jeden zusammen.«

»Hast du auch schon Ärger mit Skins gehabt?«, fragte ich Alicia.

Sie sagte: »Ja.«

Ich wartete auf mehr, aber es kam nichts mehr. Nach einer Weile fragte sie: »Wieso hast du mich hier runterbestellt?«

»Das mit der Krankheit war eine super Idee«, sagte ich.

»Ja, genau«, pflichtete mir Jonas bei.

»Ich bin nicht krank!«, piepste Balduin. »Ich bin korpulent.«

»Was ist er für eine Zahl?«, fragte Alicia Balduin und sah zu Jonas.

»Siebentausendsiebenundsiebzig«, sagte Balduin.

Jonas guckte verständnislos, fragte aber nicht nach. Alicia trank ihre Fanta aus. Die anderen bekamen da hinten gerade ihre Bionade.

»Was wolltest du also besprechen?«, fragte Alicia.

»Können wir nicht Freunde sein?«, fragte ich sie. »So wie ich mit Jonas oder Balduin befreundet bin?«

»Warum?«, fragte sie.

»Er gibt Ihnen etwas zu essen, wenn Sie so einen Hunger haben«, piepste Balduin dazwischen.

»Ich hab keinen Hunger«, sagte Alicia.

»Hast du viele Freunde?«, fragte Jonas.

Alicia druckste herum. Ich hatte sie noch nie so verlegen gesehen.

»Ich weiß nicht«, sagte sie.

»Nur normale Freunde. Zum Eisessen und so. Nicht Knutschen und miteinander ins Bett gehen«, sagte ich.

»Ich will auch Eis essen«, piepste Balduin. »Aber die zwei anderen Dinge will ich auch nicht. Nur mit der Nummer Eins.«

Alicia schaute mich böse an und wurde rot.

»Mit Natalie würde ich gern alle drei Sachen machen«, sagte Jonas verträumt, »und niemals damit aufhören.«

Wieso waren die beiden heute so offenherzig? War ihnen das nicht peinlich?

»Ich halte es auch nicht länger aus«, sagte Alicia.

Sie war heute auch so. Sie wollte mir endlich ihre Liebe gestehen!

»Mir wird schlecht«, sprach sie weiter.

»Schlecht?«, fragte ich.

»Es soll keine Beleidigung sein«, sagte sie zu Balduin, »aber Sie stinken heute noch stärker als letztes Mal.«

»Oh«, piepste Balduin.

Ach, das meinte sie! Ich schluckte meine Enttäuschung runter und fragte: »Hast du Parfüm in der Tasche?«

»Nein.«

»Wir können einen Verdauungsspaziergang machen«, schlug Jonas vor. »Draußen riecht man nicht mehr so viel.«

Der Kellner trug drei Riesenteller mit Fleisch nach hinten. Wenn der Kellner einen Hund hatte, würde der sich später freuen. Wir gingen nach vorne und bezahlten. Alicia bestand darauf, ihre Fanta selbst zu zahlen. Balduin bestand nicht darauf, sein Dönermenü zu zahlen.

»Wo ist dein schöner Schottenrock geblieben?«, fragte ich ihn.

»Gespendet«, piepste er. »An die Brockensammlung in Bethel.«

»Toll«, sagte ich. »Der war doch ganz neu.«

»Ich bin kein Schotte!«, piepste er. »Ich bin Ostwestfale!«

»Bist aber geizig wie einer«, sagte ich.

»Wie bitte?«, fragte er.

»War nur ein Witz.«

Vielleicht war er wirklich nur geizig. Vielleicht hatte er ein Vermögen gebunkert und ließ sich alles ausgeben, um Geld zu sparen. Wer weiß?

Wir schlenderten die Herbert-Hinnedahl-Straße hinunter. Alicia ging weiter mit uns mit, obwohl sie an ihrem Haus schon vorbei war.

»Kommst du mit?«, fragte ich sie.

»Ein bisschen Spazierengehen tut gut«, sagte sie.

»Du darfst abends allein weg?«, fragte ich.

Sie schaute mich wieder böse an. Es war schon das dritte Mal heute. Ich musste zugeben, dass ich sie lieber lachen sah.

»Du siehst komisch aus, wenn du böse schaust«, sagte ich.

Sie wollte wieder böse gucken, dachte nach und versuchte neutral zu schauen.

»Das können Sie so nicht sagen, junger Mann«, piepste Balduin. »Sie ist immer äußerst ansprechend.«

Wir überquerten den Willy-Brandt-Platz und gingen Richtung Jahnplatz. Es fuhren so viele Autos wie an einem Wochentag. Ich wusste nicht, wohin wir eigentlich gingen. Und ein Spaziergang an der vierspurigen Herforder Straße machte auch keinen Spaß. Am Jahnplatz blieben wir stehen. Der Himmel war orangefarben. Obwohl der Jahnplatz genauso hässlich war wie der Kesselbrink, wirkte er jetzt fast romantisch. Das Licht der Abendsonne tauchte die Welt in satte Farben, als sei man in einem amerikanischen Film. Jetzt wusste ich auf einmal, an wen Alicia mich immer erinnert hatte: an die mexikanische Schauspielerin Salma Hayek. Ich sah auf die große Kupferuhr, die in der untergehenden Sonne glitzerte, auf die Bistrotische vor Pizza Hut, auf Fielmann, auf den Bäcker an der Ecke. Es war warm und hell. Nicht heiß und blendend. Vielleicht waren Plätze nie an sich hässlich. Vielleicht kam es immer nur aufs

Licht an. Wenn es grau war und nieselte, was in Bielefeld meist der Fall war, gab es keine schrecklicheren Orte als den Jahnplatz oder den Kesselbrink. Es war –

»Und jetzt?«, fragte Alicia.

»Ja, und jetzt?«, piepste Balduin ihr nach.

»Wohin?«, stimmte auch Jonas mit ein.

Woher sollte ich das denn wissen? Wieso schauten alle mich an?

»Entscheid du«, sagte ich zu Alicia.

»Keine Ahnung«, sagte sie.

»Wieso darf ich nicht entscheiden?«, piepste Balduin.

»Dann entscheid halt«, sagte ich.

»Zu Pizza Hut«, piepste er und schaute auf die Bistrotische.

War er immer noch nicht satt? Mir ging das Geld aus. Ich dachte an die guten alten Zeiten, als ich noch viel Taschengeld bekommen hatte. Aber ich hatte wahrscheinlich immer noch mehr Geld in der Tasche als Jonas.

Aus dem Pizza Hut kamen Simon und Jessica. Sie waren viel zu verliebt, um uns zu sehen. Aber wir sahen sie. Das war ein blöder Zeitpunkt. Vielleicht war es besser, zu verschwinden, bevor wir auch von ihnen gesehen wurden.

»Lasst uns nach unten zur Straßenbahn gehen«, sagte ich.

Balduin flitzte zum überdachten Eingang und war weg.

»Ist der von dir dressiert?«, frage Jonas.

»Wir müssen nicht vor Simon weglaufen«, sagte Alicia. »Wenn solche Leute nicht in einer Gruppe sind, dann sind sie feige.«

Simon hatte uns aber schon gesehen und zog Jessica händchenhaltend über die Straße. Jessica schien sich zu sträuben.

Ich nahm Alicias Hand. Sie zog sie nicht weg, und in dieser Sekunde war ich froh.

»Hallo«, sagte Jessica und wollte mir förmlich die Hand geben. Irgendwie sah sie auf einmal ziemlich fertig aus. Als fiele es ihr schwer, mit uns zu sprechen.

Ich gab ihr die linke, weil ich in der rechten immer noch Alicias Hand hielt.

»Hallo«, sagte Simon und gab mir auch seine Hand. Als ich ihm auch meine linke Hand gab, entzog mir Alicia ihre.

»Tschuldigung«, sagte Simon zu ihr. »War alles nicht so gemeint.«

»Das kannst du dir sparen, du Blödmann!«, zischte Alicia und lief zur Straßenbahn runter. Ich hatte das Gefühl, dass sie auch mich damit gemeint hatte.

»Was soll das?«, fragte Jonas mich.

»Was weiß ich«, antwortete ich. »Sie ist halt so.«

»Das meine ich nicht«, sagte er. Und als stände Simon nicht direkt vor uns, fragte er: »Wieso ist Simon auf einmal dein bester Freund?«

»Wir sind keine Freunde«, sagte ich. »Aber es tut ihm leid.«

»Simon tut es wirklich leid«, sagte Jessica. »Er hat sich von miesen Leuten zu sehr beeinflussen lassen.«

Simon nickte.

»Aber er ist ein guter Kerl.«

Simon nickte wieder brav.

»Das hätte ich nicht von dir gedacht«, sagte Jonas zu Jessica.

»Was?«, fragte sie.

»Dass so eine wie du mit deinem ganzen Peace-Zeug … dass du dir so einen aussuchst.«

Simon guckte bedrückt, und Jessica sah sauer aus.

»Und du?« Sie geriet so richtig in Rage. »Du Intellektueller. Du musst dir grad so eine blöde Kuh wie Natalie anlachen!«

Jonas schluckte: »Wir sind nicht mehr zusammen«, sagte er, und ich dachte, nein Jonas, wirf dich nicht heulend auf die Straße. Und du Jessica, wechsel schnell das Thema.

Jessica wurde verlegen, weil Jonas sichtlich mit den Tränen kämpfte.

Simon sagte: »Ich bin kein schlechter Kerl.«

»Es tut Simon wirklich leid«, sprang ich ihm zur Seite. »Menschen können sich ändern.«

»Dann könnte sich Natalie auch ändern«, sagte Jonas.

»Männer«, sagte Jessica verächtlich. »Männern ist nur das Aussehen wichtig. Hauptsache tolle Figur und schönes Gesicht.«

»Das stimmt nicht, Jess«, sagte Simon und grinste. »Sonst wär ich ja nicht mit dir zusammen.«

Es war offensichtlich ein Spaß. Aber Jessicas teigige Haut lief rot an. Sie pustete Luft aus, klatschte ihm eine und lief Richtung Kesselbrink. Simon stand reglos da. Er hielt sich mit einer Hand die Wange.

»Mann«, sagte er. »Die hat einen Schlag drauf. Mit der möcht ich mich nicht anlegen.« Dann rannte er ihr hinterher.

Jetzt stand auch noch Katja auf der anderen Straßenseite, Natalies blasse und schweigsame Freundin. Wahrscheinlich hing Natalie immer mit ihr zusammen, weil sie dann die ganze Zeit selber sabbeln konnte.

Als grün war, kam Katja über die Straße. Sie überwand sich und sagte im Vorbeigehen leise »Hi«.

»Moment«, rief Jonas hinter ihr her, und sie kam die paar Meter zurück.

Sie schaute uns fragend an.

»Wie gehts?«, fragte er.

»Ganz gut«, sagte sie.

»Und wie gehts Natalie?«, fragte er, und ich dachte wieder: Hör mit diesem Thema auf.

»Auch gut«, sagte Katja.

»Hat sie jetzt einen anderen Freund?«, fragte er. Von Indirektheit verstand er wohl nichts.

»Nein«, sagte sie. »Nicht dass ich wüsste.«

»Sagt sie was über mich?«, fragte Jonas. »So etwas wie, dass sie am liebsten zu mir zurück will?«

»Nicht dass ich wüsste«, sagte Katja.

»Gar kein bisschen?«, hakte Jonas nach.

»Jonas, hör auf«, sagte ich. »Vergiss es einfach.«

»Sie ist immer noch in einen Exfreund verliebt«, sagte Katja. »Aber der bist nicht du.«

Jonas war total geschockt, und ich fragte mich, wieso Katja das gesagt hatte. Sie sah gleichgültig aus. Keine Spur von Schadenfreude.

»Schon verstanden«, sagte Jonas und ging weg, ohne sich zu verabschieden.

Jetzt stand ich mit Katja da und wusste nicht, was ich sagen sollte. Sie hätte auch gehen können, als Jonas gegangen war. Schließlich hatte Jonas mit ihr sprechen wollen und nicht ich. Ich wollte runter zur Straßenbahn. Vielleicht stand Alicia da unten und wartete darauf, dass ich nachkam.

Ich sagte: »Ich muss –«

»Was machst du in der Stadt?«, fragte Katja.

Wieso fragte sie das? War es so ungewöhnlich, sonntags durch die Stadt zu gehen?

»Ich war essen. Und du?«

»Ich wohne hier«, sagte sie.

Ich hatte nicht gewusst, dass Katja mitten in der City wohnte. Aber es hatte mich auch noch nie interessiert.

»Über der Marktpassage«, sagte sie.

»Schön. Jetzt muss ich aber –«

»Ja«, sagte sie. »In der Stadt zu wohnen ist wirklich praktisch.«

»Ja. Ist wohl wirklich besser als in Brackwede, aber jetzt –«

»Wenns dich so interessiert, kannst du dir unsere Wohnung mal anschauen«, sagte sie.

Ich wunderte mich über sie. Früher hatte sie nie etwas außer »ja« und »nein« gesagt, und heute sprach sie wie ein Wasserfall. Vielleicht war sie gesprächiger, wenn sie ohne Natalie unterwegs war. Vielleicht war sie bei Natalie einfach nie zu Wort gekommen.

»Ja, das ist nett. Man sieht sich«, sagte ich und wollte losgehen.

»Du kannst dir *jetzt* die Wohnung ansehen«, sagte Katja.

Alicia war bestimmt nicht mehr da unten. Außerdem, wieso sollte ich ihr immer hinterherlaufen? Sollte sie doch beleidigt sein. Zu Hause wartete niemand auf mich. Die Hausaufgaben konnte ich noch in der Nacht machen. Es sprach nichts dagegen.

Ich ging also mit Katja die Fußgängerzone entlang. Django kam mir entgegen, machte große Augen, starrte Katja an, dann mich, grüßte mich und ging weiter.

Scheiße, dachte ich. Sieht mich erst mit Natalie, dann mit Katja. Der hält mich jetzt für einen Frauenheld.

»Hey«, rief jemand, und ich drehte mich um. Django kam zurück. »Hab was vergessen.«

»Ja?«, fragte ich.

»Wie ist es?«

»Ganz gut«, sagte ich und fragte mich, was er wollte. Wollte er wissen, ob Katja meine Freundin war, um es dann Alicia zu erzählen?

Django starrte Katja an: »Und wer ist deine schöne Freundin?«, fragte er.

»Eine Klassenkameradin«, sagte ich.

»Und wie heißt sie?«, fragte er.

Da ich nicht antwortete, sagte sie: »Katja.«

»So ein schönes Mädchen. So schöne Haut. So schöne Haare.«

»Wir müssen leider weiter«, sagte ich.

»Ich bin Django«, sagte er. »Guck mal, ich bin auch ein schöner Junge.«

Geht so, dachte ich.

»Passen gut zusammen«, sagte er zu Katja.

Katja schaute verlegen auf ihre Hände.

»Bist du nicht verheiratet?«, fragte ich ihn.

»Na und?«, fragte er.

»Lässt du dich etwa scheiden?«, fragte ich.

»Hab ich nicht vor«, sagte Django grinsend.

Wenigstens war er ehrlich.

»Man kann doch auch andre schöne Frauen bewundern.«

Wieso sagte Katja denn nichts mehr? Sie konnte doch ruhig sagen: Zieh ab. Auf verheiratete Typen hab ich keinen Bock.

»Was sagst du?«, fragte er Katja.

»Weiß nicht«, sagte sie.

»Meine Handy-Nummer«, sagte Django und gab ihr eine Visitenkarte. »Kannst mich anrufen.«

»Mal sehn«, sagte sie.

»Ciao«, sagte er und ging weiter.

Ich fragte mich, ob er diese Nummer öfter abzog und ob er irgendwann mal Erfolg damit hatte.

»Wer war das?«, fragte sie mich im Weitergehen.

»Der Bruder von Alicia.«

»Wer?«

»Sie ging in die 9 a.«

»Ach die«, sagte sie gleichgültig. »Hab davon gehört.«

Du hast nicht nur davon gehört, du hast es auch gesehen, dachte ich.

Sie war schließlich mit Natalie hinter der Turnhalle gewesen, als ich Natalie gesagt hatte, sie solle die Lehrer holen. Ich fragte mich auf einmal, wieso sie nicht selbst darauf gekommen war, die Lehrer zu holen. Hatte sie keinen eigenen Willen? Tat sie immer nur, was Natalie wollte?

»Da fällt mir ein, meine Mutter wartet ja auf mich«, sagte ich.

»Wie du willst«, sagte sie gleichgültig.

Ich fragte mich, ob sie auch Gefühle zeigen konnte. Egal ob es Traurigkeit, Wut oder Überraschung war. Es war ein Experiment wert. Aber womit sollte ich ihr etwas entlocken? Mir fiel Djangos verrückte Idee ein, ich solle Alicia heiraten. Vielleicht wäre Katja genauso überrascht wie ich? Sie musste ja irgendwie reagieren.

»Willst du mich heiraten, Katja?«, fragte ich sie.

»Weiß nicht«, sagte sie, schaute mich aber interessiert an.

Ob Interesse wohl auch ein Gefühl war? Ich wusste es nicht. Jedenfalls nicht so ein starkes Gefühl wie Wut oder Glück.

Sie wartete, dass ich weitersprach. Warum fragte sie sich gar nicht, *wieso* ich sie überhaupt heiraten wollte? Kam sie gar nicht auf den Gedanken, dass ich das gar nicht ernst meinte? Andere Mädchen hätten mir das nicht geglaubt. Sie hätten es für einen Witz gehalten, was es ja auch war.

»Willst du mich wirklich heiraten?«, fragte sie und beobachtete mich genau.

»Eigentlich nicht«, sagte ich.

»Wieso fragst du dann?«

»Nur so«, sagte ich.

»Du bist komisch«, sagte sie und schaute mich weiter an.

Ihr Gesicht war wirklich wie gemeißelt. Eine blasse Haut ohne Pickel. Katjas Porzellangesicht wurde umrahmt von ihren glänzenden, kupferroten Haaren. Echte rote Haare hatten immer was. Alles war so gleichmäßig und makellos an ihr, als sei sie geschminkt. Aber das war sie nicht. Ihr Körper wirkte ebenso makellos, zart und zerbrechlich. Und ich wunderte mich, dass ich diese Makellosigkeit erst heute bemerkt hatte.

Wir standen eine Weile stumm da und starrten uns an. Mir war klar, dass ich im Stummbleiben nie gegen Katja gewinnen würde. Sie war einfach zu … gleichgültig. Ich gab mich geschlagen und sagte: »Du wolltest mir doch deine Wohnung zeigen.«

»Ich dachte, deine Mutter wartet auf dich?«, fragte sie.

»Ist nicht so wichtig«, sagte ich.

Wir gingen weiter. Ich wusste auf einmal, wieso mir Katjas Porzellangesicht erst heute aufgefallen war. Weil Django von ihrer schönen Haut und ihren schönen Haaren gesprochen hatte! Vielleicht hatte ich bisher vieles übersehen. Und erst wenn jemand anderes mich darauf hinwies, wurden mir die Augen geöffnet.

Ich pustete Luft aus meinem Mund. Es gab einfach zu viele schöne Mädchen auf der Welt. Und sie hatten alle einen Hau. Na ja, Balduin, Jonas und Ralph hatten auch einen Hau. Aber einen anderen Hau als Natalie oder Katja. Mit dem Hau der Mädchen konnte man schlechter leben.

Wir fuhren mit einem Fahrstuhl nach oben. Und dann standen wir auf einmal im Grünen. Ein Park. Mitten in der City. Sträucher und Bäume wuchsen hier oben. Häuser umschlossen diesen Park wie eine runde Mauer. Ich hatte das Gefühl, in eine andere Welt einzutreten.

Die Wohnung war schick eingerichtet mit alten dunklen Möbeln. Andere Dinge hingegen, wie das Sofa und die Lampen, waren modern. Dazu waren hier und da riesige Grünpflanzen in der Wohnung verteilt. Im Wohnzimmer ging ich zum Fenster und konnte direkt in die Fußgängerzone sehen. Gegenüber lag die City-Passage.

Es war still in der Wohnung. Wo waren ihre Eltern? Oder ihr Bruder? Er hieß Robbie und ging in die achte Klasse. Er hatte immer lebendiger gewirkt als seine Schwester.

»Willst du was trinken?«, fragte sie.

»Hast du Kaffee?«, fragte ich.

»Natürlich haben wir Kaffee«, sagte sie und ging aus dem Zimmer. Ich lief ihr nach in die Küche. Die Küche war aus dunklem Holz und bestimmt teurer gewesen als die von meiner Mutter.

Katjas Familie hatte auch einen Vollautomaten, aber nicht von WMF. Es handelte sich um irgendeine italienische Marke, die ich nicht kannte. Sie fragte: »Cappuccino?«

Ich nickte.

Sie machte sich auch einen, und wir gingen zurück ins Wohnzimmer und setzten uns ans Fenster. Ich schaute immer wieder hinaus. Es war wirklich super, eine Wohnung mitten in der City zu haben, über den ganzen Geschäften.

»Bist du immer noch in Natalie verliebt?«, fragte Katja aus heiterem Himmel. Etwas Kaffee schwappte auf mein weißes T-Shirt.

»Nicht wirklich«, sagte ich.

»Und in wen bist du dann verliebt?«

Mein Gott. Was ging sie das denn an? Wie kam sie jetzt überhaupt darauf? Vor zehn Sekunden hatte ich es noch genossen, in dieser eleganten Wohnung zu sitzen und auf die Fußgängerzone zu schauen. Ich nahm einen Schluck von meinem Cappuccino. Er schmeckte wirklich gut. Noch viel besser als der aus der Maschine meines Vaters. So schokoladig weich und doch kräftig. Der Kaffee hatte noch andere Geschmacksnoten, die ich aber nicht beschreiben konnte. Dabei war unsere WMF-Maschine doch schon klasse gewesen. Vielleicht lag es am Kaffee selbst. Mein Vater hatte immer eine Riesenpackung Kaffeebohnen gekauft, die sehr billig ausgesehen hatte.

»In wen?«, hakte Katja nach.

Mir lag auf der Zunge: In dich. Aber nicht, weil es stimmte, sondern weil ich das Gefühl hatte, dass sie diese Antwort erwartete, und weil ich ihre Reaktion darauf sehen wollte.

»In dich nicht«, sagte ich.

»Das hab ich auch nicht gedacht«, sagte sie. Sie versuchte neutral zu klingen, aber ihre Stimme zeigte etwas anderes an. Hatte sie wirklich geglaubt, sie sei meine heimliche Liebe? Ich musste an Jessica denken. Sie hatte auch geglaubt, ich sei seit Langem in sie verliebt. Vielleicht glaubt man irgendwann an das, was man sich wünscht?

Ich fragte mich, wieso sie mit ihrem Porzellangesicht und ihrer zarten Figur nicht Tausende von Verehrern hatte. Männer gucken doch nicht nur aufs Aussehen, dachte ich. Wer will schon mit einem hübschen Roboter wie Katja zusammen sein. Dann lieber eine affektierte Zicke wie Natalie.

»Meine Eltern sind nicht da«, sagte sie. »Und mein Bruder übernachtet heute bei einem Freund.«

Ich muss mich langsam vom Acker machen, dachte ich. Sie sah mich wieder an.

Ich sprang auf.

»Du hast deinen Kaffee noch nicht ausgetrunken«, sagte sie wieder mit ihrer gleichgültigen Stimme.

»Tut mir leid«, sagte ich. »Aber danke für die ausgetrunkene Hälfte.«

Sie stand auch auf. Aus irgendeinem Grund hatte ich das Gefühl, sie wollte mich hier festhalten, und ich sprintete aus dem Zimmer, durch den langen Flur und zur Wohnungstür hinaus. Ich fand den Fahrstuhl, fuhr nach unten und lief zum Ausgang. Ich rannte Richtung Jahnplatz.

Vor Leffers sah ich meinen Vater mit einer Frau, und ich stoppte abrupt. Er hatte schon lange nicht mehr so fröhlich ausgesehen. Er hatte ja erzählt, dass er sich mit einer Jugendliebe treffen wollte. Das Treffen dauerte wohl immer noch an. Hieß die Frau nicht auch Katja?

Ich ging zu ihm hin und sagte: »Hallo.«

Die beiden drehten sich um.

»Hallo«, sagte mein Vater in einem Ton, der sagte: Ich habe jetzt keine Lust, mit dir zu reden. Du störst.

Diese Jugendliebe war ganz hübsch, nur war ihr Gesicht etwas verbraucht. Sie war älter als meine Mutter. Mit neugierigem Blick sah sie mich an.

Ich war zunächst unsicher, was ich machen sollte, ging dann aber weiter, ohne mich zu verabschieden. »Wer war das?«, hörte ich eine Frauenstimme fragen. Was mein Vater antwortete, hörte ich nicht mehr. Vielleicht war ich schon zu weit weg, vielleicht sprach er zu leise, vielleicht antwortete er auch gar nicht.

Ich versuchte locker zu bleiben, aber mich durchzog wieder ein stechender Schmerz in der Herzgegend wie schon im Ravensberger Park. Ich blieb kurz stehen, und der Schmerz ließ nach. In den letzten Minuten war es schnell dunkel geworden. Ich ging zur Straßenbahnhaltestelle und fuhr nach Hause.

Als die Bahn an der Haltestelle Bethel vorbeifuhr, sah ich Balduin gerade die Straße am Betheleck hochgehen. Er ließ die Schultern hängen und schaute aus wie ein begossener Pudel. Er ging langsam in winzigen Schritten und starrte senkrecht auf den Boden.

So hatte ich ihn noch nie gesehen. Vielleicht wäre ich an der nächsten Station ausgestiegen, zurückgegangen und hätte ihn gefragt, was für eine Laus ihm über die Leber gelaufen war, aber ich hatte die Nase voll. Von Balduin, Jonas, Jessica, Simon, Katja, meinem Vater, von Alicia. Ich nahm mir vor, morgen mit Natalie zu reden und ihr eine Bettbeziehung vorzuschlagen.

Ich stieg zwei Stationen früher aus und ging das letzte Stück zu Fuß. Hoffentlich war Hartmut schon weg. Hoffentlich übernachtete er nicht bei uns. Leider wusste ich nicht, was für ein Auto er fuhr. Auf dem Parkplatz standen einige, die ich nicht kannte. Ich schloss die Wohnungstür auf. Aus dem Wohnzimmer hörte ich Fernsehgeräusche. Ich wollte sofort in mein Zimmer gehen, aber meine Mutter musste auf mich gewartet haben. Die Glastür ging auf, und sie kam mir wütend entgegen.

»Herzlichen Dank! Die Waschmaschine ist kaputt!«

Was hatte ich denn damit zu tun?

»Ja und?«

»Was ›ja und‹? Du hast sie doch letztens ausgeliehen!«

»Ja und?«

»Hast du die Transportsicherungen reingeschraubt?«

Ihr ganzer Körper war so angespannt wie bei einem Streit mit meinem Vater.

»Die sind hinten, du Idiot! Wozu gibts die wohl!«

Keine Ahnung, was sie meinte.

»Aber du hast seitdem doch schon wieder Wäsche gewaschen.« Und ich auch, dachte ich. Balduins Wäsche.

»Da lief sie auch schon so unrund«, brüllte sie. »Und jetzt ist sie ganz hin!«

»Dann war sie schon vorher nicht in Ordnung.«

Sie kam auf mich zu und scheuerte mir eine.

»Du Idiot!«, schrie sie. »Du Vollidiot!«

Sie war puterrot angelaufen und wollte mir schon wieder eine scheuern, aber ich wich aus. Das machte sie noch rasender. Sie schlug wie wild um sich, aber ich schaffte es in mein Zimmer, drückte die Tür zu und schloss schnell ab. Sie trat gegen die Tür und schrie: »Mach auf, du Idiot!«

Ich machte aber nicht auf.

»Das zieh ich dir vom Taschengeld ab!«, schrie sie.

Ich wunderte mich, dass sie auf einmal mit Taschengeld anfing. Wenn mein Vater auch nicht für viele Dinge zuständig gewesen war, so hatte er doch immer das Sagen bei meinem Taschengeld gehabt.

»Dein Vater hat mir gemailt, dass du nur noch zwanzig Euro die Woche bekommst!«, schrie sie weiter. »Davon stotterst du die tausendzweihundert ab!«

Na super, dachte ich, wie viele Wochen brauche ich dann, um diese bekloppte Maschine zu bezahlen?

»Taschengeld kannst du also dieses Jahr vergessen!«, brüllte sie.

»Und die Maschine ist wirklich kaputt?«, fragte ich durch die Tür.

»Du Idiot!«, schrie sie wieder.

»Dann kann sie ja der Schrotthändler haben?«, fragte ich weiter.

»Du Vollidiot«, brüllte sie so laut, dass ihre Stimme quietschte. Ich stellte mir ihre Stimmbänder als kaputte Keilriemen vor.

Komischerweise dachte ich daran, dass ich nun wieder einen Grund hatte, Alicia anzurufen.

Meine Mutter hämmerte immer noch gegen die Tür. Ich fragte mich zum ersten Mal, wieso mein Vater sich nie bei Streitereien eingeschlossen hatte. Es war immer gut, eine Tür dazwischen zu haben. Das Gästezimmer hatte einen Schlüssel und auch das Bad. Aber er war immer im Wohnzimmer geblieben. Mir fiel es wie Schuppen von den Augen: Er hatte es so gewollt! Und was hatte ich früher immer versucht, die beiden zu trennen, um Schlimmeres zu verhindern. Es hatte ihm gefallen, dass ich immer dazwischengesprungen war! Er hatte sich in der Rolle gefallen, von einer Furie attackiert zu werden und dabei Mitleid zu erhaschen. Nur wenn ich nicht dazwischengegangen war, hatte er selbst etwas tun müssen und sich einen Atlas geschnappt.

Als ich ihn heute mit seiner Neuen gesehen hatte, war ich ihm nur im Weg gewesen. Er hatte mich noch nicht mal vorgestellt. Zum Beispiel hätte er sagen können: »Katja, das ist mein Sohn. Er ist nur mittelmäßig in der Schule, verprasst mein Geld, aber er hat mir beim Umzug geholfen und er musste sich immer mein Gejammere anhören. Das war schlimm für ihn, und jedes Mal hat mein Gejammere das Gefühl in ihm ausgelöst, vor einen Zug springen zu müssen. Deswegen hat er einige Male aufgelegt. Aber dieses Gefühl kennt er ja schon lange. Er hatte das Gefühl auch immer bei den Streitereien zwischen mir und meiner Frau. Einmal ist er dazwischengesprungen, als meine Frau wieder mit einer Bierflasche nach mir schlug. Ich hätte mich zwar vorher verziehen können, um das Ganze nicht eskalieren zu lassen, aber ich wollte, dass er zu uns kommt und sieht, wie schlecht ich doch behandelt werde. Ich liebe Mitleid.«

Wahrscheinlich tat meiner Mutter jetzt doch die Hand weh.

Ich sah aus dem Fenster. Der Terrassenstuhl stand immer noch da. Ich benutzte wieder meinen Notausstieg. Ich fragte mich, wohin ich gehen sollte, und beschloss, im Jahnplatztunnel in irgendeine Bahn umzusteigen und einfach bis zur Endstation zu fahren. Ich hätte auch mit der 1 bis zur Endstation Schildesche fahren können, aber ich hatte mir in den Kopf gesetzt, die Bahn zu wechseln.

Am Jahnplatz stieg ich in die 3 und fuhr bis Stieghorst Endstation. Von hier aus ging ich die Oldentruper Straße zurück. Als ich Jessica nach Hause gebracht hatte, war mir klar geworden, dass man abgelenkt wird, wenn man durch unbekannte Straßen geht.

Der Dackel und sein Diener

Ich kam zu der Kreuzung, an der es links zur Prießallee hochging. Jessica wohnt doch in der Prießallee, dachte ich, mal gucken, ob ich das Haus noch finde. Ich bog links ab und ging die Straße hoch. Die Allee war nur auf meiner Seite der Straße eine »Allee«. Auf der anderen Seite gab es keine Bäume.

Ich fand das gelbe Haus gegenüber dem Eckimbiss namens »Heval-Grill« sofort. Neben dem Haus zweigte eine kleine Straße ab, in der alte Häuser mit schönen Vorgärten waren. Ich bog in die Straße ein, weil sie nett aussah. Vor mir ging ein alter Mann mit einem Dackel. Ich ging schneller, um die beiden zu überholen, da drehte der Dackel sich um und fletschte die Zähne.

Scheißvieh, dachte ich und wechselte die Straßenseite. Der Dackel lief nun schneller, wechselte die Straßenseite, baute sich vor mir auf und fletschte wieder seine Zähne. Der blöde Opa tat so, als würde er nichts merken. Der Dackel hatte wohl die Hosen an. Ich wechselte erneut die Straßenseite, und der Dackel lief mir weiter hinterher, überholte mich und baute sich wieder vor mir auf, kläffte und fletschte die Zähne. Der Opa schien interessiert die Vorgärten zu betrachten. Der Dackel gefiel sich in der Rolle eines Kampfhundes, aber ich hatte die Schnauze voll. Ich brüllte den Dackel an: »Hau ab, du Scheißvieh!« Der Dackel erschrak und lief zu seinem Herrchen. Das Herrchen guckte weiter in die Vorgärten.

»Passen Sie mal auf Ihren Scheißdackel auf!«, schnauzte ich ihn an. »Sie kriegen das doch die ganze Zeit mit!«

Der Dackel versteckte sich hinter einem Baum.

Der Mann tat verständnislos: »Was wollen Sie denn? Mein Hund sagt Ihnen doch nur guten Tag.«

»Klar!«, brüllte ich weiter. Der Alte war ein jämmerliches Arschloch. Und Dackel hatten für mich schon immer einen Hau. Die waren alle so aggressiv, weil sie Komplexe wegen ihrer kurzen Beine hatten. »Schaffen Sie sich einen vernünftigen Hund an!«

Der Opa schüttelte den Kopf, hatte aber keine Lust mehr, von mir beschimpft zu werden, kehrte um und ging die Straße zurück. Vielleicht ging er aber auch nur zurück, weil sein Dackel gerade in diese Richtung lief.

Ich mochte keine Leute, die sich von ihrem Hund dirigieren ließen. In unserer Straße gab es auch einige Hundebesitzer, bei denen der Hund den Ton angab. Es war diesen Leuten auch völlig egal, ob der Hund einen anfiel.

Ich ging weiter und hörte aus der Richtung des Dackels Jessicas Stimme: »Halt die Klappe!«

Ich drehte mich um und sah, dass sie nur ein paar Meter entfernt war und der Dackel sie verdutzt anschaute. Dem Dackel gefiel es gar nicht, zum zweiten Mal angebrüllt zu werden.

»Aber der begrüßt Sie doch nur«, sagte der Mann.

»Halten Sie auch die Klappe«, giftete sie. »Ich bin doch nicht blöd.«

Der Dackel trabte weiter, und der Mann ging hinterher.

»Hey Jessica«, rief ich.

Sie erkannte mich in dem seltsamen Licht der Straßenlampe nicht sofort. Ich ging auf sie zu. Vor ein paar Tagen war ich nachts vor ihr weggelaufen. Und jetzt streunerte ich vor ihrem Haus rum. Was sollte sie da denken? Hoffentlich das Richtige. Dass ich nur zufällig hier war.

»Du bist das«, sagte sie ziemlich überrascht.

»War grad in der Gegend.«

Sie hatte ein verheultes Gesicht. War Simon beim Hinterherlaufen nicht schnell genug gewesen? War sie immer noch wegen des dummen Spaßes sauer?

»Was machst du so?«, fragte ich sie.

»Spazieren gehen«, sagte sie.

Ich kannte kein Mädchen, das abends allein spazieren ging. Ich hatte gedacht, das machen nur seltsame Männer.

»Pass auf den gefährlichen Dackel auf«, sagte ich. »Manche können ihre Beine ausfahren und sind dann so groß wie Doggen.«

Sie lachte.

»Hab schon mal Dackel gesehen, die so hoch waren wie Giraffen«, sagte sie.

»Wirklich?«, fragte ich.

»Ja«, sagte sie. »Die hatten auch lange Hälse.«

»So was!«

Ihre Augen waren hinter der Brille geschwollen. Die Nase rot. Sie musste schon länger geheult haben.

»Wieso gehst du denn abends spazieren?«, fragte ich.

»Meinst du, es läuft ein Frauenmörder in der Gegend herum?«

Sie war heute ganz anders. Nicht so spröde. Trotz der Traurigkeit war sie witzig.

»Simon hat das doch nicht so gemeint«, sagte ich.

»Auch wenn man es nicht so meint, kann man andere verletzen«, sagte sie. »Natalie hätte der Spaß bestimmt nicht verletzt, weil sie weiß, dass es bei ihr nicht stimmt. Aber wenn der Spaß wahr ist, haut es richtig rein.«

»Du hast doch so viele Freunde gehabt«, sagte ich. »Die werden sich doch nicht alle geirrt haben.«

Sie fing wieder an zu heulen.

»Und Simon. Der ist doch der Traum aller Mädchen«, sagte ich. »Aber er ist ausgerechnet mit dir zusammen.«

»Du denkst doch das Gleiche wie Jonas«, sagte sie. »Dass Simon nur Muskeln und kein Hirn hat.«

Ich schwieg dazu lieber.

»Nur weil er zweimal sitzen geblieben ist«, sagte sie.

Wonach soll man denn sonst gehen, wenn nicht nach Schulnoten, dachte ich.

Dann fiel mir ein, dass ich auch nur mittelmäßige Noten hatte. Aber das hatte ich bestimmt nicht, weil ich zu doof war, sondern weil ich den Arsch nicht hochkriegte.

»Simon ist viel klüger als ich«, sagte sie, und ich dachte, sie macht nur Spaß. Sie war schließlich die Klassenbeste.

»Das glaubst du nicht, weil du wie alle denkst«, sprach sie weiter. »Er hat sich einfach mit blöden Leuten herumgetrieben. Er hat besonders prollig getan, um lässig zu wirken.«

»So so«, sagte ich. Wie viel sie doch schon von Simon wusste.

Sie heulte nun so heftig, dass ich sie kaum verstand, und ich hatte Angst, sie könnte sich wie Jonas auf den Boden schmeißen. Ich verstand nur noch Fetzen »... liest ... hmgrum ... Simon ... schnief ... trulfensewngen ... lgrumm ... phgmem ... ja ... Dostojewski ... so sensibel ... schnief.«

»Simon liest Bücher?«, fragte ich.

Sie nickte. Ich konnte mir nur von Jonas und Jessica vorstellen, dass sie in der Freizeit Bücher lasen. Und »Dostojewksi« klang anspruchsvoll. Dostojewski war ein Russe, das wusste ich.

Dann fiel ihr auf einmal ein: »Was machst du hier eigentlich?«

»Sagte ich doch: War grad in der Gegend.«

Sie schniefte immer noch.

»Komm«, sagte ich. »Lass uns ein bisschen rumgehen.«

Wir gingen ein Stück. Es war ganz ruhig hier. Kein Auto fuhr. In den Wohnzimmern flimmerten die Fernseher.

»Frag doch«, sagte sie.

»Was?«

»Wieso ich so einen Vater hab.«

»Hä?«

»Hast du es schon allen gesagt?«, fragte sie. »Und morgen weiß es die ganze Schule?«

»Kenn ich etwa deinen Vater?«, fragte ich. Ich stellte mir einen Finanzbeamten vor. Und ihre Mutter war bestimmt … eine schlanke Architektin.

»Du standst doch heute mit ihm an der Ampel.«

»Hä?«

»Ich hab so getan, als würde ich euch nicht sehen. Aber Simon hat mich richtig mitgeschleift.«

»Dann stand dein Vater nur zufällig neben mir«, sagte ich. Ich war doch nur mit Jonas und Alicia unterwegs.

»Nein, du kanntest ihn«, beharrte sie. »Du hast was zu ihm gesagt, und da ist er zur Straßenbahn runtergerannt.«

Balduin? Aber das konnte ja nicht sein.

»Was hast du zu ihm gesagt?«, fragte sie. »Guck mal, da steht deine Tochter?«

»Balduin?«, fragte ich ungläubig.

Wie hieß der denn noch mal richtig? Was hatte er zu meiner Mutter gesagt? Ich heiße nicht Balduin, ich heiße … Ronald? Und vorhin im Ocakbasi? Ich heiße nicht Pfiff, ich heiße … irgendwas mit »Land«. Jessica hieß aber … »Winter«. Doch im Boulevard, hatte er da nicht was von Frau und Tochter gefaselt? Im August schrieb er doch immer eine Geburtstagskarte. August hatte ich mir gemerkt, weil dicke Clowns auch oft »August« hießen.

»Wann hast du Geburtstag?«, fragte ich sie.

»Dreißigster August«, sagte sie.

»Das kann doch nicht sein!«, rief ich aus.

»Wieso? Dachtest du, ich sei Fisch vom Sternzeichen?«

»Balduin Pfiff?«, fragte ich. »Ronald Sowieso-Land?«

Sie war geschockt, dass ich sogar seinen Namen kannte.

»Was hast du mit ihm zu tun? Woher kennt ihr euch?«, fragte sie.

Das war doch alles Unsinn. Bielefeld war kein Dorf, in dem jeder mit jedem verwandt war. Vor allem nicht ein fetter Spinner mit so einer mageren Intelligenzbestie.

»Hat er uns in der Nacht zusammen gesehen? Und dann hat er dich auf dem Nachhauseweg angesprochen?«, fragte sie weiter.

Mir fiel auf die Schnelle nicht ein, wie ich Balduin überhaupt kennengelernt hatte. Mir fiel nur eines ein: Cola light koffeinfrei.

Sie holte ein neues Taschentuch raus, wedelte es auseinander und schnäuzte mehrmals laut hinein. Ich hatte noch nie eine Frau so laut schnäuzen hören.

»Wissen die es auch?«, fragte sie, ohne mich anzuschauen.

»Wer?«

»Jonas und das Mädchen.«

»Ich wusste es ja auch nicht«, sagte ich. »Bis jetzt.«

So einen Vater hatte ich ihr wirklich nicht zugetraut. Wenn jemand das Gegenteil von verrückt war, dann war es Jessica, die personifizierte Vernunft.

»So was gibts doch gar nicht«, sagte ich, und sie fing wieder an zu heulen. Sie setzte sich auf eine niedrige Gartenmauer und hielt sich die Hände vors Gesicht. Die Tropfen liefen unter ihren Händen weiter. Ich fragte mich, wie man so viel Wasser in sich haben konnte, und ich erinnerte mich an einen asiatischen Film, in dem ein Polizist immer joggen gegangen war. Das tat er, um alle Flüssigkeit aus sich herauszuschwitzen, sodass keine Flüssigkeit mehr für Tränen übrig blieb. Der Typ hatte Liebeskummer gehabt und aus Liebeskummer auch immer Dosenananas gegessen. Der Film wimmelte nur so von schrägen Typen mit Liebeskummer. Ich wusste zwar nicht mehr genau, worum es in dem Film wirklich ging, aber es gab einen zweiten Typen, der in seine überflutete Wohnung kam. Der Typ sagte zu der Wohnung so etwas wie »Weine nicht, sie kommt nicht wieder«, und auch einem nassen Putzlappen redete er gut zu: »Lass dich nicht so hängen wegen ihr.«

Ich setzte mich neben Jessica.

»Sag es niemandem weiter«, beharrte sie.

Ich konnte sie verstehen. Niemand würde so einen Vater haben wollen. Aber würde jemand meinen Vater haben wollen?

Besser einen jammernden Chirurgen als einen durchgedrehten Mathematiker, dachte ich. Und wieso heulten eigentlich alle in letzter Zeit? Ich konnte mich nicht daran erinnern, wann ich das letzte Mal geheult hatte.

»Mein Vater ist auch nicht toll«, sagte ich, um sie abzulenken. »Und meine Mutter auch nicht.«

Zum ersten Mal sprach ich es aus. Es klang aber so untertrieben, dass es schon wieder falsch war.

»Es ist eigentlich anders«, verbesserte ich mich. »Meine Eltern sind auch nicht ganz dicht. Meine Mutter ist tobsüchtig und schlägt mit abgebrochenen Bierflaschen um sich, und mein Vater ist ... ein Jammerlappen.«

»Das glaub ich nicht«, sagtc Jessica.

Da war sie die Erste, der ich so etwas erzählte, und sie glaubte mir nicht. Dabei war es noch viel unglaublicher, einen Vater wie Balduin zu haben.

Ich stand auf, stellte mich vor sie und hob mein T-Shirt.

»Da hat sie mir eine Bierflasche in den Bauch gerammt. Aus Versehen. Sie wollte eigentlich meinen Vater treffen. Der ist jetzt endlich ausgezogen. Jetzt ist sie mit Hartmut zusammen. Seine Söhne sind Skinheads.«

Ich setzte mich wieder. Na gut. Balduin war schlimmer. Es war wirklich ein Unterschied, ob die Leute nur zu Hause oder auch auf der Straße verrückt waren.

»Mein Stiefvater ist ganz okay«, sagte sie. »Nein, eigentlich stimmt das nicht. Ich bin für ihn nur jemand, den man dulden muss. Jemand, der ihn ständig daran erinnert, dass meine Mutter früher mit einem anderen verheiratet war.«

»Siehst du Balduin ... deinen Vater nicht mehr?«, fragte ich.

»Wenn er mich zufällig sieht, läuft er weg. Ich habe ihm nichts mehr zu sagen.«

Sie holte sich ein neues Taschentuch aus der Tasche.

»Früher war er so lustig. Wir haben jedes Wochenende Ausflüge gemacht, und er hat mir Gute-Nacht-Geschichten vorgelesen. Eigentlich hat er mich besser verstanden als meine Mutter.«

Sie schniefte ins Taschentuch.

»Und dann kommt er nicht mehr nach Hause. Meine Mutter ruft die Polizei, die ihn auch findet. Aber er sagt, dass wir beide nicht die Eins sind und dass er lieber durch die Gegend laufen will.«

Es war schwierig, sie bei dem Geheule zu verstehen.

»Wieso bloß?«, fragte sie auf einmal. Sie schlug mit den Fäusten auf ihre Oberschenkel ein: »Wieso ist er so geworden?«

Wer sollte das wissen?

»Weil es so ist.«

»Das ist keine Antwort«, heulte sie.

Ein älteres Ehepaar kam die Straße entlang. Obwohl beide bestimmt achtzig waren, hielten sie Händchen. Sie schauten Jessica an.

»Was gibts zu weinen?«, fragte der Mann. »Sie sind noch jung. Genießen Sie doch die Zeit.«

Jessica schaute ihn überrascht an.

»Jung sein ist scheiße!«, sagte sie, als sei sie eine rotzfreche Göre.

»Alt sein noch viel mehr«, sagte der Mann und ging mit der Frau weiter.

Jessicas Handy klingelte. Sie holte es raus, schaute aufs Display und steckte es wieder ein.

»Simon?«, fragte ich.

Sie nickte.

Ich verstand sie nicht. Eben hatte sie noch geschwärmt, was für ein cleverer Kerl er sei. Sie wusste, dass er nur Spaß gemacht hatte, aber sie ging nicht ran. Früher hatte ich sie immer für vernünftig gehalten, selbst nachdem sie so angetrunken gewesen war. Aber jetzt war sie nüchtern und bockig wie ein kleines Kind. Wenigstens hatte sie aufgehört zu heulen. Der Anruf hatte ihr anscheinend gutgetan, obwohl sie nicht drangegangen war. Sie stand auf, und ihre Körperhaltung war wieder straff wie sonst.

»Das war nett von dir«, sagte sie, »dass du mir Gesellschaft geleistet hast.«

Ich stand auch auf, und wir gingen zurück zur Prießallee.

»Kann ich kurz jemanden anrufen?«, fragte ich sie. »Mein Handy ist kaputt.«

Sie holte ihr Handy raus und gab es mir. Ich blieb einige Meter zurück und rief Alicia an.

»Ja?«, fragte sie.

»Hier ist Addi«, sagte ich.

Sie hätte ruhig »Hallo« sagen können. Aber es blieb still.

»Das ist okay, wenn du Simon nicht verzeihen willst. Aber wenn *ich* seine Entschuldigung annehme, musst du das auch akzeptieren«, sagte ich.

»Ich muss gar nichts«, sagte sie und legte auf.

Super, dachte ich. Wieso müssen die Männer immer den Frauen hinterherlaufen? Auch wenn die Männer nichts Schlimmes getan haben? Und wenn sie das schon tun, wieso müssen sich die Frauen dann noch weiter zieren? Wieso läuft nie eine Frau einem Mann hinterher, um sich zu entschuldigen? Das kam bestimmt von den kitschigen Filmen, die sie sich immer reinzogen: Er muss ihr immer hinterherlaufen, während sie ohne Ende schmollt. Da es für ihn nur diese eine Frau gibt (die Frau mit der ewigen Schmollflappe), kann er halt nicht anders.

Das kotzte mich so an. Ich hasste diese schleimigen Regisseure, die solche Filme drehten, nur weil es den Frauen gefiel. Und wenn die Frauen erst mal Hunderte solcher Filme gesehen hatten, glaubten sie, dass es bei ihnen genauso ablaufen müsste. Wieso wurden keine Filme gedreht, die vernünftige Frauen zeigten?

Ich gab Jessica das Handy zurück und fragte: »Wieso gehst du nicht dran, wenn Simon anruft? Glaubst du, nur ihr Frauen habt Gefühle? Findet ihr das toll, andere zappeln zu lassen?«

Sie schaute überrascht.

»Du bist auch nicht vernünftiger als andere Frauen«, sagte ich, drehte mich um, überquerte die Prießallee und ging in die Culemannstraße. Mir war auf einmal so übel, als hätte mich Simon mit seiner gesunden Hand in den Magen geboxt.

Nach ein paar Minuten kam ich in der Lemgoer Straße an. Das Auto meines Vaters stand vor dem Haus. Leider wohnte er nicht im Erdgeschoss, sonst hätte ich reinschauen können. Ich ging rüber zur anderen Straßenseite und schaute hoch. Bei ihm brannte Licht. Er hatte immer noch keine Gardinen angebracht. Aber von hier unten sah ich nur die weiße Decke mit der nackten Glühbirne. Ob er alleine war? Ich hatte Lust, bei ihm zu klingeln und zu fragen, wieso er mich heute so abgewimmelt hatte. Aber wenn seine alte Schulfreundin noch da war, würde er mich jetzt noch schneller abwimmeln.

Ich ging zum Hauseingang und drückte auf die Klingel. Ich stellte mir vor, wie er jetzt an die Tür kam, den Türöffner drückte und die Wohnungstür öffnete. Aber ich hörte kein Summen, und der Hausflur blieb dunkel. Ich drückte noch mal auf die Klingel, wartete und ging weg.

Zu Hause stieg ich durchs Fenster ein. Ich hörte keine Geräusche. Wenigstens hatte meine Mutter aufgehört, gegen die Tür zu schlagen. Morgen war das Wochenende schon wieder vorbei. Eigentlich hätte ich noch die restlichen Hausaufgaben machen müssen, aber mir war übel. Ich zog mich aus und legte mich ins Bett. Aufs Zähneputzen verzichtete ich.

Als ich die Augen schloss, stellte ich mir vor, wie ich den Vermieter bat, in mein Zimmer noch ein kleines Bad einzubauen, sodass ich nicht mehr durch den Flur musste, um ins Bad zu gehen. »Verstehen Sie denn nicht«, würde ich sagen, »ich will doch meiner Mutter nicht über den Weg laufen!«

Dann würde ich mir noch einen Kühlschrank und eine Kaffeemaschine ins Zimmer stellen und nur noch durchs Fenster ein und aus gehen. Den Rest der Wohnung würde ich nur noch betreten, wenn meine Mutter und Hartmut nicht da waren. Wahrscheinlich würden bald auch Manni und Olaf zu Besuch kommen, meine neuen lieben Stiefbrüder. Vorher würde Hartmut mit ihnen ein Gespräch unter richtigen Männern führen: »Manni, du musst Susanne verzeihen, dass sie dir eins über den Schädel gegeben hat. Olaf, du musst diesem Kanaken verzeihen, dass er dir mit der Käseplatte das Messer aus der Hand geschlagen hat. Der Kanake hat mir auch verziehn und ich ihm. So, jetzt fahren wir zu Susanne und ihrem Kanaken. Piep, piep, piep. Wir haben uns alle lieb. Guten Appetit.«

Nein, mit Simon konnte ich mich vertragen, auch zähneknirschend mit Hartmut. Aber bei Olaf und Manni hörte der Spaß auf. Da konnte meine Mutter noch so auf mich einreden. »Reden« wäre schon mal nicht schlecht, dachte ich, zurzeit schreit sie ja nur noch. Und wenn die Waschmaschine nicht kaputt wäre, würde sie wegen irgendwas anderem schreien. Sie würde immer einen Grund finden, wenn sie schlechte Laune hatte.

Am nächsten Morgen verschlief ich. Es war eigentlich nicht zu spät, aber viel zu spät, um zu duschen und Zähne zu putzen, bevor meine Mutter wach wurde. Trotzdem packte ich meine Sachen und schloss leise meine Tür auf. Als ich durch den Flur schlich, hörte ich schon das Wasser plätschern. Ich ging ins Gästezimmer und holte mir ein Handtuch, ging zurück in mein Zimmer und packte frische Wäsche in den Rucksack. Vielleicht konnte ich mich in der Pause in die Sportlerduschen schleichen.

Immer wieder Natalie

Natürlich gelang es mir nicht. Die Aufsicht war zu gut. Vielleicht hätte ich mich nach einer Dusche besser gefühlt, aber so stand ich verschwitzt herum, bis ich keine Lust mehr hatte auf die Turteltauben Ralph und Jackie, auf Heini mit seinen schweinischen Witzen, auf Lukas und Justin, auf Jessica und Simon, die sich wieder vertragen hatten. Natalie lief mir hinterher und beschwerte sich, dass ich in letzter Zeit nicht »gepflegt genug für sie« sei. Katja stand heute mit anderen Mädchen zusammen. Ich fragte mich, wieso ich gestern so panisch weggerannt war. Wieso war ich nicht einfach auf sie eingegangen? Heute würdigte sie mich keines Blickes mehr.

Ich ging zu Natalie, obwohl ich sie vorhin abgewimmelt hatte. Sie ging ein Stück mit, weg von den anderen, und ich wollte ihr endlich vorschlagen: Wie wärs mit einer Bettbeziehung?

Aber das Sich-ausdenken des Satzes war leichter als das Aussprechen.

Sie schaute mich erwartungsvoll an. »Ja, Addi?«, fragte sie mich. Sie wirkte schmusig.

Mir fiel nichts ein.

»Die Sonne scheint wieder«, sagte ich.

»Ja und?«, fragte sie.

»In Bielefeld regnet es doch sonst immer.«

»Was willst du damit sagen?«

Das musste ich mich selbst fragen.

»Willst du mich ins Freibad einladen?«, fragte sie.

»Nö.«

»Sondern?«

»Sondern … nichts. In zwei Wochen sind Sommerferien«, sagte ich.

»Ja und? Sag endlich, worauf du hinauswillst.« Sie wirkte vorfreudig auf irgendein Angebot, das auf sie wartete. »Willst du wegfahren?«, fragte sie. »Oh, Addi. Nur wir beide?«

Jonas schielte die ganze Zeit zu uns rüber. Nein, diesen Vorschlag mit der Bettbeziehung musste ich endgültig begraben.

»Eigentlich nicht.«

»Was wolltest du mir dann sagen?«, fragte sie verärgert.

»Bayern und Arminia haben null zu null gespielt.«

»Na und?«, fragte sie.

»Das ist doch gut, dass die Arminen ein Unentschieden geschafft haben«, sagte ich.

Sie schaute mich an, als sei ich verrückt.

»Interessiere ich mich etwa für Fußball?«, fragte sie mich. Sie schaute auf ihre Fingernägel. »Es gibt Bessere als dich.«

»Klar«, sagte ich. »Zum Beispiel Jonas.«

Sie lachte, als hätte ich einen Witz gemacht. »Das ist der Allerbeste«, sagte sie ironisch, als seien wir uns einig.

Ich ließ sie stehen und ging zu Jonas.

»Hey Jonas«, sagte ich. Von dem Pickeligen, der neben ihm stand, konnte ich mir nie den Namen merken.

»Addi«, sagte er. »Was sagt Natalie?«

Schon wieder dieses Thema.

»Nicht viel. Ich wollte dich eigentlich was anderes fragen.«

»Schieß los.«

»Es ist etwas … das nicht jeder wissen muss.«

Der Pickelige schaute interessiert. Jonas ging mit mir einige Meter weiter.

»Du jobbst doch so nebenbei.«

Er nickte.

»Ich soll ein Jahr lang kein Taschengeld mehr kriegen.«

»Was hast du denn ausgefressen?« Er war sichtlich entsetzt.

»Ist doch egal«, sagte ich. »Du kriegst doch auch kein Taschengeld.«

Ich fühlte mich schmutzig und müde. Warum ersparte ich mir nicht für heute dieses Thema? Wieso musste ich mir immer größere Steine auf den Rücken laden, wenn ich schon schwer genug zu schleppen hatte?

»Du könntest auch diese Umsonst-Zeitungen austragen«, sagte er. »Die kann man abends austragen. Und ich kenn ein paar Leute, die drucken immer Werbung für Pizzataxen und so. Die kann man auch nachmittags austragen. Bist du in irgendeinem Fach besonders gut?«

Ich schüttelte den Kopf.

»Sonst hätt ich dir ein paar Nachhilfeschüler vermitteln können«, sagte er. »Ansonsten –«

»Was fällt dir ein!«

Ich drehte mich um. Natalies Gesicht war säuerlich, als hätte sie in eine Zitrone reingebissen.

»Mich mitten auf dem Schulhof stehen zu lassen! Alle haben das gesehen!« Sie sprach das »mitten auf dem Schulhof« so aus, als hätte ich sie mitten in der Bronx ausgesetzt.

»Wie gehts dir, Natalie?«, fragte Jonas. Er freute sich über ihr Auftauchen.

»Geht so.«

»Wollen wir mal wieder zusammen weggehen?«

»Besser nicht.«

»Wieso denn nicht?«

»Das hab ich dir schon gesagt.«

Ich wusste nicht, wer von den beiden dümmer war. Natalie, weil sie nicht mit ihren Beschimpfungen warten konnte, bis ich von Jonas wegging, oder Jonas, weil er sich immer im Kreis drehte.

»Aber es war doch so schön mit uns.«

»Das sagst du.«

»Meinst du nicht?«

»Nein.«

Dieses »Nein« traf ihn wie ein Fausthieb. Er schwankte mit weit aufgerissenen Augen zurück.

»Was hat dir denn nicht gefallen?« Er klang wie ein zum Tode Verurteilter, der um Begnadigung winselt.

»Alles.«

»Das kann nicht sein, Natalie.« Er nahm ihre Arme und rüttelte sie. Sie machte sich los und war jetzt richtig wütend.

»Soll ichs dir sagen!«, brüllte sie fast.

»Ja, Natalie.«

»Deine Eltern sind Versager, und du bist auch ein Versager – im Bett.« Damit stöckelte sie davon.

»Nein«, flüsterte er.

Alle schauten uns an. Ich musste etwas tun, damit er nicht mitten auf dem Schulhof einen Heulkrampf bekam. Es gab nur zwei Möglichkeiten: Entweder nicht auf dem Schulhof oder keinen Heulkrampf. Ich sah ihn mir genau an. Sein Gesicht war schon ziemlich angespannt wie kurz vor einer Explosion. Also »keinen Heulkrampf« konnte ich streichen, blieb nur noch »nicht auf dem Schulhof«. Ich zerrte ihn mit. Aber wohin? Mir fiel nichts anderes ein als dieser Platz hinter der Turnhalle, wo das Fußballspiel stattgefunden hatte.

Kaum waren wir um die Ecke, schmiss er sich auch schon auf den Rasen und heulte.

»Jonas«, sagte ich. »Was geht dich Natalies Gelabere an?«

»Sie hat recht!«, brüllte er. »Sie hat recht!«

Er erinnerte mich an Jessica in der letzten Nacht: Wenn der Spaß wahr ist, haut es richtig rein. Wenigstens sagt er überhaupt was, dachte ich, das ist schon mal ein Fortschritt gegenüber seiner letzten Heulattacke.

Ob seine Eltern Versager waren, konnte ich nicht beurteilen. Nur weil sie von der Stütze lebten und keine schicke Küche hatten? Und ob Jonas ein Versager im Bett war – das konnte ich auch nicht beurteilen. Aber es kam auch nicht darauf an, ob es wahr war. Natalie hatte Jonas nur eine reinwürgen wollen, und das hatte sie nun geschafft. Es ist doch wirklich bescheuert, einer Zicke, die einen runtermachen will, den Gefallen zu tun und sich heruntergemacht zu fühlen.

Die Pause war bestimmt schon vorbei, aber Jonas war noch in voller Fahrt.

»Jonas«, versuchte ich es noch mal. »Ich sag dir, wieso ich kein Taschengeld mehr bekomme.«

Er heulte weiter, aber nicht mehr so laut. Vielleicht interessierte ihn die Geschichte mit meinem Taschengeld wirklich.

»Alicia ist daran schuld. Nicht wirklich schuld – ich bin schuld, aber es ist eigentlich wegen ihr. Ihre Brüder sammeln kaputte Waschmaschinen ein und verkaufen sie an Schrotthändler. Alicia geht doch nicht mehr auf unsere Schule, sondern aufs Bethel-Gymnasium. Ich hatte gedacht, dass Alicia beim Einsammeln dabei ist, was blöd von mir war. Aber ich wollte sie wiedersehen. Noch blöder war, dass ich die Waschmaschine meiner Mutter weggegeben habe, nur um Alicia wiederzusehen, aber es sind nur ihre Brüder gekommen. Meine Mutter hat mächtig Terz gemacht wegen der Miele, die noch ganz neu war. Da hab ich sie wieder zurückgeholt. Weißt du was von Schrauben als Transportsicherung? Bei dem Hin- und Hergefahre waren die jedenfalls nicht drin und jetzt ist sie kaputt. Meine Mutter kauft sich eine neue, zieht das aber von meinem Taschengeld ab: tausendzweihundert Euro. Das Taschengeld kommt eigentlich von meinem Vater. Seitdem er ausgezogen ist, überweist er es an meine Mutter. Die behält es aber jetzt ein.«

Jonas hatte sich während meiner Waschmaschinen-Geschichte auf den Rücken gedreht und hielt sich nun den Bauch, anstatt auf die Wiese einzutrommeln. Er lachte, heulte aber irgendwie weiter.

»Nein!«, rief er. »Nein! Das gibts doch gar nicht.«

Ich wusste nicht, was er daran so lustig fand. Es war zwar kein Weltuntergang, kein Taschengeld mehr zu bekommen, aber lustig war es auch nicht.

»Eine neue Miele!«, rief er und lachte weiter. »Nur um eine Frau wiederzusehen!«

Das musste er gerade sagen.

»Ha ha«, lachte er weiter. »Da kann ich deine Mutter verstehen.«

»Sehr witzig«, sagte ich. »Und was kommt jetzt?«

Jonas setzte sich auf und strich mit seinen Handflächen übers Gras. Er sah immer noch verheult aus.

»So kann ich nicht in die Klasse«, sagte er.

»Dann lass uns abhauen«, sagte ich.

Jonas nickte. »Nach Bethel.«

»Wieso Bethel?«, fragte ich.

»Damit du nicht wieder 'ne Waschmaschine hergeben musst«, antwortete er.

»Was?«

Jonas stand auf: »Die haben auch noch eine große Pause. Wir schauen, wie es deiner Alicia geht.«

»Hä?«

»Du bist doch verrückt nach ihr«, sagte er. Er schnäuzte noch einmal kräftig in ein Taschentuch.

»Bin ich nicht«, sagte ich nach kurzer Überlegung. »Sie geht mir sogar langsam auf die Nerven mit ihrer Art.«

»Was für eine Art?«, fragte er.

»Die Frauenart.«

»Ja, die Frauen«, sagte er und ging los.

Sommermorgen

Wir hatten noch Zeit bis zur zweiten großen Pause und gingen in Bethel spazieren. Wenn man die Straßen weiter hochging, kam man zu unverbauten Wiesen und Feldern. Die Luft war hier viel frischer. Auch Jonas schien die Landschaft zu genießen. Das Gras war noch taufeucht. Wir legten uns trotzdem auf die Wiese und schauten in den hellblauen Himmel. Die Sonne stand noch nicht sehr hoch. Langsam wurde es mir doch zu hell, und ich schloss die Augen. Auch hinter den Augenlidern blieb es hell, wie hinter zu dünnen Vorhängen. Ich döste weg. Die Bilder waren alle leuchtend weiß. Alicia kam mir auf dem Schulhof entgegen. Ihr Haar war nicht zusammengebunden und wehte leicht im Wind. Ich gab ihr einen Strauß Gänseblümchen. Sie nahm ihn an und fragte: »Gibt es dafür Vasen?«

»Addi!« Jemand rüttelte an meiner Schulter. »Es ist gleich so weit!«

Ich öffnete die Augen, und es war noch viel heller als in der leuchtend weißen Welt von eben.

»Was ist so weit?«, fragte ich.

»Die große Pause«

Ach ja, Alicia. Glück und Seligkeit.

Wir standen auf und zogen los.

Als wir ankamen, ertönte der Pausengong. Die Kleinen stürmten schreiend ins Freie. Nach und nach füllte sich der Schulhof. Es war so unübersichtlich hier. Alles kam mir lauter vor als bei uns. Die Schüler waren anders, irgendwie aufgekratzter. In diesem Gewühl würde ich Alicia nie finden. Und wenn ich sie fand? Sie würde denken, ich sei ein Stalker, der sie sogar bis in die neue Schule verfolgt. Diese Idee von Jonas war eine Scheißidee gewesen. Ich schaute ihn an, aber er wirkte so stolz, zu meinem Glück beigetragen zu haben.

Ich suchte mit meinen Augen den Schulhof von rechts nach links ab.

»Da hinten steht sie doch«, sagte Jonas.

Wieso entdeckte er sie vor mir? Ich sah in die gleiche Richtung, fand sie aber trotzdem nicht.

»Wo?«, fragte ich.

Er hob den Arm und wollte mit dem Finger zeigen. Sofort drückte ich seinen Arm runter. Ich schaute in die gleiche Richtung wie vorher.

»Wo?«, fragte ich wieder.

Er wollte schon wieder seinen Arm heben, aber ich hielt ihn unten.

»Beschreibs lieber.«

»Da hinten vor den Türen links«, sagte er.

Ich sah nur Schülertrauben vor den Türen. Dann entdeckte ich sie endlich, und ich wusste, wieso ich sie nicht gesehen hatte. Früher auf der Herrmann-Schule hatte ich sie sofort gesehen, weil sie immer allein auf der Bank saß. Heute stand sie mit zwei anderen Mädchen vor der Tür. Das eine Mädchen war rothaarig, sah aber nicht so aus wie Katja. Das andere war dunkelhaarig, entweder Italienerin oder Türkin. Die drei schienen sich über lustige Dinge zu unterhalten, denn sie lachten die ganze Zeit. Es bestand keine Gefahr, dass Alicia mich entdeckte, sie war viel zu beschäftigt. Bei uns auf der Schule hatte sie nie gelacht. Mit diesen beiden Mädchen schien sie sich aber gut zu verstehen.

Ich starrte weiter auf dieses unglaubliche Bild da hinten und hörte nichts mehr. Es war alles still. Ich hörte nicht, wie die anderen Schüler plauderten, kreischten, trampelten. Ich hörte auch Jonas nicht. Etwas rüttelte mich am Arm.

»Bist du taub?«

Ich schaute ihn an. Die Stille verschwand, und ich hörte wieder die lauten Schulhofgeräusche.

»Wieso?«, fragte ich und schaute wieder nach hinten zur Tür.

»Geh doch zu ihr hin.«

»Wieso sollte ich?«, fragte ich.

Er seufzte: »Weil wir extra deswegen hier sind?«

»Sie sieht so glücklich aus.«

Er schaute sie sich an. »Stimmt«, sagte er. »Aber vielleicht ist sie ja auch glücklich, dich zu sehen.«

Die Rothaarige erzählte gerade etwas, und Alicia und die andere Dunkelhaarige lachten wieder. Ich hätte stundenlang hier stehen können. Der Gong ertönte, und die Schülermassen verschwanden.

»Schnell hinterher«, sagte Jonas und zog los. Er war schon fünf Meter vor mir, als er merkte, dass ich gar nicht nachgekommen war. Er drehte sich um und sah mich fragend an, aber ich schüttelte den Kopf.

Mittlerweile war fast kein Schüler mehr auf dem Schulhof.

»Lass uns gehen«, sagte ich.

Jonas überlegte kurz, kam dann aber mit, ohne weiter auf mich einzureden.

Der Architekt und der Anwalt

Wir gingen in die Stadt, und ich gab ihm ein Eis bei Knigge aus. Im Gegenzug sprachen wir weiter über mögliche Einnahmequellen für mich. Jonas kannte sich wirklich gut aus. Er schlug vor, neben Werbung auszutragen auch bei einem Pizzataxi zu jobben oder im Supermarkt Regale einzuräumen. In zwei Wochen waren Ferien, und dieses Jahr hatte ich mich nicht bei einer Jugendfreizeit angemeldet. Wahrscheinlich hatte ich vor ein paar Wochen wirklich noch gehofft, Alicia endlich kennenzulernen und jeden Ferientag mit ihr abzuhängen. Im Nordpark, im Botanischen Garten, am Obersee, im Tierpark Olderdissen oder in allen Freibädern der Stadt.

Jonas war noch nie auf einer Freizeit gewesen. In den Ferien arbeitete er Vollzeit. Ich überlegte mir, das auch zu tun. Für Nebenjobs bekam man vierhundert Euro im Monat. Das hatte ich früher einfach so bekommen. In meiner Geldkassette war aber noch einiges angespart. Gut, dass meine Mutter nichts davon wusste.

Ich saß mit dem Gesicht zur Fußgängerzone. Es war besser, die Vorübergehenden zu sehen, als ihnen den Rücken zuzukehren.

Als ich die drei Schutzgeldeintreiber vom Treppenplatz zwei Meter vor mir entlangschlurfen sah, dachte ich, mein Leben dreht sich seit einer Woche im Kreis. Ständig sehe ich dieselben Leute, ständig passiert dasselbe. Dann dachte ich an die lang ersehnte Trennung meiner Eltern, an Alicias Schulwechsel, an unseren ersten Wortwechsel. Gestern an der Ampel hatte ich ihre Hand gehalten, bis sie weggelaufen war. Mit Jonas, den ich früher für einen langweiligen Streber gehalten hatte, war ich jetzt gut befreundet. Mit Ralph, Heini, Lukas und den anderen hatte ich mich zweimal getroffen, aber ich hatte das Gefühl, dass ich nicht mehr so war wie sie. Diese ewigen Besäufnisse waren nicht mehr mein Ding.

Die drei bemerkten mich nicht und waren auch schon fast an mir vorbei. Ich sah ihnen hinterher. Wenn man sie so tagsüber in der City sah, wirkten sie harmlos. Aber heute Nacht würden sie in Brackwede wieder ihr Unwesen treiben.

»Soll ich dir einen Witz erzählen?«, fragte Jonas. Seit wir uns davongemacht hatten, schien er richtig gute Laune zu haben.

Eigentlich hatte ich keine Lust auf Witze. Heini und Ralph erzählten den ganzen Tag welche, und ich wurde langsam zu alt dafür. Aber Jonas freute sich so auf seinen Witz, also nickte ich.

»Kennst du den mit dem Juristen und dem Architekten?«, fragte er.

Ich schüttelte den Kopf.

»Treffen sich ein Jurist und ein Architekt«, sagte Jonas voller Elan. »›Wie gehts?‹, fragt der Architekt den Juristen. Sagt der Jurist: ›Mir gehts schlecht, ich kann nicht klagen. Und wie gehts Ihnen?‹ Sagt der Architekt: ›Gut, mir fällt nichts ein.‹«

Ich grinste. Zugegeben. Jonas' Witze waren besser als Heinis Blondinenwitze und auch besser als Ralphs Schottenwitze, aber genau in dem Moment, in dem ich »Schottenwitz« dachte, lief Balduin an uns vorbei. Wie die drei vom Treppenplatz sah er mich nicht. Wahrscheinlich war man in dieser riesigen Tischansammlung genauso unsichtbar wie oben hinter der Glasscheibe im Boulevard.

Ich hatte keine Lust auf Balduin, aber aus einem Reflex heraus rief ich: »Balduin! Elefant im Zirkus!«, da drehte er sich um. Er kam zögerlich an unseren Tisch.

»Wieso bist du denn letztes Mal so weggeflitzt?«, fragte Jonas ihn. Das musste er gerade sagen. Er war ja auch weggelaufen.

Balduin schien über die Frage betroffen. Er machte ein langes Gesicht und wusste darauf nichts zu sagen. Jonas konnte ja nicht ahnen, dass er vor Jessica weggelaufen war, und ich hatte ihr versprochen, es niemandem zu erzählen.

»Willst du ein Eis?«, fragte ich. In Zukunft musste ich meinen Gürtel enger schnallen. Und Balduin seinen auch. Aber heute wollte ich noch unbeschwert unter dem Sonnenschirm schlemmen.

»So ein Durst«, sagte Balduin. Sein Gesicht war krebsrot. Kein Wunder, wenn er im Anzug durch die pralle Mittagssonne lief. »Lieber was zu trinken!«

Er setzte sich, stank uns voll und bestellte sich eine Cola light koffeinfrei. Die Nebentische leerten sich schnell.

Jedes Übel hat einen Vorteil, musste ich denken. Selbst Balduins Gestank. Man hat immer viel Platz um sich.

»Wir erzählen uns grad Witze«, sagte Jonas hochgradig gutgelaunt. »Kennst du auch welche?«

Balduin überlegte. Er strich sich mit seinem dicken Zeigefinger übers Kinn und schaute in den Himmel. Er hatte überhaupt keine Ähnlichkeit mit Jessica. Seine Nase war knollig, sein Gesicht aufgedunsen und speckig.

»Ja!«, piepste er aufgeregt, »ich kenne einen Witz!«

Was kam jetzt?

»Was ist der Unterschied zwischen einem Frosch?«, fragte er.

Ich fragte mich, ob er sich versprochen hatte.

»Das ist ein falscher Satz«, sagte Jonas. »Es kann nur Unterschiede zwischen zwei Fröschen geben.«

»Nein!«, beharrte Balduin. »Was ist der Unterschied zwischen einem Frosch?«

»Sag schon«, drängte Jonas.

Balduin grinste breit: »Je grüner desto quak.«

Ich fragte mich, was daran lustig sein sollte, aber Jonas brüllte vor Lachen und hielt sich den Bauch. Er lachte genauso laut wie über meine Geschichte mit der Waschmaschine. »Das ist gut!«, brüllte Jonas. Er kam mir in diesem Moment vor wie Ralph.

Sein Gelächter schien Balduin zu gefallen. Er sah Jonas zufrieden an.

Balduins Cola light koffeinfrei wurde gebracht. Kaum stand das Glas auf dem Tisch, kippte er es sich rein.

Seit ich wusste, dass er Jessicas Vater war, konnte ich ihn nicht mehr einfach nur als Witzfigur sehen. Er war nicht mehr nur ein Spinner, der durch die Straßen lief, sondern jemand mit einer Vergangenheit und einer Familie, die er hinter sich gelassen hatte. Das hatte er zwar schon vorher einmal erzählt, aber da hatte ich es mir nicht richtig vorstellen können. Wenn Jonas nicht da gewesen wäre, hätte ich ihn sofort einige Dinge gefragt, aber vielleicht wäre er dann davongelaufen.

Jonas versprach mir, sich heute wegen der Jobs umzuhören und mir morgen mehr zu sagen. Er wollte auch eine Entschuldigung für uns beide schreiben. Ihm war schlecht geworden, und ich hatte ihn nach Hause bringen müssen. Seine Mutter unterschrieb eh alles.

Nicht mit der Tür ins Haus

Als ich zu Hause war, hatte ich noch etwas Zeit, bis meine Mutter wiederkam. Ich putzte mir erst mal die Zähne, ging duschen und zog mir frische Sachen an. Die alten schmiss ich in die Wäschetonne. Ich hatte Lust, mal wieder die Waschmaschine zu bedienen, nachdem ich schon Balduins Anzug gewaschen hatte. Aber die war ja kaputt. Und wenn sie kaputt war, konnten Django und Tonu sie auch wieder mitnehmen.

Ich nahm das Telefon und wählte Djangos Nummer.

»Ja?«, fragte er.

»Hier ist Addi.«

»Ach, der mit der rothaarigen Schnitte«, sagte er. »So eine Süße. Und so scharf.«

Nein, ich hab ihre Nummer nicht, dachte ich.

»Die Waschmaschine ist doch wieder kaputt«, sagte ich. »Ihr könnt sie abholen.«

Er lachte sich tot.

»Diesmal wirklich?«, fragte er. »Oder sollen wir sie hinterher wieder zurückbringen?«

»Diesmal in echt«, sagte ich. »Du hättest mir das auch mit der Transportsicherung sagen können.«

»Was für 'ne Transportsicherung?«, fragte er.

»Dass man da Schrauben reindrehen muss, bevor man sie irgendwohin schleppt.«

»Wie kommste denn darauf?«

»Damit die Maschine nicht kaputtgeht. Hat meine Mutter gesagt.«

»Ey, glaubst du, wir drehen Schrauben da rein? Die Maschinen sind schon kaputt, wenn wir sie abholen!«

»Ach so«, sagte ich.

»Aber die Kleine ist echt heiß«, fing er wieder an.

»Kommst du nun, um die Maschine abzuholen?«

»Wenn wir sie nicht wieder zurückbringen sollen.«

»Nein, diesmal ist sie wirklich kaputt.«

»In zwei Stunden?«, fragte er.

»Adresse weißte ja noch.«

»Man sieht sich«, sagte er und legte auf.

Obwohl ich in der Stadt schon zwei Cappuccinos getrunken hatte, machte ich mir noch einen Kaffee mit dieser Padmaschine, aber er schmeckte mir immer noch nicht. Wenn ich einmal ausziehen sollte, würde ich an allem sparen, aber nicht an einer vernünftigen Kaffeemaschine.

Ich setzte mich auf die Terrasse, in dem Moment klingelte das Telefon. Ich schaute auf die Nummer und stöhnte. Es war mein Vater. Ich gab mir einen Ruck: Es ist doch nur dein Vater, sagte ich mir und ging ran.

»Addi?«, fragte er.

»Ja. Hast du heute frei?« So früh war er selten zu Hause.

»Ja, ich hab früher Schluss gemacht heute. Hast du gestern Nacht bei mir geklingelt?«

»Hast ja nicht aufgemacht.«

»Addi. Du hast gesehen, dass ich mit Katja unterwegs war. Da kannst du dir vorstellen, dass du mich abends nicht stören kannst.«

»Ich hab dich ja schon in der Stadt gestört«, sagte ich ironisch.

»Genau«, sagte er. Meine Ironie hatte er wohl nicht wahrgenommen. »Das wirkt abschreckend, wenn man seiner neuen Lebensgefährtin sofort die Kinder vorstellt.«

Schon »neue Lebensgefährtin« nach einem gemeinsamen Abend?, fragte ich mich. Und was war so falsch daran, mich vorzustellen? Schließlich war ich ihm rein zufällig über den Weg gelaufen. Da war es kindisch, so zu tun, als würde man sich nicht kennen.

»Ich habe heute mit deiner Mutter gesprochen«, redete er weiter, »wegen deinem Taschengeld. Ich überweise es ihr monatlich zu den Unterhaltskosten dazu. Sie sagt, sie behält es eine Zeit lang ein, weil du die Waschmaschine ruiniert hast.«

Jetzt wollte er bestimmt vorschlagen, mir ein eigenes Konto zu eröffnen und mir das Taschengeld direkt zu überweisen. Ich musste also doch nicht arbeiten.

»Das finde ich richtig«, fuhr er fort. »Zwei Haushalte kosten doppelt so viel wie ein gemeinsamer Haushalt. Du kannst nicht einfach aus Jux und Dollerei die teure Waschmaschine beschädigen und auf unsere Kosten weiterleben wie bisher. Wir müssen alle sparen, und du hast wie eine Made im Speck gelebt. Und ich habe bisher nicht gelebt. Ich habe immer nur für dich gearbeitet, damit es dir einmal besser geht.«

Es geht dir und Mutter ja so schlecht, dachte ich. Ihr hungert seit Jahren, damit ich wachsen kann.

»Aber jetzt ist Schluss damit«, sagte er. »Ich opfere mich nicht mehr auf. Schließlich habe ich auch noch ein Leben vor mir, wenn auch nicht so ein langes wie du. Wieso soll ich meine Bedürfnisse immer zurückstellen?«

Mein Gott, fing das wieder an. Ich hatte ihn nie darum gebeten, seine Bedürfnisse hinten anzustellen.

»Ist ja gut«, sagte ich. »Mutter behält mein Taschengeld ein. Das ist okay, also mach nicht so einen Aufstand deswegen.«

»Aufstand? Aufstand?« Er war wieder eingeschnappt, und ich dachte: Noch nicht einmal eine Frau ist so oft beleidigt wie er. »Wie redest du mit deinem Vater?«, fragte er.

Nein, nicht schon wieder, komm mir nicht wieder mit deinem Respekt!

»Ich suche immer noch den Regenschirm«, sagte ich.

»Das wollte ich dir sagen«, erwiderte er. »Deswegen rufe ich dich an. Ich habe ihn gefunden. Das heißt, Katja hat ihn gefunden.«

»Nein«, sagte ich. »Gibts doch gar nicht.«

Ich stellte mir vor, wie die beiden durch die Stadt gingen und Katja ihn irgendwo in einem Geschäftseingang entdeckte.

»Wo?«, fragte ich weiter.

»Unten bei den Briefkästen«, sagte er. »Ich muss ihn an diesem Tag da im Hauseingang neben den Briefkästen abgestellt haben. Oben an der Wohnungstür hatte ich ihn nicht, das wusste ich. Katja war gestern Abend noch bei mir, nur auf einen Kaffee, wenn du verstehst. Ich habe im Hausflur mit Mühe diese blöde Umsonst-Sonntagszeitung aus meinem Briefkasten gezerrt. Jedenfalls hat Katja sich dabei gelangweilt und den Schirm gesehen. Sie hat gefragt, wem der gehöre, das sei ein schöner altmodischer Schirm. Da fielst du mir ein, und ich habe sie geküsst und gesagt: ›Addi wird sich freuen.‹«

Ich hüpfte vom Stuhl. »Das ist ja super!«, rief ich.

»Genau, deshalb dachte ich, rufe ich dich gleich an. Du kannst in den nächsten Tagen vorbeikommen und ihn abholen.«

»Super«, sagte ich wieder.

»An dem Regentag in der Stadt«, sagte er, »hatte ich anderes im Kopf.«

Ich wartete darauf, dass er noch etwas sagte, aber er schien alles gesagt zu haben. Mir war nicht klar, ob er irgendeinen Kommentar von mir erwartete. Es fiel mir nichts ein. Ich dachte an Jonas' Witz mit dem Architekten: »Mir gehts gut, mir fällt nichts ein.« Fast hätte ich gelacht, aber ich biss mir auf die Lippen.

»Das mit dem Schirm ist super«, sagte ich wieder.

»Ende der Woche jedenfalls kannst du ihn abholen.«

»Gut«, sagte ich, und wir legten beide auf.

Mein Schirm war wieder da. Und mein Vater war doch gar nicht so schlecht. Alles war nicht schlecht.

Ich lief in die Küche und machte mir noch einen Kaffee. Vielleicht schmeckte der nur nicht so gut, weil diese Kaffeepads nichts taugten? Vielleicht sollte ich gleich zum Marktkauf fahren und andere besorgen? Vielleicht war nicht die Maschine schlecht.

Mit dem heißen Kaffee setzte ich mich wieder auf die Terrasse, legte meine Beine auf den anderen Stuhl und schlief ein. Als ich Geräusche hinter mir hörte und die Augen öffnete, war die Tasse noch voll und kalt.

»Addi«, sagte meine Mutter.

»Hi«, sagte eine Männerstimme.

Ich drehte mich um und sah Hartmut.

»Grüßt du uns gar nicht?«, fragte meine Mutter. »Wie unhöflich von dir, Addi.«

Sie stellte sich vor mich hin und nahm den Stuhl weg, auf den ich meine Füße gelegt hatte.

»Hartmut«, sagte sie, »hol dir doch einen Stuhl aus der Küche.«

Er ging rein und sie ihm hinterher. Die beiden kamen nach einer Ewigkeit wieder. Er mit einem Küchenstuhl und sie mit zwei Tassen Kaffee.

Meine Mutter sagte: »Wie schön, bei diesem Wetter auf der Terrasse zu sitzen.« Sie lächelte zu breit. »Wie schön, dass wir dich hier treffen. Ich hatte mir schon überlegt, ob wir heute nicht alle zusammen Pizza essen gehen. Pizza magst du doch so gerne, nicht wahr, Addi?«

»Was willst du?«, fragte ich genervt.

Sie schmollte: »Wieso denkst du immer, dass ich etwas will? Wieso immer gleich so unfreundlich, Addi?«

Ich setzte mich aufrecht hin. Jetzt kam doch wieder irgendwas Schlimmes.

»Und das mit dem Taschengeld«, säuselte sie weiter, »war ein bisschen voreilig von mir. Das muss ich mir alles noch einmal durch den Kopf gehen lassen.«

Rück endlich mit der Sprache raus, dachte ich, das wird ja immer schlimmer.

»Findest du es nicht auch nett, dass wir hier schön gemeinsam beisammensitzen und Kaffee trinken?«, fragte sie mich.

»Sags ihm endlich, Susanne«, mischte sich Hartmut ein. Es war das erste Mal, dass ich ihm recht gab.

»Dräng mich doch nicht so, mutiger Hart. Man kann doch nicht gleich mit der Tür ins Haus fallen.«

Besser als hundert Mal ums Haus herumzuschleichen, dachte ich.

»Addi, du weißt, dass diese Wohnung zu teuer für uns ist. Auf Dauer meine ich. Wir wohnen zwar in Brackwede, aber am Berg. Die Mieten sind hier fast wie in Hoberge. Und besonders unsere Wohnung ist teuer, verstehst du?«

Wieso legte sie nicht einfach die Karten auf den Tisch: Umzug!

»Außerdem ist es immer so weit zu fahren«, sagte sie. »Wir sind früher wegen dir hierhin gezogen, weil der Wald gleich hier oben ist und unten die ganzen Geschäfte an der Hauptstraße. Damit dir nichts fehlt: viel Grün, frische Luft und viele Geschäfte.«

»Susanne!«, sagte Hartmut genervt und verdrehte die Augen.

Meine Mutter ging nicht auf ihn ein.

»Wir sind früher wirklich nur wegen dir hierher gezogen«, wiederholte sie, und ich dachte: Ja, genau wie Vater. Ihr habt alles für mich geopfert, damit es mir gut geht. »Aber zur Arbeit ist es ziemlich weit und immer dieser Stau auf der Artur-Ladebeck-Straße. Dann auch noch die Benzinpreise!«

Sie nahm ihre Tasse, trank, setzte sie ab und schwieg. Ich dachte an den Deutschunterricht. In Geschichten gab es oft ein »retardierendes Moment«. Man kam nicht gleich zum Punkt, sondern verharrte kurz, um die Spannung zu steigern. Bei meiner Mutter dauerte dieses retardierende Moment nicht einen Moment, sondern eine Ewigkeit.

»Kurz gesagt«, mischte sich Hartmut genervt ein, »Susanne und ich suchen eine Wohnung in Bielefeld-Mitte.«

Dass meine Mutter umziehen wollte, war mir schon klar gewesen. Aber was sollte »Susanne und ich« heißen? Das konnte doch nicht sein! Nur eine Woche, nachdem meine Eltern sich getrennt hatten?

»Es ist dann kürzer zur Arbeit«, sagte sie. »Da spare ich Zeit und Geld. Für dich ist es auch viel kürzer zur Schule. Du musst dann nicht mehr so lange mit der Straßenbahn fahren. Es gibt also dadurch nur Verbesserungen.«

»Ihr zieht zusammen?«, fragte ich.

»*Wir* ziehen zusammen«, sagte sie. »*Wir* alle drei.«

Wenigstens hatte sie nicht gesagt: Wir alle fünf, einschließlich Manni und Olaf.

»Manni und Olli wohnen ja bei Hartmuts Frau«, sagte sie.

»›Olaf‹ heißt er«, sagte Hartmut. »Nicht ›Olli‹. Er heißt nicht Oliver, sondern O-l-a-f!«

»Ist doch egal«, sagte meine Mutter. »Du brauchst also gar keine Sorge haben, Addi, dass O-l-a-f und Manni mit einziehen. Freust du dich gar nicht?«

Sie war einfach nur falsch. Wenn sie gedacht hätte, dass sie mir mit dieser Neuigkeit eine Freude bereitete, dann hätte sie nicht stundenlang rumgedruckst.

»So schlimm sind Olaf und Manni auch nicht«, sagte Hartmut zu meiner Mutter in einem strengen Ton. »Sie sind und bleiben meine Söhne.«

»Das hab ich auch gar nicht gemeint, mutiger Hart«, säuselte sie wieder. »Ich wollte Addi nur beruhigen, weil er doch mit den beiden nicht auskommt.«

Ich fragte mich, ob ich mit Hartmut auskommen würde. Außerdem bekamen Manni und Olaf bestimmt kein Hausverbot. Ich stellte mir vor, wie wir Weihnachten alle beisammensäßen. Manni würde seinen Braten schneiden, mich über den Tisch hinweg angucken, das Messer leicht anheben und grinsen. Ich würde mit meiner Gabel winken und einen Finger krümmen: Komm doch, wenn du dich traust. Daraufhin würde Manni Olaf anstoßen und mit dem Kinn auf mich zeigen. Olaf würde seine Hand neben den Teller legen, eine Faust machen und den Mittelfinger hochstrecken. Dabei würde er mich ansehen und seine Augen zu Schlitzen verengen. Manni würde die Messerspitze über seinen Braten kreisen lassen und meine Mutter würde ihn fragen: »Manni, möchtest du noch Kartoffeln?«

»Spinnst du?«, sagte ich zu meiner Mutter.

Sie schaute mich an. Dann wurde sie rot im Gesicht. Ihr ganzer Körper spannte sich an. Sie war auf dem Weg zu einem ihrer Tobsuchtsanfälle. Vielleicht hätte sie sich noch eingekriegt, wenn ich das nicht vor Hartmut gesagt hätte. Aber nun hatte ich vor dem mutigen Hart gezeigt, was ich von ihr hielt.

Im Waschkeller

Glücklicherweise läutete es an der Tür. Ich stand auf und lief los. Zugegebenermaßen war das ein schlechter Zeitpunkt, die Waschmaschine abzuholen. Ich drückte auf den Türöffner. Meine Mutter kam schon den Flur entlang. Ich öffnete die Wohnungstür, ging in den Hausflur und sah Django, Tonu – und Alicia durch die Haustür kommen.

»Wer ist da?«, schrie meine Mutter hinter mir. Das Schreien galt eigentlich mir und nicht der Frage, wer da gekommen war. Sie war richtig in Rage.

»Du Idiot!«, schrie sie mich an. »Machst mich vor Hartmut so runter!«

Sie kam in den Hausflur und wollte mir eine scheuern. Dann sah sie die drei Gestalten, die durch die Haustür gekommen waren und einige Stufen weiter unten im Flur standen. Die drei schauten meine Mutter genauso verdutzt an wie meine Mutter sie.

»Wer ist das?«, fragte sie mich.

»Freunde«, sagte ich.

Nun war auch Hartmut in den Hausflur nachgekommen. Er schaute auf das Trio und sagte: »Gut, dass meine Jungs jetzt nicht hier sind« und ging wieder in die Wohnung.

»Was wollen deine Freunde?«, fragte meine Mutter, als könnten die drei nicht mithören.

»Die kaputte Waschmaschine wegbringen.«

Meine Mutter glotzte wie ein Kalb.

»Wir sprechen uns später noch«, sagte sie drohend, ging in die Wohnung und knallte die Tür hinter sich zu.

»Was war das denn?«, fragte Django.

Wenn Alicia nicht mitgekommen wäre, hätte ich darüber lachen können. Aber sie stand mit entsetztem Blick da, als hätte sie noch nie so eine Person wie meine Mutter gesehen.

»Wie gehts?«, fragte ich sie.

»Gut«, antwortete sie, und ich fügte in Gedanken hinzu: »Dir fällt nichts ein.« Darüber musste ich lachen. Vielleicht sollte sie später Architektin werden? Ich musste noch mehr lachen.

»Lachst du über mich?«, fragte sie mich irritiert.

»Nein, ich muss über einen Witz lachen.«

»Der muss aber ganz schön witzig sein, der Witz«, sagte Django.

»Ist er auch. Aber nicht sofort, wenn man ihn hört, sondern erst später.«

»Wann später?«, fragte Alicia.

»Wenn man ihm wiederbegegnet«, sagte ich.

Es war komisch, dass sie bei mir im Hausflur stand. Heute Morgen, nachdem ich sie so glücklich gesehen hatte, hatte ich nicht gewusst, ob ich sie so bald wiedersehen würde. Und diesmal war die Waschmaschinen-Aktion nicht dazu gedacht gewesen, ihr über den Weg zu laufen. Es war das, was es sein sollte: Schrott wegschaffen.

»Sie steht im Keller an ihrem alten Platz«, sagte ich zu Django.

Ich ging vor, und die drei gingen hinter mir her.

Während Django und Tonu die Schläuche abdrehten, sagte Alicia: »Das ist eine schöne Gegend hier. So grün.«

Mir fiel der Satz meiner Mutter ein: Viel Grün, frische Luft – nur für dich.

»Wir ziehen hier bald weg«, sagte ich.

»Wohin zieht ihr denn?«, fragte sie und ich fragte mich, ob sie ein bisschen geschockt war, weil sie dachte, ich ziehe ganz weit weg ans andere Ende der Welt.

»Keine Sorge«, sagte ich. »Ich bleibe in Bielefeld.«

»Wieso ›keine Sorge‹?«, fragte sie.

»Weil ich nicht weit weg ziehe – es wird wohl Bielefeld-Mitte werden.« Aber meine Mutter wollte ja mit Hartmut zusammenziehen. So eine Scheiße! Ich musste meine Mutter vor die Wahl stellen.

»Da am Bahnhof, wo wir wohnen«, sagte sie, »das ist keine tolle Gegend.«

Wegen Toby und seiner Meute, dachte ich. Man hatte schon viel von der Herbert-Hinnedahl-Straße gehört. Auch davon, dass die Polizei nicht mehr kam, wenn die Anwohner dort angepöbelt wurden und die Kampfhunde einen bissen. Einem Mann, der ständig die Polizei anrief, war gesagt worden, er solle die Leitung freimachen. Ja, die Herbert-Hinnedahl-Straße war wirklich schlimmer als Brackwede. Oberhalb der Hauptstraße war es ruhig und friedlich. Nur auf der Hauptstraße und unterhalb am Treppen- und Kirchplatz trieben sich immer Jugendgangs herum.

Mittlerweile hatten die beiden alles abgeklemmt und schleppten die Maschine. Normalerweise wäre ich mitgegangen und hätte ihnen die Tür aufgehalten, aber Alicia war hier, und ich wollte lieber mit ihr im Waschkeller stehen und sie weiter anschauen, als Django und Tonu zwei Türen aufzuhalten.

Erst jetzt merkte ich, wie öde ein Waschkeller war und wie Alicia sich von diesen grauen Wänden und den hässlichen Waschmaschinen abhob. Größer konnte ein Kontrast gar nicht sein: Alicia und der Waschkeller.

»Ich war heute in Bethel auf deiner Schule«, sagte ich und fügte hinzu: »Einen Freund besuchen.«

Sie schaute fragend und sagte: »Ich hab dich nicht gesehn.«

»Ich dich aber«, sagte ich. »Dir scheint es dort zu gefallen.«

»Ja«, sagte sie. »Eigentlich sollte ich den zwei Kühen dankbar sein.«

»Weißt du, was mir seit einer Woche immer klarer wird?«, fragte ich sie.

»Die Entstehung des Weltalls?«

Ich schaute wohl blöd, denn als sie mein Gesicht sah, lachte sie los.

Nein, natürlich war es nicht die Entstehung des Weltalls! Es war … was war es denn? Sie hatte mich völlig aus dem Konzept gebracht!

»Was denn?«, fragte sie.

»Jetzt hab ichs vergessen.«

»Dann war es wohl nicht so wichtig«, sagte sie.

»Doch.«

»Dann fällt es dir auch wieder ein.«

Darauf fiel mir nichts mehr ein. Als ich das dachte, musste ich wieder an den Architekten denken und lachen.

»Was ist?«, fragte sie. »Lachst du über mich?«

»Nein, wieder der Witz.«

»Dann erzähl ihn mir jetzt.«

Ich erzählte ihn, und Alicia lachte. Sie sagte: »Das ist schön, dass man in einer schlechten Situation trotzdem fröhlich sein kann. Wenn einem nichts einfällt, ist das schlecht für einen, aber weil man an den Witz denkt, ist es wieder gut, weil man was zu Lachen hat.«

Da fiel es mir wieder ein. »Was ich sagen wollte: Seit einer Woche wird mir immer klarer, dass alles Schlechte auch sein Gutes hat«, sagte ich. »Die Sache mit Laura und Andrea. Dadurch hast du eine Schule gefunden, die besser zu dir passt. Und Balduins Gestank: Damit haben wir im Ocakbasi einen Sieg errungen. Alles, was schlecht ist, ist auch gut.«

Sie überlegte, als müsste sie über jedes meiner Worte nachdenken. Dann sagte sie: »Dann hat aber alles Gute auch seine schlechten Seiten.«

Ich dachte sofort an die Trennung meiner Eltern. Wie hatte ich mich gefreut! Und dann war Hartmut mit Manni und Olaf gekommen! Ja, das musste ich zugeben: Alles Gute war auch irgendwie schlecht. Hartmut war vielleicht auch nicht schlechter als die ewigen Streitereien. Aber Manni und Olaf waren es auf jeden Fall. Außerdem nervte mich mein Vater mit seinen Anrufen, und meine Mutter ließ ihre Wut nun an mir aus.

Also war alles, was schlecht war, auch irgendwie gut und alles, was gut war, irgendwie auch schlecht. War das nun gut oder schlecht?

»Das war sehr nett von dir«, sagte Alicia. Sie lächelte mich an. So als wünschte sie sich, dass ich auch glücklich wäre, so wie sie in der neuen Schule.

Aber wieso war es nett von mir, einen Freund im Bethel-Gymnasium zu besuchen und sie zufällig dabei zu sehen?

»Du hast mich doch extra angerufen, damit ich mich Laura und Andrea stelle«, sagte sie. »Das war wirklich nett.«

Ach, das meinte sie. War das wirklich nett von mir gewesen?

»Du bist wirklich okay«, sagte sie, »und deine Mutter ist … schwierig.«

Ich wusste nicht, was für ein Zusammenhang da bestand. Meinte sie, ich sei okay, *obwohl* meine Mutter schwierig war? Oder ich sei okay, *weil* meine Mutter schwierig war? Das wohl kaum. Aber der Zusammenhang war egal. Hauptsache, ich war nett und okay für sie.

Mittlerweile hatte ich ganz vergessen, dass wir im Waschkeller standen. Ich hörte Schritte, die aber nicht nach Django und Tonu klangen. Frau Kirchhoff kam mit einem Wäschekorb rein. Sie schaute Alicia erst an, dann mich und grüßte nicht. Typisch ältere Leute. Ich hatte doch schon häufiger gemerkt, dass die immer unhöflicher wurden. Sie stopfte ihre Wäsche in die Maschine, gab Pulver ins Fach und stellte die Maschine an. Dann ging sie wortlos weg. Plötzlich kam sie wieder.

»Ja?«, fragte ich.

»Aber meine Waschmaschine bleibt bitte stehen!«, sagte sie.

»Hä?«

»Du lässt doch immer diese … Leute ins Haus. Die haben doch schon einmal die Maschine deiner Mutter mitgenommen.«

»Das sehen Sie falsch. Die war nur ausgeliehen –« Ich stoppte. Wieso sollte ich mich vor dieser Frau rechtfertigen? Und wieso sollte ich sie siezen, wenn sie mich duzte? »Was geht dich das denn an?«, fragte ich sie.

Sie sah mich zornig an.

»Pah«, sagte sie. »Das sag ich deiner Mutter.« Und ging.

Die größten Petzen waren gar nicht die kleinen Kinder, sondern die älteren. Ich war fast schon froh, dass wir wegzogen und nicht mehr mit Frau Kirchhoff in einem Haus leben mussten. Als Frau Kirchhoff weg war und wir wieder alleine im Raum standen, sagte Alicia: »Die Gegend hier ist doch nicht so schön.«

Django und Tonu kamen immer noch nicht zurück. Vielleicht warteten sie darauf, dass wir hochkamen.

Frau Kirchhoffs Waschmaschine pumpte Wasser, die Waschtrommel drehte sich, stoppte, drehte sich weiter.

»Das, was du gestern gesagt hast. Ich weiß nicht, ob es bei dir stimmt. Aber bei mir ist es so«, sagte ich.

»Was meinst du?«

Ich hätte jetzt gern ihre Hand genommen wie gestern an der Ampel, aber heute hatte ich keinen Vorwand.

»Freunde«, sagte ich. »Ich weiß nicht, ob es bei dir so ist, aber ich brauche welche.«

»Wirklich?«, fragte sie.

»Glaub schon.«

»Ich hab nichts dagegen«, sagte sie. »Aber ich zahle selbst, wenn wir weggehen.«

»Klar«, sagte ich. »Kommt meinen Finanzen entgegen.«

»Und wenn ich dir was erzähle, darfst du davon nichts weitersagen.« Sie klang dabei wie ein kleines Kind: Pst, aber nicht weitersagen. Noch überraschender war aber, dass sie überhaupt vorhatte, mir irgendwelche geheimen Dinge zu erzählen. Aber wieso denn auch nicht? Ich interessierte mich doch für alles, was sie sagte.

»Klar«, sagte ich. »Dann darfst du aber auch nichts von meinen Sachen weitersagen.«

Ich wusste nicht, wieso ich das sagte. Es war wohl ein kindischer Reflex.

»Mach ich nicht«, sagte sie. »Ehrenwort.«

Sie reichte mir ihre Hand. Vom Kellergang hörte ich Schritte, und sie ließ los. »Wo bleibst du denn?«, fragte Django. »Wir sitzen schon die ganze Zeit im Auto.«

»Wir haben uns unterhalten«, sagte sie. »Mach nicht immer so einen Aufstand, und jetzt lass uns gehen.«

Django grinste mich an: »Man muss tun, was die Frauen sagen.«

Wir gingen nach oben.

Tonu saß schon im Auto. Auf der Ladefläche stand die Miele meiner Mutter mit ihren Kumpels.

»Hast du nicht auch ein Handy?«, fragte Alicia. »Du hast mich doch einmal vom Handy aus angerufen.«

»Das war Jessicas Handy«, sagte ich, und Alicia schaute mich an, als sei ich ein Playboy. »Meins ist grad kaputt. Aber ich kümmere mich drum.«

Alicia war wirklich ein guter Grund, mir endlich ein neues Handy anzuschaffen. Morgen nach der Schule würde ich zum base-Shop gehen und mir ein neues besorgen.

»Du kannst erst mal weiter auf dem Festnetz anrufen«, sagte ich. »Ich nehme unser Telefon meistens mit aufs Zimmer, wenn ich zu Hause bin.«

»Und wenn deine Mutter rangeht … oder dieser Mann?« Sie meinte Hartmut.

»Dann fragst du einfach nach mir. Sie ist nicht so schlimm. Na ja, eigentlich schon. Was ich meine, ist: Sie versucht vor fremden Leuten immer freundlich zu wirken.«

»Zwei Seiten?«, fragte Alicia.

»Zwei Seiten«, sagte ich.

Die Sucht nach Kaffee

Ich ging auf die Terrasse. Meine Mutter und Hartmut saßen immer noch da. Meine Mutter hatte neuen Kaffee gemacht. Die Tassen waren wieder voll.

Ich fragte mich, ob ich die Kaffeesucht von ihr hatte. Aber mein Vater trank auch einen nach dem anderen. Nur legte er mehr Wert auf Qualität und hatte deswegen den Vollautomaten angeschafft. Der Vollautomat meines Vaters hatte vielleicht so viel gekostet wie die Waschmaschine meiner Mutter. Um mir das leisten zu können, müsste ich noch ein zweites Jahr aufs Taschengeld verzichten. Aber vielleicht gab es ja eine billigere Möglichkeit.

Ich setzte mich auf den dritten Stuhl und wartete auf irgendein Geplänkel. Aber meine Mutter trank genüsslich ihren Kaffee, als säße sie in einem italienischen Café.

»Das werde ich nicht tun«, sagte ich. »Mit dir und Hartmut zusammenziehen.«

Meine Mutter schüttete Kaffee über ihr rosafarbenes Top.

»Autsch!«, schrie sie.

Sie stellte die Kaffeetasse ab, nahm ein Taschentuch aus ihrer Handtasche und wischte sich ab.

»Das werden wir ja sehen, Freundchen!«

»Da leb ich lieber auf der Straße.«

»Tu das«, sagte sie. »Und glaub ja nicht, das sei romantisch.«

Hartmut mischte sich nicht ein. Er hatte wohl die Einstellung, dass es eine Sache unter uns war. Genauso wie sich niemand in seine Sache mit Manni und Olaf einmischen durfte.

»Wir können allein nach Mitte ziehn«, sagte ich, »aber nicht mit Hartmut.«

»Das sagst du, wo Hartmut neben dir sitzt?«

»Wie hätte ich das denn sonst sagen sollen?«

»Nicht so direkt! Das tut ihm doch weh!«

»Es geht mir eigentlich um Manni und Olaf«, sagte ich.

Bei »Manni und Olaf« musste sich Hartmut nun doch einmischen.

»Was soll mit meinen Jungs sein?«, fragte er.

Er saß nicht mehr lässig auf dem Stuhl, sondern hatte sich aufrecht hingesetzt.

»Die werden dann wohl auch ab und an bei uns vorbeikommen«, sagte ich.

»Na klar, was denkst du denn? Willst du dich darüber beklagen?«, brüllte er fast.

Mir gehts schlecht, ich kann nicht klagen, dachte ich und grinste.

»Was gibts da zu lachen?«, fragte meine Mutter.

»Wenn ich mit euch zusammenziehe, ist das auch meine Wohnung«, sagte ich, »und da haben Manni und Olaf nichts zu suchen.«

»Soll ich etwa meine Jungs aussperren, du Wicht!« Hartmut sprang aus seinem Stuhl. »Mein eigenes Fleisch und Blut!«

Ich fragte mich, wer cholerischer war: meine Mutter oder er. Hartmut würde sich von ihr nicht mit einer Bierflasche bedrohen lassen. Wenn sie sich in ein paar Jahren noch mehr anödeten, gabs bestimmt Mord und Totschlag.

»Hartmut«, sagte meine Mutter. »Manni hätte ihn fast umgebracht. Du musst auch einmal meinen Jungen verstehen.«

»Und was hat der Wicht mit Olaf gemacht?«, brüllte Hartmut

noch lauter. »Der liegt immer noch auf der Sieben mit 'ner Gehirnerschütterung!«

Warum Olaf eine Gehirnerschütterung haben sollte, konnte ich nicht verstehen. Dafür hätte Manni eigentlich eine Gehirnerschütterung haben müssen. Meine Mutter hatte ihm irgendwas über den Kopf geschlagen, und er war sofort zusammengesackt.

»Und Manni?«, fragte ich.

»Manni hat auch eine Gehirnerschütterung!«, brüllte Hartmut. Er sah meine Mutter dabei an.

»Was kann ich denn dafür?«, fragte meine Mutter. »Dein Junge wollte meinen Jungen umbringen!«

»Umbringen?«, brüllte er. »Der wollte ihm nur 'ne Lektion verpassen!«

»Ach so«, sagte meine Mutter. »Ich wollte Manni auch nur 'ne Lektion verpassen.«

»Schlampe!«, brüllte Hartmut und ging.

Wir hörten noch die Wohnungstür zuknallen.

Puh, dachte ich. Das Problem mit Hartmut ist also gelöst. Ich musste jetzt nur weiter mit Frau Kirchhoff Tür an Tür leben.

»Der regt sich wieder ab«, sagte meine Mutter.

Ich überlegte, was sie damit meinte.

»Willst du etwa immer noch mit dem zusammenziehen?«, fragte ich.

»Was soll das heißen ›mit dem‹?«, fragte sie. »Wenn du Hartmut meinst, dann sag auch ›Hartmut‹.« Sie stand auf und holte sich Hartmuts Stuhl. Dann setzte sie sich wieder und legte ihre Beine hoch.

»Willst du etwa immer noch mit *Hartmut* zusammenziehen?«, wiederholte ich.

»Natürlich«, sagte sie gelassen.

»Ich zieh nicht mit Hartmut zusammen«, sagte ich.

»Das lässt sich nicht vermeiden«, sagte sie.

»Entweder bleibt er weg oder ich zieh aus.«

Sie prustete los. »Wohin denn?«

Ich dachte an meinen Vater. Er hatte doch vor einer Woche gefragt, zu wem ich will. Und weil Hartmut noch nicht aufgetaucht war, hatte ich mich für meine Mutter entschieden.

Aber auch die Situation mit meinem Vater sah jetzt anders aus. Ich hielt sein Gejammere nicht aus. Nein, zu meinem Vater konnte ich nicht. Mit meiner Mutter zusammenzuleben – das war schon schlimm genug. Aber dass in Zukunft Manni und Olaf auch noch jederzeit reinplatzen konnten, überstieg das Maß an Erträglichem. Es blieb mir wohl wirklich nichts anderes übrig, als auf der Straße zu leben.

Ich ging in mein Zimmer und rief meinen Vater an.

»Addi?«, fragte er. Er hatte wohl die Nummer gesehen.

»Ich muss mit dir sprechen«, sagte ich.

»Dann sprich.«

»Unter vier Augen«, sagte ich.

»Muss das sein?«

»Ja.«

»Katja ist gerade gekommen«, sagte er genervt.

Ich dachte an seinen generösen Satz: »Ich bin immer für dich da – du kannst mit allen Problemen zu mir kommen.« Und wenn ich mal etwas mit ihm zu besprechen hatte, war ihm seine Jugendliebe wichtiger. Alles klar.

»Wenns sein muss: Komm in drei Stunden vorbei, aber nicht früher«, sagte er und legte auf.

Was hatte ich denn erwartet? Ich wusste doch, dass es immer um nichts anderes als um ihn, sein Selbstmitleid und seine Pläne gegangen war.

Was sollte ich nur in diesen drei Stunden machen? Ausnahmsweise mal Hausaufgaben? Morgen stand eine Englischarbeit an, und ich hatte noch nicht gelernt. In zwei Wochen gab es Zeugnisse. Meine Noten würden wohl wie immer werden: mittelmäßig. Das war mir egal, solange ich nicht sitzen blieb. Mein Vater, der immer an meinem Zeugnis interessiert war, würde wieder enttäuscht sein und sülzen, dass er und meine Mutter ihr ganzes Leben für mich geopfert hätten und dass ich noch nicht mal den Arsch hochkriegen würde, um etwas mehr zu lernen. Dann würde er meine Mutter anrufen und auch sie würde sich über meine Noten aufregen. Eine Woche lang wären beide eingeschnappt: so ein undankbarer Sohn!

Drei Stunden totschlagen

Ich ging aus dem Zimmer und hörte meine Mutter telefonieren. Wahrscheinlich sprach sie mit Hartmut. Ich hätte zu gern gewusst, wer wen angerufen hatte. Aber es war mir nicht wichtig genug, um auf die Terrasse zu gehen und sie zu fragen.

Ich ging nach unten zur Hauptstraße. Die Gegend kam mir auf einmal wunderschön vor. Die gepflegten Gärten mit den vielen Blumen und den geraden Hecken. Bald würde ich hier nicht mehr durch die Straßen gehen. Natürlich konnte ich weiterhin mit der Straßenbahn nach Brackwede fahren und hier oben am Berg entlanggehen, aber ich würde keinen Grund mehr dazu haben.

Die Linie 1 kam. Es waren nur zwei Plätze besetzt. Ich setzte mich ganz vorne ans Fenster und schaute auf die vorüberziehenden Straßen im satten Abendlicht. Meine Mutter hatte sich für Hartmut und gegen mich entschieden. Ich hatte mich gegen meinen Vater entschieden und er sich mittlerweile wohl auch gegen mich: Ich hatte kein Zuhause mehr. Ich dachte an Balduin. Langsam verbrachte ich meine Zeit auch nur noch damit, in der Stadt herumzustreifen.

Als ich durch die Fußgängerzone lief, versuchte ich mir die Menschen als Zahlen vorzustellen, aber es ging nicht. Ich konnte da überhaupt keine Verbindung sehen. Vielleicht war ich doch anders als Balduin.

Das Boulevard hatte noch zwei Stunden auf. Ich ging zielstrebig rein, fuhr nach oben und setzte mich wieder an meinen Stammplatz.

Die Stadt war heute leer. Die Leute schienen alle im Garten zu sitzen und zu grillen. Ich fühlte mich seltsam ruhig. Dabei hätte ich weiter überlegen müssen, wo ich bleiben sollte. Ich holte mir noch einen Kaffee und dachte an Katja. Gestern hatte ich auch an einer Scheibe gesessen und die Passanten beobachtet. Ich hatte dabei den besten Kaffee meines Lebens getrunken und ein Mädchen dagehabt, das schön und willig gewesen war. Ich Idiot! Wieso war ich stattdessen weggerannt? Ich hielt Ausschau nach einer Passantin, die aussah wie eine rothaarige Porzellanpuppe. Heute würde ich auf ihr Angebot eingehen.

Soviel ich auch umherspähte, niemand kam daher. Weder Katja noch Jonas noch Balduin. Dann hatte ich keine Lust mehr, noch länger dort zu sitzen.

Als ich am Krankenhaus ausstieg, war es immer noch eine Stunde zu früh. Ich streifte durch die Straßen, ohne an irgendjemanden zu denken. Es war schon lange her, dass ich so bewusst Vorgärten betrachtet hatte. Als ich kleiner war, hatte ich lange in die Gärten geschaut. Ich hatte den Eindruck, dass immer dieselben Blumen in den Vorgärten gepflanzt wurden. Es hatte sich in den ganzen Jahren nicht viel verändert, nur war ich nicht mehr so beeindruckt von ihrer Farbenpracht. Ich hatte auch das Gefühl, dass die Blumen früher besser gerochen hatten – blumiger.

Ich klingelte bei meinem Vater, obwohl ich immer noch zu früh war. Er machte nicht auf. Ich klingelte Sturm, aber es regte sich nichts. Ich setzte mich vor die Tür und wartete. Als ich noch zur Grundschule gegangen war, hatte ich manchmal meinen Schlüssel vergessen. Ich hatte immer vor der Tür gesessen und gewartet, statt mich zu beschäftigen und meine Zeit schneller vergehen zu lassen. Wenn jemand ins Haus ging, kam ich mit rein und setzte mich ins Treppenhaus. Es war seltsam, wie viele Geräusche aus den anderen Wohnungen drangen, wenn man auf den kalten Stufen saß. Geklappere, Geschimpfe, Türen zuschlagen. Es hallte laut, und aus irgendeinem Grund kam es mir durch das Hallen so vor, als sei das Treppenhaus eine ganz andere Welt.

Es war jetzt schon fünf Minuten über der Zeit. Ich stand auf und drückte wieder auf die Klingel. Ich ging über die Straße und schaute nach oben. Natürlich sah ich nichts. Es brannte auch kein Licht, aber das hieß nichts. Der Tag war noch hell genug. Ich ging wieder zurück zur Tür. Sie ging auf, und im ersten Moment dachte ich, dass mein Vater mir öffnete. Es war aber nur ein Mann, der so aussah wie mein Vater in jungen Jahren. Er ging raus, und ich ging rein. Ich lief die knarrenden Holztreppen nach oben und stand vor der breiten Tür mit den milchigen Glaseinsätzen. Ich hob meinen Arm, um gegen die Tür zu klopfen. Aber ich nahm ihn wieder herunter. Beim Umzug hatte die Klingel funktioniert, und einmal beim Telefonat hatte es auch bei ihm geklingelt. Ich setzte mich auf die Holztreppe und wartete auf das Heimkommen meines Vaters.

Mein Vater musste die Zeit vergessen haben. Er war vielleicht noch mit seiner Katja spazieren gegangen und – ich hörte, wie eine Tür aufging. Es war keine Wohnungstür, sondern eine Zimmertür. Dann hörte ich das Lachen meines Vaters. Danach lachte eine Frau, und mein Vater sagte irgendwas. Ich hörte seine Schritte auf den Holzdielen. Schon bei uns in der Wohnung hatte er laut getrampelt, aber hier knarrten die Holzdielen noch viel lauter bei jedem seiner Schritte. Es schlug eine andere Tür zu. Eine Zeit lang war es still, dann hörte man die Toilettenspülung, die Tür ging auf und wieder zu. Dann hörte ich nichts mehr. Ich saß eine Zeit lang da und dachte über die Geräusche nach. Dann lief ich nach unten. Ich hielt mit einem Fuß die Haustür auf, mit der anderen Hand drückte ich auf die Klingel. Oben gab es einen schnarrenden Klingelton, den ich von hier unten aus hörte. Ich klingelte immer weiter, aber es tat sich nichts. Weder öffnete sich oben eine Tür, noch drückte jemand auf den Summer. Ich lief wieder nach oben und trat gegen die Tür.

»Mach endlich auf!«, brüllte ich. »Wir sind verabredet!«

Ich horchte, aber alles blieb still. Dann ging doch eine Tür auf, und ich sah die Konturen meines Vaters hinter der Milchglasscheibe näher kommen. Er öffnete die Tür, war barfuß, trug eine Jeans, oben nichts und starrte mich an, als sei ich ein Geist.

»Wir waren um sieben verabredet«, sagte ich, »und jetzt ist es fast acht!«

Er schien sich wieder zu fassen. »Ich habe dir doch gesagt, dass Katja da ist.«

»Und deswegen kann ich mich totklingeln!«

»Die Klingel funktioniert nicht«, sagte er, ohne rot zu werden. »Das hatte ich vergessen.«

Er stand immer noch vor der Tür, ohne mich hineinlassen zu wollen.

»Ich habs ja auch so geschafft«, sagte ich.

»Es geht jetzt nicht«, sagte er. »Katja ist noch da.«

»Du hast sieben gesagt.«

»Mach doch kein Theater.« Er verzog genervt sein Gesicht. »Morgen ist es besser.«

»Nein heute.«

»Morgen!«

»Heute!«

Er zog eine Flappe wie meine Mutter. »In einer Stunde«, sagte er. »Und geh so lange um den Block.« Er drückte die Tür wieder zu und ließ mich stehen.

Ich sah, wie seine Kontur in den Flur zurückging, eine Zimmertür öffnete und sie hinter sich schloss. Soweit ich mich erinnerte, war es die Schlafzimmertür.

Erst als unten jemand die Haustür öffnete, wurde mir klar, dass ich immer noch vor der Wohnungstür stand. Jemand ging in eine Erdgeschosswohnung und schmiss die Tür laut hinter sich zu.

Ich schaute noch eine Weile auf die Milchglasscheibe. Dann ging ich die Treppen hinunter. Draußen war es noch hell. Ich ging durch die blühenden unbelebten kleinen Straßen und stand plötzlich in der Prießallee, etwas unterhalb von Jessicas Haus. Das war nicht mein Ziel gewesen, aber es hatte sich so ergeben. Ich ging die Prießallee hoch und bog an ihrem gelben Wohnhaus in die kleine Seitenstraße ein. Nach ein paar Schritten sah ich wieder den blöden Dackel mit seinem Herrchen. Ich verringerte das Tempo und blieb dann ganz stehen. Aber der Dackel drehte sich nach allen Seiten um, sah mich und kam. Bevor er die Zähne fletschen konnte, ging ich auf ihn zu, brüllte »Scheißvieh!« und trat in die Luft. Der Dackel jaulte auf, als hätte ich ihn wirklich getreten, und trabte zu seinem Herrchen zurück, um weiter zu jammern. Der Opa schaute mich an, erkannte mich, obwohl es letztes Mal dunkel gewesen war, sagte aber nichts und ging mit dem Dackel weiter.

Zwischendurch sagte er leise: »Armer tapferer Goebbels« und dann »Halt durch, armer tapferer Goebbels«. Die beiden bogen links in eine Straße ab und waren verschwunden. Von rechts kam mir Jessica entgegen. Als sie mich sah, wunderte sie sich, kam aber auf mich zu.

»Gehst du jeden Abend spazieren?«, fragte ich.

»Komme grad von der Straßenbahn«, sagte sie. »Und die kleinen Wege sind schöner, als einfach die Prießallee runterzugehen.«

Sie setzte sich auf eine niedrige Gartenmauer und sah mich erwartungsvoll an. Dann fragte sie: »Wie siehst du denn aus?«

»Wieso?«, fragte ich zurück.

»So … so … geschafft.«

Ich konnte eigentlich nicht so abgewrackt aussehen wie nach der durchgeprügelten Nacht. Ich hatte Balduin nicht getroffen und stank deswegen auch nicht. Ach ja, nicht Balduin, sondern Jessicas Vater. Mein Vater war auch nicht besser. Balduin war wenigstens ehrlich.

»Ich bin obdachlos«, sagte ich.

Sie schaute mich an und wartete darauf, dass ich über meinen Witz lachte oder dass ich Erklärungen dafür ablieferte. Als ich aber nichts mehr hinzufügte, fragte sie: »Wie meinst du das?«

Warum sollte ich das ausgerechnet Jessica erzählen? Es gab Leute, die ich viel besser kannte. Ralph oder Heini zum Beispiel. Aber die beiden kamen mir jetzt noch fremder vor als Jessica. Was hatte ich schon mit Ralph und den anderen gemeinsam? Dass wir zum Fußball gingen und zusammen auf den Partys soffen? Hatte ich schon jemals einen vernünftigen Satz mit Heini gewechselt? Waren das wirklich meine Freunde?

»Meine Mutter zieht mit ihrem Lover zusammen«, sagte ich. »Ich zieh da nicht mit. Aber zu meinem Vater kann ich auch nicht.«

»Kannst du dich nicht mit dem Freund deiner Mutter arrangieren?«

»Nein.«

»Zieh doch einfach aus«, sagte Jessica.

»Klar«, sagte ich. »Ich nehm mir einfach 'ne eigene Wohnung.«

»Oder du ziehst in eine WG.«

»Klar«, sagte ich wieder.

»Das geht«, sagte sie. »Wenn deine Eltern zustimmen.«

Ich dachte an Django. Er hatte gesagt, dass man mit sechzehn heiraten dürfe. Dann durfte man doch auch mit sechzehn ausziehen? Jessicas Handy klingelte. Sie stand auf und ging einige Schritte weiter, um zu sprechen. Obwohl ich nur einzelne Wörter verstand, war ich mir sicher, dass es Simon war. Die Mädchen bekommen plötzlich eine andere Stimme, wenn sie mit ihrem neuen Freund sprechen.

Sie ging auf und ab. Ich schaute sie an und versuchte eine Gemeinsamkeit zwischen ihr und Balduin zu entdecken. Vielleicht war da doch etwas. Ihr Körper war beim Gehen leicht nach vorne gebeugt. Auch Balduin ging leicht nach vorne gebeugt.

Ich sah auf die Uhr. Es war Viertel vor neun, und ich musste zurück zu meinem Vater. Ich winkte Jessica zu und machte mich auf den Weg. Wenn mein Vater beim ersten Klingeln nicht aufmachte, würde ich wieder gehen.

Die Luft im Milchschaum

Als ich vor dem Haus ankam, öffnete sich die Tür. Es war Katja, die rothaarige Freundin meines Vaters. Sie lächelte mich an, sagte aber nichts. Mit einer Hand hielt sie die Tür auf, und ich schlängelte mich an ihr vorbei ins Treppenhaus und lief nach oben.

Ich sah den Schatten meines Vaters vom Wohnzimmer in Richtung Küche laufen und klopfte an die Glasscheibe. Der Schatten stoppte auf seinem Weg und änderte die Richtung. Er kam zur Tür und öffnete. Jetzt stand er komplett angezogen vor mir in Socken, T-Shirt und Hose.

»Komm rein«, sagte er müde, drehte sich um und lief wieder Richtung Küche. Ich schloss die Tür und ging hinter ihm her.

In der Küche stand nun ein weißer Esstisch mit Holzstühlen. Ich setzte mich, und er stellte sich vor die Kaffeemaschine und machte zwei Cappuccinos. Er stellte die Tassen auf den Tisch, setzte sich und fragte: »Was gibt es also so Wichtiges?« In seinen Worten schwang der Vorwurf mit: so wichtig, dass ich Katja wegschicken musste.

»Wir waren verabredet«, sagte ich.

»Nun bist du auch hier.«

»Leider«, fügte ich in Gedanken hinzu. Ich fragte mich, ob die Genervtheit in seiner Stimme chronisch wurde.

»Mutti und Hartmut ziehen zusammen«, sagte ich und beobachtete dabei sein Gesicht.

Er zog die Mundwinkel ein, als versuchte er Grübchen zu bekommen.

»Schön«, presste er heraus und umschloss mit seinen Händen die Kaffeetasse. Er drückte seine Hände so fest gegen das weiße Porzellan, dass ich Angst hatte, die Tasse könnte gleich zerbrechen.

»Ich will nicht mit Hartmut zusammenziehen«, erklärte ich weiter.

Er setzte die Tasse an den Mund, aber der Cappuccino war noch viel zu heiß. »Und was soll ich tun?«, fragte er noch genervter.

»Weiß nicht.«

»Du kannst nicht zu mir ziehen«, sagte er. »Die Wohnung ist zu klein, und ich arbeite so viel. Ich kann mich nicht den ganzen Tag um dich kümmern.«

Was meinte er mit »den ganzen Tag um dich kümmern«? Das hörte sich so an, als sei ich sechs und nicht sechzehn. Wann hatte sich denn irgendjemand mal um mich gekümmert? Ja, meine Mutter hatte gekocht, meine Wäsche gewaschen und die Wohnung sauber gehalten. Er hatte sich um den Garten gekümmert. Aber war das ein »Sich-um-jemanden-kümmern«? Abgesehen davon, hätte ich mir lieber die Hand abgehackt, als zu ihm zu ziehen. Trotzdem sagte ich: »Es gibt Kindertagesstätten.«

»Hör auf mit deinen verdammten Witzen!«, sagte er gereizt. »Immer musst du so blöd herumkasperln!« Er setzte wieder die Tasse an die Lippen, aber der Cappuccino war immer noch zu heiß. Er knallte die Tasse hin, und der Kaffee schwappte unter der Milchschaumkrone hindurch auf die Untertasse.

Ich fragte mich, wie lange es noch dauerte, bis er mit seiner Katja so gereizt sprechen würde. Zwei Monate? Und ab wann würde er sie volljammern? Nach drei Monaten? Ich sah mich um. Ein Topf und eine benutzte Pfanne standen auf dem Herd. Es roch schon die ganze Zeit nach gebratenem Fleisch und Kartoffeln. Er schien sich wieder eine gute Köchin geangelt zu haben.

»Wenn du mich nicht willst«, sagte ich in dem Ton eines abgeblitzten Liebhabers, »muss ich mir eine eigene Wohnung suchen.«

»Wohnung?«, fragte mein Vater ungläubig.

»Oder ein WG-Zimmer.«

Mein Vater lief zur Schublade, holte sich einen Teelöffel und setzte sich wieder an den Tisch. Er rührte mit dem Löffel wild im Cappuccino herum, obwohl er ihn gar nicht mit Zucker trank. Er rührte nur die ganze Luft aus dem Milchschaum. Der Schaum löste sich auf, und die Milch wurde wieder flüssig und flach. Ich fragte mich, was er da tat. Wozu schäumte man Milch auf, wenn man die Luft wieder rausrührte? Aber es war nicht die richtige Zeit, um meinen Vater zu fragen, wieso er die Luft aus seinem Milchschaum rührte.

»Vergiss nicht, dass du die Volljährigkeit noch nicht erreicht hast«, sagte er, und ich dachte wieder daran, dass ich mit sechzehn ja schon heiraten durfte. Ich dachte an Alicia, an Waschmaschinen, an den Ocakbasi, daran, wie wir Andrea und Laura vertrieben hatten. Und was sollte Balduin noch mal für eine Krankheit haben? Addi…

»Aber in ein Heim solltest du auch nicht«, sagte er. »Wie sähe das denn aus?«

»Ich kann in eine WG ziehen. Nur du und Mutti, ihr müsstet zustimmen.« Ich fügte beleidigt hinzu: »Zu dir darf ich ja nicht.«

Die Taktik war nicht schlecht. Ihm ein schlechtes Gewissen machen, damit er wenigstens ein WG-Zimmer bezahlte und sein rechtliches Okay gab.

»Du kannst nicht allein wohnen«, fing er schon wieder an. »Dazu bist du noch zu klein.«

»Klar«, sagte ich.

»Sei doch einmal in deinem Leben erwachsen!«

Ich fragte mich, was er mit »erwachsen« meinte. Jammern? Genervt sein?

»Dann muss ich doch bei dir wohnen«, sagte ich. »Zu Mutti und Hartmut kannst du mich ja wohl nicht schicken.«

»Ja, dieser Hartmut ist ein ganz Wilder«, sagte er. »Aber wenn du ohne Aufsichtsperson lebst und es passiert was, dann bin ich dran.« Er trank nun endlich seinen Cappuccino. Von dem Tassenboden tropfte Kaffee auf die nasse Untertasse.

Ich trank auch. Es schmeckte so gut wie früher. Ich sah meinen Vater an und dachte: Das Beste an dir ist deine Kaffeemaschine.

»Was soll schon passieren?«, fragte ich.

Er setzte die Tasse ab. »Wenn du nachts auf die Straße gehst und Unsinn machst. Sachen zerstörst oder betrunken herumirrst.«

»Hä?«

»Glaub ja nicht, ich weiß nicht, was ihr Jugendlichen heutzutage macht«, sagte er.

»Klar, du hast einen Zweitjob als Streetworker.«

Er beugte sich blitzartig über den Tisch und langte mir eine. Das heißt, er hätte mir eine gelangt, wenn ich nicht nach hinten ausgewichen wäre. Anstatt wie beim Scheidungsgespräch entsetzt über sich zu sein, sagte er aber nichts dazu, als wäre der Schlag nach mir nur logisch gewesen. Er legte seine Hand wieder auf den Tisch.

»Ich hab genug Reportagen über euch Kinder gesehen«, sagte er. »Ja, lach du nur. Die Sendungen waren seriös gemacht. Spiegel-TV, Stern-TV, Süddeutsche-TV.«

Ich musste weiter grinsen.

»Du weißt gar nicht, wie viele Probleme ich zurzeit habe«, sagte er. »Du gehst nur vormittags zur Schule und hast deinen Spaß.«

Oh Gott. Er wollte doch nicht wieder anfangen zu jammern.

»Und was ist jetzt?«, fragte ich, um seine Gedanken abzuschneiden. »Wo soll ich hin?«

Er seufzte lange, was so viel heißen sollte wie: Ich Armer! Habe tausend andere Sorgen, und da kommst du mir auch noch mit deinen belanglosen Problemchen. Muss ich nicht schon genug leiden?

»Was soll das kosten?«, fragte er. »Das ist doch unbezahlbar, noch einen dritten Haushalt zu führen.«

Ach, darum ging es ihm. »Mutti zieht ja mit Hartmut zusammen«, sagte ich. »Da wird es dann billiger.«

»Ja und was kostet mich das Ganze nun?«, wiederholte er.

»Kommt drauf an, wie viel das Zimmer kostet.«

Er trank den Cappuccino aus. Von dem Tassenboden tropfte es wieder auf die Untertasse und nun auch auf sein weißes T-Shirt.

»Genau das habe ich gemeint«, sagte er und knallte die leere

Tasse auf die Untertasse, dass es laut »Ping!« machte. »Du hast keine Ahnung vom richtigen Leben! Es geht nicht nur um die Miete, sondern um den ganzen Haushalt. Du musst auch essen, Strom zahlen und so weiter.«

Er schüttelte den Kopf über meine kindliche Unwissenheit.

Langsam nervte er mich genauso, wie ich ihn nervte. Wieso hatte ich die letzten sechzehn Jahre nicht mitbekommen, wie selbstgefällig er in Wirklichkeit war? Und dass er auf alle nur herabsah?

»Dein Taschengeld«, sagte er weiter, »war ja nur der Luxus obendrauf. Du musstest nie Miete, Essen, Kleidung, Versicherungen und das alles zahlen. Keine GEZ-Gebühren, Waschpulver, Taschentücher, Zahnpasta oder Zahnbürsten.«

»Du hast die Toilettenbürsten vergessen.« Instinktiv wich ich schon wieder nach hinten aus. Er umfasste aber nur die leere Cappuccinotasse und sagte: »Du kannst ruhig auf das hören, was ich dir sage. Aber du bist wie deine Mutter. Hast keinen Respekt vor mir. Den hast du noch nie gehabt.«

Warum musste ich mir immer diese gleiche Endlosschleife anhören? Wieso kam ich mir bei meinem Vater immer wie ein dreister Bettler vor? Dabei war mein Vater noch die leichteste Hürde. Wenn ich noch nicht mal ihn überreden konnte, dann meine Mutter erst recht nicht.

»Du zahlst mir nur das Taschengeld von früher weiter«, schlug ich vor und meinte meine monatlichen vierhundert Euro, »und Mutti gibt noch ein bisschen hinzu und den Rest verdien ich mir selbst.«

»Wie willst du denn schon Geld verdienen?«, fragte er von oben herab.

»Zeitungen austragen.«

»Dann wirst du ja noch schlechter in der Schule«, sagte er und bemerkte die Kaffeeflecken auf seinem T-Shirt. Er stand auf, befeuchtete einen Spülschwamm und versuchte die Flecken wegzureiben.

»Gut, dann jobbe ich nicht«, sagte ich und sah, dass er vor sich hinnickte. »Aber dann musst du mehr springen lassen.«

Er drehte sich abrupt um. »Kommt gar nicht infrage!«

Ich zuckte unschuldig mit den Schultern und trank aus. Er kam zum Tisch, nahm die Tassen und stellte sie in die Spüle. Dann setzte er sich wieder. Das sollte wohl heißen: keinen zweiten Cappuccino mehr, das Gespräch ist beendet.

»Ich habe dir schon letzte Woche gesagt, dass ich mir die vierhundert Euro Taschengeld nicht mehr leisten kann. Ich muss einen eigenen Haushalt führen, dazu noch der Motorradführerschein, und dann will ich Katja noch eine Kreuzfahrt schenken.«

»Kreuzfahrt?«, fragte ich.

»Ich bin schon seit Jahren nicht mehr richtig in Urlaub gefahren«, meckerte er. »Und schließlich ist es mein Geld! Ich arbeite hart dafür!«

»Gut«, sagte ich gleichgültig. »Dann geh ich in zwei Wochen von der Schule ab. Bis dahin werden die nicht zusammengezogen sein.«

»Was? Nach der zehnten Klasse?«

»Dann geh ich arbeiten.«

Er sprang fast auf. »Das kannst du nicht tun! Wie sieht das denn aus, wenn mein Sohn kein Abitur hat! Selbst deine Mutter hat Abitur, auch wenn sie nur Krankenschwester geworden ist!«

»Vierhundert?«, fragte ich.

Der Hurensohn

Als ich die Wohnungstür aufschloss, hörte ich Hartmuts Lachen. Der Fernseher lief. Irgendein Komödiant schien Witze zu erzählen, denn Hartmut lachte schon wieder.

Eigentlich hatte ich mit meiner Mutter allein sprechen wollen. Es war schon komisch, wie schnell die beiden sich wieder vertrugen, wie zwei kleine Kinder, die sich stritten und nach einer Minute wieder zusammen Sandkuchen backten.

Ich ging ins Wohnzimmer. Hartmut schaute kurz auf. Die Glotze war aber interessanter als ich.

»Addi«, sagte meine Mutter. »Setz dich zu uns. Die Sendung ist wirklich lustig.«

Ich setzte mich. Aber nicht zu ihnen aufs Sofa, sondern in den Sessel. Ich lehnte mich zurück, legte meine Arme auf die Armlehnen und hätte mich entspannen können, wenn meine Mutter und Hartmut nicht im Zimmer gewesen wären.

Der Komödiant lief wie ein Affe umher, und die Zuschauer lachten. Auch meine Mutter und Hartmut grinsten. Ich kam nicht dahinter, was daran komisch sein sollte. Jetzt stellte sich der Typ breitbeinig hin und sagte: »Ey, ich hab meine Kronjuwelen im Tresor.« Das Gelächter ging schon wieder los, und die Kamera zeigte Zuschauer in Nahaufnahme, die sich nicht wieder einkriegen konnten.

Entweder war ich zu doof oder ich hatte irgendwas verpasst. Auch meine Mutter und Hartmut grinsten wieder. Dieser Mist war nun wirklich nicht wichtiger als das, was ich zu sagen hatte.

»Ich war bei Vater«, sagte ich, und meine Mutter sah mich stirnrunzelnd an. »Wir haben einen Deal ausgemacht.«

Hartmut starrte weiter auf die Glotze, lachte aber nicht mehr.

»Er hat sein Okay gegeben.«

»Wofür?«, fragte meine Mutter.

»Dass ich ausziehe, in eine WG.«

Jetzt schaute auch Hartmut mich an. Ich beobachtete ihn nur aus den Augenwinkeln und konnte nicht sehen, ob er finster oder erleichtert guckte.

Meine Mutter nahm die Fernbedienung und schaltete den Fernseher aus. Hartmut ging auf die Terrasse und zog die Tür hinter sich zu. Er zündete sich eine Zigarette an und ging in den Garten.

»Was denkst du dir dabei!«, keifte meine Mutter.

»Ich hab gesagt, ich zieh nicht mit Hartmut zusammen.«

Sie lief zur Terrassentür, riss sie auf und rief: »Hartmut. Komm mal her!«

Keine Ahnung, warum sie das tat. Es war doch gut, dass er rausgegangen war.

Als Hartmut vor ihr stand, sagte sie: »Addi will ausziehn.«

»Wie alt ist er?«, fragte er.

»Mein kleiner Addi ist erst fünfzehn!«, sagte sie.

»Sechzehn!«, sagte ich.

»Geht vielleicht«, sagte er und zog an der Zigarette. »Find ich gut.«

»Hartmut!«, schimpfte meine Mutter empört.

»Manni und Olaf bekommen jedenfalls kein Hausverbot bei uns«, sagte er. »Das sind gute Jungs.«

»Du hast gut reden«, sagte sie. »Deine Jungen haben ja eh keinen Schulabschluss.«

Hartmut riss die Augen auf. Sein Mund stand offen. Dann brüllte er: »Was tut das zur Sache!«

»Sehr viel«, entgegnete meine Mutter.

»Immer musst du auf meinen Jungs herumhacken!« Er schlug gegen die Türscheibe. Aber sie blieb heil.

»Wenn Addi allein wohnt, dann schwänzt er bestimmt die Schule und macht keine Hausaufgaben mehr«, sagte sie. »Und dann bekommt er keinen Abschluss.«

»Ja und? Was will er denn werden?«

»Er soll sein Abitur machen, und das mit einem Durchschnitt von Eins Komma null«, sagte sie. »Das dauert noch einige Jahre. Bis dahin kann er sich verbessern.«

»Und wenn er Schuster werden will?«, fragte Hartmut.

Sie redeten, als sei ich nicht im Raum.

»Das ist egal, was er machen will«, sagte meine Mutter. »Er braucht auf jeden Fall ein sehr gutes Abitur. Am besten wird er Architekt oder Anwalt. Nicht Arzt, das würde ihm nicht liegen.«

»Wenn er Schuster werden will«, sagte Hartmut, »dann wären die drei Jahre bis zum Abi vertane Zeit.«

»Ach Hartmut, du musst doch nicht immer neidisch sein, nur weil deine Jungs keinen Abschluss haben.«

Hartmut schmiss seine Zigarette auf den Boden, zertrat sie und brüllte: »Schlampe!«

Dabei kam ein Schwall Rauch aus seinem Mund.

»Wichser!«, schrie sie zurück.

Hartmut hob einen Arm, drehte sich dann aber um und lief wie von der Tarantel gestochen in den Garten und durch die hohe Hecke. Ich hatte gar nicht gewusst, dass man da durchkam. Die Hecke war blickdicht wie eine Wand und zwei Meter hoch.

Meine Mutter setzte sich auf die Terrasse und zündete sich eine Zigarette an.

»Was ist nun?«, rief ich.

Sie legte ihre Beine auf den zweiten Stuhl. »Wenn du mit mir sprechen willst, musst du schon herkommen.«

Ich ging also auch auf die Terrasse. Sie zog lange an ihrer Zigarette und pustete sekundenlang Rauch aus. Der Streit mit Hartmut schien sie nicht mehr aufzuregen. Sie sah sehr gelassen aus.

»Und du meinst, du kannst alleine für dich sorgen«, sagte sie.

»Bin ja keine sechs.«

»Du weißt noch nicht mal, wie man Wäsche wäscht oder wie man ein Ei kocht.«

Mein Gott, wenn das Millionen von Menschen konnten, würde das schon nicht so schwer sein. Ich war doch nicht ganz doof.

»Gardinen waschen, Staub saugen, putzen, bügeln, den Wasserkocher entkalken, das Bad wischen – wer soll das alles für dich tun?«

Ich verdrehte meine Augen.

»Da hast du dich geirrt«, redete sie weiter, »wenn du denkst, dass ich vorbeikomme und deine Wohnung sauber mache. Du denkst, ich nehme deine Schmutzwäsche mit und bringe dir immer frisch gebügelte vorbei. Du glaubst, ich bringe dir dann jeden Tag Essen in Warmhaltedosen mit.« Sie machte eine Pause, nahm einen langen Zug, legte ihren Kopf in den Nacken und blies Rauch in den Himmel. »Ich bin nicht deine Putzfrau«, sagte sie weiter. »Vergiss nicht, dass ich eine Vollzeitstelle habe.«

Obwohl sie ganz anders war, war sie doch irgendwie wie Vater.

Aus heiterem Himmel fragte sie auf einmal: »Was zahlt dein Vater?«

»Vierhundert Euro im Monat.«

Sie nahm wieder einen langen Zug. »Das reicht nicht.«

»Ich weiß.«

»Also kannst du dir das abschminken«, sagte sie.

Ich setzte mich ihr gegenüber und nahm mir auch eine Zigarette. Sie sagte nichts dazu. Während sie in den Garten schaute, hatte ich nur meine Mutter im Blickfeld.

»Dann geh ich von der Schule ab.«

»Das erlaube ich nicht«, sagte sie.

»Mit Hartmut zieh ich jedenfalls nicht zusammen!«

»Du bist noch nicht achtzehn«, sagte sie. »Bis dahin tust du, was ich dir sage.«

Auf einmal hatte ich auch Lust, die Zigarette zu zertreten,

»Schlampe« zu rufen und durch die hohe Hecke zu rennen. Ich sah mir meine Mutter genau an. Sie saß ruhig auf dem Stuhl, mit hochgelegten Beinen und zog genüsslich an ihrer Zigarette. Sie kam mir vor wie eine eiskalte Zicke.

»Ich bin dein rechtlicher Vormund oder wie man das nennt«, sagte sie. »Und ich sage, du hast weiter zur Schule zu gehen und mit Hartmut und mir zusammenzuziehen.«

»Vergiss es.«

»Ich kann das durchsetzen«, sagte sie weiter gelassen.

»Und wie?«

»Das Recht ist auf meiner Seite«, sagte sie. »Also durch die Polizei.«

Ich fragte mich, wer irrer war. Sie oder Vater.

»Vater hat dazu auch noch was zu sagen.«

Sie nahm den Aschenbecher und drückte ihre Zigarette aus. Ohne aufzusehen sagte sie: »Der gibt am Ende doch nur klein bei.«

Das stimmte leider.

»Egal was ist«, sagte ich. »Ich hau lieber ab.«

»Und wohin?«

Ich warf meine Zigarette in hohem Bogen über ihren Kopf hinweg gegen das Wohnzimmerfenster. Sie schaute angesäuert.

»Viele gehen nach der Zehnten ab und arbeiten«, sagte ich. »Was ist denn mit den ganzen Realschülern? Die machen 'ne Ausbildung und ziehen auch aus.«

»Schmink dir das ab.«

Wieso stellte sie sich bloß so an? Was hatte sie davon, wenn ich mich wieder mit Manni und Olaf prügeln musste? Wenn ich auszog, hatte sie doch ihre Ruhe.

Ich stand auf und ging in mein Zimmer. Automatisch nahm ich das Telefon und rief Alicia an. Ich hatte gar nicht gewusst, dass ich ihre Nummer auswendig konnte.

»Ja?«, fragte sie.

»Ich bins«, sagte ich und wartete auf das »Wer?«.

»Du bist es«, sagte sie. »So spät.«

»Hast du schon geschlafen?«

»Nein«, sagte sie schläfrig. »Ich bin eine Eule.«

»Kann man mit sechzehn ausziehen?«, fragte ich.

»Natürlich«, antwortete sie.

»Bist du dir sicher?«

»Andere heiraten mit sechzehn«, sagte sie.

»Ich weiß. Aber die Eltern müssen einverstanden sein?«

»Glaub schon. Willst du ausziehen?«

Ja, ich wollte ausziehen. Aber ich wusste nicht mehr, ob ich jetzt mehr wegen meiner Mutter oder wegen Hartmut ausziehen wollte.

»Vielleicht«, sagte ich.

»Dann bist du eine Frau.«

»Hä?«

»Kennst du nicht diesen Witz über Frauen?«, fragte sie.

»Nicht dass ich wüsste.« Wieso erzählten jetzt alle Witze?

»Wenn eine Frau ›nein‹ sagt, meint sie vielleicht. Wenn sie ›vielleicht‹ sagt, meint sie ja. Wenn sie ›ja‹ sagt, ist sie eine Schlampe.«

Ich dachte an meine Mutter und Hartmut.

»Was würdest du tun, wenn jemand zu dir ›Schlampe‹ sagt?«, fragte ich sie.

»Wer sagt das?«, fragte sie.

»Niemand. Aber wenn jemand das sagen würde, was würdest du tun?«

»Ich würde ihm eine scheuern.«

»Und dann?«, fragte ich weiter. »Würdest du mit demjenigen noch mal sprechen?«

»Nein, bestimmt nicht.«

Sie war also nicht wie meine Mutter.

»Wieso fragst du?«, wollte sie wissen.

»Ach nichts.«

Sie schwieg. Aber durch die Telefonleitung hindurch konnte ich ihre Gedanken hören. Wieso ruft der mich mitten in der Nacht an? Wieso stellt der so komische Fragen?

Sie sagte: »Dein ›vielleicht‹ ist also ein ›ja‹, und wenn du ›ja‹ meinst, dann tu es auch.«

»Wirklich?«, fragte ich.

»Ja. Gute Nacht, tschüss«, sagte sie und legte auf.

Ich hielt den Hörer immer noch an mein Ohr, obwohl nichts

mehr zu hören war. Ich konnte mich nicht rühren. Diese Stille in der Leitung war schlimmer als das Gezicke meiner Mutter und das Gejammere meines Vaters zusammen. Sie hatte mir das Gefühl gegeben, wie mein Vater zu sein. Jemanden mit seinem Gejammere zu nerven. Vor einigen Stunden noch hatten wir wie kleine Kinder unsere Freundschaft besiegelt. Ich hatte mich gefühlt wie ein König. Und jetzt fiel diese Stille über mich her. Nein, das konnte nicht sein. Ich drückte auf ›Wahlwiederholung‹. Es machte tüüt, tüüt, tüüt und immer weiter tüüt.

Jetzt klopfte auch noch meine Mutter gegen die Tür. »Addi, mach auf!«

Irgendwas schnürte mir den Hals zu.

»Mach endlich auf!«, wiederholte sie.

Ich schüttelte den Kopf, obwohl sie mich nicht sehen konnte, und drückte noch mal auf Wahlwiederholung. Jedes »Tüüt« klang grauenvoll.

»Addi!«, schrie meine Mutter und trat gegen die Tür.

Ich fragte mich, ob Alicia jemals wieder mit mir telefonieren würde.

»Du machst jetzt auf!«, kreischte meine Mutter schrill.

»Bin nicht da!«, rief ich.

Zwei Sekunden lang war Stille hinter der Tür.

Dann schrie sie: »Hurensohn!«

Ich guckte blöd. Wahrscheinlich hatte Hartmuts Vokabular auf sie abgefärbt.

Sie trat noch stärker gegen die Tür. Ich fragte mich, wieso diese Tür das alles aushielt. Es musste eine richtige Qualitätstür sein.

»Hurensohn!«, brüllte sie wieder.

»Hure!«, brüllte ich zurück. Denn wenn ich der Hurensohn war, musste sie ja die Hure sein.

»Sag das noch mal!«, kreischte sie.

»Hure!«

»Warte, bis ich dich in die Finger kriege!«

Darauf fiel mir nichts ein. Hatte sie nicht zu Hartmut gesagt, ich sollte Anwalt oder Architekt werden? Das konnte ich ja tun. In letzter Zeit war mir oft nichts eingefallen. Fast musste ich schon grinsen, aber dann musste ich wieder an dieses schlimme Freizeichen denken. Alicia wollte nicht mehr mit mir sprechen. Ich war eine Nervensäge wie mein Vater. Das war immer das gewesen, was ich nicht gewollt hatte: so sein wie mein Vater.

Ich wollte auch nicht wie Hartmut sein. Deswegen sagte ich auch nicht »Schlampe«. Das war sein Wort. »Respekt« und »Köter«, das waren die Wörter meines Vaters. Und was sagte meine Mutter? »Hurensohn« hatte sie heute zum ersten Mal gesagt. Sie hatte schon ihre eigenen Wörter. Aber während sie immer noch gegen die Tür schlug, fiel mir nur ein, dass sie mich oft »Schatz« genannt hatte.

Ich hatte keine Lust mehr auf ihr Gekreische. Außer dass mein Vater nicht mehr da war, hatte sich eigentlich nichts geändert.

Ich öffnete das Fenster und stieg wieder aus. Der Stuhl stand immer noch da.

Wenigstens auf dich ist Verlass, dachte ich.

Mittlerweile stieg ich gerne durchs Fenster aus. Das Fenster blieb angelehnt. Es hatte etwas Schönes, wieder zurückzukommen, ohne dafür eine Tür aufschließen zu müssen.

Zu Geld kommen

Diesmal wollte ich nicht in die Stadt. Ich wollte allein sein und ging weiter hoch in den Wald. Aber es war mir zu dunkel auf den Wegen. Ich kehrte um und ging zur Hauptstraße. Es musste schon elf sein, aber es fuhren immer noch Autos und Leute liefen durch die Gegend. Ich fragte mich, wohin sie wollten. Nach Hause? Noch jemanden besuchen? Einfach frische Luft schnappen? Mussten die denn nicht früh raus? Aber ich musste ja auch früh raus. Und Jonas. Er lief auch nachts herum. Jonas war in Ordnung. Pflichtbewusst, vernünftig und cool. Wenn er nicht gerade Heulkrämpfe wegen Natalie bekam.

Jonas war eine gute Idee. Ich konnte ihn doch heute Nacht schon fragen, ob er irgendwelche Jobs für mich aufgetan hatte.

Die Artur-Ladebeck-Straße war wieder länger, als ich gedacht hatte. Zwei Straßenbahnen fuhren an mir vorbei, aber heute brauchte ich einen Fußmarsch. Ich ging so schnell, dass ich richtig ins Schwitzen kam. Vielleicht sollte ich mal wieder Fußball spielen, dachte ich beim Gehen. Da konnte man gegen Bälle treten statt gegen Türen, und ich grinste.

Ich musste an meinen Vater denken. Ich wusste nicht, wann er das letzte Mal gelacht hatte. Meine Mutter keifte zwar viel, lachte aber auch viel. Das hatte sie von Oma. Die hatte auch immer gelacht. Oma hatte richtig mit Leib und Seele gelacht. Manchmal hatte sie nicht aufhören können. Mist! Ich hatte doch glatt das Wichtigste bei meinem Vater vergessen – den Regenschirm! Es war zum Totärgern!

Als ich endlich bei Jonas ankam, ohne Balduin, Jessica, meinem Vater, Manni oder Olaf zu begegnen, war ich triefnass geschwitzt. In der Küche brannte noch Licht. Ich zögerte kurz, Jonas wirklich zu rufen. Alicia hatte auch schon genervt aufgelegt. Aber nun stand ich hier, ich konnte nicht anders. »Jonas!«, rief ich. Er kam tatsächlich ans Fenster, wunderte sich nicht und rief: »Addi! Ich mach auf!«

Als ich zur Haustür ging und im selben Moment das Licht im Treppenhaus ansprang, überkam mich ein gutes Gefühl. Jonas öffnete und sagte: »Legst du dich auch immer nachmittags hin?«

»Eigentlich nicht«, antwortete ich.

Wir gingen hoch. Im Wohnzimmer brannte gar kein Licht. Ich hörte auch nicht den Fernseher laufen.

In der Küche sah es aus wie immer. Es roch immer noch ein bisschen nach Frauenparfüm. Auf dem Tisch lagen einige Bücher, Stifte und ein Ringblock. Jonas räumte alles weg.

»Hausaufgaben?«, fragte ich, als er wiederkam.

»Ne, nur ein Hobby«, sagte er. Ohne zu fragen, ging er zur Kaffeemaschine und füllte Wasser und Kaffeepulver nach.

»Bist du auch kaffeesüchtig?«, fragte ich, als die Maschine blubberte.

»Ne, nur Gesellschaftstrinker«, sagte er.

»Wo sind deine Eltern?«, fragte ich.

»Die schlafen.«

»Jetzt schon?«, fragte ich ungläubig.

»Ist ja schon Mitternacht«, sagte er.

»Ach so.«

»Die schlafen, weil ich so spät kein Bier mehr hole«, sagte er und holte Tassen aus dem Schrank.

»Ach so«, sagte ich wieder.

»Ich will meine Eltern nicht bevormunden, aber wenn ich etwas unterlasse, ist das ja nur passiver Widerstand. Ich nehme ihnen nicht aktiv das Bier weg.«

Irgendwie verstand ich ihn nicht richtig. Vielleicht war ich aber auch einfach zu müde für seine Ausführungen. Aber nach einer Tasse Kaffee würde ich ihm wieder folgen können. Da röchelte auch schon die Maschine.

Als wir unseren Kaffee tranken, wunderte ich mich wie immer, dass ich mich in dieser schäbigen Küche so wohlfühlte. Auch diese Straße mit den kleinen windschiefen Häusern war so gemütlich.

»Hast du Jobs?«, fragte ich.

»Viele.«

»Gut.« Wenigstens das klappte.

»Also, ich hab nachgefragt. Du kannst am Wochenende Werbung austragen«, sagte er, »und irgendwann Pizza backen geht auch klar. Ungefähr acht Tage im Monat für vierhundert Euro.«

Das war ja jedes Wochenende!

»So viel Arbeit für so wenig Geld?«

»Ist halt so mit den Seppeljobs«, sagte er. »Bei Nachhilfe kriegst du mehr pro Stunde. Aber da hast du nicht so viele Stunden am Stück.«

»Gibts nicht was mit mehr Geld und weniger Arbeit?«

Er hatte seinen Kaffee schon ausgetrunken und schenkte nach. »Später vielleicht. Wenn wir einen Führerschein haben.«

Aber das kostete ja auch wieder. Das konnte ich mir gar nicht mehr leisten.

»Die Sache ist die. Ich will ausziehen«, sagte ich.

Jonas guckte groß. »Ich dachte, du kriegst nur kein Taschengeld mehr.«

»Das hat sich geändert.«

»Cool«, sagte er.

Ich hoffte, dass er so was sagte wie: Ich hab meine Eltern auch satt.

Jonas kannte sich im Leben aus. Von ihm konnte man sich eine Scheibe abschneiden, wie Oma sagen würde.

»Ich will in eine WG ziehen«, sagte ich. »Oder eine gründen.«

Er trank weiter Kaffee und sprang nicht auf mein Angebot an.

»Eine gründen wär vielleicht besser. Dann kann man sich die Leute aussuchen«, versuchte ich es noch mal. Eigentlich stand ja noch nichts fest. Meine Mutter sträubte sich.

»Ich hab noch nie ans Ausziehen gedacht«, sagte Jonas. »Ich fühl mich hier wohl.«

Meinte er seine Eltern? Oder die Küche? Ich sah mich um und versuchte herauszufinden, warum die Küche so angenehm war. Aber ich konnte nichts entdecken. Sie war einfach alt.

Dann halt ohne Jonas, dachte ich. Dann muss ich morgen in der Schule Leute finden.

»Wie find ich eine Wohnung?«, fragte ich.

»Keine Ahnung«, sagte Jonas. »Guck mal ins Netz. Oder in die Neue Westfälische?«

Bevor ich mich umschaute, sollte ich wohl wenigstens das Okay meiner Mutter haben. Aber ich ahnte schon, dass das zu einem schlimmen Krieg führen würde.

Die Entdeckung

Der Stuhl war weg, das Fenster verschlossen, die Jalousien heruntergelassen. Kurz überkam mich Panik, dass ein Einbrecher den Stuhl und das offene Fenster entdeckt hatte. Aber als ich ins Haus ging und die Wohnungstür aufschließen wollte, funktionierte auch das nicht. Ein Schlüssel musste von innen stecken.

Sie hatte es also wahr gemacht. Ich sollte auf der Straße schlafen. Mein Finger bewegte sich schon auf die Klingel zu, aber ich stoppte kurz davor. Ich wollte sie nicht anbetteln, nur damit ich heute Nacht ein Dach über dem Kopf hatte. Es ärgerte mich nur, dass ich nicht mein Schulzeug mitgenommen hatte.

Ich ging ums Haus herum in den Garten. Alle Fenster waren dunkel. Meine Mutter schlief, aber ich wusste, dass sie nicht fest schlief. Sie wartete im Schlaf auf mein Klingeln. Dann wäre sie aufgesprungen, aber nicht sofort zur Tür gegangen. Vielleicht hätte sie erst nach einer halben Stunde aufgemacht. Nein, danke. Ich setzte mich auf die Terrasse und schlief ein.

Am nächsten Morgen hörte ich ihren Wecker klingeln. Das Schlafzimmer lag neben dem Wohnzimmer, und meine Mutter schlief im Sommer mit gekipptem Fenster.

Ich rieb mir die Augen und wollte aufstehen. Aber das dauerte. Mein ganzer Körper war verspannt, und mir waren die Beine eingeschlafen. Es tat höllisch weh, wenn ich auftrat. Nach einigen Schritten ging es wieder, und ich schlich zur rechten Hauswand. Über mir hörte ich die Dusche prasseln. Als die Haustür zufiel, schlich ich nach vorne und schaute um die Ecke. Meine Mutter ging zu ihrem Auto. Ich wich wieder ein Stück zurück und hörte sie endlich wegfahren.

Als ich die Wohnung aufschloss, kam ich mir wie ein Einbrecher vor. Ich ging in mein Zimmer und suchte nach Veränderungen. Aber mir fiel nichts auf. Erleichtert packte ich meine Schulsachen. Als ich wieder rausgehen wollte, entdeckte ich doch etwas. Der Schlüssel steckte nicht mehr in der Tür. Meine Mutter musste durch mein Fenster gestiegen sein und ihn eingesackt haben.

Unter der Dusche dachte ich: Ohne Schlüssel bleib ich hier nicht wohnen. Meine Mutter würde in mein Zimmer kommen, wann sie wollte. Ich hatte in letzter Zeit zwar selbst in meinem Zimmer keine Ruhe gehabt, aber wenigstens war das Geschimpfe hinter der Tür geblieben.

Obwohl ich mich beeilte, kam ich natürlich zu spät. Frau Bäcker schimpfte, ließ mich dann aber in Ruhe. Ralph quasselte mich nicht mehr mit Jaqueline voll. Seine Verliebtheit schien schon wieder abzuebben.

»Weißt du, wo ich 'ne Wohnung finde?«, flüsterte ich.

»Was?«, fragte Ralph.

»Wenn man etwas akustisch nicht versteht, fragt man ›wie bitte‹ und nicht ›was‹«, sagte Frau Bäcker. »Ich habe gesagt, dass der Parasit sich den Wirten anpasst.«

»Danke«, sagte Ralph.

Frau Bäcker erzählte weiter von der Lebensweise der Parasiten, und Ralph sagte nun leiser: »Mann, sag bloß nicht, du willst ausziehen. Wie soll das denn gehen?«

Ich flüsterte ihm von Hartmut, Manni und Olaf.

»Mann, Addi, das kapier ich voll«, sagte Ralph. »Guck ins Netz.«

»Willst du nicht auch ausziehen?«, fragte ich.

»Ich? Bin ich blöd?«, fragte er zurück.

»Klar bist du blöd.«

»Aber nicht so blöd wie du. Meine Eltern sind hammermäßig in Ordnung.«

»Spatenmäßig!«, sagte ich. »Deine Mutter hat dich doch mit dem Spaten geschlagen!«

»Das ist auch in Ordnung«, sagte er. »Hab dafür auch ihre Rosen aufgefressen. Jetzt sind wir quitt, und sie hat immer noch ein schlechtes Gewissen.«

»Backt sie immer noch Kuchen?«, fragte ich.

»Jeden Tag«, sagte er.

Ich schaute an ihm runter, aber er war noch nicht dicker geworden.

»Jackie sagt, dass Jessi nach dem Abi auch sofort raus will«, flüsterte Ralph.

»Ja und?«

»Sie kann doch eher ausziehen.«

»Meinste?«, fragte ich.

»Was ist mit deinem Mädchen?«, fragte er zurück.

»Wen meinst du?«

»Mann, tu doch nicht so. Die, für die du dich geprügelt hast. Ich hab dir doch ihre Straße gesagt.«

»Die will nichts von mir wissen.«

»Nicht? Na ja, andere Mütter haben auch noch hübsche Töchter«, sagte er. »So gut sieht sie auch nicht aus.«

»Und Jaqueline soll wohl besser aussehen.«

»Findst du nicht?«, fragte er ungläubig.

»Was redet ihr die ganze Zeit!«, schimpfte Frau Bäcker. »Ich setz euch gleich auseinander!«

Nachdem ich am Kiosk meine Hanutas gekauft hatte, stellte ich mich zu Ralph und Heini und riss das Papier auf. Irgendetwas irritierte mich. Die Hanutas waren länglich. Ich schaute genauer auf die Riegel, und mir wurde klar, dass es Duplos waren. Hatte ich am Kiosk »zwei Duplos« gesagt oder hatte der Hausmeister sich vertan?

Jessica und Simon kamen zu uns. Jessica sagte: »Kommst du mal mit?«, und ich schloss mich den beiden an.

»Ralph hat so was verlauten lassen, dass du ausziehen willst«, sagte Jessica.

»Darauf hast du mich doch erst gebracht«, sagte ich.

»Ich kann mich erinnern«, meinte sie. »Aber ich hätte nicht gedacht, dass du das wirklich durchziehst.«

»Ich hab dir doch gesagt, wie mein Stiefvater ist«, sagte sie und schaute sich dabei vorsichtig um, ob nicht doch jemand in der Nähe war. »Du hast es doch niemandem erzählt?«

Ich schüttelte den Kopf.

Jessicas Stiefvater kannte ich nicht. Aber schlimmer als Hartmuts Anhang konnte er auch nicht sein.

»Den Gedanken mit dem Ausziehen hatte ich schon öfter«, sagte sie. Simon legte einen Arm um ihre Schulter, als müsste er sie trösten. »Aber ich hab mich nie getraut.«

Ich nickte. Dabei wusste ich gar nicht, ob ich mit Jessica zusammenwohnen wollte.

»Wie würdest du eine Dreier-WG finden?«, fragte sie.

»Und wer ist der Dritte?«

»Simon will auch ausziehn«, sagte sie. Er machte ein ernstes, zustimmendes Gesicht. Ich sah auf seine Hand mit dem Gipsverband und dachte an das Fußballspiel. An Alicia. An den Jahnplatz. Sie war weggerannt, als ich ihm die Hand gegeben hatte.

»Ich weiß nicht«, sagte ich.

»Wieso?«, fragte Jessica.

»Ich kenne euch nicht so gut«, redete ich mich heraus. Mit Jessica allein hätte ich mir das vielleicht vorstellen können.

»Addi!«

Ich drehte mich um, und Natalie und Katja standen vor mir. Katja schaute gleichgültig zur Seite.

»Addi, ich hab gehört, du willst ausziehen«, säuselte Natalie.

Mein Gott, Ralph! Musste der das gleich der ganzen Schule erzählen?

»Du weißt …« Sie schaute Jessica und Simon an. Auch dass Katja dabei war, gefiel ihr nicht. Sie zog mich am Ärmel mit. Katja wollte auch mitgehen, aber Natalie sagte: »Kannst du eine Minute hier warten?« und ging mit mir weiter.

Ich ärgerte mich schwarz. Katja hatte wirklich was. Wieso war ich nicht mit ihr ins Bett gehüpft?

»Du weißt, wie mein Vater ist«, flüsterte Natalie und schaute links und rechts über ihre Schulter. »Und meine Mutter. Immer wenn ich sie so sehe, dann … verstehst du?«

Ich nickte.

Jessica, Simon und Katja standen dort hinten und sprachen nicht miteinander. Sie hatten sich wohl nichts zu sagen.

»Wir können uns doch zu zweit eine Wohnung nehmen«, sagte Natalie.

Ich konnte mir schon vorstellen, wie das werden würde. Die Prinzessin würde ständig in mein Zimmer kommen. Dann musste ich mich ja schon wieder einschließen. Und wenn Jonas vorbeikam, würde er immer seinen Heulkrampf bekommen. Dabei sollte er ruhig kommen, ich musste mich noch für die vielen Kaffeenächte revanchieren. Meinetwegen sollte auch Balduin vorbeikommen. Aber baden würde ich ihn nicht mehr. Jetzt fiel mir ein, dass Balduin gar nicht kommen konnte, wenn ich mit Jessica zusammenzog.

Natalies Vater hatte doch Geld. Sie musste ja kein billiges WG-Zimmer nehmen, wenn sie unbedingt wegwollte.

»Nimm dir doch eine eigene Wohnung«, schlug ich vor.

Sie machte ein Gesicht, als hätte ich sie geohrfeigt.

»Es ging mir nicht nur ums Ausziehen«, sagte sie. »Ich wollte mit *dir* zusammenziehen, weil sich doch jemand um mich kümmern muss.«

»Was meinst du damit?«, fragte ich.

»Womit?« Sie kam mir wieder ein Stück näher.

»Dass sich jemand um dich kümmern muss.«

»Kannst du das denn nicht verstehen, Addi?«, säuselte sie und strich sich durchs Haar.

»Eigentlich nicht.«

»Ich kann doch nicht allein sein«, sagte sie. »Und kochen kann ich auch nicht.«

»Ich auch nicht.« Damit hatte ich nur den letzten Satz gemeint. Ich konnte auch kein Ei kochen. Aber sie lächelte breit und sagte: »Mit mir wärst du ja dann nicht allein.«

Das meinte sie doch nicht ernst. Wie oft war ich mit ihr weggegangen und sie hatte von der neusten Mode in der Vogue gesprochen oder von Nagellack, der viel schneller trocknete als der normale, oder von irgendwelchen Mädchen aus der Schule, die sich ihre Beine nicht rasierten. Ich war schon oft genug mit ihr zusammen und trotzdem allein gewesen. Es hatte immer nur zwei Möglichkeiten gegeben: Entweder hatte ich mich mit ihr allein gefühlt oder sie hatte mich genervt. Gut, der Sex war super gewesen, aber wenn ich mir das zeitlich ausrechnete, kam auf zehn Stunden miteinander verbrachte Zeit eine halbe Stunde Sex. Irgendwie hatte ich eigentlich immer nur Lust auf diese halbe Stunde gehabt und nicht auf das sinnlose Geplappere.

»Jonas zieht aber mit ein«, bluffte ich.

»Was!«, stieß sie aus. Dann fasste sie sich wieder. »Nur wir beide, zu zweit, das ist doch viel schöner, Addi.«

»Das sowieso nicht«, sagte ich. »Jessica und Simon ziehen auch mit ein.«

»Die beiden?«, fragte sie noch entsetzter.

»Und Balduin, dieser Typ im karierten Anzug, der zieht auch mit ein«, sagte ich.

»Dieses fette Monstrum mit dem Aasgestank?«, kreischte sie. »Das ist doch nicht dein Ernst!«

Ich nickte ernst.

»Da sind mir meine blöden Eltern lieber«, sagte sie säuerlich und stöckelte zu Katja zurück. Ich ging hinter ihr her.

»Ihr zieht mit Addi in die WG?« Sie schaute Jessica böse an.

Jessica und Simon schienen überrascht. Dann sagte Jessica an mich gewandt: »Auf unsere WG!«

Natalie stand immer noch dabei. Ich konnte nicht wieder zurückrudern. Simon hielt mir seine Hand zum Abschlagen hin und ich schlug ein. Natalie zerrte Katja am Arm mit und stöckelte davon.

»Dann ist ja alles gebongt«, sagte Jessica. »Freut mich.«

Mist, dachte ich. Aber Jessica war keine schlechte Wahl. Sie schien nicht so verwöhnt zu sein wie Natalie. Ich war aber auch ein bisschen traurig. Obwohl Balduin nicht gerade mein bester Freund war, würde ich ihn nie zu einer Cola light koffeinfrei zu mir nach Hause einladen können. Dafür würde die Wohnung aber auch nicht wochenlang stinken.

Abwarten

Als ich nach Hause kam, holte ich mir aus dem Wohnzimmer das Telefon und aus der Küche einen Stuhl. Ich ging in mein Zimmer, kippte den Stuhl so, dass die Rückenlehne die Türklinke blockierte, und legte mich ins Bett. Früher hatte ich mich nie nachmittags hinlegen müssen, auch wenn ich die Nacht vorher durchgefeiert hatte. Ich war ganz schön alt geworden.

Kaum lag ich im Bett, schlief ich auch schon ein. Ich träumte nicht von Alicia wie sonst, sondern von Katja. Ich klingelte an ihrer Wohnung. Sie machte auf und zog mich in ihr Zimmer. Ich hatte etwas Angst, dass ihre Eltern gleich reinkommen könnten, denn sie hatte keinen Schlüssel für die Zimmertür. Sie streifte sich ihr Top herunter. Ihre Haut war schneeweiß, und ihr Busen war noch schöner als der von Natalie. Ich ging auf sie zu und sie schrie: »Addi!« Das passte gar nicht. Es klopfte von irgendwoher. Und dann wieder: »Addi!« Ich wachte auf und fragte mich immer noch, wieso Katja so brüllte. Sie war aber nicht da, und das Zimmer sah nun aus wie meins.

»Addi!«, schrie meine Mutter wieder. »Was hast du mit der Tür gemacht?«

Ich sah zur Tür. Die Türklinke bewegte sich wirklich kein bisschen. Ich hatte den Stuhl gut platziert. Hoffentlich hielt er die Stellung. Ich hörte, wie meine Mutter den Schlüssel ins Schloss steckte und umdrehte. Sie rüttelte weiter. Dann klingelte ihr Handy, und sie lief weg. Sie telefonierte immer auf der Terrasse.

Ich nahm den Stuhl weg und drückte auf die Klinke. Meine Mutter hatte abgeschlossen. Aber wenn ihr Handy klingelte, ließ sie sich leicht ablenken. Ich kletterte aus dem Fenster, auch wenn das ohne Stuhl nun schwieriger war. Ich lief ums Haus herum zum Eingang, durchs Treppenhaus und schloss die Wohnungstür auf. Als ich im Flur war und meine Tür sah, sprang ich vor Freude in die Luft. Sie hatte tatsächlich meinen Schlüssel stecken lassen! Ich schloss auf, nahm den Schlüssel an mich, ging rein und schloss von innen wieder ab.

Sie telefonierte ziemlich lange. Als sie zurückkam, klang ihre Stimme so schrill wie ein bremsender Zug.

»Was fällt dir ein!«, brüllte sie und hämmerte wieder gegen die Tür.

Nichts fällt mir ein, dachte ich. Mir gehts gut.

Ich wählte die Nummer meines Vaters. Er schien heute schon wieder früher Feierabend gemacht zu haben. Ich hatte damit gerechnet, dass die Mailbox anspringen würde.

»Addi hier«, sagte ich. Im Hintergrund brüllte meine Mutter.

»Wer schreit denn da so?«, fragte mein Vater.

»Wer wohl?«

Er schwieg.

»Du weißt, was wir gestern besprochen haben. Aber Mutti ist dagegen«, sagte ich.

»Warum?«, fragte er.

»Weiß nicht.«

»Addi!«, schrie sie. »Rück verdammt noch mal den Schlüssel raus!«

»Was für einen Schlüssel?«, fragte mein Vater.

»Den Zimmerschlüssel.«

Er schwieg.

»Du hast gesagt, du bist immer für mich da«, sagte ich.

Nach langem Zögern sagte er zerknirscht: »Ja.«

»Ich will, dass du ihr verklickerst, dass ich auf jeden Fall ausziehe.«

»Das musst du mit ihr selbst besprechen«, sagte er.

»Nein, du.«

»Was soll ich denn damit zu tun haben?«, fragte er.

»Was wohl!«

Er schwieg.

»Ich hab dich nie um was gebeten«, sagte ich. »Nur dieses Mal.«

»Und was ist mit dem Taschengeld?«, fragte er.

Hm, so ein Erbsenzähler.

»Addi!«, schrie meine Mutter und trat wieder zu. Ich war mir sicher, dass sie beim Auszug die Tür bezahlen musste.

»Gib sie mir«, sagte mein Vater.

»Was hast du gesagt?«, fragte ich ungläubig.

»Gib mir deine Mutter«, sagte er. »Ich werde mit ihr sprechen.«

Das gabs doch gar nicht! Bevor er es sich anders überlegte, ging ich zur Tür und schloss auf. Als ich die Tür aufriss, guckte meine Mutter mich nur erstaunt an. Sie stand da wie angegossen. Ich nutzte die Schrecksekunde, drückte ihr den Hörer in die Hand und schloss die Tür wieder.

»Hallo?«, fragte sie in den Hörer. Dann ging sie erneut auf die Terrasse.

Das Gespräch wollte wohl nicht enden. Ich ging im Zimmer auf und ab. Einige Male schloss ich die Tür auf und ließ sie kurz einen Spalt offen. Aber von hier aus konnte man nichts hören. Es klingelte an der Tür. Obwohl ich keine Lust hatte, ging ich zur Wohnungstür und drückte auf den Summer. Hartmut kam mir entgegen. »Tach«, sagte er.

»Sie ist auf der Terrasse«, antwortete ich und ging wieder in mein Zimmer. Nachdem ich eine Stunde lang gewartet hatte, packte mich doch die Neugier. Ich schloss auf, steckte den Schlüssel in meine Hosentasche und schlich ins Wohnzimmer. Durch das große Fenster sah ich, dass meine Mutter immer noch telefonierte. Hartmut ging rauchend über den Rasen. Es hatte sich also noch nichts entschieden. Ich ging in die Küche und machte mir einen Kaffee. Dann dachte ich, vielleicht wollen Hartmut und meine Mutter ja auch einen Kaffee. Also machte ich noch zwei, stellte sie aufs Tablett und ging ins Wohnzimmer. Auf dem Couchtisch stellte ich meine Tasse ab und ging dann mit den anderen zwei Tassen auf die Terrasse. Meine Mutter guckte blöd, als ich die zwei Tassen auf den Tisch stellte. Ich ging wieder rein, setzte mich aufs Sofa, schaltete den Fernseher ein und trank meinen Kaffee. Aus den Augenwinkeln sah ich, dass Hartmut auf die Terrasse kam, seinen Kaffee runterkippte und wieder zurück auf den Rasen ging.

Im Fernsehen lief nur Mist. Irgendwelche Leute schrien sich übertrieben im Gerichtssaal an. Ich schaltete um zu einer Soap. Die Leute sprachen hier genauso gekünstelt. Schließlich landete ich bei einer Sendung über Baumratten im Regenwald. Diese Baumratten sahen aus wie Biber. Sie blieben die ganze Zeit auf den Bäumen und fraßen Blätter. Nur wenn sie einen Baum leer gefressen hatten, kletterten sie runter und schwammen zum nächsten Baum. Das tat diese eine Baumratte jetzt. Ein Regenwaldkrokodil hörte das Strampeln der Baumratte und schwamm hinterher. Ob die Baumratte durchkam, konnte ich nicht mehr sehen, denn Hartmut kam ins Wohnzimmer und ich schaltete den Fernseher aus. Er setzte sich auf den Sessel und sagte kein Wort. Ich sah hinaus auf die Terrasse. Meine Mutter telefonierte immer noch. Irgendwas war anders als sonst. Wenn sie früher mit meinem Vater gesprochen hatte, war ihre Stimme immer gereizt oder laut gewesen. Aber heute sprach sie normal.

Als sie fertig mit Telefonieren war und reinkam, sagte sie: »Danke für den Kaffee.« Sie legte den Hörer auf den Tisch und setzte sich aufs Sofa, schlug die Beine übereinander und lehnte sich zurück. Der Platz zwischen uns war frei. Früher hatte sie sich immer in die Mitte neben mich gesetzt.

»Ich habe keine Lust mehr, mit Hartmut oder deinem Vater zu streiten«, sagte sie wie eine Geschäftsfrau. »Wir haben etwas ausgehandelt.«

Auch Hartmut schaute meine Mutter gespannt an.

»Dein Vater zahlt dir vierhundert Euro im Monat und weiter deinen Handy-Vertrag«, sagte sie. »Dafür gibt er mir keine Ausgleichszahlungen oder wie man das nennt. Ich gebe dir hundertfünfzig Euro dazu, dein Kindergeld. Damit hast du unterm Strich fünfhundertfünfzig Euro im Monat zur Verfügung. Du musst also ein billiges Zimmer nehmen und dir etwas dazuverdienen. Krankenkasse musst du nicht zahlen, weil du ja über deinen Vater versichert bist. Dein Vater unterschreibt dann den Mietvertrag und bürgt für dich. Morgen geht er mit dir zur Bank, eröffnet ein Konto für dich und zahlt tausend Euro für Neuanschaffungen ein.«

Ich war baff. Mein Vater hatte sich wirklich durchgesetzt. Auch Hartmut schaute zufrieden. Meine Mutter wirkte zwar gelassen, aber kalt.

»Mach, was du willst«, sagte sie. »Aber bring keine Schmutzwäsche vorbei und frag mich nicht nach meinen Rezepten.«

Sie ging wieder auf die Terrasse und zündete sich eine neue Zigarette an. Damit war das Gespräch wohl beendet. Auch Hartmut ging raus. Ich nahm meine Tasse, ging in die Küche und kochte mir einen neuen Kaffee. Ich setzte mich mit der Tasse an den Küchentisch. Mir gingen tausend Gedanken durch den Kopf. Reichten die tausend Euro für die ganzen Anschaffungen? Das kam drauf an, was Jessica und Simon mitbrachten. Da fiel mir ein, dass meine Mutter ganz vergessen hatte, mir das Geld für die Waschmaschine abzuziehen. Ich holte mir das Telefon aus dem Wohnzimmer, ging in mein Zimmer und rief Jessica an.

»Addi hier. Lagebesprechung?«, fragte ich, und sie verstand sofort.

»Ist gebongt«, sagte sie. »Um fünf am Jahnplatz?«

Die Konferenz

Als ich die Rolltreppe hochfuhr, sah ich, dass Jessica und Simon schon vor der Damischbude standen. Ich ging auf die beiden zu. Wir einigten uns darauf, draußen zu sitzen. »Knigge«, sagte Simon, und ich war einverstanden.

Heute war es voll wie immer, aber es gab noch einen freien Tisch. Simon und Jessica bestellten sich einen Fruchtbecher und ich mir einen Bananensplit. Das Eis kostete mich sieben Euro. In Zukunft konnte ich mir das nicht mehr leisten. Hatten Jessica und Simon mehr Geld als ich? Jessica bestimmt nicht. Sie wohnte in der

Prießallee in einer BGW-Wohnung. Und sie wirkte auch nicht so. Und Simon? Von dem wusste ich überhaupt nichts.

»Wieso willst du eigentlich ausziehen?«, fragte ich ihn.

»Ist was Persönliches«, sagte er.

Tolle Antwort, dachte ich. Was ist denn nicht persönlich? Alles ist persönlich.

Jessica streichelte ihm über die Wange, als müsste sie ihn aufmuntern.

»Ich werd in einer Woche achtzehn«, sagte er. »Ich kann die Wohnung mieten.«

Das war doch einmal eine gute Neuigkeit, auch wenn Jessica sofort bezweifelte, dass es leicht werden würde, denn wer vermietete schon an Schüler.

Ich sagte: »Solange unsere Eltern für uns bürgen, sind wir doch gute Mieter.«

Jessica hatte trotzdem ihre Zweifel.

Es kam der zweite Punkt. Wir fragten uns, ob es eine Dreier- oder Vierer-WG sein sollte. Eine Vierer-WG wäre besser, meinte Jessica, weil sie und Simon ja ein Pärchen seien und dann gäbe es kein Ungleichgewicht. Ich sagte dazu, dass wir aber noch jemand Viertes finden müssten. Wir fragten uns auch, ob wir nicht in eine schon bestehende WG ziehen sollten, aber die Wahrscheinlichkeit, dass wir eine fänden, in der drei Zimmer frei wären, war äußerst gering. Außerdem wollten wir ja eine neue WG gründen. Die wichtigste Frage war, wie viel die Miete kosten sollte, mit allem Drum und Dran, also auch mit Strom und Telefon.

Ich kam mir bei diesem Gespräch zum ersten Mal erwachsen vor. Es ging nicht darum, welcher Fußballspieler gut drauf war, welches Mädchen am besten aussah oder wer am meisten trinken konnte, ohne zu kotzen. Diesmal war das Gespräch wichtig, denn es ging um die Planung meines neuen Lebens.

Wir einigten uns auf eine Dreier-WG. Aber wenn uns jemand eine gute und billige Wohnung mit vier Zimmern anbieten würde, würden wir uns noch jemanden dazu suchen. Wichtig war, dass wir überhaupt erst mal eine Wohnung bekamen. Auf ein gemeinsames Wohnzimmer wollten wir aus Kostengründen verzichten, aber die

Küche sollte groß genug sein, um einen Esstisch reinzustellen. Als wir bei der Einrichtung waren, sah ich Alicia vorbeigehen.

»Alicia!«, rief ich. Sie schaute sich um, entdeckte mich in der Menschenmasse, entdeckte auch Jessica und vor allem Simon, verzog ihr Gesicht und ging grußlos weiter. Ich sprang auf und lief ihr hinterher. Nach einigen Metern hatte ich sie eingeholt.

»Warte doch«, sagte ich, aber sie ging weiter, wenn auch nicht sehr schnell.

»Ich habs eilig«, sagte sie nur.

»Wieso?«, fragte ich.

»Ich muss beim Abendessen helfen.«

Wieso war sie heute so unterkühlt? Ich ging neben ihr her, aber dieses Gefühl wie neulich in der Straßenbahn hatte ich heute nicht. Es fühlte sich nicht richtig an, neben ihr zu sein. Ich hatte zwar keine Mühe, mit ihr Schritt zu halten, aber es war trotzdem mühsam. Es war so, als würde sie mich mit unsichtbaren Armen wegschieben.

»Willst du nicht ausziehen?«, fragte ich plötzlich.

Sie schaute mich an. »Wie kommst du darauf?« Sie stolperte, und ich packte sie am Oberarm, ließ sie aber los, als sie wieder sicher stand.

Sie ging weiter und schaute nun auf den Weg.

»Ich werde ausziehen«, sagte ich, »wir haben doch am Telefon darüber gesprochen. Und auf einmal erfahre ich, dass auch noch andere von zu Hause weg wollen.«

Sie schien nicht interessiert zu sein. Jedenfalls sagte sie nichts dazu.

»Kann doch sein, dass du auch ausziehst. Uns fehlt noch ein Mitbewohner.«

»Mit wem ziehst du zusammen?«, fragte sie.

Mist! Daran hatte ich gar nicht mehr gedacht. Ich überlegte, ob ich sie anlügen sollte, aber sie hätte es sowieso erfahren. Außerdem wollte ich sie nicht anlügen.

»Mit Jessica … und Simon«, sagte ich.

»Schön«, sagte sie und legte einen Zahn zu. Ich machte größere Schritte, um nicht so gehetzt zu wirken. Wenigstens war die Fußgängerampel bei C&A rot, und sie blieb stehen.

»Er hat sich wirklich geändert«, sagte ich.

»Menschen ändern sich nicht«, sagte sie.

»Komm doch mit zu Knigge und sprich mal mit ihm«, schlug ich vor.

»Nein.«

Die Ampel sprang auf Grün, und sie ging weiter. Ich guckte die ganze Zeit zur Seite, um ihr Gesicht zu sehen. Dabei rempelte ich eine entgegenkommende Oma an, einen Glatzkopf im Muskelshirt und danach ein hübsches Mädchen.

»Wieso hast du gestern so schnell aufgelegt?«, fragte ich.

»Ich war müde.«

»Kommst du mich denn mal in meiner WG besuchen?«, fragte ich.

»Nein.«

»Und wenn ich dich einlade?«

»Nein.«

»Wegen Simon?«

»Ja.«

Einsilbiger gings wohl nicht mehr. Wir kamen am Bahnhof vorbei und bogen in die Herbert-Hinnedahl-Straße ein. Wie immer stand die Meute vor dem Glasdach. Ich entdeckte auch Toby mit den halbgrünen Haaren. Glücklicherweise sprach er mit zwei Typen und drehte mir den Rücken zu. Nur noch drei Häuser, und Alicia und ich würden uns trennen.

Wir gingen am Ocakbasi vorbei zu ihrem Haus. Sie ging zielstrebig auf die Haustür zu, schloss auf und drehte sich nicht mehr zu mir um. Dann ließ sie die Tür zufallen. Ich stand noch lange da und schaute mir die Tür an. Vielleicht wartete ich darauf, dass Alicia wiederkam, die Tür öffnete und doch noch ein bisschen mit mir quatschte. Vielleicht wäre mir etwas Witziges eingefallen und sie hätte wieder gelacht. Nach einigen Minuten kam wirklich jemand das Treppenhaus runter, und die Tür öffnete sich. Mein Herz sprang bis zum Hals und blieb dort, bis Django mich überrascht anguckte.

»Hey, was machst du denn hier?«, fragte er.

»Bin zufällig hier vorbeigekommen«, sagte ich. »Bis dann.«

Ich ging in Richtung Willy-Brandt-Platz, um schnell zurück zu

Knigge zu kommen. Nach ein paar Schritten rief Django: »Nicht so schnell!«

Ich drehte mich um und sah, dass er mir hinterherkam.

»Muss auch in die City«, sagte er.

Wir gingen schweigend nebeneinanderher.

»Die Katja ist ’ne süße Braut«, sagte er.

Ich hatte das Gefühl, dass dieser Satz heißen sollte: Hast du nicht ihre Nummer?

»Die hat auch echt Humor«, sagte er, und ich fragte mich, wie er darauf kam. Sie hatte gar nichts gesagt, als er sie gesehen hatte.

»Zwei Stunden später hat sie mich schon angerufen.« Django grinste über beide Ohren.

Zwei Stunden später? Also direkt nachdem ich gegangen war?

»Haben Döner gegessen und hatten Spaß miteinander«, erzählte er weiter.

Ich fragte mich, was er mit »Spaß haben« meinte. Das, was Katja in der Wohnung mit mir vorgehabt hatte?

»Was für einen Spaß?«, fragte ich.

»Na gelacht«, sagte er.

Katja gelacht? Ich hatte sie noch nie lachen sehen. Als wir wieder in die Fußgängerzone einbogen, saßen Jessica und Simon immer noch bei Knigge, und Django ging zu Karstadt.

»Hab die Zeit vergessen«, sagte ich und setzte mich wieder.

»Wir dachten, du willst die Zeche prellen«, sagte Simon.

»Würd ich auch gerne«, sagte ich. Obwohl ich sparen musste, bestellte ich mir noch einen Cappuccino. Schließlich mussten wir noch einiges besprechen.

Am besten hatte die Wohnung schon eine Einbauküche. Ansonsten müssten wir uns eine gebrauchte kaufen. Die seien nicht teuer, erzählte Jessica. Für zweihundert bekämen wir schon eine. Irgendjemand müsste die dann nur einbauen.

Simon bekam genug Geld von seinen Eltern. Jessica hingegen bekam nur ihr Kindergeld. Sie hatte schon vorher ein bisschen gejobbt und würde das noch ausweiten. Alle Anschaffungen wie Waschmaschine (wenn nicht eine Münzwaschmaschine im Keller stand, was natürlich noch besser wäre), Staubsauger, Toaster und so weiter sollten gebraucht gekauft werden. Jessica schlug vor, dass wir nicht jede Anschaffung durch drei teilen sollten, sondern dass jeder einige Dinge kaufen sollte, weil das dann bei einem Auszug besser sei. Außerdem würden wir uns umhören, ob im Bekanntenkreis nicht jemand etwas überhatte. Geschirr und Töpfe sollten von zu Hause mitgenommen werden. Das heißt, Jessica und Simon sollten das tun. Bei meiner Mutter war es immer ein ganzes Service und die Töpfe im Set von WMF. Da würde sie sofort merken, wenn ein Teil fehlte. Mögliche Renovierungen sollten zu dritt gemacht werden. Besser noch, man überredete Freunde, mitzumachen.

Für den Transport unserer Sachen schlug ich Tims Leihwagen vor. Alle drei Umzüge sollten an einem Tag gemacht werden, damit wir Geld sparten. Mein Vater sollte den Bulli fahren, also ging es nur am Wochenende, wenn er keinen Dienst hatte. Ich hatte ihn zwar noch nicht gefragt, aber das war er mir schuldig. Schließlich hatte ich ihm auch beim Umzug geholfen.

Es sollte später auch eine Einweihungsfeier geben, aber eine billige, höchstens für vierzig Euro. Die Mütter sollten die Salate machen. Ich dachte an meine Mutter: »Komm nicht mit deiner Schmutzwäsche und so an. Ich tu nichts mehr für dich.« Ich sagte also, dass meine Mutter keinen Salat machen würde.

Der Kühlschrank sollte in zwei Bereiche aufgeteilt werden: oben meine Sachen, unten die von Jessica und Simon. Dann sollte es eine Gemeinschaftskasse für Kaffee, Filtertüten, Spülmittel und Toilettenpapier geben. Für das Putzen sollte ein Plan aufgehängt werden. Ich und Simon waren für die Anschaffung einer Spülmaschine, Jessica dagegen.

Ich sah Balduin aus Richtung der Fußgängerampel kommen. Er sah mich auch, dann sah er Jessica, die aber Simon anschaute, und flitzte weg.

»Das war genug für heute«, sagte Jessica. »Ich werd alles noch mal abtippen, sozusagen als Gesprächsprotokoll, und es ausdrucken. Für jeden ein Exemplar.«

»Was ist mit Besuch?«, fragte ich.

»Jeder darf Besuch haben«, sagte Jessica, »egal wen. Dafür zieht man ja aus. Aber es geht nicht, wenn der Besuch in der Wohnung wohnt. Das ist dann kein Besuch mehr.«

»Übernachtungen müssen aber gehen«, sagte ich.

»Am liebsten ist es mir ohne Übernachtung«, sagte Jessica.

»Bei dir muss ja auch keiner übernachten«, sagte ich. »Dein Besuch, der bei dir übernachten würde, ist ja schon da.«

»Trotzdem«, sagte sie. »Besuch ist okay. Wann und wen man will. Aber Übernachtungen nicht.«

»Blödsinn. Das muss ja wohl noch drin sein«, sagte ich.

»Find ich auch«, mischte sich Simon jetzt ein. »Sei nicht so stur, Jess.«

Jessica zog eine Flappe, weil ihr Simon in den Rücken fiel, kriegte sich aber wieder ein.

»Dann muss aber festgelegt werden, wie oft die Übernachtungen sein dürfen.«

»Einmal die Woche«, sagte ich.

»Einmal im Monat«, sagte sie.

Ich schüttelte den Kopf. Simon war auch für einmal die Woche. Damit hatten wir Jessica überstimmt, die nachher bestimmt noch ein Hühnchen mit Simon zu rupfen hatte.

»Und jeder darf Besuch haben, egal wen«, wiederholte ich ihren Satz noch mal.

»Selbstverständlich«, sagte sie, ohne zu wissen, dass ich dann auch Balduin einladen durfte.

Traurig sein

Als ich nach Hause kam, waren meine Mutter und Hartmut nicht mehr da. Meine Mutter musste aber gekocht haben, denn es roch nach Tandoori-Chicken. In der Küche stand auch noch die Pfanne auf dem Herd – gefüllt mit Wasser zum Einweichen. Ich schaute auf den Tisch und in den Kühlschrank, aber sie hatten mir nichts übrig gelassen. Dabei wusste meine Mutter, dass ich alles für Tandoori-Chicken tun würde. Aber sie hatte mir ja auch gesagt, dass sie ab jetzt keinen Finger mehr für mich rühren würde.

Ich ging in mein Zimmer und surfte im Internet. Die billigsten

Wohnungen gab es in Baumheide, Sennestadt, Brake und Ummeln. In Brackwede gab es auch einige billige – unterhalb der Hauptraße natürlich und nicht oberhalb wie unsere Wohnung. Die Wohnung musste bald frei werden, weil wir in den Sommerferien umziehen wollten, und die fingen in zwei Wochen an.

Ich fragte mich, ob ich später meiner Mutter bei ihrem Umzug helfen würde. Schließlich half sie mir ja auch nicht. Ich hatte sowieso nicht viele Sachen. Ein Bett, einen Kleiderschrank, einen Schreibtisch, ein Regal. Das wars auch schon.

Obwohl ich mich freute, weder meine Mutter noch Hartmut in Zukunft sehen zu müssen, machte mich der Tandoori-Geruch traurig. Meine Mutter hatte mir immer etwas Gutes damit tun wollen. Ich wusste gar nicht, ob es auch ihr Lieblingsessen war und ob sie es nicht seltener gekocht hätte, wenn ich nicht so scharf drauf gewesen wäre. Heute hatte sie es gekocht und gewusst, dass der Tandoori-Geruch noch den ganzen Tag in der Wohnung bleiben würde. Es war klar gewesen, dass ich ihn riechen und in den Kühlschrank schauen würde. Und es war ihr vor allem klar gewesen, dass ich enttäuscht sein würde. Sie hatte mich zwar oft angebrüllt, Hunderte Male gegen meine Tür geschlagen und mir aus Versehen eine Bierflasche in den Bauch gerammt, aber da waren einfach ihre Gefühle übergekocht. Ich hatte es noch nie erlebt, dass sie mich mit voller Absicht traurig machen wollte.

Sommerferien

Die letzten zwei Wochen waren überstanden. Die Sommerferien hatten angefangen, und wir hatten eine Wohnung bei einer großen Wohnungsgesellschaft bekommen, nachdem Simons Vater und mein Vater Bürgschaften übernommen hatten. Auch die drei Kaltmieten für die Kaution teilten sich die beiden. Natürlich wurde darüber ein Vertrag aufgesetzt.

Die Wohnung lag in Baumheide, einer Gegend, die viel schlimmer war als Brackwede unterhalb der Hauptstraße. Wir hatten sie nur bekommen, weil sie schon seit einem halben Jahr leer stand und ein paar Schüler als Mieter besser waren, als sie weiter leer stehen zu lassen. Immerhin war die Haltestelle der Linie 2 nicht weit weg. Zu Fuß konnte man auch den Marktkauf Baumheide erreichen.

Meine Noten waren wie immer mittelmäßig gewesen. Seltsamerweise hatte das diesmal weder meine Mutter noch meinen Vater interessiert. Es hatte auch niemanden interessiert, ob ich die letzten zwei Wochen Taschengeld bekam oder nicht. Also musste ich von meinen letzten Ersparnissen leben. Es ging richtig ins Geld, dass meine Mutter nicht mehr für mich kochte. Ich musste mit meinem Geld haushalten, kaufte also Brot vom Billig-Bäcker an der Hauptstraße, was gar nicht schlecht schmeckte, und Aufschnitt aus dem Aldi, was auch nicht schlecht schmeckte. Mein Mutter kochte so oft wie noch nie. Sie aß mit Hartmut ständig Tandoori-Chicken, Spaghetti Bolognese, Aufläufe, Rouladen, und in der letzten Woche wurde nur noch auf der Terrasse gegrillt. Die Terrassentür blieb dabei natürlich immer auf, damit der leckere Geruch durch die ganze Wohnung und unter meinem Türspalt hindurchzog.

Ich musste meine Wäsche selbst waschen, wobei mir einiges eingelaufen war, und ich lief mit knittrigen T-Shirts rum, weil ich nicht bügeln wollte.

Simon bekam von seinem Onkel eine gebrauchte Waschmaschine, die beim Schleudern laut ratterte. Aber weil die Maschine in den Keller sollte, störte es niemanden. Außerdem organisierte Simon noch einen gebrauchten Herd und einen gebrauchten Kühlschrank. Ich besorgte einen billigen Staubsauger bei Rossmann für dreißig Euro und vom Marktkauf eine No-Name-Spülmaschine für zweihundert Euro. Im Keller standen noch der alte Esstisch und ein paar alte Küchenschränke, die ich mitnehmen durfte.

Jessica brachte einen Fön mit ein.

Die Wohnung mussten wir glücklicherweise nicht renovieren, denn davon hatte ich keine Ahnung. Es lag ein hässlicher PVC-Boden drin, den Jessica mit hässlichen Flickenteppichen überdeckte. Natürlich war die Wohnung nicht ideal. Jessica hätte am liebsten eine Wohnung im Westen genommen, dort wo die Studenten und Sozialpädagogen wohnten. Es waren dort auch Wohnungen frei – aber da hatte es immer bessere Mietinteressenten gegeben als eine Schüler-WG, in der noch zwei minderjährig waren.

Die Wohnung lag in einem Hochhaus, direkt an der Herforder Straße. Sie hatte sechzig Quadratmeter, einen Balkon, drei Zimmer, eine normal große Küche, in die ein kleiner Esstisch hineinpasste, und kostete vierhundert Euro plus Strom, was Jessica günstig fand.

Ich hatte bei den ganzen Vorbereitungen kaum Zeit, um an Alicia zu denken. Inzwischen hatte ich aber endlich ein neues Handy und war wieder erreichbar. Mein Vater rief glücklicherweise nicht jede Stunde an, weil er zu sehr mit Katja beschäftigt war. Er meldete sich wieder von der Fahrschule ab und verzichtete auf den Motorradführerschein. Angeblich kostete ihn mein Auszug zu viel und er konnte sich das alles nicht mehr leisten.

Nachdem die gekauften und besorgten Dinge schon in der Wohnung standen, war der richtige Umzug dran. Mein Vater hatte doch wirklich ohne großes Wenn und Aber eingewilligt, den Bulli zu mieten und zu fahren. Er weigerte sich aber, schwere Kartons und Möbel zu tragen wegen seinem Rücken.

Jessica hatte vier Freundinnen von amnesty überreden können, mit anzupacken. Sie sahen aus wie magersüchtige Vegetarier, die unter Eisenmangel litten. Schnell hatten sie keine Lust mehr und verzogen sich.

Letztendlich mussten Simon und ich allein den Umzug stemmen, das hieß, ich musste den Umzug machen, denn Simon konnte nur mit einer Hand zupacken. Ich verfluchte mich. Ich hätte ihm statt der Hand lieber die Nase brechen sollen.

Mein Zimmer war am leichtesten. Das Bett, den Kleiderschrank, den Tisch und das Regal schraubte mein Vater schnell auseinander. Ich hoffte, dass er die Sachen auch wieder zusammensetzen konnte. Dann kamen noch vier Kartons an Klamotten, Krimskrams und mein Rechner hinzu.

Meine Mutter war an dem Tag extra weggefahren und stand mir deswegen nicht im Weg.

Simons Haus lag am Botanischen Garten. Er wohnte in einer herrschaftlichen alten Villa. Seine Mutter war dick und hatte ein weiches Gesicht. Sie weinte beim Auszug, als würde er in den Krieg ziehen. Sein Vater trug ein Hemd, eine Krawatte und einen altmodischen Pullunder, obwohl es Sonntag war. Er rührte keinen Finger und sah auch nicht so aus, als hätte er jemals körperlich gearbeitet. Ein richtiger Schnösel. Und ich hatte gedacht, sein Vater betreibe ein Fitnessstudio.

Neben Simons Zimmer befand sich eine schicke Bibliothek. Auch Simon nahm nicht viel mit. Wir luden die Sachen aus und fuhren dann zu Jessica. Sie hatte einen riesigen Kleiderschrank, der schwer auseinanderzuschrauben war. Jedenfalls fluchte mein Vater wie ein Weltmeister. Jessicas Stiefvater, der auch an dem Schrank rumhantierte, schaute meinen Vater böse an, weil er Fluchen schlimm fand.

Auch Jessicas Mutter heulte beim Auszug. Man merkte, dass die Stimmung zwischen ihr und Jessicas Stiefvater angespannt war. Sie schien sauer auf ihn zu sein, und er ging dazu über, nicht nur meinen Vater, sondern alle grimmig anzuschauen.

Neben dem Riesenkleiderschrank kamen noch zwei Kommoden, ein Schreibtisch, ein breites Bett, zehn Kartons mit Klamotten, zwölf Bücherkartons und zehn Kartons mit Krimskrams hinzu. Die Wohnung war zwar nicht groß, aber alles war bis oben hin mit Sachen zugestellt. Ich sah meinem Vater an, dass er es langsam bereute, bei dem Umzug mitzumachen. Er wollte nicht vor anderen Leuten jammern und lästerte stattdessen über Baumheide, obwohl er schon länger wusste, dass die Wohnung in Baumheide lag.

Das sei die asozialste Wohnsiedlung, die es in Bielefeld gebe, und eigentlich schäme er sich dafür, dass sein Sohn nun in Baumheide wohne. Ich solle abends nur noch mit Pfefferspray oder am besten gar nicht mehr rausgehen. Außerdem solle ich einen Selbstverteidigungskurs machen und immer mein Handy griffbereit halten.

Obwohl Jessicas Stiefvater immer grimmiger guckte, kam er mit und schloss die Deckenlampen und den Herd an. Schließlich war er Elektriker.

Mein Vater lästerte weiter über dieses asoziale Haus, ich sollte nicht aufmachen, wenn ich niemanden erwarten würde, und wir sollten immer sofort den Briefkasten leeren, wenn der Briefträger da gewesen war, sonst würden uns die anderen die Briefe klauen. Wir sollten keine Tageszeitung abonnieren, die käme sowieso weg. Ich sollte meine Wäsche nicht in den Gemeinschaftstrockenkeller hängen und aufpassen, dass andere nicht mit unserer Waschmaschine waschen, das koste schließlich unser Wasser und unseren Strom. Wir sollten die Wohnungstür nicht nur zuziehen, sondern zweimal abschließen. Nachts sollten wir von innen abschließen und den Schlüssel stecken lassen, und wenn wir Schüsse hörten, sollten wir nicht ans Fenster gehen, sondern uns flach auf den Boden legen. In unserem Kellerraum sollten wir keine Wertgegenstände wie Bargeld oder Schmuck lagern.

Als wir mit Möbelaufbauen fertig waren, dankte ich ihm für die guten Tipps, und er fuhr den Bulli wieder zu Tims Leihwagen zurück. Der Kühlschrank war noch nicht an und deswegen leer. In den Küchenschränken stand nur ein wenig Geschirr. Wir bestellten zur Feier des Tages Pizza, aßen sie in der Küche und tranken Cola dazu. Nach dem Essen losten wir aus, wer zuerst duschen durfte (Simon durfte, überließ aber Jessica ganz gentlemanlike den Vortritt), und gingen dann schlafen.

Obwohl ich total geschafft war, lag ich wach im Bett und starrte an die Decke. Ich hätte jetzt vor Freude in die Luft springen müssen, weil ich es endlich geschafft hatte. Weg von meinem Vater, weg von meiner Mutter. Ich hatte endlich meine Ruhe, konnte Leute zu mir einladen und mit ihnen die ganze Nacht Kaffee trinken. Jessica und Simon waren nicht meine besten Freunde, eigentlich waren sie noch gar keine Freunde. Ich wäre wohl lieber mit Jonas und Ralph zusammengezogen, aber es ergab sich nicht immer das Beste. Das Zweitbeste war meist auch gut genug.

Immerhin kannte Jessica sich mit den praktischen Alltagsdingen gut aus, und Simon war achtzehn. Ohne die beiden hätte ich wahrscheinlich nie eine Wohnung gefunden. Auch wenn wir nicht die gleiche Wellenlänge hatten, würde schon alles klappen. Aber obwohl Brackwede auch nicht im Zentrum gelegen hatte, fühlte ich mich nun wie am Arsch der Welt. Irgendwie war man hier gar nicht mehr richtig in Bielefeld. Links war nur noch die Herforder Straße und rechts der Marktkauf Baumheide. Das wars. Immerhin fuhr die Straßenbahn hier noch entlang.

Meine Mutter war in den letzten Wochen so einsilbig wie Alicia geworden. Dabei hätte sie mir dankbar sein sollen, dass sie nun mit

Hartmut zusammenleben konnte. Das letzte Wort, dass ich von ihr gehört hatte, war vor zwei Tagen im Flur gewesen. Sie ging an mir vorbei und hatte nur »Verräter« gesagt.

Ich dachte an Alicia, wie sie vor zwei Wochen ins Haus gegangen war, ohne sich noch einmal umzudrehen und »Tschüss« zu sagen. Alicia, mir gehts schlecht, ich kann nicht klagen. Ich nahm mir vor, ihr morgen auf die Mailbox zu sprechen und sie zu unserer Einweihungsparty am nächsten Samstag einzuladen. Dann überlegte ich mir, was Simon tun konnte, damit sie ihm doch verzieh. Vielleicht half es, wenn er sich ihr zu Füßen warf, heulte und schrie: »Verzeih mir, Alicia!« Ich konnte mir sogar vorstellen, dass er auf so einen Vorschlag einging. Aber ich konnte mir nicht vorstellen, dass Jessica die Vorstellung, dass Simon sich einer anderen Frau zu Füßen warf, gut fand.

Außerdem war es genau das, was *ich* unbedingt tun wollte. Mich ihr zu Füßen werfen und sie um Verzeihung bitten. Aber das half bestimmt auch nicht. Simon war derjenige, der sie um Verzeihung bitten musste.

Ich wollte mir die ganze Nacht überlegen, was Simon Überzeugendes tun könnte, aber dann schlief ich ein.

Der erste Tag

Am nächsten Morgen wachte ich um sieben Uhr auf. Die Sonne schien direkt auf mein Gesicht. Ich hatte vergessen, meine Jalousie abzuschrauben und mitzunehmen. Ich zog die Decke über mein Gesicht, aber das wurde mir schnell zu stickig. Es half nichts. Ich stand auf. Jessica und Simon schliefen noch. Wir hatten uns auf zehn Hausregeln geeinigt. Die erste Regel lautete: »Jeder schläft so lange, wie er will, und wird auf keinen Fall von den anderen geweckt. Auch wenn Schule ist und der andere verschläft.«

Ich ging in die Küche und wollte Kaffee trinken. Aber mir ging auf, dass ich zwar jeden Unsinn besorgt hatte, das Wichtigste aber nicht: eine Kaffeemaschine. Ich entdeckte in den Kisten noch nicht mal einen Wasserkocher. Clever wie ich war, nahm ich mir aus Jessicas Karton einen Topf und setzte Wasser auf. Dann ging mir auf, dass gar kein Kaffee da war. Weder Instant-Kaffee noch richtiges Kaffeepulver. Und für Kaffeepulver hatten wir keinen Filter. Super, dachte ich und stellte die Kochplatte wieder aus. Ich goss mir ein Glas Cola ein, trank sie und verzog mein Gesicht. Cola am Morgen war richtig widerlich.

Ich lief zum Marktkauf, entdeckte unter den Kaffeepackungen Plastikhandfilter und kaufte noch Filterpapier dazu. Außerdem Milch, Hanutas, Brot und Aufschnitt. Es dauerte eine Ewigkeit, bis ich alles zusammen hatte.

Als ich wiederkam, waren meine beiden Mitbewohner schon auf. Simon stand unter der Dusche, und Jessica räumte in der Küche ein paar Sachen aus. Als ich mit meinen Einkäufen ankam, freute sie sich wie ein kleines Kind. Sie lobte mich überschwänglich für den Kaffee. Das Brot und die Hanutas waren ihr nicht so wichtig. Kein Wunder, dass sie so dürr war. Sie kramte aus irgendeinem Karton auch einen alten Wasserkocher raus und setzte Wasser auf.

Im Gegensatz zu mir hatte sie wohl gut geschlafen. Ich fühlte mich unausgeschlafen und müde, trotz des Spaziergangs zum Marktkauf. Jessica kramte noch eine Kanne und drei Tassen aus den Kartons und kochte Kaffee. Simon war mittlerweile aus dem Bad gekommen. Er hatte sich nur ein Handtuch um die Hüfte gewickelt.

Ich ärgerte mich, dass wir nicht die Hausregel beschlossen hatten: »Niemand darf außerhalb seines Zimmers nackt oder nur mit einem Handtuch bekleidet herumlaufen.«

Natürlich suhlte sich Simon in seiner Körperlichkeit, und Jessica schaute ihn immer wieder beeindruckt an, obwohl sie doch keinen Wert auf Äußerlichkeiten legte. Als sich Simon aber auch noch so an den Küchentisch setzen wollte, sagte ich: »Zieh dir erst etwas an.«

»Sei doch nicht so prüde«, sagte Jessica, aber Simon stand wieder auf, ging ins Zimmer und kam in Shorts und ohne T-Shirt zurück.

Ich hatte vorher noch nie Kaffee aus einem Handfilter getrunken. Ich hatte immer gedacht, dass man große Maschinen brauchte, um einen richtigen Kaffee zu brühen. Aber dieser einfache Kaffee überraschte mich. Er schmeckte besser als der Padkaffee meiner Mutter – und auch besser als der Kaffee meines Vaters aus dem Vollautomaten. Ich nahm mir vor, doch keine Kaffeemaschine zu kaufen. Nach dem Kaffee sah die Welt rosig aus, und ich war wieder voller Elan.

Von Jessicas Zimmer aus ging ein Balkon ab. Sie sagte: »Der Balkon ist Gemeinschaftsgut. Wenn ich nicht da bin oder wenn ich die Zimmertür auflasse, kann jeder den Balkon benutzen.«

Da ihre Zimmertür aufstand, ging ich raus und genoss den Ausblick. Wir wohnten im achten Stock. Man konnte den Obersee auf der anderen Seite der Herforder Straße sehen. Bis nach Brake ging die Sicht. Die Felder waren noch nicht abgeerntet. Rechts befanden sich leuchtend gelbe Rapsfelder. Mein neues Handy klingelte. Es war meine Mutter. Es war Montag, und sie hatte erst in vier Wochen Urlaub.

»Musst du nicht arbeiten?«, fragte ich.

»Es ist Frühstückspause«, schniefte sie. »Wie konntest du mir das nur antun?«

»Was antun?«

»Einfach so auszuziehen.«

Ich wollte antworten: Es ist nur wegen Manni und Olaf. Aber das stimmte nicht. Ich war auch froh, nicht mehr mit ihr zusammen zu sein.

»Meine Mutter«, heulte sie weiter, und ich dachte an Oma und daran, dass mein Vater vergessen hatte, mir beim Umzug den Regenschirm mitzubringen. »Meine Mutter hat immer gesagt, dass du das Schönste bist, was ich jemals produziert habe.«

Ich fand es komisch, dass sie mich »produziert« haben sollte wie eine Fabrikarbeiterin.

»Jetzt ziehst du schon in der Schulzeit aus. Und ich habe immer gedacht, dass du bei mir wohnen bleibst, bis du fertig studiert hast«, heulte sie weiter. »Manni und Olaf sind wirklich Idioten. Ich hätte mich dafür einsetzen sollen, dass sie bei uns Wohnungsverbot bekommen.«

»Ist schon gut«, sagte ich.

»Und ob Hartmut eine bessere Wahl ist als dein Vater, weiß ich auch nicht mehr«, sagte sie und legte auf.

Da ich nicht über meine Mutter nachdenken wollte, ging ich in mein Zimmer und räumte Kartons aus. Die Kleidung stopfte ich in den Kleiderschrank. Mir fiel ein, dass wir kein Bügeleisen hatten. Aber vielleicht hatte Jessica doch eines irgendwo in ihren vielen Kartons. Und ein Bügelbrett? Konnte man nicht auch auf dem Tisch bügeln? Eigentlich hatte ich gar keine Lust zum Bügeln. Wozu auch, wenn alles sowieso wieder knittrig wurde. Und wen sollte es schon stören, wenn ich mit faltigen T-Shirts rumlief.

Außerdem hatten wir auch gar keinen Trockner. Wie sollte denn die Wäsche hier trocknen? Wir mussten uns unbedingt noch einen Trockner zulegen. Ich schloss meinen Computer an. Der Internetanschluss kam erst in einer Woche.

Das Handy klingelte wieder. Es war Jonas.

»Hey, alles geklappt gestern?«, fragte er.

»Alles super«, sagte ich.

Jonas hatte gestern ein Schachturnier gehabt, sonst hätte er mit angepackt.

»Mir ist was eingefallen«, sagte ich.

»Das ist schlecht für dich«, sagte Jonas.

Ich musste lachen. Mir gehts schlecht, mir fällt alles ein.

»Ja wirklich«, sagte ich. »Das ist wirklich schlecht. Mir ist eingefallen: Wir haben gar keinen Trockner.«

»Ja und?«

»Was ›ja und‹? Wie sollen wir denn die Wäsche trocknen?«

»So wie seit Jahrtausenden? Auf die Leine hängen?«

»Ja, aber mein Vater sagt, wir sollen nichts in diesem Trockenraum da unten aufhängen. Die Leute würden meine Hosen klauen.«

»Lass dir doch nicht alles von deinem Vater erzählen.«

»Aber ich hab kein Geld, mir ständig neue Hosen zu kaufen.«

»Dann kauf dir einen Wäscheständer und stell ihn dir in die Wanne«, sagte Jonas.

»Wir haben keine Wanne.«

»Dann stell ihn woanders hin, in die Küche vors Fenster.«

»Nicht auf den Balkon?«, fragte ich.

»Wenn du einen Balkon hast, dann trocknest du die Wäsche halt auf dem Balkon«, sagte Jonas. »Das hättest du auch gleich sagen können, dass du einen Balkon hast.«

»Und wo bekomme ich einen Wäscheständer her?«

»Im Baumarkt.«

»Der ist so weit weg.«

»Was ist denn nicht weit weg?«

»Der Marktkauf.«

»Dann geh einfach zum Marktkauf. Das hättest du auch gleich sagen können, dass da ein Marktkauf ist.«

»Samstag ist Einweihungsfeier«, sagte ich. »Du fährst mit der Linie 2 und steigst ›Baumheide‹ aus. Du gehst nach rechts am Marktkauf vorbei. Dann siehst du das Hochhaus direkt an der Herforder Straße.«

»Wir sehen uns vorher ja noch«, sagte er.

»Wieso?«

»Freitag, zum Austragen.«

Das hatte ich schon wieder vergessen. Jonas trug in den Ferien nicht nur am Wochenende, sondern auch freitags Werbung aus. Ich hatte auch einen Bezirk übernommen. Wir wollten aber zusammen in beiden Bezirken austragen. Das war zwar mehr Strecke für jeden, ging aber dafür schneller, wenn Jonas auf der rechten Straßenseite austrug und ich auf der linken.

»Klar«, sagte ich. »Bin auf jeden Fall um sechs Uhr bei dir.«

Zum Austragen brauchte ich mein Fahrrad. Ich musste also noch einmal zurück zu meiner Mutter nach Brackwede und es aus dem Keller holen.

Ich zog noch mal los und kaufte im Marktkauf einen Wäscheständer für 15 Euro und eine Zehnerpackung Eier für 1,39 Euro. Als ich zurückkam, stellte ich mich vor den Fahrstuhl. Es dauerte immer eine Ewigkeit, bis er da war. Als er endlich unten ankam und die Tür sich zur Seite schob, stand Toby vor mir. Ich wollte ihm gerade die Eier ins Gesicht drücken, bevor er mit seiner Bierflasche zuschlug, aber er trat raus, sagte »Morgen« und ging weg. Der Fahrstuhl roch nach Tobys ungewaschenen Haaren und Bier. Erst nach einiger Zeit merkte ich, dass sich der Fahrstuhl nicht bewegte. Ich drückte auf den Knopf, und der Fahrstuhl fuhr nach oben.

Ich fragte mich, ob Toby eine morgendliche Fata Morgana gewesen war. Aber ich hatte schon Kaffee getrunken. Wieso war der so freundlich gewesen? Er hatte mich also gar nicht wiedererkannt.

Während ich zu unserer Wohnung ging, wurde mir klar, dass Toby hier bestimmt wohnte und seine Nachbarn artig grüßte. Mein Vater hatte recht gehabt. Das war kein besonders tolles Wohnhaus.

Simon und Jessica räumten immer noch Sachen aus. Jessica würde noch Tage brauchen, bis ihre vielen Kartons leer waren. Ich wusste nicht, wohin sie ihren ganzen Krempel stellen wollte. Ihr Zimmer war zwar das größte in der Wohnung, aber viel zu klein für ihr ganzes Zeug. Wahrscheinlich musste auch Simons Zimmer dran glauben. Er hatte schließlich noch Platz.

Ich stellte die Eier in den Kühlschrank, der jetzt eingeschaltet war. Dann ging ich mit dem Wäscheständer auf den Balkon. Er passte auch mit aufgeklappten Flügeln drauf. Wo waren jetzt die Wäscheklammern? Ich hatte gar keine gekauft! Mann, war das Leben kompliziert! Außerdem hatte bestimmt auch niemand an Waschpulver gedacht. Und was war mit Calgon? Musste man nicht auch Calgon hinzufügen? Sonst verkalkte doch die Maschine und das Wasser lief über den ganzen Boden.

Ich hatte in den letzten Wochen immer nur dieses normale Pulver genommen. Meine Mutter hatte aber noch zig andere Sachen neben der Waschmaschine stehen gehabt: Weichspüler, eine Flasche für schwarze Wäsche, weiße Wäsche, bunte Wäsche, Gardinen, Wollwaschmittel, Feinwaschmittel und so weiter. Vielleicht stand da auch irgendwo Calgon? Und brauchte ich nicht auch Waschpulver für bunte Wäsche? Und wofür war der Weichspüler? Zum Weichspülen? Aber wer wollte denn schon weichgespülte Kleidung?

Wer konnte mir das alles erklären? Ich rief Alicia an, um auf ihre Mailbox zu sprechen. Aber sie meldete sich verschlafen: »Ja?«

Wahrscheinlich hatte sie mit geschlossenen Augen das Handy gegriffen und nicht auf die Nummer geschaut. Aber sie hatte bisher auch nur meine Festnetz-Nummer gekannt. Ich vergaß die Wäsche-Probleme.

»Es tut mir leid«, sagte ich.

»Was?«

»Alles.«

»Warum?«

»Ist halt so.«

»Wer ist da?«, fragte sie.

»Addi.«

Stille.

»Wieso rufst du mich immer noch an?«, fragte sie mit kratziger Stimme.

»Wir sind doch Freunde.«

»Ich habe kein Freunde, die mit meinen Feinden zusammenziehen.«

»Alicia«, sagte ich. »Was soll ich tun?«

»Tu es nicht«, sagte sie. Jetzt hörte sie sich schon ganz wach an.

»Was soll ich nicht tun?«

»Mit ihm zusammenziehen.«

»Das geht nicht.«

»Warum geht das nicht?«, fragte sie.

»Weil wir schon seit gestern hier wohnen.«

Es machte klack und sie war weg. Ich rief sie noch mal an, aber sie drückte mich weg. So bekam ich noch nicht mal ihre Mailbox dran.

Die erste Woche

Mein Vater hatte recht gehabt. Unsere Waschmaschine wurde als Allgemeingut betrachtet. Obwohl im Waschkeller noch zig andere Waschmaschinen standen, war bei uns immer wieder andere Wäsche drin. Zuerst probierte Jessica es auf die nette Tour. Sie schrieb einen Zettel und klebte ihn an die Maschine: »Das ist eine private Maschine und keine Maschine fürs ganze Haus. Bitte nicht benutzen. Vielen Dank.«

Das nützte aber nichts. Es war immer wieder fremde Wäsche drin, und nach einem Tag lag der Zettel zerknüllt auf dem Boden.

Ich schlug vor, die Wäsche einzukassieren und einen Zettel zu schreiben, dass der Wäschebesitzer seine Wäsche bei uns abholen könne. Jessica war dagegen. Das sei zu rabiat. Dann sah sie aber doch ein, dass es keine andere Möglichkeit gab. Ich holte also die fremde Wäsche heraus, packte sie in den braunen Wäschekorb, der vor unsere Maschine stand, klebte einen Zettel an die Maschine mit unserem Namen und der Etage und ging nach oben. Oben schaute ich mir die Wäsche an. Rosa BHs und rosa Unterhöschen, Nachthemden mit Pferden drauf. Das gehörte jedenfalls nicht Toby.

Jessica und Simon wollten zu Fuß zum Obersee gehen. Ich ging nicht mit. Ich wollte allein sein. Es wurde langsam anstrengend, die ganze Zeit Leute um sich zu haben. Bei meinen Eltern war ich fast immer allein gewesen.

Nach zwei Stunden klingelte es. Eine gefärbte Blondine mit Dauerwelle und verbrauchtem Gesicht stand wütend vor mir. Eine Kippe hing in ihrem Mundwinkel. Sie nahm die Kippe raus und pustete mir den Rauch ins Gesicht.

»Her mit meiner Wäsche!«, keifte sie.

»Nur wenn Sie nicht mehr mit unserer Waschmaschine waschen.«

»Schwanzlutscher!«, schimpfte sie. »Ich ruf gleich die Polizei!«

»Tun Sie das«, sagte ich.

»Her mit meiner Wäsche!«

Ich hatte zwar keine Angst vor der Polizei, aber auch keine Lust auf ihre Wäsche. Ich nahm den Korb und schmiss ihn in den Hausflur. Dabei kippte er um, und die Wäsche flog raus.

»Schwanzlutscher!«, schrie sie wieder, kam auf mich zu und wollte mir eine scheuern. Ich bekam sie zu fassen, schubste sie zurück auf den Hausflur und drückte die Tür zu. Sie trat noch einige Male gegen die Tür, und ich fragte mich, ob das eine Angewohnheit von vierzigjährigen blonden Frauen war. Wenigstens war es diesmal nur die Wohnungstür und nicht meine Zimmertür. Durch den Spion sah ich, dass sie noch gegen die Tür spuckte, bevor sie wegging.

Als ich im Waschkeller ankam und meine Wäsche rausholen wollte, lag die bereits in meinem blauen Wäschekorb und irgendeine andere Wäsche wurde gewaschen. Die Maschine lief noch. Ich konnte sie also nicht rausholen. Ich brachte meine Wäsche nach oben und hängte zum zweiten Mal in meinem Leben Wäsche auf.

Klammern und Waschpulver hatte ich mittlerweile besorgt. Jessica und Simon hatten ihr eigenes Pulver. Für die Wäscheklammern bekam ich zwei Drittel des Geldes zurück, also genau ein Euro vierzig, denn Wäscheklammern gehen schnell kaputt, sagte Jessica, bis zum Auszug halten die nicht mehr.

Nach einer halben Stunde lief ich wieder runter und sackte auch die fremde Wäsche ein.

Diesmal schien es ein Mann zu sein. Hosen und Hemden. Es klingelte wieder. Ich machte auf, und ein untersetzter südländischer Mann beschimpfte mich in irgendeiner Sprache, die ich nicht verstand. Ich gab ihm seine Wäsche, sagte aber, dass er nicht mit unserer Maschine waschen dürfte. Er schimpfte weiter, ich verstand irgendwas mit »keine Waschmaschine« und antwortete, das täte mir leid, dass er keine Waschmaschine hätte, aber unsere Waschmaschine sei nicht für alle da. Er ging schimpfend weg.

Ich ging durch Jessicas Zimmer zum Balkon. Wenn die Herforder Straße nicht wäre, dann hätte die Sicht nicht besser sein können. Nur Wiesen, Weizen und die leuchtenden Rapsfelder. Ich bekam Hunger und schaute in den Kühlschrank. In meinem Fach lag noch Graubrot und etwas Wurst. Ich hatte aber die Nase voll von Brot. Seit drei Tagen hatte ich nur Brot gegessen. Ich hatte es noch nie verstanden, dass die Leute abends Brot aßen und das ihr ganzes Leben lang. Andererseits war Brot praktisch für jemanden, der weder viel Geld hatte noch kochen konnte.

Ich ging zum Marktkauf und schaute mir alles genau an. Früher war ich nur in den Supermärkten gewesen, um Süßigkeiten und Cola zu kaufen. Das richtige Essen hatten immer meine Eltern eingekauft. Milch, Huhn, Kartoffeln, Nudeln. Stimmt. Manchmal hatte meine Mutter auch Miracoli gemacht, wenn es schnell gehen musste. Ich ging also zu den Nudeln, fand die Packungen aber nicht. Ich fragte einen Regalpacker, der mir sagte, dass ich die Packungen zwei Reihen weiter fände, bei den Fertiggerichten.

Eine 2–3-Portionen-Packung würde wohl reichen. Sie sollte 1,99 kosten. Weiter unten gab es etwas ähnliches von »gut-und-günstig« für 65 Cent. Das war ja wirklich günstig! Ich nahm gleich vier Packungen mit, dazu ein Glas Wiener Würstchen und eine Packung Kartoffelsalat.

Wieder in der Wohnung angekommen, las ich mir die Gebrauchsanweisung durch. Man sollte das Tomatenmark in einen Topf geben und ein Stück Butter und die Kräutermischung aus der Tüte hinzufügen. Dann den leeren Tomatenmarkbeutel mit Wasser auffüllen.

Die Spaghetti gelangen mir halbwegs, sie klebten etwas zusammen. Ich ging mit meinem vollen Teller auf den Balkon. Es war kein Tisch da, und ich musste den Teller auf den Schoß stellen. Das war ziemlich unbequem, und trotzdem gefiel mir das Essen in so luftiger Höhe. Die Spaghetti schmeckten, aber bei dem Hunger hätte mir alles geschmeckt.

Ich hörte Geräusche in der Wohnung und rannte in den Flur. Was hatte mein Vater gesagt? Schließ in diesem Haus bloß die Wohnungstür ab! Er hatte auch mit der Waschmaschine richtig gelegen. Simon und Jessica standen im Flur.

»Was hast du?«, fragte Jessica.

Ich erzählte ihr von der bösartigen Frau und dem komischen Mann.

»Wie war der Spaziergang?«, fragte ich dann.

»Super«, sagte Jessica. »Man geht einfach über die Herforder in einen Feldweg rein. Da kommt man bis zum Obersee.«

Das neue Leben

Es war erst mittags. Ich fuhr mit der Straßenbahn nach Brackwede und ging zu meiner alten Wohnung. Es war seltsam, wieder hier aufzutauchen, obwohl ich erst seit drei Tagen nicht mehr hier wohnte. Im Treppenhaus kam mir Frau Kirchhoff entgegen. »So viele Möbel waren das nicht. Seid ihr nicht ausgezogen?«

»Ich schon«, sagte ich.

»Und deine Mutter?«

»Die zieht in einem Monat aus.«

»Sehr gut«, seufzte sie.

Was hatte sie auf einmal gegen meine Mutter? Manchmal tratschten die beiden sogar miteinander.

»Wieso?«, fragte ich.

»Dieser neue Mann sieht nicht sehr gepflegt aus«, sagte sie. »Aber wenigstens ist Ruhe, seit dein Vater weg ist.«

Ach, sie hatte also doch alles mitgehört. Und ich hatte immer gedacht, die Wohnung sei so gut schallisoliert.

Ich schloss die Wohnungstür auf und ließ sie hinter mir zufallen. Ich ging noch einmal durch jedes Zimmer. Die Küche sah aus wie immer. Das Wohnzimmer auch. Das Gästezimmer und das Schlafzimmer meiner Mutter waren etwas unordentlicher. Ich ging in mein Zimmer und erwartete einen leeren Raum. Aber er war voller Umzugskartons. Noch leere Kartons und schon gepackte. Dabei zog sie doch erst in einem Monat aus. Ob Manni und Olaf mit anpacken würden?

Ich ging ins Bad und packte mein Duschgel ein, das noch in der Dusche stand. Dann ging ich ins Gästezimmer zum Kleiderschrank und holte Bettwäsche. Ich stopfte alles in meine Sporttasche und wollte in den Keller gehen, um mein Fahrrad zu holen. Aber dann sah ich hinaus auf die Terrasse.

Ich ließ die Tasche stehen, ging hinaus und setzte mich an den Tisch. Meine Mutter hatte wieder ihre Kippen auf dem Tisch liegen gelassen, und ich nahm mir eine und zündete sie an.

Ich fragte mich, wieso ich nur auf der Terrasse gesessen hatte und nie in den Garten gegangen war. Er war wahrscheinlich zu gepflegt gewesen. Ein Garten zum Angucken und nicht zum Betreten. Mein Vater hatte immer nur darin gearbeitet, ihn aber nie genutzt. Meine Mutter war auch nie weiter als bis zur Terrasse gegangen. Nur Hartmut war letztens wie ein Wilder da durchgerannt.

Ich drückte die Zigarette aus und stand auf. Obwohl der Garten mir nie etwas bedeutet hatte, war ich traurig, ihn das letzte Mal zu sehen.

Ich fuhr am Obersee entlang und danach auf den Feldweg, von dem mir Jessica erzählt hatte. So lange war ich schon auf der Welt, aber noch nie war ich im Sommer auf Feldwegen gefahren. Es war einfach schön. Wieso hatte ich das vorher noch nie getan? Immer hatte ich nur in meinem kleinen Zimmer gesessen oder war in der stickigen City zwischen öden Geschäften herumgelaufen.

Ich trug mein Fahrrad in unseren kleinen Keller und hoffte, dass das Vorhängeschloss stark genug war, um den Zangen der Nachbarn zu trotzen. Dann lief ich die acht Etagen hoch und kam keuchend in die Wohnung.

Wenn du das jeden Tag machst, schnappst du bald nicht mehr so nach Luft, sagte ich mir.

Ich zog gerade meine Schuhe aus, als es an der Tür klingelte. Ich öffnete sie, und vor mir stand ein sehniger Kerl mit einem ledrigen Gesicht und einer speckigen Jeansjacke. Er stank derart nach altem Schweiß, dass ich hoffte, er hätte sich nur in der Tür geirrt und verschwände sofort wieder.

»Ja?«, fragte ich.

»Arschloch!«.

Ich fragte mich, ob ich ihn kannte. Das war doch nicht Toby. Nein, den hier kannte ich wirklich nicht.

»Wieso ›Arschloch‹?«, fragte ich ihn.

»Rück meine Wäsche raus!«, keifte er. »Sonst setzt es was!«

Ich fragte mich, welche Wäsche er meinte. Ich hatte gar keine hochgeholt. Ich drehte mich um und bemerkte eine schwarze Tasche mit nasser Wäsche. Die hatte wahrscheinlich Jessica mit hochgenommen.

»In einer schwarzen Tasche?«, fragte ich.

»Halts Maul und rück meine Wäsche raus!«

»Nur wenn du die Finger von unserer Maschine lässt«, sagte ich.

Er packte mich am Kragen und zog mich hoch. Ich stand schon auf den Zehenspitzen. So viel Kraft hatte ich ihm gar nicht zugetraut. Auf einmal ließ er mich wieder los und starrte an mir vorbei. Ich drehte mich um und sah Simon, schon wieder oben ohne. Er kam auf uns zu.

»Was willst du?«, fragte Simon und kniff seine Augen zusammen.

»Nur meine Wäsche«, sagte der Typ kleinlaut.

»Wasch nie mehr mit dieser Waschmaschine. Hast du gehört?«

Der Typ nickte.

»Ich hab nichts gehört«, sagte Simon.

»Selbstverständlich nicht«, sagte der Typ beflissen.

Simon nahm die Tasche und warf sie ihm vor die Füße.

»Und wenn doch, schmeiß ich deine Wäsche vom Balkon und dich hinterher«, sagte Simon.

Der Typ nahm seine Wäsche und verzog sich.

Ich fragte mich, wieso der Typ so plötzlich zum Angsthasen wurde. Nur weil Simon kräftiger war als ich? Und ich fragte mich, ob Simon schizophren war. An Jessicas Seite hatte er immer so harmlos gewirkt, und jetzt wollte er jemanden aus dem achten Stock werfen. Er ging in die Küche zurück und setzte sich wieder brav neben Jessica, die seinen Nacken kraulte. Die beiden taten so, als sei nichts vorgefallen. Ich ging in mein Zimmer und verstaute die Bettwäsche. Dann ging ich wieder in die Küche.

»Du musst etwas tun, damit Alicia dir verzeiht«, sagte ich.

Simon glotzte mich blöd an. Aber nach einer Schrecksekunde sagte er: »Soll ich sie anrufen?«

»Dann legt sie sowieso auf.«

»Soll ich einen Brief schreiben?«, fragte er.

»Gute Idee«, freute ich mich.

Ein Brief machte Arbeit. Man musste sich Gedanken machen, ihn schreiben und wegschicken. Ein Brief war altmodisch und gut. Der Empfänger konnte ihn wieder und wieder lesen und dadurch würde die Botschaft besser einwirken, als wenn man Dinge nur einmal sagte.

»Ich helf dir«, sagte Jessica großzügig, aber Simon wehrte ab: »Den schreib ich selbst.«

»Du lässt ihn mich aber vorher lesen?«, fragte ich.

»Nein, ist ja nicht für dich«, sagte er.

Ich ging beleidigt in mein Zimmer. Nach zwei Stunden klopfte es an meiner Tür, und Simon überreichte mir den Brief. Er hatte ihn schon in einen Umschlag gesteckt und zugeklebt. Ich hätte nie gedacht, dass er Briefumschläge parat hatte. Sogar seinen Namen und seine Adresse hatte er draufgeschrieben.

»Was hast du geschrieben?«, fragte ich.

»Nichts Besonderes.«

»Du hast ihr doch nicht gedroht?«

»Seh ich so aus?«

»Klar.«

»Hab ich aber nicht«, sagte er und ging raus.

Ich starrte auf den Briefumschlag und drehte ihn von der einen auf die andere Seite. Simon hätte diesen Typen wirklich vom Balkon geschmissen, da war ich mir sicher. Er hätte mich ja auch beim Fußballspiel fast erwürgt. Vielleicht hatte Alicia recht: Menschen können sich nicht ändern. Sie können vielleicht einiges anders machen, aber der Kern bleibt gleich.

Und wenn Simon irgendwelche Schweinereien geschrieben hatte? Oder wenn er einfach ein leeres Blatt reingelegt hatte, was für Menschen mit einer großen Fantasie noch viel schlimmer war als eine geschriebene Drohung? Simon traute ich seit eben alles zu. Und ich fragte mich jetzt auch, wieso Jessica nicht mit Simon in eine eigene Wohnung gezogen war. Zweizimmerwohnungen gab es noch häufiger als Dreizimmerwohnungen. Es sprach überhaupt nichts dafür, mich mit reinzunehmen – außer, sie traute ihm auch nicht so richtig und fand es besser, nicht allein mit ihm zu sein.

Dieser ominöse Brief hatte es geschafft: Ich war gerade erst eingezogen und hatte schon keine Lust mehr, hier zu wohnen. Dabei musste ich zugeben, dass Simons Auftauchen eben praktisch gewesen war. So war mir eine neue Prügelei erspart geblieben. Aber auf seine Art war Simon nicht ganz dicht.

Ich konnte Alicia keinen Brief geben, den ich nicht vorher gelesen hatte.

Ich schloss meine Tür ab und riss den Brief auf. Seltsamerweise war Simons Schrift gar nicht so krakelig, wie ich erwartet hatte. Er schrieb geschwungen und ordentlich wie alte Leute:

Liebe Alicia,

was ich getan habe, war kindisch, unüberlegt und unverzeihlich. Diese ganze Aktion war feige und unfair. Mann gegen Mann – das ist fair. Aber nicht zwanzig Leute gegen eine Frau. Ich habe mich überreden lassen, obwohl diese Klasse nur aus Dummköpfen besteht. Heute schäme ich mich dafür.

Wenn du mir trotzdem verzeihst, dann trete ich bei amnesty international ein und kämpfe fortan für alle Unterdrückten der Welt oder helfe beim Kröteneinsammeln.

Alles Liebe
Dein
Simon

Na gut. Den konnte ich abgeben. Simon war ja richtig gut im Schreiben. Heute war Donnerstag. Samstag war die Einweihungsparty. Vielleicht verzieh sie ihm doch noch. Ich steckte den Brief in den Rucksack und ging in den Keller, um mein Fahrrad zu holen. Als ich am Waschkeller vorbeikam, sah ich nasse BHs und Unterhosen verstreut auf dem Boden liegen. Zwei Maschinen wuschen gerade, drei waren fertig, die anderen waren leer. Nur unsere Waschmaschine hatte ein offenes Bullauge, obwohl noch ein wenig nasse Kleidung drin lag. Jemand musste Jessicas halbe Wäscheladung herausgenommen und auf dem Boden verstreut haben. Außerdem stand der Temperaturregler auf »95 Grad«. Ich sammelte die Wäsche ein, legte sie mit der übrigen Wäsche aus der Maschine in den Korb und trug die Wäsche hoch.

»Die Wäscheladung«, sagte ich zu Jessica, »mit der Unterwäsche. War das deine?«

»Ja, wieso?«, fragte sie. Dann fiel ihr ein: »Stimmt, die ist ja schon durch.«

»Mehr als das«, sagte ich und schilderte ihr die Szene im Keller.

Sie fing an zu heulen, und Simon bekam einen roten Kopf.

»Das war bestimmt das Arschloch von vorhin«, brüllte er und hob drohend seine Gipshand: »Wenn ich den kriege!«

Obwohl der speckige Typ ein Spinner war, hoffte ich, dass Simon ihn nicht in die Finger bekam.

»Muss weiter«, verabschiedete ich mich.

In der Stadt kaufte ich einen neuen Briefumschlag, steckte Simons Brief hinein und schrieb noch mal seine Adresse drauf. Dann fiel mir ein, dass vielleicht Django oder ihr Vater den Brief entdecken könnten. Vielleicht bekäme Alicia dann Ärger? Ich machte aus »Simon« eine »Simone«. Aber wenn sie ihn aufmachten? Simon hatte so schmalzig geschrieben, als sei er ein glühender Verehrer. Niemand außer Alicia durfte den Brief lesen. Ich rief sie an, und sie ging sogar ran.

»Du bist es schon wieder«, sagte sie.

»Wer bin ich denn?«, fragte ich.

»Du bist du«, sagte sie.

»Und du bist auch du«, sagte ich. »Ich bin grad in der Stadt. Bist du auch hier irgendwo?«

»Irgendwo bin ich immer«, sagte sie.

Ich fand ihre Antworten heute seltsam. Als sei sie auf einem Trip.

»Ich will dir einen Brief geben«, sagte ich.

»Sag einfach, was du willst.«

»Der Brief ist ja nicht von mir.« Und außerdem konnte ich nicht einfach sagen, was ich wollte.

»Von wem soll der Brief sonst sein?«

»Jahnplatz in zehn Minuten?«

»In einer«, sagte sie. »Ich bin in der Nähe.«

Als ich zum Jahnplatz zurückging, stand sie schon da. Sie wirkte so vertraut auf mich, als hätten wir uns im letzten Monat jeden Tag gesehen. Ich winkte ihr mit dem Brief zu.

»Da ist er«, sagte ich.

Sie nahm ihn entgegen, sah auf den Absender »Simone«, hob eine Augenbraue und riss den Umschlag auf. Sie las die paar Zeilen und zerknüllte den Brief.

»Hier hast du ihn wieder«, sagte sie und hielt mir die Papierkugel entgegen.

Ich wollte ihre Hand nehmen, aber nicht den Brief.

»Ist doch nicht von mir«, sagte ich.

»Das weiß ich.«

Wieso mussten wir ausgerechnet an einem Ort sein, an dem sich so viele Leute tummelten? Wenn wir irgendwo auf einem Feldweg gewesen wären, menschenleer und sandig, dann hätte ich mich wirklich zu ihren Füßen geworfen. Ich malte mir aus, wie sie geguckt hätte. Was hätte sie gesagt? »Mein liebster Addi, steh doch auf«? Nein, sie war ja nicht Natalie. Wahrscheinlich hätte sie gefragt: »Was soll das?« Wahrscheinlich wäre sie not amused gewesen. Aber es wäre ja auch nicht zu ihrer Unterhaltung gewesen.

Weil ich den zusammengeknüllten Brief nicht entgegennahm, steckte sie ihn in ihre Handtasche.

»Wie gehts dir?«, fragte ich. Sie schaute mich misstrauisch an, weil ich debil grinste. Aber es ging nicht anders. Der Anwalt und der Architekt.

»Gut«, sagte sie, »mir fällt nichts ein.«

Ich musste noch debiler grinsen. »Samstag ist Einweihungsparty«, sagte ich. »Und ausgerechnet du bist eingeladen.«

Sie reagierte nicht.

»Freust du dich nicht?«, fragte ich.

»Geht so.«

»Vielleicht hast du recht gehabt«, sagte ich. Sie fragte aber nicht, womit. Ich wartete noch ein bisschen, aber sie hakte trotzdem nicht nach. Sie schaute mich an, als sollte ich den zweiten Teil auch noch sagen. Den Gefallen tat ich ihr aber nicht. Alle Frauen wollten wissen, wieso sie ausnahmsweise mal recht hatten. Auch Alicia.

»Wäre echt gut, wenn du kämst«, sagte ich. »Und bring einen selbst gemachten Salat mit. Zwei wären noch besser.«

Sie schaute mich jetzt aus ihren runden Augen so groß an, dass ich schon fast lachen musste. Aber ich verpackte mein Lachen in einen Hustenanfall und sagte: »Meine Mutter weigert sich nämlich, Salate zu machen.« Irgendwie hatte es Alicia immer noch die Sprache verschlagen. »Es fehlt noch ein Nudelsalat und ein Kartoffelsalat«, sagte ich. »Aber wenn du statt Kartoffelsalat so einen orientalischen mit Kichererbsen oder so machst, ist das auch okay. Hauptsache nicht diese Fertigsalate aus dem Supermarkt. Die schmecken mir überhaupt nicht. Grünen Salat und Möhrensalat macht schon Jessicas Mutter. Das also auch nicht. Wenn du aber keinen Salat machen willst, kannst du auch einen Auflauf mitbringen.«

Ihr Blick wechselte von Überraschtsein zu Beleidigtsein.

»Du musst gar nichts mitbringen«, sagte ich, und sie entspannte sich wieder. »Aber es ist eine Einweihungsparty. Du könntest mir was für die neue Wohnung schenken. Mir fehlt noch ein Fernseher.«

Ihr Gesicht schwankte nun zwischen vielen Reaktionen. Heute war ich echt gut drauf. Nicht so befangen wie sonst, wenn ich sie traf.

Sie fasste sich wieder: »Geht auch ein Toaster?«

Jetzt fragte ich mich, ob sie nur auf meine Schiene mit aufsprang oder das ernst meinte.

»Klar, geht auch«, sagte ich. »Ein Kondenswäschetrockner wäre aber auch nicht schlecht.«

»Muss ich dir auch etwas schenken, wenn ich nicht komme?«

»Klar, aber das wäre unvernünftig.«

»Warum?«

»Weil du für dein Geschenk ja was kriegst. Geburtstagsgeschenke macht man doch auch nur, wenn man zu einer Feier eingeladen wird und den ganzen Abend Salate essen und Bier trinken kann.«

Sie schwieg.

»Und wenn du nicht kommst«, sagte ich, »hast du selbst nichts davon.«

Sie wirkte nachdenklich. »Du bist heute sehr witzig«, sagte sie. Ich grinste, aber sie verbesserte sich: »Das war falsch gesagt. Du *willst* witzig sein.«

»Gib mir doch den Brief«, sagte ich. »Ich geb ihn Simon zurück.«

Sie kramte ihn wieder aus der Tasche und gab ihn mir. Ich faltete ihn auseinander, strich ihn glatt und tat so, als würde ich ihn zum ersten Mal lesen.

»Das ist *mein* Brief!«, sagte sie.

»War ja nicht mehr im Umschlag«, sagte ich, »also ein offener Brief.«

Sie wollte mir den Brief wieder abnehmen, aber sie war kleiner als ich. Ich hielt den Brief einfach hoch wie Miss Liberty die Fackel. Sie versuchte meinen Arm runterzuziehen. Dabei musste ich die ganze Zeit lachen. Die Passanten schauten uns schon an. Als sie so an mir herumzerrte, nutzte ich die Gelegenheit und nahm sie in den Arm. Sie duftete nach irgendwas. So hätte ich stundenlang stehen bleiben können. Sie schob mich aber weg. Ich wusste nicht, ob es nach zehn Sekunden oder zehn Minuten war. Sie sagte: »Ich bekomme keine Luft mehr.«

Ich gab ihr den Brief zurück. »Schick ihn doch wirklich zu amnesty«, sagte ich, »da wird er sich nicht wohlfühlen.«

»Hast du ihn so schnell gelesen?«

»Ich kann sehr schnell lesen.«

»Und was habe ich davon, wenn er da hingeht?«

»Das ist doch eine richtige Strafe für ihn. Er muss mit langhaarigen Kiffern rumhocken und ›Peace‹ rufen, anstatt als echter Kerl Gewichte zu stemmen.«

»Ich rede trotzdem nicht mit ihm«, sagte sie. »Wenn er ein Kind gewesen wäre, dann vielleicht. Aber er ist sechzehn.«

»Achtzehn«, sagte ich.

»Es tut ihm bestimmt nicht leid.«

»Doch, und du hast recht.«

»Was denn jetzt.«

»Du hast recht, weil du letztens gesagt hast, dass Menschen sich nicht ändern. Simon hat sich auch nicht geändert, er ist ein schlimmer Kerl.«

Sie schaute mich wieder mit ihrem speziellen Blick an.

»Aber es tut ihm auch leid«, fuhr ich fort. »Er hat auch etwas … etwas Weiches an sich. Manchmal ist er vernünftiger als Jessica.«

Ich sah Balduin kommen. Er rannte, als sei der Teufel hinter ihm her. Ich hielt Ausschau nach Manni und Olaf, konnte aber niemanden entdecken. Wahrscheinlich sah er Gespenster.

Alicia schaute, wohin ich schaute.

»Es ist niemand hinter dir her«, rief ich ihm zu.

»Das Fräulein und der junge Mann«, piepste er atemlos und blieb stehen. Sein Gesicht war rot. Der Schweiß floss nur so an ihm runter. Wir hatten über 30 Grad. Ich fragte mich, wieso er selbst bei solchen Temperaturen noch sein Jackett trug. Ich würde genauso schwitzen.

»So ein Durst«, keuchte er. Er sah aus, als würde er gleich einen Hitzschlag kriegen.

Wenn Balduin anwesend war, hatte er immer eine beruhigende Wirkung auf Alicia. Sie wirkte dann so gütig. Ich wollte vorschlagen, zu Knigge zu gehen und eine Cola zu trinken, aber mir fiel sofort wieder mein Budget ein. So wie Balduin schwitzte, würde er zwanzig Gläser Cola trinken.

»Lass uns zum Amerikahaus gehen«, schlug ich vor.

»So ein Durst«, jammerte Balduin wieder.

»Da gehen wir in den Penny-Markt«, sagte ich. Ein ganzes Sechserpack-Cola war da bestimmt billiger als ein Glas Cola bei Knigge. Wir zogen los, und Alicia kam mit. Den ganzen Weg gingen wir schweigend nebeneinanderher. Nur Balduin keuchte laut wie ein hechelnder Schäferhund.

Natürlich gab es keine Cola light koffeinfrei. Balduin musste sich mit Limonade begnügen. Vor dem Penny-Markt waren keine Bänke. Wir gingen zwanzig Meter weiter zum alten Marktplatz. Eine riesige leere Fläche, umgeben von hässlichen Gebäuden. Der Wochenmarkt fand, seit ich denken konnte, auf dem Kesselbrink statt. Auch hier gab es keine Bänke. Balduin, der nicht mehr stehen konnte, ließ sich auf den Boden plumpsen.

»Zieh doch endlich dein Jackett aus«, sagte ich. »Das geht doch gar nicht bei dieser Hitze.«

»Aber dann sieht jeder meine Schweißflecken auf dem Hemd«, piepste er.

»So wirds noch schlimmer.«

»Aber man sieht meine Schweißflecken nicht.«

»Der Schweiß fließt an deinem Gesicht runter wie die Niagara-Fälle. Da kann sich jeder denken, dass dein Hemd durchgetränkt ist.«

»Denken ist etwas anderes als sehen«, piepste Balduin und ließ sein Jackett an.

Ich setzte mich zu Balduin auf den Boden. Alicia setzte sich auch. Ich wunderte mich, dass sie sich nicht zu fein dafür war.

Balduin trank seine Flasche in einem Zug aus. Alicia und ich konnten nicht so schnell trinken. Es waren noch drei volle Flaschen übrig.

»Ich hab jetzt 'ne eigene Wohnung«, sagte ich zu Balduin. »Du kannst mal mit Jonas vorbeikommen und in der Küche Kaffee trinken.«

»Auch Tee?«

»Klar. Wir können auch auf dem Balkon sitzen.« Mir fiel ein, dass das Balkonzimmer Jessicas Zimmer war. Aber sie hatte gesagt, dass jeder jeden mitbringen durfte.

»Morgen?«, fragte Balduin.

Morgen musste ich Zeitungen austragen. Übermorgen war die Einweihungsfeier, und vorher durfte ich es mir mit Jessica nicht verscherzen.

»Keine Zeit«, sagte ich. »Lieber nächste Woche.«

»Ich hab ihn grade gesehen«, piepste Balduin.

»Wen?«, fragte Alicia.

»Die Nummer Eins.«

Die Nummer Eins war irgendein Professor. Und was war ich noch mal? Siebzig?

»Wo?«, fragte Alicia.

»Im Oetker Park«, piepste Balduin. »Ich bin zu ihm hin, und er hat so gemacht.« Balduin machte eine flatternde Handbewegung.

»Und dann?«, fragte sie weiter.

»Bin dann weggelaufen bis zum Jahnplatz.«

»Du bist eben vom Oetker Park bis zum Jahnplatz gerannt?«, fragte ich ungläubig. »Bei der Hitze?« Und bei deinem Gewicht, fügte ich in Gedanken hinzu.

»Jaja, was sollte ich machen?« Er fing an zu heulen. Alicia kramte in ihrer Handtasche und gab ihm ein Taschentuch.

Balduin tupfte sich die Tränen ab und machte wieder diese flatternde Handbewegung von eben. Mit dem Taschentuch in der Hand sah es noch theatralischer aus. »So hat er gemacht, so hat er gemacht, als sei ich eine lästige Fliege!«

»Oder ein dicker Brummer«, sagte ich.

Alicia guckte böse. Balduin schien meine Bemerkung nicht gehört zu haben. »Er ist mein Herzblatt«, piepste er, und der Schnodder lief ihm aus der Nase. Alicia kramte wieder in der Tasche und gab ihm ein neues Taschentuch.

»Er wird es immer bleiben, ich kann niemand anderes lieben als die Nummer Eins!«, heulte Balduin weiter. »Bis an mein Lebensende! Aber die Nummer Eins verscheucht mich wie eine Fliege! Ich muss ganz allein bleiben, für immer!« Er heulte wie ein kleines Kind. Und obwohl er heute seinen Rekord im Stinken hatte und obwohl sein Jackett bestimmt auch schon ganz durchgeschwitzt war, legte Alicia ihm eine Hand auf die Schulter. Wie konnte sie sich nur dazu überwinden?

»Allein!«, heulte Balduin weiter. »Allein!«. Er hielt sich die Hände vors Gesicht und hörte gar nicht mehr auf.

»Du findest bestimmt noch jemand anderes«, sagte Alicia. »Du bist noch jung.«

Balduin heulte noch viel mehr: »Nein, nein, nein! Die Nummer Eins ist mein Herzblatt! Nicht die Neun! Nicht die Acht! Aber die Eins ist oben so spitz!«

Bei den Bächen, die aus seinen Augen herausgeschossen kamen, musste er doch langsam wieder Flüssigkeit auffüllen. Er nahm sich auch tatsächlich eine zweite Flasche, öffnete sie und trank mit verheultem Gesicht.

»Er hat nicht gesagt ›Tut mir leid, ich kann jetzt nicht mit dir reden‹! Ich war ihm kein Wort wert!«

»Wenn er das gesagt hätte, würde es dir auch nicht besser gehen«, sagte Alicia.

»Doch!«, piepste Balduin. »Doch!«

»Ach ja?«, fragte ich. »Was hättest du dann gemacht?«

»Ich hätte gesagt: ›Das macht nichts, dann machen wir ein anderes Mal Konversation, wenn es dann besser passt.‹«

»Das glaubst du doch selbst nicht«, sagte ich.

»Doch!« Er stellte trotzig die Flasche ab.

»Wenn er dich nicht liebt, liebt er dich nicht«, sagte Alicia. »Es gibt andere Menschen, die einen lieben können.«

Balduin ließ sich nach hinten plumpsen und rollte sich auf den Bauch. Jetzt sah er aus wie ein dicker Jonas, der mit den Armen auf den Boden schlug und mit den Beinen strampelte. »Nein, nein, nein!«

Alicia und ich schauten uns an. Die wenigen Leute, die über den leeren Platz gingen, schüttelten verständnislos den Kopf. Wir sahen wieder auf Balduin.

Was für eine Energie in dem doch steckt, dachte ich. Rennt mit seinen zweihundert Kilo vom Oetker Park bis zum Jahnplatz, und das im Jackett bei über dreißig Grad. Und dann strampelt er hier noch weiter rum.

»Tu was«, sagte Alicia nach einer Weile.

»Was?«, fragte ich zurück.

»Irgendwas.«

»Balduin«, fing ich an, aber er schrie: »Ich heiß nicht Balduin! Wie oft soll ich das noch sagen!« und strampelte weiter. Er stieß auch immer wieder mit dem Kopf auf den Steinboden, seine Stirn fing schon an zu bluten. Ich stand auf und versuchte ihn hochzuziehen, aber er war viel zu schwer und zu glitschig.

Mir blieb nichts anderes übrig. »Ich bin mit Jessica zusammengezogen«, sagte ich, und er hörte schlagartig mit seinem Gestrampel auf, als hätte man ihm den Stecker rausgezogen. Er blieb wie tot liegen, dann drehte er sich auf den Rücken und setzte sich wieder auf.

»Keine Lüge?«, fragte er. Schnodder lief ihm weiter aus der Nase.

»Mit ihr und ihrem Freund.«

»Ich hab dich mit ihr gesehen«, sagte er, »aber ihr habt mich nicht gesehn und ich bin weggelaufen.«

»Ich hab dich gesehen«, sagte ich. »Aber sie dich nicht.«

»Oh.«

»Du kannst nicht immer weglaufen«, sagte ich.

»Genau«, sagte Alicia, die nicht verstand, was Jessica mit Balduin zu tun hatte. »Die Nummer Eins kann die Nummer Eins sein. Aber sie kann dich nicht verscheuchen.«

»Nicht?«, piepste er.

»Nein. Wir gehen jetzt in den Park zu der Nummer Eins.«

Wir standen auf und stießen mit unseren großen Plastikflaschen an. Wir nahmen alle einen Schluck. Alicia sagte, sie könne die Flasche nicht austrinken. Was sollten wir also mit den restlichen Flaschen machen? Es waren noch zwei volle da.

»Ich nehme sie«, piepste Balduin.

»Willst du die Flaschen die ganze Zeit mitschleppen?«, fragte ich.

»Ich versteck sie, als Vorrat«, sagte er, »wenn ich wieder durch die Stadt gehe und Durst habe.«

»Du Eichhörnchen«, sagte ich.

Das gefiel ihm. Er strahlte über beide Ohren. »Danke«, sagte er.

»Wo versteckst du die Flaschen?«, fragte Alicia.

»Das sag ich nicht, sonst ist es kein Versteck«, piepste Balduin.

Er nahm die Flaschen an sich und bestand darauf, dass wir uns die Hände vors Gesicht hielten, damit wir auch ja nicht sahen, wo das Eichhörnchen seine Limonade versteckte. Ich hatte gesagt: »Augen zu reicht doch«, aber nein, das reichte ihm nicht. Also standen Alicia und ich wie zwei Bekloppte da und hielten uns die Hände vors Gesicht, bis Balduin endlich wiederkam und fragte, ob wir auch wirklich nicht geguckt hätten.

Schnuppern

Im Park war alles voll mit Leuten. Sie lagen mit und ohne Strandmatten auf dem Rasen, in Shorts, in Jeans und einige Frauen auch im Bikini. Ich fragte mich, was daran so toll sein sollte, sich einzuölen und zu brutzeln wie ein Steak auf dem Grill.

Balduin war ganz aufgeregt. Er schaute sich hektisch um. Die Nummer Eins hatte unter einem Baum gelegen, so viel wusste er noch.

»Da hinten«, sagte er dann und zeigte auf einen Baum, unter dem etliche Menschen lagen.

»Wer genau?«, fragte Alicia.

»Na da, die Nummer Eins!«

»Das sehe ich doch nicht«, sagte sie, »wer die Nummer Eins ist. Wie ist er gekleidet?«

»Türkises T-Shirt und grasgrüne Hose.«

Ich fragte mich, ob es denn wirklich einen Menschen gab, der solche Farben trug und dann auch noch in dieser Kombination. Aber ich entdeckte ihn. Die Nummer Eins hatte karamellfarbene, gewellte Haare, trug eine altmodische Brille und einen altmodischen Schnauzbart, so wie Seehunde ihn tragen. Neben ihm lagen eine zierliche Frau und zwei kleine Mädchen. Kein Wunder, dass er Balduin mit einer dezenten Handbewegung verscheucht hatte. Obwohl – war es Frau und Kindern nicht zumutbar, dass die Nummer Eins mit einem stinkenden Dicken sprach? Balduin war doch kein Kinderschreck. Die Nummer Eins hätte doch höflich mit ihm reden können.

Wir setzten uns zehn Meter weiter weg, unter einen anderen Baum. Alicia gab Balduin ihr letztes Taschentuch, damit er sich die blutige Stirn abtupfte.

Balduin setzte sich kerzengrade auf den Rasen und starrte die Nummer Eins ohne Unterbrechung an. Die Nummer Eins ignorierte Balduin ohne Unterbrechung. Alicia legte sich hin und schlief ein. Wenn sie nicht dabei gewesen wäre, dann wäre ich wohl auch auf der Wiese eingeschlafen. Aber ich fand es interessanter, sie beim Schlafen zu beobachten. Sie musste wirklich fest schlafen. Manchmal schnaufte sie, aus einem Mundwinkel lief etwas Sabber.

Balduin zuckte auf einmal zusammen. Ich schaute hoch. Die Nummer Eins packte die Picknickdecke ein und ging mit Korb, Kindern und Frau weg. Entweder hatte er genug vom Park, oder wir hatten ihn vertrieben. Balduin stand auf.

»Wohin gehst du?«, fragte ich.

»Hinter der Eins her.«

»Lass ihn doch«, sagte ich. »Wir haben gewonnen. Er geht.«

»Ich geh nur hinterher«, sagte er.

»Wieso?«

»Ich riech noch seinen Duft«, sagte er.

Mich wunderte es, dass Balduin so einen guten Geruchssinn hatte, bei seinem Gestank.

»Aber wir bleiben hier.«

»Ja ja«, sagte er und ging über den Rasen wirklich genau die Strecke hinterher. Zwischendurch hielt er seine Nase nach oben und schnupperte wie ein Hund. Mit seiner blutigen Stirn sah er noch heruntergekommener aus als sonst.

Das Gespräch hatte Alicia nicht geweckt. Ich hätte sie noch stundenlang anschauen können. Eine Mücke summte jetzt nah an ihrem

Ohr. Ich versuchte sie zu verscheuchen, aber da öffnete sie schon die Augen. Sie schaute wie ein schlecht gelauntes Baby, wischte sich ihren Sabber vom Mundwinkel und fragte: »Bin ich eingeschlafen?«

»Ja, aber schlaf ruhig weiter.«

»Wo ist er?«

»Wer?«

»Balduin.«

»Der ist der Nummer Eins hinterhergegangen.«

»Was?«, fragte sie entsetzt.

»Mit einem Abstand von fünfzehn Metern«, beruhigte ich sie. »Er wollte nur hinterherschnuppern.«

Sie rieb sich die Augen. Ich wünschte mir, sie würde noch mal einschlafen. Es hatte was Besonderes, sie beim Aufwachen zu beobachten. Etwas Intimes.

Sie stand auf, klopfte sich das Gras vom Rücken und sagte: »Lass uns zurückgehen.«

Wir gingen schweigend die Stapenhorststraße zurück. Uns kamen alternative Studenten auf Fahrrädern entgegen. Das hier war schon ein ganz anderes Viertel als Baumheide.

Ich brachte Alicia noch nach Hause.

»Verzeihst du Simon nun?«, fragte ich. Eigentlich ging es mir nicht so sehr darum, ob sie Simon verzieh, das war mir egal. Aber wenn sie Simon nicht verzieh, dann verzieh sie mir auch nicht, dass ich mit ihm zusammengezogen war.

»Weiß nicht«, sagte sie. »Eine andere Wiedergutmachung wäre mir lieber.«

»Und was?«

»Das muss ich mir noch überlegen.« Sie holte ihren Schlüsselbund aus der Handtasche.

»Kommst du Samstag?«, fragte ich.

»Ich glaub nicht.«

»Du kannst ja später mal kommen«, sagte ich.

»Ich denke drüber nach.«

Sie wirkte immer noch verschlafen. Ich konnte mir vorstellen, dass sie nach oben ging und sich sofort ins Bett legte. Dabei war es erst fünf.

»Tschüss«, sagte sie und war schon im Treppenhaus verschwunden.

Ich blieb vor der Tür stehen, weil ich hoffte, dass ihr vielleicht doch noch was eingefallen sei. Aber die Tür blieb zu, und ich ging zum Jahnplatz, schloss mein Fahrrad auf und fuhr auf direktem Weg nach Baumheide zurück.

Die Einweihungsparty

Ich hatte zwei Kisten Bier gekauft, eine Kiste Cola und fünf Flaschen Wein. Dafür brauchte ich keinen Salat zu besorgen. Den machten Jessicas und Simons Mutter. Weil unsere Wohnung nicht sehr groß war, einigten wir uns auf dreißig Gäste. Um sieben Uhr sollte die Party anfangen. Ralph, Jaqueline, Heini und Lukas lud ich erst für neun Uhr ein. Bis dahin würde es nicht mehr so viel Bier geben, und sie würden uns die Wohnung nicht vollkotzen. Dann reichten meine Plätze noch für Jonas, meinen Vater und Katja, meine Mutter und Hartmut. Und für Alicia. Somit hatte ich meine zehn Gäste voll. Benno und Andi konnte ich dann nicht mehr einladen. Das war eigentlich unfair, weil Jaqueline doch auch Jessicas Freundin war und Jessica sie als ihren Gast hätte angeben können.

Die Feier war praktisch. So konnte ich meinen Eltern die fertige Wohnung zeigen, ohne dass sie die ganze Zeit meckerten.

Jessica lud ein paar Mädchen aus der Schule ein, ein paar Leute von amnesty, ihre Mutter und ihren Stiefvater. Simon lud einige Leute aus den früheren Klassen ein und einige Leute vom Fitnessstudio, die genauso gebaut waren wie er.

Die Nachbarn hatten wir nicht vorgewarnt, die machten selbst immer Krach.

Die Küche war noch enger geworden, weil ich und Simon, er mit nur einem Arm, die Waschmaschine hochgetragen hatten. Jetzt mussten wir nur noch den Strom und das Wasser für unseren Waschmaschinenanschluss im Keller sperren lassen. Sonst stellte einfach jemand anderes seine Maschine auf unseren Platz. Montag mussten wir das sofort klären. Das Leben war wirklich kompliziert geworden. Früher hatten mich weder Strom- noch Wasserkosten gekümmert, und jetzt musste ich an jede Kleinigkeit denken.

Jessicas Eltern waren schon da. Mein Vater kam als Erster von meinen Gästen. Simons Eltern wollten nicht kommen. Simon hatte die Salate von zu Hause abgeholt.

Mein Vater schenkte mir Salz und Brot. »Das schenkt man zum neuen Heim«, sagte er. Und er brachte mir endlich meinen Regenschirm mit. Ich lief mit dem Schirm sofort in mein Zimmer und stellte ihn in den Kleiderschrank, damit ihn niemand aus Absicht oder aus Versehen mitnahm.

Jonas schenkte mir eine Thermoskanne für meine zukünftigen Kaffeenächte. Er schaute sich in allen Räumen vorsichtig um, aber nein, ich hatte Natalie nicht eingeladen. Er sah ein bisschen enttäuscht aus. Vielleicht hatte er gehofft, dass sie kommen würde. Aber dann hätte es nur wieder Heulszenen gegeben. Außerdem hätte ich ihn dann nicht auf den Balkon lassen dürfen.

Das Austragen hatte gestern einigermaßen geklappt. Natürlich war ich auf meiner Straßenseite viel langsamer gewesen. Jonas hatte mir zwar die Technik für das schnellstmögliche Hineinschieben der Werbung in den Briefkastenschlitz gezeigt (mit dem Daumen die Klappe hochschieben und mit den anderen Fingern unten die Werbung rein) aber es brauchte trotzdem seine Zeit. Außerdem hatte ich keine Hornhaut am Daumen wie er.

Die Wohnung füllte sich mit immer mehr Gästen. Irgendwann stand meine Mutter mit Hartmut vor der Tür. Meine Mutter sah verheult aus und Hartmut war schlecht gelaunt. Sie hatten nichts mitgebracht, war ja auch keine Pflicht. Als meine Mutter meinen Vater in der Küche entdeckte, ging sie in Simons Zimmer und setzte sich dort aufs Sofa. Mein Vater tat so, als hätte er sie nicht gesehen, ging aber nicht mehr aus der Küche raus und schwatzte noch viel aufgekratzter mit Katja. Ständig goss er sich Rotwein nach.

Ich brachte meiner Mutter und Hartmut Wein. Meine Mutter trank zwar lieber Bier, aber ich hatte Ralph und den anderen jeweils eine Flasche zurückgestellt, sodass jetzt kein Bier mehr da war. Meiner Mutter schien das egal zu sein. Einmal sagte sie: »Der Wein schmeckt nicht besonders. Das ist bestimmt nur Tafelwein.« Aber sie trank weiter. Sie unterhielt sich zwischendurch mit Jessicas Eltern.

Irgendwann sagte Hartmut: »Ich hab was für dich.«

Er drückte mir sein Hartmut-Ei in die Hand. »Ich dachte, du brauchst das nötiger als ich«, sagte er. »Ich esse keine gekochten Eier.«

Meine Mutter bekam das mit und schimpfte: »Hartmut! Wie unhöflich! Geschenke gibt man nicht zurück!«

Aber ich fand das gar nicht schlecht. Ich konnte wirklich keine Eier kochen. Mit Hartmut würde es klappen. Früher, als meine Mutter, mein Vater und ich sonntags noch zusammen gefrühstückt hatten, gab es zu den duftenden Brötchen auch immer hart gekochte Eier. Seitdem gehörte das hart gekochte Ei für mich zu einem anständigen Frühstück dazu.

Jessica kam ins Zimmer, entdeckte das Piep-Ei Hartmut und sah es sich an. Sie war ganz begeistert. »Wie niedlich!«, rief sie.

Morgen würden wir Hartmut gleich ausprobieren, schließlich hatte ich vor ein paar Tagen doch eine Packung Eier gekauft und noch nicht angerührt.

Der Hartmut von meiner Mutter unterhielt sich mit Jessicas Stiefvater. Die beiden schienen auf einer Wellenlänge zu sein. Beide gleich muffelig.

Die Salate schmeckten super. Jessicas und Simons Mutter hätten bei einem Wettbewerb jeden Catering-Service geschlagen. Sie wurden von allen Seiten gelobt. Nur hörte Simons Mutter das Lob nicht, denn sie war ja nicht gekommen.

Mein Bier und meine Cola wurden nicht gelobt. Mein Vater verschwand mit Katja schnell wieder, und meine Mutter traute sich jetzt auch in die Küche.

Als Ralph, Jaqueline, Heini und Lukas kamen, gab es für jeden nur noch die eine Flasche Bier, die ich ihnen zurückgestellt hatte. Deswegen hatten sie schlechte Laune und wollten schon zur Tankstelle gehen. Aber sie begnügten sich dann doch mit Salaten und Cola.

Um zehn Uhr waren alle Gäste da oder da gewesen, nur Alicia nicht. Ich stellte mich extra in den Flur, weil ich Angst hatte, die Klingel zu überhören. Manchmal öffnete ich sogar die Wohnungstür und schaute raus, ob sie nicht doch im Treppenhaus stand. Zweimal lief ich runter zur Haustür, weil die Klingel vielleicht kaputtgegangen war, aber sie war in Ordnung.

Wenn niemand in hörbarer Nähe war, lästerte meine Mutter über die schäbige Wohnung. Keiner von uns dreien hätte richtig Stil. Sie schlug mir vor, doch zu ihr zurückzukommen, wenn ich diesen schäbigen Ort satthätte. Außerdem – welcher vernünftige Mensch zog denn schon freiwillig nach Baumheide?

Simons Freunde langweilten sich, weil keine Mädchen da waren außer Jessica, Jaqueline und Jessicas vegetarischen Freundinnen mit Eisenmangel. Über Natalie hätten sich die Jungs bestimmt gefreut. Ralph fragte mich, wieso ich immer im Flur stände, aber ich sagte, dass hier mehr Platz sei, und horchte wieder, ob es nicht doch noch klingelte.

Mittlerweile standen überall benutzte Pappteller und Plastikbecher rum. Dafür lagen aber keine Schnapsleichen auf dem Boden und niemand torkelte. Eine etwas andere Party. Ralph beschwerte sich, dass nicht wenigstens gegrillt wurde. Er hätte immer auf seinen Partys Würstchen gegrillt. Aber man durfte hier auf den Balkons nicht grillen.

Eigentlich lief die Party ganz gut. Dass keiner besoffen durch die Gegend grölte, fehlte mir überhaupt nicht. Es ging alles gesittet zu.

Um zwei waren alle weg. Simon und Jessica hatten mich überstimmt. Sie wollten erst morgen aufräumen. Ich wollte es direkt machen, aber allein hatte ich auch keine Lust. Also ging ich in mein Zimmer und schaute aus dem Fenster. Mein Fenster ging nach Bielefeld-City raus, nicht zu den Feldern. Obwohl hin und wieder noch Autos unten entlangfuhren, kam mir die Nacht friedlich vor. Die Lichter der Stadt leuchteten. Als ich ins Bad gehen wollte, sah ich, dass Jessicas Tür auf stand. Sie schlief also heute in Simons Zimmer.

Ich ging durch ihr Zimmer auf den Balkon, holte mein Handy aus der Tasche und rief Alicia an. Es war spät, aber es war Samstag. Vielleicht war sie noch wach.

»Ja?«, meldete sie sich verschlafen.

»Ich bins.«

»Du?«

»Ja. Hast du schon geschlafen?«

Sie schwieg. War sie wieder eingeschlafen? Ich hätte »Hallo!« ins Telefon rufen können, um sie zu wecken. Aber ich mochte es, wenn sie schlief.

»Es ist schön, wenn du schläfst«, sagte ich. »Das ist ein schöner Anblick.«

Sie fragte: »Kannst du mich jetzt sehen?«

»Ja.«

Das war die Wahrheit. Ich sah sie, wie sie mit geschlossenen Augen schlief. Jetzt öffnete sie die Augen und blinzelte mich an.

»Wenn alle weg sind, ist es seltsam ruhig«, sagte ich und fragte mich, ob sie verstand, was ich meinte.

»Erst Fülle, dann Leere«, sagte sie.

Ich wollte ihr sagen, dass ich mich wirklich leer gefühlt hatte vorhin, dass ich mich aber jetzt nicht mehr leer fühlte, weil sie verstanden hatte, wie ich mich fühlte.

Ich verstand jetzt, wieso Balduin so verzweifelt gewesen war wegen seiner Nummer Eins. Vielleicht gab es für jeden wirklich nur eine Nummer Eins, auch wenn es Millionen und Abermillionen Zahlen gab. Aber die Abermillionen von anderen Zahlen konnten diese Nummer Eins niemals ersetzen. Die Nummer Eins war vielleicht die Person, mit der man keine Leere spürte. Diejenige, die wirklich Verständnis für einen hatte.

Sie schwieg, und ich schwieg. Ich sah sie wieder vor mir, wie sie schlief und ein bisschen sabberte, wie sie aufwachte, wie sie Balduin tröstete.

»Ja?«, fragte sie, als hätte ich etwas gesagt.

»Ich zieh hier in einem halben Jahr wieder aus.«

»Warum?«

»Weil du mal zu Besuch kommen sollst. Zusammen Kaffee trinken – mit Balduin und so.«

»Warum?«

Ja, warum eigentlich? Weil sie Simon nicht verzeihen musste. Manche Dinge kann man nicht verzeihen und sollte man auch nicht. Weil es mir wichtiger war, dass sie mich besuchte, als mit Simon in einer WG zu wohnen.

»Die beiden finden schon einen neuen Mitbewohner.«

Sie schwieg.

»Ich suche mir dann eine andere WG«, sagte ich. »Gute Nacht, schlaf schön weiter.«

Das schien ihr nun doch zu abrupt. »Warum?«, fragte sie.

»Ich sehe dir gerne beim Schlafen zu.«

Ich ging einen Schritt vor und stützte mich auf die Balkonbrüstung. Ich spürte den warmen Nachtwind. Die Herforder Straße war ganz leer.

Alina Bronsky. Scherbenpark. Roman. KiWi 1118
Verfügbar auch als eBook

Die 17-jährige Sascha ist eine Pendlerin zwischen zwei Welten und in keiner davon zu Hause. Aus Moskau nach Deutschland gekommen, lebt sie mit ihren jüngeren Geschwistern im Scherbenpark – einem Hochhaus-Ghetto, in dem eigene Gesetze gelten. Aber Sascha ist scharfzüngig und altklug genug, um sich zu behaupten – und um den Leser mitzunehmen auf eine Reise, die beständig an Fahrt gewinnt. Selten wurde eine solche Geschichte so komisch, respektlos und lebensbejahend erzählt.

»Die aufregendste Newcomerin der Saison.« *Der Spiegel*